Beatlemaniac

Quand les chansons des Beatles poussent au crime

Frédéric Buffa

À Sebastián et Sandra

I

« Elle est entrée par la fenêtre de la salle de bain ! », avait-il subitement pensé. Allongé sur son vieux sofa noir au cuir élimé avec un single malt à la main, c'était en écoutant le *medley* de l'album *Abbey Road* un an auparavant qu'il avait eu le déclic. La voix de Paul McCartney entonnant *She Came In Through the Bathroom Window* avait apporté la dernière pièce au puzzle de l'affaire Valdés. Le commandant Jean-Paul Estable, que tout le monde appelait JP à la brigade criminelle, aimait particulièrement cette petite pépite musicale de deux minutes aux paroles absconses. Certes, il regrettait un peu qu'elle soit restée à l'état d'embryon de chanson avec sa fin tronquée. Cela avait probablement empêché qu'elle devienne un des titres emblématiques des Beatles, qui, soit dit en passant, n'étaient plus à ça près en 1969. Et puis, sa brièveté et son caractère inachevé ne l'avaient pas privée de deux reprises à succès, par le légendaire Joe Cocker d'abord, puis par les époux Ike et Tina Turner.

Curieusement, ce morceau inspiré par l'intrusion d'une fan au domicile londonien de McCartney était le seul des Fab Four à avoir pour narrateur un flic, celui-ci choisissant de quitter la police à la fin de la chanson. Et justement, alors qu'il venait d'avoir quarante ans, l'idée selon laquelle il finirait par en faire autant commençait sérieusement à enfler dans sa tête. Contrairement au commissaire Mantovani, son chef de section et supérieur direct à la Criminelle, lui n'atteindrait pas l'âge de la retraite. C'était quasiment une certitude. Rétrospectivement, son entrée dans la police, encouragée par un oncle gardien de la paix à Foix, lui semblait avoir été un choix par défaut. Son idéalisme avait sans doute joué un rôle aussi. Il avait sincèrement cru qu'il se mettrait ainsi au service de la justice. Après pratiquement vingt ans de carrière, et même si tout le monde estimait qu'il avait remarquablement réussi, il en était revenu. Surtout, il sentait qu'il ne pourrait plus continuer de la sorte très longtemps, qu'il en allait de sa santé mentale ou de sa santé tout court, alors qu'il ignorait encore à quelle autre activité professionnelle il pourrait bien se consacrer. Pour l'heure, il s'identifiait à cette baleine échouée sur la plage, vue au hasard d'un reportage télévisé. Seul un tsunami s'abattant sur sa vie et emportant tout sur son passage pourrait le remettre à flot. JP était persuadé d'être et d'avoir échoué. Il venait de divorcer et n'avait pas d'enfant. Il se sentait comme un arbre mort, infertile. Que pouvait-il bien faire alors pour sortir de l'impasse dans laquelle il se trouvait ? Il fallait encore que tout cela mûrisse.

En ce vendredi pluvieux de mars 2013, alors qu'il écoutait de nouveau *Abbey Road* dans son salon, il savait qu'il n'était pas près de résoudre cette question existentielle. Il préféra se remémorer l'affaire Valdés qui l'avait tenu en haleine un an plus tôt, et surtout la jolie fille à la robe bleu marine et aux yeux rougis qu'il n'avait jamais revue depuis. Il pensait parfois à elle en se demandant ce qu'elle était devenue. Comment s'appelait-elle déjà ?

Vendredi matin, 9 heures, de longs bips stridents jaillirent du réveil de Lucia. Son subconscient tenta de retarder l'échéance en intégrant la sonnerie à son rêve. Elle avait travaillé jusque tard dans la nuit et ne parvenait pas à s'arracher à l'étreinte de Morphée. Sans ouvrir les yeux, elle tarda plusieurs secondes à clouer le bec à ce satané réveil d'une main gauche tâtonnante. Elle étendit ses deux bras sur le dessus-de-lit, le long du corps. Le courant d'air qui se glissait sans mal dans les interstices du cadre de fenêtre vermoulu la fit frissonner. C'était le moment de la journée où sa détestation des bourgeois qui lui louaient cette chambre de bonne atteignait son zénith. « Satanés radins ! » pensa-t-elle. Dire qu'elle payait cinq cents euros de loyer par mois pour cette cage à lapin de douze mètres carrés et ils ne pouvaient même pas réparer l'unique fenêtre. Alors qu'eux, ces porcs, se vautraient dans un appartement luxueux et dix fois plus grand au deuxième. L'éternel air suffisant qui parvenait, on ne sait comment, à se dégager de leurs têtes à claques, par ailleurs des plus inexpressives, lui revint à l'esprit. « Trois étages suffisent à séparer deux mondes », se dit-elle. « Ici, dans les beaux quartiers de Paris, plus on monte les marches, plus on descend dans l'échelle sociale ». Pourtant, dans son Mexique natal, c'était bien pire, et jusque-là ça ne l'avait pas dérangée outre mesure. Là-bas, les inégalités criantes qui sautent aux yeux des Européens de passage font partie de l'ordre des choses. Lucia devait reconnaître que si elle-même y faisait désormais plus attention, c'était parce que son propre statut social avait changé. À Morelia, la capitale de l'état du Michoacán où elle avait vu le jour vingt-cinq ans plus tôt, elle appartenait à ce que les Mexicains appellent pudiquement la « classe moyenne », en fait la frange privilégiée de la société. À Paris, elle vivait chichement avec une bourse publique franco-mexicaine et une petite aide de ses parents qu'un taux de change défavorable rendait symbolique. Comme disait son amie et compatriote Patricia, « quand on convertit nos pesos mexicains en euros, on se sent immédiatement pauvres ».

Lucia interrompit l'enchaînement décousu de ses pensées pour jeter un coup d'œil au réveil. 9 h 15 ! « Mince, se dit-elle, je vais être en retard pour le colloque ». Elle attrapa sa serviette et sa trousse de toilette, sortit de la chambre et traversa le couloir pour gagner la salle de bains. Enfin, si on pouvait appeler ça une salle de bains. Un w.-c. à la turque, un vieux lavabo fissuré avec de gros robinets rouillés, et une douche d'où coulait un mince filet d'eau tiède, dans le meilleur des cas. Le tout digne d'un pensionnat de garçons dans les années cinquante. Et en plus, elle devait la partager avec sa voisine. Heureusement, avec Cynthia, une Bolivienne de Potosí, elle était bien tombée. Quand même, ce qu'elle pouvait regretter le confort douillet de la maison familiale. Sans parler de ses parents et du petit frère, les laisser avait été un déchirement. Mais ce n'était pas le moment de penser à ça, elle était déjà en retard.

Depuis l'enfance, JP adorait les Beatles. Il les avait découverts avec les vieux 33 tours de sa mère, Maria, elle-même grande fan. Il s'était mis à collectionner disques, livres, photos et articles, toujours à l'affût de la moindre information ou anecdote sur ses idoles qui, au fil des ans, étaient devenus partie intégrante de sa vie. À l'âge adulte, cette passion avait certes perdu en intensité et en exclusivité. Il avait commencé à apprécier d'autres artistes et styles de musique. Cependant, chaque fois qu'il les réécoutait après une période d'abstinence, il avait le sentiment de les redécouvrir et comprenait alors pourquoi ils avaient tant compté dans l'histoire musicale du vingtième siècle et dans sa propre existence. C'était comme un vieil ami qu'on ne voit plus très souvent, mais qu'on retrouve avec un plaisir sans cesse renouvelé. En ce sens, JP était semblable à des millions d'autres fans à travers le monde pour qui la fascination qu'ils éprouvent à l'égard du quatuor de Liverpool allait bien au-delà de la simple nostalgie, et il savait qu'ils resteraient à jamais au firmament de son panthéon personnel.

À l'âge de vingt ans, une autre vérité s'était révélée à JP concernant les Beatles. Ils étaient capables de lui parler, ou plutôt, leurs chansons l'étaient. Elles pouvaient s'imposer à lui à des moments précis et lui délivrer un message par le truchement de son subconscient, lorsqu'il avait besoin d'y voir plus clair. C'était suite à une aventure éphémère avec une élève infirmière suédoise rencontrée pendant les vacances d'été, et alors qu'il ruminait sa tristesse, que pour la première fois les Beatles l'avaient aidé à comprendre de quoi il retournait. Pendant qu'il traînait son spleen au cours d'une balade à pied en bord de mer, un riff de guitare avait subitement retenti dans sa tête. En moins d'une seconde, son cerveau imprégné de culture beatlesienne avait identifié la chanson : *Day Tripper*, voyageuse d'un jour. À l'époque, l'allusion à la drogue voulue par Lennon et McCartney lui échappait totalement. Il avait seulement compris les paroles comme une injonction lui signifiant qu'il s'agissait d'une histoire sans lendemain et qu'il fallait lâcher prise, passer à autre chose. Après ça, il s'était senti mieux, comme soulagé d'un poids. Depuis, son inconscient se servait à merveille de la discographie des Beatles comme d'un révélateur émotionnel.

Par la suite, *You've Got to Hide Your Love Away* était devenue sa chanson fétiche. C'était leur premier morceau entièrement acoustique, sans doute sous l'influence de Bob Dylan qui, ironiquement, enregistrait dans le même temps son premier album avec guitares électriques suite à leur rencontre. JP s'identifiait à cette chanson, car il s'était toujours considéré comme un handicapé sentimental. Combien de fois avait-il jeté son dévolu amoureux de façon obsessionnelle, presque maladive, sur des femmes qu'il laissait totalement indifférentes ? Combien de fois avait-il pesé le pour et le contre d'une déclaration impromptue, qu'au fond de lui il sentait vouée à l'échec ? Combien d'humiliations avait-il supportées lorsque le rejet pressenti était devenu manifeste ? À chaque occasion, *You've Got to Hide Your Love Away* s'était invitée pour mettre en musique son impuissance. Pour le consoler un peu aussi.

Bien des années plus tard, avec *She Came In Through the Bathroom Window*, les Beatles s'étaient immiscés pour la première fois dans sa vie professionnelle, en lui permettant d'écrire le fin mot d'une enquête. Tout avait commencé un jour de février 2012 par un appel du service de répression des fraudes au commissaire Mantovani. Une inspection sanitaire avait conduit à la découverte de morceaux de chair humaine sous cellophane dans le congélateur d'un restaurant tex-mex du dix-huitième arrondissement de Paris. Le gérant, un Mexicain de quarante et un ans au physique de catcheur nommé Ramon Valdés Castillo, avait été inculpé pour meurtre dans la foulée. Dès son interpellation, il s'était réfugié dans un silence total, gardant la tête baissée, comme pour mieux exposer son cou de taureau. Le jour de sa présentation devant le juge, dans un long corridor au troisième étage du Palais de justice, son corps trapu s'était soudain raidi. D'un coup d'épaule à gauche, puis à droite, il s'était débarrassé des deux policiers qui l'encadraient avant d'entamer un sprint improbable étant donnée sa masse corporelle. JP, qui était pourtant plutôt véloce, n'avait pu le rattraper. Au bout du couloir, le natif d'Acapulco avait réalisé son dernier plongeon, peut-être le plus parfait. Tête première, les mains menottées dans le dos tendues vers le haut, jambes à l'horizontale et pieds joints, il avait explosé la fenêtre en son centre. Pendant les quelques instants qu'avait duré son vol plané dans l'air parisien, il avait fermé les yeux, revu l'eau verte du Pacifique, senti la brise du large sur son visage et même entendu les mouettes, avant de se rompre brutalement le cou sur le pavé de la cour. Depuis la fenêtre brisée, JP avait regardé ce corps massif devenu pantin désarticulé, en se demandant quels secrets il avait pu emporter avec lui. Car si tout semblait accuser le pauvre Mexicain, dont le suicide ressemblait fort à un aveu supplémentaire, il restait d'importantes zones d'ombre à éclaircir, dont l'identification de la victime n'était pas la moindre.

Le lendemain, en arrivant au siège de la Criminelle, JP avait croisé le capitaine Joseph Versini dans le couloir. Son collègue corse, dit Jojo, l'avait gratifié d'une œillade : « Une jolie brune typée t'attend ». JP s'était alors demandé de qui il pouvait s'agir, et surtout de quelle affaire il retournait.

Lorsqu'il était entré dans son bureau, la fille patientait debout, de dos, face à la fenêtre. Elle semblait regarder la pluie qui tombait dru sur le trottoir parisien. Sa robe bleu marine près du corps mettait en valeur des formes avenantes. Elle tenait un mouchoir serré dans la main gauche. Son parfum, à la fois fleuri et épicé, parvenait jusqu'à lui. Il aurait voulu continuer à détailler sa silhouette quelques instants encore, en silence, mais la jeune femme s'était retournée après avoir perçu sa présence. Elle s'était alors avancée vers lui avec un sourire un peu forcé, puis avait tendu la main.

— Lucia Sanchez Dominguez, enchantée !

JP avait senti la tiédeur de sa main douce et ferme dans la sienne et l'aurait volontiers étreinte ainsi plus longtemps.

— Commandant Jean-Paul Estable, enchanté ! Asseyez-vous, je vous prie, avait-il répondu en désignant une chaise.

Après avoir accroché son imper trempé au portemanteau, JP avait pris place à son bureau, face à elle. La jeune femme semblait avoir dans les vingt-cinq ans, un visage ovale aux traits fins et réguliers, des pommettes saillantes et des cheveux de jais tirés en arrière en une longue queue-de-cheval. Ses yeux en amande, de couleur noisette et légèrement bridés, lui donnaient un petit air asiatique. D'emblée, il l'avait trouvée exotiquement belle. Même sous le charme, son cerveau de flic avait continué à analyser les informations en temps réel, comme par automatisme. Le nom et le type hispaniques laissaient supposer que sa présence était liée à l'affaire Valdés. Elle semblait avoir pleuré. Touché par sa détresse, il avait essayé de lui faciliter la tâche.

— En quoi puis-je vous être utile, mademoiselle ? avait-il demandé en s'efforçant d'adopter le ton le plus engageant possible.

— Voilà, c'est au sujet de Ramon Valdés. J'ai lu dans le journal qu'il s'était suicidé hier, avait-elle dit avec un léger accent qui ajoutait à son charme.

— Vous le connaissiez ?

— Un peu, oui.

Elle avait semblé hésiter une seconde avant de continuer.

— Je connaissais... Enfin, je connais son associé. Je n'ai plus de nouvelles de lui depuis une semaine et...

Après une pause, elle avait finalement lâché d'un trait :

— J'ai peur qu'il lui soit arrivé quelque chose.

Elle avait alors paru soulagée d'avoir pu dire à haute voix ce qu'elle n'osait s'avouer à elle-même.

— Comment s'appelle-t-il ?

— Daniel Olivares Arias.

— Vous avez son adresse ?

Lucia Sanchez avait communiqué le domicile du jeune Mexicain dont elle était sans nouvelle et l'avait présenté comme étant un cousin. L'absence de coïncidence entre leurs noms de famille respectifs permettait de soupçonner que leur relation était d'un autre ordre, mais JP s'était abstenu de l'interroger sur ce point. Il y avait quelque chose chez elle qui ne le laissait pas indifférent.

Il l'avait raccompagnée jusqu'à la rue après qu'elle eut signé sa déposition. Dès son départ, le refrain de *I Saw Her Standing There* avait commencé à trotter dans la tête de JP. Cette chanson de 1963, qui ouvrait le premier album des Beatles, *Please Please Me*, était devenue un classique du rock and roll. L'enregistrement en studio avait tenté de capturer l'énergie brute des interprétations en public qui avait fait la renommée du groupe dans les clubs de Liverpool et Hambourg. Curieusement, Lennon joua ce vieux morceau de McCartney lorsqu'il rejoignit Elton John sur scène au Madison Square Garden, en 1974, alors qu'il était toujours fâché avec son ancien partenaire. Ce devait d'ailleurs être sa dernière apparition en concert. Ce soir-là, allongé près de sa femme, Jeanne, avec qui il ne partageait déjà plus grand-chose que le lit conjugal, JP s'était endormi avec le solo de *I Saw Her Standing There*, le premier enregistré par George Harrison, et l'image de la silhouette bleu marine regardant la pluie tomber par la fenêtre.

Le jour même, la police avait fouillé l'appartement vide de Daniel Olivares et un test ADN effectué grâce à l'un de ses cheveux avait permis d'établir qu'il s'agissait bien de la victime dont on avait retrouvé plusieurs morceaux de muscle congelés. D'après Lucia, quelques jours avant sa disparition, le jeune homme avait évoqué un différend avec Valdés concernant la répartition des maigres recettes du restaurant, un établissement minuscule situé rue Poulet et spécialisé dans les en-cas mexicains. Les éléments à charge semblaient s'accumuler contre le gros Valdés, et ce dernier, muet comme une carpe jusqu'à son spectaculaire suicide, n'avait jamais cherché à se dédouaner. L'intuition de JP lui soufflait que tout cela était trop simple. De plus, le reste du corps n'avait pas été retrouvé.

Dès le premier interrogatoire de Marthe Valdés, née Machert, l'épouse de Ramon, il avait senti que cette belle femme rousse, qui disait vivre séparée de son mari depuis plusieurs mois déjà, cachait quelque chose. Après avoir quitté le domicile conjugal, Ramon avait d'abord squatté chez diverses connaissances jusqu'à épuisement de leur bonne volonté. Il s'était finalement résolu à mettre un vieux matelas dans l'arrière-boutique du restaurant en dépit de l'exiguïté des lieux. Une petite salle de bains rendait l'endroit vivable et c'était là qu'il avait été interpellé après les résultats des tests sur les échantillons de viande prélevés dans son congélateur. Lorsque JP avait interrogé Marthe concernant Daniel Olivares, il avait immédiatement noté une gêne, la suspectant d'emblée d'en savoir beaucoup plus sur la disparition du jeune homme que ses déclarations ne le laissaient supposer. Elle avait dit le connaître vaguement et confirmé qu'il était devenu l'associé de son mari environ un an avant leur séparation. Pas plus. Parallèlement, JP et ses collègues avaient pu, non sans mal, établir que le contrôle sanitaire avait été déclenché par le coup de fil anonyme d'une femme signalant « un gros problème d'hygiène dans cet établissement ». La vérification des appels passés depuis les téléphones fixe et mobile de Marthe n'avait cependant pas permis de l'incriminer.

De fil en aiguille, JP en était venu à la soupçonner d'avoir assassiné Daniel, puis d'avoir placé les morceaux de chair humaine dans le congélateur de Ramon, avant de provoquer l'inspection sanitaire. Il y avait tout de même un problème de taille. La serveuse du restaurant avait affirmé que la serrure de l'établissement avait été changée une semaine auparavant, ce qui rendait très improbable que Marthe ait pu se procurer un double des clés. Et c'était là que la chanson des Beatles avait permis de dénouer le fil : elle était entrée par la fenêtre de la petite salle de bains qui donnait sur l'arrière-cour de l'immeuble. Un bout de cheveu roux resté coincé dans l'angle du cadre en aluminium avait validé l'hypothèse de JP, l'analyse ADN confirmant qu'il lui appartenait.

La suite avait presque été un jeu d'enfant, grâce à l'interrogatoire mené par Joseph Versini. Au sein de la brigade, ce dernier avait la réputation de pouvoir faire cracher le morceau à tout le monde, même aux suspects les plus récalcitrants. Pour JP, l'explication de cette efficacité redoutable résidait en grande partie dans cet accent corse lancinant qui tapait sur le système des gardés à vue et finissait par briser toute résistance. Seul Ramon avait réussi à rester muet, et pour toujours. Marthe, elle, n'avait pas fait le poids face à Jojo et était rapidement passée aux aveux, presque soulagée.

Ce que JP ne savait pas encore en ce jour de mars 2013, alors qu'il se remémorait les étapes de l'affaire Valdés, c'était que le mobile de ce crime horrible reviendrait le hanter quelques mois plus tard. Il ignorait également que sa science des Beatles était sur le point d'être mise à contribution comme jamais et que sa vie allait en résulter bouleversée.

Assis sur son lit, jambes écartées et mains sur les genoux, l'homme contemplait depuis plusieurs minutes déjà la grosse boîte posée sur le bureau en face de lui. Les infirmières y avaient rassemblé tous les effets personnels de sa mère et la lui avaient remise une heure plus tôt. Son nom avait été écrit en gros au feutre noir, au-dessus de « chambre 64 ». Juste à côté du carton se trouvait l'urne qui contenait ses cendres. « Voilà ! se dit-il. Toute une vie réduite à deux boîtes ».

Après un bon quart d'heure, il prit une longue inspiration, puis se leva d'un bond. Il fit deux pas en avant et ouvrit le carton. Du côté gauche, on avait empilé ses vieux vêtements, quelques robes à fleurs sous lesquelles étaient rangées des pantoufles et une paire de souliers vernis. Au milieu, sa trousse de toilette d'où dépassait la brosse avec laquelle elle coiffait inlassablement ses longs cheveux gris des heures durant. Sur la droite, divers objets avaient été disposés avec soin : un réveil mécanique hors d'âge, deux paires de lunettes, un sachet en plastique contenant trois bagues et une chaîne en or. Tout au fond se trouvait un petit cahier rouge qu'il ne reconnaissait pas. Intrigué, il le sortit de la boîte.

« Journal » avait été écrit soigneusement à l'encre bleue sur une étiquette désormais jaunie, collée sur la couverture cartonnée. Il l'ouvrit à la première page restée blanche et en retira une vieille coupure de presse pliée en quatre. Il s'agissait d'un article en allemand sur une tournée des Beatles, accompagné d'un cliché montrant Lennon et McCartney avec le costume gris clair de leurs débuts, chantant dans un même micro. Il feuilleta le reste du carnet pour constater que toutes les pages étaient encore vierges. Une photo en noir et blanc avait été insérée au milieu du cahier, comme un marque-page dans le livre vide d'une vie effacée. C'était elle, jeune fille, souriant timidement, peut-être transie de froid. Julie posait devant une petite maison à colombages, sans doute à Tübingen. Elle portait un long manteau sombre, les mains fourrées dans les poches, les pieds chaussés de bottes dans la neige. Ses cheveux blonds étaient retenus de chaque côté par des barrettes qui lui donnaient un air d'écolière sage. Elle était jolie. Au dos, on avait annoté « janvier 1961 » au crayon. C'était donc un peu plus d'un an avant sa naissance à lui, elle avait tout juste dix-sept ans. Elle paraissait encore heureuse et insouciante. Comme il ne l'avait jamais connue, en fait. Il se rassit sur le lit sans pouvoir détacher les yeux de la photo qu'il tenait serrée entre ses gros doigts, puis éclata en sanglots. « Ils vont payer pour ça », murmura-t-il en essuyant ses larmes d'un revers de manche.

II

Mercredi matin, 5 heures. Alors que le jour se levait à peine, JP rentrait chez lui. Fourbu après une nuit sans sommeil, il gravit lentement les trois étages qui menaient à son appartement. Arrivé sur le palier, il tira mécaniquement les clés de la poche droite de son imper et ouvrit la porte. Il n'alluma pas. Après douze ans passés dans ce deux-pièces du quatorzième arrondissement, la lumière glauque qui filtrait de la rue par la fenêtre de la cuisine était suffisante pour qu'il se frayât un chemin au milieu des boîtes de carton qui jonchaient le couloir. Il pénétra dans la chambre, laissa choir ses vêtements un à un sur le fauteuil en velours qui trônait dans le coin de la pièce, puis se glissa sous les draps. Avant de s'endormir, il rabattit d'un geste las le cadre à photo posé sur la table de nuit. Huit mois après son divorce, il n'avait toujours pu se résoudre à se débarrasser de cette photo de mariage vieille de onze ans, qui était tout ce qui lui restait de sa relation avec Jeanne. Chaque mardi, la femme de ménage redressait le cadre et l'époussetait consciencieusement, comme si elle avait voulu à travers ce geste anodin maintenir à flot une histoire d'amour achevée dans la douleur.

Rien n'exprimait mieux que la chanson *For No One* le gâchis d'une relation qui part en vrille et surtout l'incapacité du protagoniste à y faire quoi que ce soit. Il avait découvert ce morceau relativement peu connu du grand public lorsque, encore étudiant à la fac, il avait enfin acheté le CD de l'album *Revolver*. Sans savoir à quel point il s'y identifierait un jour, il avait d'emblée été séduit par la beauté mélancolique de la mélodie et la touche classique des arrangements. Le cor d'harmonie et le clavicorde du producteur George Martin, transporté spécialement de son domicile au studio pour l'enregistrement, donnaient une solennité inédite chez les Beatles. Sachant que Paul McCartney s'était inspiré de sa relation tumultueuse avec sa fiancée de l'époque pour les paroles, écrites dans un chalet suisse lors d'un séjour au ski, JP avait toujours trouvé quelque peu surprenants le ton froid de sa voix et le détachement symbolisé par l'utilisation de la deuxième personne. Curieusement, cela faisait écho à la manière dont il avait lui-même pris ses distances avec sa vie de couple quand elle avait commencé à vaciller. Petit à petit, le fossé entre Jeanne et lui s'était creusé sans qu'il ne puisse réagir. Alors que son mariage prenait l'eau de toute part dans une atmosphère pesante, il avait assisté impuissant au naufrage, presque en observateur, comme anesthésié. Sans doute était-ce dû à sa personnalité, à sa façon de se replier sur lui-même chaque fois qu'il était confronté à un problème existentiel. Il avait préféré laisser son couple sombrer corps et biens, plutôt que de risquer de s'exposer. Il sentait que Jeanne ne l'aimait plus, ou tout au moins plus comme avant, qu'elle n'avait plus vraiment besoin de lui. Mais il ne s'exprimait pas, tant il était peu sûr de ses propres sentiments. Jeanne lui disait qu'elle avait pensé le connaître, mais qu'il n'était plus le même. Lui semblait ne pas l'écouter et ne répondait jamais à ses reproches. Elle lui avait bien proposé de recourir à une aide extérieure, mais il avait tout bonnement refusé prétextant son manque de temps et ses obligations professionnelles. Il s'était réfugié dans le travail, rentrant tard le soir, pour garder ses distances. Quand Jeanne pleurait, il fuyait. De guerre lasse, sa femme avait initié la procédure de divorce et il s'était contenté d'acquiescer à tout. Le couple n'ayant pas d'enfant, la démarche avait été relativement simple. Après coup, il ne savait que penser de tout cela, s'il l'aimait encore, s'il regrettait la séparation. Sa difficulté à y voir clair dans ses propres sentiments et l'indécision qui en découlait immanquablement l'avaient toujours désespéré. Il n'avait jamais pour autant cherché une solution, car il n'était pas prêt à en payer le prix. Sa façon de résoudre le problème avait invariablement été l'évitement, en prenant bien soin de garder le couvercle sur ses émotions. Il était comme ça, un point c'est tout.

Ce matin-là encore, le cor d'harmonie de *For No One* résonna dans sa tête comme un écho lointain au moment où il ferma les yeux. Le magnifique solo d'Alan Civil, qui lui donnait immanquablement la chair de poule, était sourd et froid comme la solitude qui enveloppait désormais sa vie. Ces quelques notes resteraient à jamais associées à la dissolution de son mariage, comme une marche funèbre accompagnant la fin de son histoire avec Jeanne. JP pensa à elle justement, quelques secondes avant de trouver le sommeil, et à toutes les choses qu'elle disait.

Conformément à son habitude, lorsqu'il eut terminé sa séance de méditation qui avait duré une quarantaine de minutes, Timothée Lévy lut une dédicace des mérites :

« Par ces mérites, puissent tous les êtres atteindre l'omniscience de l'Éveil

Et ayant vaincu l'ennemi — les négativités et l'illusion –

Être libérés de l'océan du Samsara

Agité sans relâche par les vagues de la naissance, de la vieillesse, de la maladie et de la mort. »

Comme à l'accoutumée, il resta assis sur son coussin de méditation encore quelques instants, immobile, essayant de faire perdurer la paix et la concentration de son esprit pendant cette période de transition qui le ramenait doucement vers ses activités de la vie quotidienne. Ce soir-là, il demeura ainsi un peu plus longtemps, se remémorant son dernier séjour auprès de la communauté tibétaine en exil dans le nord de l'Inde, dont il était rentré deux jours plus tôt à peine. L'étrange sensation éprouvée à l'aéroport de Gaggal, près de Dharamsala, juste avant d'entamer le long et fatiguant voyage de retour vers la France via New Delhi, lui revint en mémoire. Fallait-il plutôt parler d'un pressentiment ? Il ne le savait pas. Alors qu'il contemplait les cimes enneigées qui dominent l'année durant la piste d'atterrissage, il avait eu l'impression que c'était la dernière fois qu'il les voyait. Il venait d'achever son cinquième séjour dans la vallée de Kangra, mais n'avait jamais ressenti cela auparavant. Tous ses voyages dans la région combinaient préoccupations professionnelles et spirituelles. Lévy était maître de conférences en Langue et littérature du Tibet à l'Institut national des langues et civilisations orientales de Paris, mais aussi un bouddhiste pratiquant qui profitait de chaque stage au pied de l'Himalaya pour étudier auprès de son maître, Sebetal Rinpoché. La prise de congé d'avec ce dernier avait d'ailleurs été plus intense et émouvante qu'auparavant, comme s'il s'était agi d'un adieu, mais cela pouvait s'expliquer également par le fait que l'âge avancé et la santé délicate du vieux lama faisaient craindre une disparition prochaine.

Assis en tailleur dans son appartement parisien, Timothée pensa que s'il devait mourir à cet instant, à l'âge de 49 ans, il n'y aurait rien à redire, il était en paix. Il se sentait prêt à continuer sur la voie du bodhisattva après cette vie, œuvrant au service de tous les êtres sensibles, comme il en avait maintes fois fait le vœu. Ses yeux se posèrent sur cette photo d'Astrid, cheveux aux vents, qu'il avait prise sur une plage de Bretagne. Il avait toujours adoré ce portrait d'elle, regard bleu intense et sourire énigmatique, mais il lui semblait désormais distant, comme appartenant déjà au passé. Timothée n'avait pas revu Astrid depuis son retour à Paris et pressentait que leur relation touchait à sa fin. Il n'en était pas particulièrement triste pour autant, ni soulagé non plus. Peut-être avait-il franchi cette ligne de démarcation de la sagesse au-delà de laquelle on ne juge plus et on se contente d'accepter. Il se leva de son coussin et se mit au lit.

Il était 9 h 40 quand Lucia sortit dans la rue, ça allait être juste pour son rendez-vous de 10 heures. « Et puis zut », pensa-t-elle, elle n'allait pas stresser pour si peu, « *no pasa nada* ». Elle en avait marre d'être sous pression, depuis la licence où il fallait figurer parmi les meilleurs pour espérer entrer en troisième cycle, puis la maîtrise où les notes allaient conditionner l'obtention d'une bourse de doctorat. Sans parler des examens de français en parallèle. Après tout, elle en avait vu d'autres pour parvenir jusque-là, elle n'allait tout de même pas se faire du souci pour quelques minutes de retard. Si Brun n'était pas content, tant pis pour lui. Il n'avait qu'à ne pas accepter une doctorante mexicaine, tout le monde sait que les Latino-américains ne sont pas les champions de la ponctualité. Cette dernière réflexion la fit sourire. « Je ne souris pas assez », se dit-elle, « j'ai été contaminée par la morosité ambiante. Je suis devenue aussi grise que les Parisiens, quelle horreur ! » Tout en marchant, elle tourna la tête vers une vitrine pour vérifier si son visage affichait l'air maussade des habitants de la capitale. Le reflet qu'elle reçut en retour la rassura, une étincelle brillait encore dans ses yeux et elle arborait un petit sourire narquois en coin. Et puis elle se trouvait plutôt jolie ce matin-là, ce qui n'était pas si courant. Elle s'engouffra dans le métro.

Lucia émergea de la station Cluny-La Sorbonne à 10 h 2 et pressa le pas en remontant le boulevard Saint-Michel. Quand elle arriva enfin place de la Sorbonne, la vue qu'elle attendait s'offrit à elle : la place, la fontaine, les cafés, le chassé-croisé des étudiants, la façade de la vénérable institution et surtout la coupole. Cette image de carte postale valait tous les sacrifices qu'elle avait faits jusque-là. Elle était doctorante en science politique à la Sorbonne et ses amis de fac restés au pays l'enviaient rien que pour ça. Elle passa le porche en montrant distraitement sa carte au gardien bougon en faction, puis se dirigea vers le bureau du professeur Brun en montant les escaliers quatre à quatre. Son téléphone portable affichait 10 h 8 lorsqu'elle frappa.

— Entrez !

— Bonjour Professeur, excusez mon retard !

Le vieil universitaire jeta un œil à sa montre et fit la moue, mais s'abstint de la moindre remarque. Il était pressé et préféra enchaîner.

— Bon, alors, vous en êtes où ?

Lucia alluma son ordinateur portable, puis commença à présenter les diapositives de son plan de thèse. Elle mit en évidence les modifications effectuées depuis la réunion précédente et détailla les activités qu'elle comptait réaliser durant les trois mois suivants. Elle avait notamment prévu de passer quatre semaines dans sa région natale pour recueillir de nouvelles données empiriques. Sa thèse portait sur la relation entre la migration internationale et le développement au Mexique, et reposait sur l'étude d'un programme de cofinancement de projets dans les communautés affectées par l'émigration vers les États-Unis. Elle avait choisi un petit village du Michoacán, situé à trente minutes du domicile de ses parents, pour effectuer l'essentiel de son travail de terrain. Brun avait visiblement peu de temps à lui consacrer et semblait préoccupé. Il avait écouté sa présentation d'un air distrait, tout en hochant la tête, puis s'était contenté de conclure en disant :

— Très bien. Ça va, ça avance. On refera le point après votre retour du Mexique.

Lucia était déçue par ce manque d'attention, mais résignée, car c'était chaque fois la même chose. Elle s'était fait une raison sachant qu'il avait une douzaine de doctorants sous sa tutelle, en plus de la direction d'un master. Ce qui la frustrait le plus, c'était qu'il ne l'aidait pas à résoudre ses doutes et, en conséquence, elle avait l'impression de naviguer à vue. Bien entendu, elle avait écrit des mémoires pour sa licence et son master au Mexique, mais une thèse de doctorat, c'était tout de même autre chose. C'était comme passer d'un seul coup de la barre d'un chalutier à celle d'un paquebot, cela représentait un changement d'échelle énorme. Le risque de mal cerner son sujet, de s'égarer, de faire fausse route, de partir dans tous les sens, de se noyer dans des détails insignifiants était grand. Elle attendait de son directeur de thèse qu'il l'oriente dans cet océan d'informations et d'idées dans lequel elle se maintenait difficilement à flot. Elle aurait voulu qu'il l'aide à définir un cap et à le garder, mais, au contraire, chacun de ses conseils semblait l'inciter à davantage de dispersion. En plus, comme si ce n'était pas déjà assez compliqué comme ça, il fallait qu'elle rédige cette foutue thèse en français, langue qu'elle avait commencé à étudier à l'adolescence seulement, en suivant les cours de l'Alliance française de Morelia. Aux questionnements scientifiques s'ajoutaient les nombreux doutes orthographiques, grammaticaux et syntaxiques. Certes, elle avait une relativement bonne maîtrise orale de la langue de Molière après plus de deux ans passés à Paris, mais bien l'écrire restait un défi.

Dans le brouhaha du rez-de-chaussée où traînait une foule d'étudiants de licence, son estomac lui rappela qu'elle avait fait l'impasse sur le petit-déjeuner. Elle alla chercher un pain au chocolat, son péché mignon depuis qu'elle vivait en France, au petit local près de la porte d'entrée. Un café instantané de la machine du couloir principal compléterait le repas. C'était frugal, mais son budget ne lui permettait pas de faire des folies. L'atelier sur les outils statistiques ne débutant qu'à 11 heures, elle avait le temps de sortir sur la place et de s'asseoir un moment à côté de la fontaine. Là, elle se mit à penser à son prochain séjour au Mexique, au beau ciel bleu de Morelia qui emplissait déjà ses yeux. Elle s'imaginait longeant l'avenue *Camelinas*, passant devant le zoo et la caserne des pompiers, puis la montée sinueuse vers *Santa Maria*, l'ancien village avalé par la croissance urbaine où se trouvait la maison familiale.

« La chambre est plongée dans l'obscurité et le silence. Le léger courant d'air, qui se glisse par la fenêtre entrouverte, agite doucement le rideau à intervalles réguliers, comme une respiration. Une odeur d'encens flotte encore dans la pièce. De temps en temps, quelques sons parviennent de la rue, un klaxon au loin, un couple de noctambules éméchés qui parlent fort. Mon bureau semble mieux rangé qu'à l'habitude, comme si j'avais cherché hier soir à mettre de l'ordre dans ma vie. Sur la table de nuit, le réveil affiche 4 h 37. Juste à côté trône la photo prise dix ans plus tôt à Dharamsala, où je pose pour la première fois, l'air humble et ému, avec mon maître.

Allongé nonchalamment sur le flanc, mon corps repose sur le lit, comme endormi. Mon visage est paisible et détendu, même les rides semblent estompées. Une auréole rouge sombre s'est formée autour de ma tête, imbibant d'abord l'oreiller, puis le matelas. Tout près de là, mon coussin de méditation traîne sur le parquet, portant les stigmates encore frais du crime : un mélange de poudre, de sang et de matière céphalique. Une demi-heure plus tôt, en plein rêve, une balle de calibre trente-huit a perforé ma tempe, traversé mon cerveau et mis fin à mon existence. Enfin, à cette vie-là, celle de Timothée Lévy. Je ne sais pas pourquoi j'ai été assassiné — les voies du karma sont difficilement pénétrables — mais cela n'a de toute façon plus d'importance. D'où je suis, on ne revient pas. Dans quelques heures, le fidèle Bernard sonnera à ma porte. Nous avions rendez-vous pour travailler à la préparation d'une série de conférences sur le Soutra du Diamant. Au lieu de cela, il m'aidera à cheminer dans les méandres des bardos qui conduisent à ma prochaine vie. Viens, Bernard ! J'ai besoin de toi... »

Comme tous les matins où il était en service, le commissaire Paul Mantovani referma lentement la porte derrière lui, puis posa sur son bureau le petit sac en papier brun contenant le croissant qu'il avait acheté en route. Il quitta son vieux manteau noir et l'accrocha au mur.

Plutôt grand et ventru, Mantovani semblait tout droit sorti d'une dramatique policière des années quatre-vingt, fruit d'un improbable croisement entre les commissaires Maigret et Cabrol. Il portait immanquablement un costume gris passé de mode, qu'il combinait avec une chemise blanche et une cravate sombre. Ses cheveux grisonnants gominés et coiffés en arrière contribuaient presque autant à son allure vieillotte que la longue paire de moustaches qui lui valait d'être surnommé « le Morse » dans toute la brigade. C'est JP qui en avait eu l'idée en pensant à *I Am the Walrus*, évidemment, l'un de ses opus préférés des Beatles. D'autant que Lennon, déguisé en morse dans la vidéo tirée du film *Magical Mystery Tour*, lui rappelait la silhouette balourde de Mantovani. Cette chanson pop surréaliste, empruntant à la fois à la musique classique et à l'avant-garde, fut la première enregistrée après la mort du manager Brian Epstein et l'arrêt définitif des tournées. Un poème de Lewis Carroll, *Le morse et le charpentier*, fournit le titre, mais le morceau résulta de l'assemblage de trois bouts de chansons. L'une des idées de base de Lennon était d'écrire les paroles les plus confuses possible, par défi, après avoir appris qu'un professeur d'anglais de son ancienne école de Liverpool faisait étudier leurs chansons à ses élèves. Certains vers étaient des réminiscences de prises de LSD ou de vieilles comptines et le côté obscur du texte se voulait aussi une parodie de Dylan. Pour la musique, c'était le son d'une sirène de police qui avait inspiré les premières notes. Lorsque John fit découvrir *I Am the Walrus* aux autres Beatles, ils restèrent perplexes. Un brin agacé, le producteur George Martin aurait dit : « Que diable veux-tu que je fasse avec ça ? » Et pourtant, la chanson allait lui fournir l'occasion de réaliser l'une de ses meilleures orchestrations avec seize musiciens classiques et seize choristes. La voix de John fut distordue au maximum et on bourra le morceau d'effets sonores. Les extraits discontinus du Roi Lear, acte IV, scène 6, audibles vers la fin, furent enregistrés au hasard et en direct au moment du mixage, lors d'une retransmission de la pièce par la BBC. Le résultat est bluffant. Complexe et énigmatique à souhait, *I Am the Walrus* continue à déconcerter cinquante ans plus tard, comme si elle cachait un insondable mystère.

Après avoir frotté énergiquement ses mains l'une contre l'autre, le Morse ouvrit la boîte métallique où il conservait son café en poudre. Puis, il chargea le filtre de la machine à expresso et appuya sur l'interrupteur. Le temps de mettre en route son ordinateur et de consulter son agenda, la petite lumière verte s'était allumée. Il positionna une tasse blanche et pressa le bouton. L'odeur de café frais, torréfié à l'italienne, emplit la pièce. C'était le meilleur moment de la journée. Mantovani posa ses mains sur sa grosse bedaine à la manière d'une femme enceinte. À défaut de fœtus, c'était le mouvement de ses tripes qu'il auscultait ainsi, selon un rituel bien établi. Tout son corps se raidissait alors, mais c'était sur sa face que l'accumulation de gaz abdominaux provoquait l'altération la plus notable. Ses traits se tiraient d'abord, puis il plissait les yeux comme un vieux chinois. Très lentement, ses lèvres serrées commençaient à se tordre en un rictus que même sa grosse moustache ne parvenait pas à occulter complètement. JP, qui le connaissait bien, avait appris à décoder ces petites transformations et savait alors que le Morse était proche du point de saturation où il lui devenait nécessaire de soulager discrètement la pression, ce qu'il faisait généralement avec une dextérité d'orfèvre. Un relâchement du visage indiquait que l'opération silencieuse avait été menée à bien.

Assis à son bureau, il avala une première gorgée et appuya son large dos contre le fauteuil. Il était 8 heures passées et les couloirs de la brigade criminelle étaient encore relativement calmes. C'était l'heure où il avait l'habitude de faire le point sur ses enquêtes ou, plus rarement, sur sa vie. En consultant le calendrier, il se rendit compte qu'il ne restait plus que deux mois et demi avant son départ à la retraite, le 21 juin. Curieusement, l'automne de son existence allait débuter un premier jour d'été, qui plus est, accompagné par les flonflons de la Fête de la musique. Il avait soixante-quatre ans passés et la date fatidique avait été fixée d'office en vertu de la limite d'âge des fonctionnaires de police. Il avait à peu près tout fait pour retarder l'échéance le plus longtemps possible, mais cette fois il arrivait au bout du dernier sursis et on n'y pouvait plus rien. Parmi les sentiments mêlés, voire contradictoires, qu'il éprouvait, la crainte dominait. Certes, il était fatigué après plus de quarante ans dans la police, dont vingt à la Criminelle à « traquer des détraqués », comme il aimait à dire. Le stress des enquêtes, la pression du chef, le poids croissant de la bureaucratie et la difficulté de gérer au quotidien près de vingt policiers et policières, avec tout le pathos que cela impliquait, avaient fini par l'user. Il sentait bien qu'il n'avait plus l'énergie nécessaire pour y faire face jour après jour, et son aspiration à une existence plus tranquille avait considérablement enflé au cours des derniers mois écoulés. Malgré tout, il ne parvenait toujours pas à percevoir la fin de son activité professionnelle autrement que sous l'angle d'un saut dans le vide. En dépit de tous ses efforts, il ne pouvait se projeter au-delà du 21 juin 2013 et visualiser sa vie d'après sans que l'angoisse finisse par prendre possession de tout son être. Consciente des préoccupations qui l'agitaient, son épouse tentait de le rassurer par tous les moyens, mais ne faisait le plus souvent qu'augmenter son anxiété. La pauvre femme participait même plus du problème que de la solution, mais ne s'en rendait pas compte, aveuglée qu'elle était par ses bonnes intentions. Depuis plusieurs semaines déjà, elle s'était mis en tête de refaire leur appartement de fond en comble avant le départ à la retraite de son mari, pensant qu'ainsi il aurait davantage le cœur à rester à la maison. En réalité, les discussions interminables sur le détail des travaux ne faisaient qu'amplifier son exaspération.

Tout à coup, on frappa à la porte. JP, dont le groupe était de permanence en ce samedi 6 avril, passa la tête.

— On vient de recevoir un appel du dix-huitième. Un homicide par balle, rue Montcalm.

— Décidément, on ne peut même plus boire son café tranquille, grogna le commissaire avec cette touche d'accent provençal que plus de trente années de grisaille parisienne n'avaient pas réussi à gommer totalement. Donne-moi cinq minutes, il n'est plus à ça près ton bonhomme. Dis à Farid de sortir la bagnole !

Au fond, Mantovani n'était pas mécontent qu'une nouvelle enquête vienne le tirer de ses idées noires. Il aurait bien le temps de gamberger plus tard. JP se chargea de prévenir le reste de l'équipe et les techniciens de l'identité judiciaire. Le Morse tenta de savourer les ultimes gouttes de son expresso, de sacraliser ces quelques instants. «C'est peut-être ma dernière affaire,» se dit-il. Il repensa à sa retraite prochaine. Qu'allait-il faire de ses journées ? Il pourrait lire son journal tranquillement, promener le chien, aller au cinéma. Et après ? L'idée de se retrouver seul entre quatre murs avec sa femme l'épouvantait. Non pas qu'il ne l'aimât plus, ce n'était pas ça, mais elle le fatiguait nerveusement. Elle attendait trop de lui et elle le connaissait trop bien. Cette façon de l'épier constamment du coin de l'œil, d'être toujours à l'affût, de détecter la moindre déprime dans son regard et surtout son irrépressible besoin de lui remonter le moral, tout cela lui tapait sur le système. Avec elle, il se sentait comme un enfant. Oui, c'était cela le fond du problème, sa femme l'infantilisait. Le pire dans cette histoire était qu'il n'osait pas le lui dire.

Le gros coup de frein donné dans la cour par le lieutenant Farid Boudjella, quatrième de groupe, fit crisser les pneus et sortit le commissaire de sa rêverie. Le caractère impulsif du jeune officier beur l'agaçait fréquemment, mais sans jamais parvenir à atténuer la sympathie instinctive qu'il éprouvait pour lui. Tous deux étaient fils d'immigrés, et il se dit en enfilant son manteau que c'était sans doute ça qui créait des liens.

À peine Mantovani et JP avaient-ils fermé leur portière que Farid démarra sur les chapeaux de roue.

— Eh, vas-y mollo mon gars, j'ai pas envie de rendre mon jus, grommela le Morse.

— Bien, chef !

Le souffle court, Mantovani fit une pause en arrivant sur le palier du quatrième et dernier étage de cet immeuble dépourvu d'ascenseur.

— Pff... j'ai fait mon exercice physique pour la semaine.

— On y va ? demanda JP au bout de quelques secondes, impatient de découvrir la scène de crime.

— Allons-y, approuva Mantovani.

Farid fermait la marche. Les trois officiers saluèrent le policier en faction devant le logement de la victime avant de s'équiper de combinaisons, charlottes, surchaussures et masques. Le Morse regrettait le temps où l'on ne s'embarrassait pas d'autant de précautions car son embonpoint ne lui facilitait pas la tâche au moment d'enfiler cette tenue de cosmonaute. JP et Farid ne se lassaient pas de le voir ainsi accoutré, semblable à un vieux clown triste et fatigué. Ils franchirent la porte de l'appartement laissée entrouverte. L'odeur prégnante d'encens et la pénombre en ce début de matinée les surprirent. Ils écartèrent le rideau de velours rouge qui séparait le vestibule de la première pièce et firent quelques pas. Après quelques instants d'acclimatation, ils commencèrent à distinguer des photos accrochées aux murs, les meubles et bibelots orientaux, des statues du Bouddha et de ce qui semblait être des démons. « On dirait un temple », souffla Mantovani à voix basse, comme si le lieu imposait le respect. C'est alors qu'il remarqua un homme assis en tailleur sur un gros coussin noir dans un coin du salon et fit signe à JP. Il avait un livre ouvert entre les jambes et paraissait psalmodier. Un policier en civil du commissariat du dix-huitième arrondissement s'avança vers eux.

— Par ici, commissaire ! Capitaine Marvel, c'est moi qui vous ai appelés.

Les quatre hommes entrèrent dans la chambre à coucher. La victime était dans son lit, torse nu, allongée de dos sur le côté gauche, couverte d'un drap vert jusqu'à la taille. Marvel rompit le silence.

— Nous avons reçu un appel de la concierge de l'immeuble, vers 8 h 45.

— Et l'homme dans la pièce d'à côté ? interrogea JP.

— Bernard Langlois. C'est lui qui a prévenu la concierge, il avait rendez-vous avec la victime à 8 h 30. Il a sonné plusieurs fois et s'est inquiété de l'absence de réponse.

— Qu'est-ce qu'il est en train de faire ? demanda Mantovani.

— J'ai cru comprendre qu'il était bouddhiste, la victime aussi d'ailleurs. Il m'a demandé s'il pouvait lire un texte au défunt pour l'aider à se réincarner. Enfin, un truc dans le genre. Il voulait rester près du corps, mais je lui ai dit que ce n'était pas possible.

— Ça doit être le *Bardo Thödol*, le *Livre tibétain des morts*, précisa JP.

— Le commandant Estable est la grosse tête de la Criminelle, expliqua Mantovani à son collègue, tout en faisant le tour du lit pour voir le cadavre de plus près.

On lui donnait la cinquantaine. Crâne rasé et les yeux fermés, son visage pâle paraissait étrangement calme. Sa bouche entrouverte semblait même esquisser un sourire. Sans le trou rouge à la tempe, on aurait pu croire qu'il faisait un somme.

— La balle a été tirée à bout portant à travers ce coussin, avança le capitaine Marvel qui avait eu le temps d'analyser la scène de crime avant l'arrivée de ses collègues.

Le coussin noir gisait sur le parquet, percé en son centre et avec des traces de poudre.

— Au vu de la taille du trou, je parierais pour un calibre 38, dit Mantovani.

— Tiens, il dormait avec des écouteurs dans les oreilles, remarqua JP, penché à son tour au-dessus du corps.

— Effectivement, il a dû s'endormir en écoutant son iPod, proposa Marvel.

— Son quoi ? demanda Mantovani, dont l'actualisation technologique s'était arrêtée quelque part au milieu des années quatre-vingt.

— Son iPod, chef, d'Apple. C'est le petit appareil blanc connecté aux écouteurs, ici, sur le lit, répondit Farid en montrant l'objet rectangulaire coincé entre la poitrine du mort et le matelas. En fait, ça s'appelle un baladeur. C'est pour écouter de la musique.

— Comme un walkman, quoi.

— Oui, en gros c'est ça, mais en plus compact. La musique est enregistrée directement dans la mémoire de l'appareil.

— Ah, je vois, dit le Morse sans vraiment comprendre.

— C'est quand même bizarre, que les écouteurs n'aient pas bougé après qu'il a dormi un certain temps et reçu une balle dans la tête, releva JP en s'approchant à son tour.

— Le coussin était plaqué sur l'oreille droite pendant l'impact et l'autre écouteur était coincé contre l'oreiller, ce qui pourrait expliquer pourquoi tout est resté en place, répondit Mantovani.

— OK, mais ça m'étonne qu'ils ne soient pas tombés pendant son sommeil, surtout celui de l'oreille droite, ces trucs-là, ça ne tient pas très bien généralement.

— L'assassin l'a peut-être remis en place, suggéra Marvel.

— Pourquoi pas ? fit le Morse en lissant sa grosse moustache avec le pouce et l'index de la main gauche. De toute façon, le labo va nous analyser tout ça.

L'attention de JP s'était tournée vers la bibliothèque qui faisait face au lit. Plusieurs rayonnages étaient chargés d'ouvrages sur le Tibet et le bouddhisme, en français et en anglais. Les quelques livres que JP avait lus sur le sujet lui avaient fait ressentir une véritable affinité pour cette philosophie orientale. Il était en train de se dire qu'il devrait peut-être rejoindre un centre bouddhiste quand des bruits de voix et de pas se firent entendre dans la pièce voisine. Jojo Versini et la lieutenante Michelle Mabel, l'une des deux seules femmes du groupe, venaient d'arriver avec le photographe et les techniciens de l'identité judiciaire.

— Bon, on va les laisser travailler, fit Mantovani.

En repassant devant la loge de la concierge, les quatre policiers croisèrent la brigadière-chef Marie Mohan et le brigadier Jean Ostermann qui s'apprêtaient à démarrer l'enquête de voisinage.

Farid reprit sa place derrière le volant pour le retour à la Criminelle. JP monta à ses côtés, Mantovani à l'arrière.

— Alors, vous en pensez quoi ? lança le Morse qui aimait sonder ses collaborateurs avant de donner son avis.

— Un peu zarbi cet appartement, non ? Et puis ce type assis en train de réciter dans un coin, c'était carrément surréaliste, répondit Farid.

— Ce qui me paraît paradoxal, poursuivit JP, c'est qu'un mec en apparence très porté sur la spiritualité, très zen, soit tué ainsi. Il y a quelque chose qui cloche.

— Oh, tu sais, mon cher Jean-Paul, commença Mantovani qui s'adressait toujours à JP de la sorte quand il voulait mettre en avant sa longue expérience professionnelle, dans notre métier, on ne peut être surpris de rien. Tout le monde cache des choses.

— Et vous, c'est quoi votre secret, chef ? demanda Farid d'un ton ingénu en jetant un œil dans le rétroviseur.

Mantovani tourna la tête vers le trottoir et se contenta d'un laconique :

— Secret défense !

Alors qu'ils étaient arrêtés à un feu dans la rue Ordener, le regard de JP tomba sur un graffiti en grosses lettres noires écrit sous les fenêtres d'un immeuble vétuste : « Le changement, c'est du flan ». Il le désigna du doigt à Mantovani.

— Tenez, regardez chef, voilà qui résume parfaitement la situation actuelle.

— Ouais. Dans le temps, on disait : « Élections, piège à cons ».

— Tiens donc, je ne vous savais pas ex-soixante-huitard, on en apprend tous les jours, lança JP, taquin.

Mantovani répondit par un haussement d'épaules. Le feu passa au vert, puis il enchaîna.

— Je ne te surprendrai pas en disant que je ne me suis jamais identifié avec mai 68, mais l'avantage de cette époque-là c'est qu'au moins les choses étaient claires, les avis tranchés. Aujourd'hui, on n'y comprend plus rien, les gouvernements changent, mais la politique reste la même. Faut dire que l'époque actuelle est complexe.

Plutôt content que son supérieur se lance sur le sujet, JP embraya.

— Je sais, la complexité est à la mode, mais moi je pense qu'elle a bon dos. Ce qui me paraît simple, à moi, c'est que de nos jours, tous les grands partis sont au service des riches. Sans parler des médias qui, au lieu d'éclairer les gens, font du lavage de cerveau.

— Bof, la lutte des classes, c'est un peu dépassé, quand même.

— Pas du tout, chef ! Le terme peut paraître daté, mais il n'empêche que ça reste plus que jamais d'actualité. Il y a toujours une hiérarchie des classes, qu'on le veuille ou non, et on assiste même à une augmentation des inégalités. Par contre, ce qui fait défaut de nos jours c'est la lutte. Tout le monde semble résigné.

— Mouais. De toute façon, aujourd'hui on ne comprend plus rien à rien. Et puis ça ne va pas nous faire avancer sur cette nouvelle affaire. Dans un mois et demi, je pars à la retraite, moi. J'espère qu'on bouclera tout ça d'ici là, je n'ai pas envie de traîner ce boulet.

JP comprit que la parenthèse politique était terminée et préféra garder le silence jusqu'à leur arrivée au bureau. Tout de même, s'entendre dire que la lutte des classes était dépassée, ça le mettait en rogne. Surtout de la part de Mantovani, un fils d'immigrés italiens, avec un père charpentier. Ne sentait-il pas qu'un monde le séparait du divisionnaire Dekker, par exemple, issu de la grande bourgeoisie nordiste. JP, lui, s'identifiait toujours à la classe ouvrière à laquelle avaient appartenu ses parents. Certes, pendant ses études de droit et ses premières années dans la police il avait fait profil bas concernant ses origines sociales. Il avait même sincèrement cru à la dissolution des classes dans la République, mais comme pour beaucoup d'idées de sa jeunesse, il en était revenu. Et puis, en y pensant bien, la différence de classe n'avait-elle pas contribué aussi au fossé qui s'était creusé au fil des ans entre Jeanne et lui ? Son beau-père avait fait carrière comme ingénieur à EDF et sa belle-mère avait été institutrice. Rétrospectivement, il se rendait compte qu'il ne s'était jamais vraiment senti à l'aise avec sa famille à elle, mais il était toujours incapable de décider s'il fallait attribuer ce malaise à une réelle condescendance de ses anciens beaux-parents envers lui ou à ses propres complexes. Assis à côté de Farid, lui-même issu d'un milieu modeste, JP se demanda ce que les Beatles avaient à dire sur la question de classe. Leur origine populaire, traduite par leur spontanéité et leur accessibilité, leur gouaille même, n'avait-elle pas joué un rôle dans l'émergence de la Beatlemania ? On pouvait penser que leur côté normal et dénué de glamour avait favorisé l'effet d'identification au sein de cette génération de l'après-guerre. L'extraction sociale fut même l'une de ces lignes de division que l'on traça à l'époque entre les Beatles et les Rolling Stones : les prolos du nord versus les bourgeois du sud, opposition en partie factice, mais qui symbolisait à merveille la bipolarité sociogéographique de l'Angleterre. Lorsque la voiture déboucha enfin sur le quai des Orfèvres, JP était remonté comme une pendule et la ritournelle entêtante et austère de *Working Class Hero* rythmait ses pensées. Cette fameuse ritournelle de Lennon qui rappelait fortement celle du *Masters of War* de Bob Dylan, le seul auteur-compositeur contemporain, avec Brian Wilson, à avoir véritablement influencé les Beatles.

Si Mantovani avait mis fin un peu abruptement à la conversation avec JP, ce n'était pas seulement à cause de sa réticence à parler de politique, mais aussi parce qu'il s'était senti physiquement mal à l'aise. À peine descendu du véhicule, il avait filé aux toilettes pour soulager ses intestins. Il détestait ces déplacements dans le trafic parisien qui mettaient ses tripes à rude épreuve au-delà de trente minutes de trajet. Son problème d'aérophagie était d'ailleurs devenu légendaire au sein de la Criminelle suite à l'anecdote racontée par Jojo Versini à la fin d'un repas entre collègues bien arrosé. L'accent corse et le taux d'alcoolémie élevé avaient rendu l'histoire encore plus drôle : « *On était en planque de nuit tous les deux, dans la bagnole. Comme il ne se passait rien et que, soit dit en passant, on n'a pas beaucoup de sujets de conversation en commun le patron et moi, et ben au bout de deux ou trois heures on a fini par s'endormir. Tout à coup, je suis réveillé par un bruit de rafale ! Je sursaute et sors mon flingue en pensant qu'il y a du grabuge. Je me tourne vers lui, il est toujours endormi et ronfle comme un sonneur. Je regarde dehors et tends l'oreille, rien, tout semble normal. Et là, le boss,*

il me lâche une autre rafale de pets : ta ta ta ta ta ! On aurait dit une mitraillette !
Et il ne se réveille même pas, le con. J'étais mort de rire. »

Astrid Vollmer se présenta à la réception de la brigade en milieu d'après-midi, cinq minutes avant l'heure convenue. JP la fit passer dans son bureau, pendant que Michelle s'installait pour prendre sa déposition. Versini s'assit dans un coin en observateur attentif et pas complètement désintéressé. À quarante-cinq ans, cette Allemande blonde aux yeux bleus originaire d'ex-RDA était toujours une très belle femme, avec une dignité de reine déchue et triste qui inspirait naturellement le respect.

Après avoir décliné son identité, Astrid commença à répondre aux questions concernant ses liens avec la victime dans un français impeccable et presque sans accent.

— Depuis quand connaissiez-vous Timothée Lévy ? demanda JP.

— Nous nous sommes connus il y a sept ans environ, lorsque j'ai rejoint notre groupe bouddhiste. Il faisait déjà partie des enseignants.

— Quelle était la nature de la relation que vous entreteniez avec M. Lévy.

— Nous avons été amants, répondit-elle en baissant les yeux.

— Pendant combien de temps ?

— À peu près six ans. Notre relation a débuté près d'un an après notre première rencontre et s'est achevée récemment.

— Quand exactement ?

Elle sembla chercher ses mots en regardant autour d'elle.

— J'ai officialisé la rupture hier soir.

— Peu de temps avant le meurtre, donc ?

— Oui.

— À quelle heure ?

— Je suis passée à son domicile vers 18 h 30 et j'en suis repartie une heure plus tard, environ. Je ne me doutais pas que je le voyais pour la dernière fois.

Astrid baissa la tête et essuya une larme.

— Comment a-t-il pris la nouvelle de la rupture ?

— Relativement bien, je crois. Timothée était un homme très sage, un grand pratiquant.

— Il ne s'est pas mis en colère ? Il n'y a pas eu de dispute ?

— Non, pas du tout. Il est resté très tranquille. Et puis je pense qu'il s'y attendait un peu.

— Comment ça ?

— Disons que notre relation tournait au ralenti ces derniers temps. Il venait de passer un mois au Tibet et avait commencé un nouveau livre qui l'absorbait beaucoup, et moi... j'avais besoin de reprendre ma liberté.

Elle avait semblé faire un effort pour soutenir le regard de JP au moment de prononcer ces derniers mots.

— Vous avez donc quitté le domicile de la victime vers 19 h 30.

— Oui, c'est ça.

— Avez-vous croisé quelqu'un dans l'immeuble en sortant ?

Astrid réfléchit un instant avant de répondre.

— Non, je ne crois pas. J'ai croisé une voisine de Timothée en arrivant, mais je ne me souviens pas avoir vu quelqu'un en partant.

— Qu'avez-vous fait après ?

— Je suis allée chez un ami, dit-elle un peu gênée. Je suppose que vous avez besoin de son nom.

JP hocha la tête.

— Il s'agit de Stuart Whitfield, le responsable de notre centre.

— À quelle heure êtes-vous arrivée chez lui ?

— Peu après 20 heures, je suppose.

— Et quand en êtes-vous partie ?

— Ce matin, vers 10 heures.

— Comment avez-vous appris le décès de M. Lévy ?

— Bernard Langlois m'a appelée sur mon portable ce matin vers 9 heures, peu après la découverte du corps. J'étais sous le choc, c'est affreux ce qui lui est arrivé. C'est idiot, mais je me suis sentie un peu coupable au début.

— Pourquoi ?

— Je venais de le quitter et il a été tué juste après. Je sais que c'est une coïncidence, mais.... c'est dur à admettre.

— Je comprends. Avez-vous une idée de qui aurait pu avoir de bonnes raisons de tuer Timothée Lévy ?

— Aucune, je ne vois pas comment on aurait pu en vouloir à Timothée au point de l'assassiner.

— Pardonnez la question, mais depuis quand entretenez-vous une relation affective avec M. Whitfield ?

— C'est tout récent, depuis trois semaines environ. Timothée était en Inde quand ça a commencé.

— Très bien, je vous remercie. Nous vous contacterons si nous avons besoin de plus d'informations.

Astrid était sur le point de quitter la pièce quand JP la rappela.

— Ah, une dernière question s'il vous plaît.

— Je vous écoute.

— Est-ce qu'à votre connaissance M. Lévy avait un baladeur de type iPod ?

— Non, pas que je sache, ce n'était pas son style. Timothée aimait dire qu'il était de la vieille école, il n'était pas très porté sur les appareils électroniques.

— Merci, ce sera tout pour l'instant.

Quand elle fut sortie, Versini lâcha :

— Ils se donnent vite bonne conscience les bouddhistes. Elle le largue pour un mec mieux placé, mais c'est pas grave car « c'était un grand pratiquant ».

JP ne releva pas et demanda à Joseph de contacter Whitfield afin de l'interroger et de vérifier son alibi, ainsi que celui d'Astrid Vollmer. Il ne la croyait pas coupable, mais savait qu'il se devait de la considérer comme un suspect en raison de ses liens avec Lévy et du fait qu'elle était pour l'instant le dernier témoin à l'avoir vu vivant.

Il était de toute façon trop tôt pour s'emballer, l'enquête ne faisait que débuter. Il fallait être patient. JP n'attendait pas grand-chose de l'autopsie, mais se demandait si la scène de crime révèlerait des éléments intéressants. Comment était entré l'assassin ? Avait-il laissé des traces exploitables ? Quelle relation entretenait-il avec la victime ? Et puis, il y avait ce baladeur trouvé sur Lévy, parfaitement en place, qui l'intriguait. Quel pourrait bien être son contenu ? Sans doute des chants de moines tibétains ou des mantras. Enfin, c'était ce qu'il imaginait.

III

Alors qu'il la regardait avec bienveillance, JP pensa à tout cet amour qui devait sommeiller en elle. Assise à son bureau, Michelle était en train de retoucher consciencieusement son maquillage quand il s'était arrêté devant l'embrasure de la porte. Elle écoutait de la musique sur son baladeur et n'avait pas remarqué sa présence. En ce lundi matin, JP était arrivé plus tôt qu'à l'accoutumée car il avait hâte de rassembler les éléments disponibles sur l'affaire Lévy avant la réunion prévue avec son groupe et Mantovani. Au bout de quelques secondes, il frappa deux coups secs sur le cadre de la porte qui firent sursauter la jeune femme.

— Tu m'as fait peur, JP ! dit-elle en ôtant ses écouteurs.

— Désolé.

— Tu te déplaces comme un fantôme. Heureusement que je ne suis pas cardiaque, fit-elle avec ce léger accent guadeloupéen qu'il avait toujours trouvé adorable.

— C'est à cause de la musique que tu ne m'as pas entendu.

Michelle lui tendit le rapport d'autopsie de Timothée Lévy. Il le feuilleta rapidement. Comme attendu, le document n'apportait pas beaucoup d'éléments intéressants. Le décès, situé aux alentours de 4 heures du matin, avait bien été causé par la balle tirée à bout portant pendant le sommeil de la victime.

— OK, merci ! dit-il en se dirigeant vers le fond du couloir.

Après avoir accroché son imper au portemanteau, il prit place à son bureau où plusieurs dossiers s'étaient accumulés pendant le week-end. Presque tous concernaient l'affaire Lévy et il s'empressa de les consulter. Les dépositions des voisins et des proches ne révélaient rien de significatif à première vue. L'alibi d'Astrid et de son nouvel amant, Stuart, avait été corroboré par plusieurs personnes. La concierge avait vu passer l'ancienne maîtresse devant sa loge au moment où elle quittait l'immeuble peu après 19 h 30.

L'examen balistique confirmait l'intuition du Morse. C'était bien un calibre 38 qui avait fait basculer soudainement le pauvre homme de vie à trépas. « Peut-être vers le nirvana », songea JP. Avec le rapport d'analyse de la scène de crime, il pensait s'être réservé le meilleur pour la fin, comme il avait l'habitude de le faire. Pourtant, là encore, il allait être déçu en l'absence d'informations transcendantes. La recherche d'empreintes, en particulier, n'avait pas permis de suggérer une piste. On semblait avoir affaire à un professionnel.

Un peu avant midi, JP reçut un courriel de la SITT, la section de l'informatique et des traces technologiques de la police scientifique et technique. Ils accusaient réception de l'ordinateur et du téléphone portable de Timothée Lévy, tout en indiquant qu'ils enverraient les résultats d'analyse dans les plus brefs délais. La bonne surprise était qu'ils avaient déjà pu examiner l'iPod retrouvé sur la victime, de type *nano 16 Gb*, et qu'ils joignaient leur rapport au message. JP ouvrit le document et ce qu'il y lut le laissa perplexe. Après quelques secondes de réflexion, il se lança dans une recherche frénétique d'informations sur Internet.

À 14 heures précises, Mantovani réunit le groupe de JP, six officiers de police judiciaire au total, pour faire un premier point sur l'affaire Lévy. Thomas Dekker, le commissaire divisionnaire qui dirigeait la brigade criminelle, s'était invité comme il le faisait de temps en temps, histoire, disait-il, de prendre le pouls de ses équipes. Ni Mantovani, ni JP n'étaient enchantés par cette présence qu'ils jugeaient inutilement stressante et sans valeur ajoutée pour l'enquête. Dekker, un nordiste venu à Paris pour faire carrière, et qui s'en était d'ailleurs fort bien sorti jusque-là, était perçu au sein de son service comme un arriviste prêt à sacrifier père et mère pour un avancement. Il avait une fâcheuse tendance à tirer la couverture à lui quand ses équipes réussissaient et à jeter le blâme sans parcimonie lorsqu'elles échouaient. Grand sec, tout en os et en nerfs, Dekker se plaisait à prendre les gens de haut avec son regard de vieux hibou et son mètre quatre-vingt-dix lui facilitait la tâche. Qui plus est, il empestait l'eau de Cologne. À la Criminelle, personne ne l'aimait et tous s'en méfiaient.

Après un raclement de gorge qui trahissait une certaine fébrilité, Mantovani demanda à JP d'exposer les résultats préliminaires de l'enquête.

— La victime, Timothée Lévy, quarante-neuf ans, enseignant-chercheur domicilié au quatrième étage du 9 rue Montcalm a été retrouvée sans vie samedi matin vers 9 heures dans son lit par un ami qui avait rendez-vous avec lui et la concierge de l'immeuble. La mort a été provoquée par une balle de type *38 Special* tirée dans la tempe droite à travers un coussin laissé sur place. L'arme du crime reste pour l'instant introuvable. Selon le légiste, le décès quasi instantané est intervenu vers 4 heures du matin. À part la fenêtre de la chambre qui était entrouverte, toutes les issues de l'appartement étaient apparemment fermées au moment de la découverte du corps et aucune trace d'effraction visible n'a été constatée par nos équipes.

— L'assassin a-t-il pu entrer et sortir par la fenêtre ? interrompit le divisionnaire.

— Étant données la hauteur et la difficulté d'accès, ça paraît très improbable. L'examen de la serrure de la porte principale met en évidence quelques éraflures internes légères qui indiquent qu'elle aurait pu être crochetée, mais de façon très professionnelle. Le labo...

— Parlez-nous plutôt de la personnalité de la victime, siffla Dekker qui commençait à s'impatienter et tambourinait sur la table avec un crayon depuis le début.

— Euh... il vivait dans cet appartement, dont il était propriétaire, depuis une quinzaine d'années. Ses voisins et la concierge le décrivent comme une personne sans histoire, courtoise et discrète. Il recevait peu, quelques amis et une femme avec laquelle il entretenait une relation affective depuis plusieurs années.

— Vous l'avez identifiée, n'est-ce pas ? demanda précipitamment Mantovani, soucieux de devancer son chef.

— Oui, nous l'avons interrogée samedi après-midi et avons vérifié son alibi.

— Très bien, fit le Morse, satisfait.

— On a également questionné les collègues de la victime et quelques élèves de l'institut où il travaillait. Même son de cloche, il semblait apprécié pour son professionnalisme et sa gentillesse, sa discrétion aussi.

Dekker, visiblement agacé par ce portrait on ne peut plus lisse, explosa :

— Et les bouddhistes ? Vous êtes allés voir du côté des bouddhistes ?

Mantovani et JP se regardèrent comme deux cancres réprimandés par un vieux professeur irascible. Dekker consentit à expliciter sa pensée après un soupir d'exaspération.

— Mantovani m'a dit que ce type était bouddhiste, il devait bien fréquenter un lieu de pratique, non ? Un centre de méditation ou un truc dans le genre.

— L'enquête démarre à peine, on va suivre toutes les pistes, justifia le Morse.

— Creusez celle des bouddhistes, ils ne m'inspirent pas confiance ces gens-là. Ça a l'air zen, ça passe des heures assis en tailleur à méditer, mais je suis sûr que sous leur crâne rasé il n'y a pas que du joli joli.

— Vous dites qu'il est bouddhiste, mais Lévy, c'est plutôt juif, non ? Ça ne pourrait pas être un crime antisémite ?

Fidèle à ses habitudes, le brigadier Jean Ostermann, un rouquin rougeaud et joufflu originaire de Moselle, avait maladroitement tenté d'apporter son grain de sel. La réponse de Dekker fut cinglante :

— Ne dites pas n'importe quoi, Ostermann ! Le fait d'avoir des origines juives n'a jamais empêché d'être bouddhiste, que je sache. Et puis, je ne vois aucun élément accréditant la thèse d'un crime antisémite. Vous êtes à la brigade criminelle, Ostermann, pas dans un commissariat de province. Il va falloir le faire travailler un peu votre cerveau.

Le pauvre brigadier mosellan baissa la tête, encore plus rouge que d'habitude. La sortie de Dekker eut pour effet de décourager toutes les velléités de participation et un silence pesant commença à s'installer. JP s'était mis à examiner fébrilement les photos qui tournaient autour de la table, et plus particulièrement celles qui montraient l'iPod. Le grand chef regarda sa montre et demanda, impatient.

— Bon, autre chose ?

— Il y a le baladeur, fit JP, un tantinet hésitant.

— Quel baladeur ? interrogea Dekker en fronçant les sourcils.

Le Morse jeta un regard inquiet et non dénué de reproche vers son chef de groupe.

— On a retrouvé un iPod sur la victime, avec les deux écouteurs dans les oreilles.

— Et alors ?

— C'est étonnant que les écouteurs soient restés en place après plusieurs heures de sommeil...

— Je vous arrête. Vous savez à quelle heure il s'est couché ce soir-là ?

— Non...

— Alors comment savez-vous qu'il a dormi plusieurs heures avec son baladeur et ses écouteurs dans les oreilles ?

— Il y a aussi la musique enregistrée sur l'appareil, tenta JP, un peu ébranlé par la remarque acerbe du patron, dont il devait convenir qu'elle n'était pas entièrement dénuée de pertinence. Il n'y a qu'une seule chanson, *Tomorrow Never Knows*, des Beatles.

— Je ne vois toujours pas où vous voulez en venir.

— Il n'est pas courant qu'une personne stocke une seule chanson sur son baladeur. En plus, le fichier a été enregistré le 4 avril, soit deux jours à peine avant le meurtre.

— Il venait peut-être juste de l'acheter.

— Possible, mais il y a un détail troublant concernant la chanson.

— J'écoute.

— Elle a été inspirée à John Lennon par la lecture d'un ouvrage basé sur le *Livre tibétain des morts*. Or, la victime venait de publier une nouvelle traduction française de ce classique du bouddhisme tibétain.

— Et bien justement, c'est sans doute pour ça que la chanson l'intéressait.

— Elle est extraite d'un album qui s'appelle *Revolver*, ce qui évoque l'arme du crime. La marque même du baladeur, *Apple*, est également le nom de la maison de disques fondée par les Beatles...

— Je dois être bouché, mais je ne saisis toujours pas, interrompit Dekker dont le visage rouge et les dents serrées indiquaient qu'il était proche de l'explosion. Vos pseudo-indices me rappellent cette histoire débile sur la mort de Paul McCartney et son remplacement par un sosie. Vous voyez, moi aussi je connais les Beatles.

— Mais... ça pourrait être une signature, se défendit faiblement JP.

Le divisionnaire éclata d'un rire méchant et forcé.

— Ha ha ha ! Vous avez trop d'imagination Estable, vous vous croyez dans un roman policier. On a trouvé des empreintes sur ce baladeur ?

— Seulement celles de la victime.

— À la bonne heure ! Plutôt que de partir d'emblée dans des délires, tenez-vous en à la base. Et la base, c'est quoi ? Je vous le rappelle : quatre-vingt-dix pour cent des crimes sont commis par un proche ! Par un proche, Estable ! Tâchez de ne pas l'oublier et cherchez bien !

— Monsieur le divisionnaire a raison, intervint Mantovani qui avait hâte d'en finir avec une réunion qui commençait à prendre un tour franchement désagréable. Nous allons continuer à explorer les différentes pistes et ferons un autre point jeudi.

JP était un lecteur intermittent qui, chaque fois qu'il renouait avec ce plaisir inépuisable, se demandait comment et pourquoi il avait pu le délaisser aussi longtemps. La lecture lui avait épargné bien des dépressions et, en cette période post-divorce, elle faisait encore figure de bouée de sauvetage. N'ayant plus rien à lire, il avait décidé d'aller écumer quelques librairies dans le Quartier latin en cette journée de repos. En remontant une allée du Jardin du Luxembourg en direction du boulevard Saint-Michel, il ressentit un pincement au cœur en passant devant le banc où Jeanne et lui s'étaient embrassés pour la première fois, douze ans plus tôt. Les violons de *The Long and Winding Road* avaient alors retenti dans sa tête. Pour lui dont la vision idéalisée des relations sentimentales semblait sortir tout droit d'un conte de fées, cette chanson avait toujours symbolisé le long chemin semé d'embûches qui mène à la terre promise du grand amour. Il ignorait cependant que les violons langoureux et les chœurs aériens si caractéristiques de ce morceau avaient été ajoutés à la dernière minute pour rafistoler une démo pourrie de McCartney, au chant et au piano, plombée par le jeu de basse catastrophique de Lennon. Cet enregistrement inachevé de janvier 1969 faisait partie du projet *Get Back* avorté pour cause de zizanie au sein du groupe. Quatorze mois plus tard, alors que les Beatles étaient au bord de la rupture, Lennon confia les bandes au producteur américain Phil Spector pour qu'il termine l'album rebaptisé entre-temps *Let It Be*. McCartney ne fut pas consulté sur la réorchestration sirupeuse de *The Long and Winding Road* et s'en servit de prétexte pour quitter officiellement les Beatles en avril 1970. La route longue et sinueuse qu'elle évoque aboutit finalement à la dissolution du plus grand groupe de rock de l'histoire. En dépit d'arrangements bâclés qui ne rendent pas justice aux qualités intrinsèques de la chanson, l'une des plus belles écrites par McCartney, le titre fut leur dernier single aux États-Unis où il atteignit rapidement le sommet du hit-parade. La résignation poignante et mélancolique qui s'en dégage, parfaitement en phase avec la perte immense que représentait la fin des Beatles, en fit leur irrésistible chant du cygne.

Lucia referma son livre et resta un instant immobile, le menton posé sur sa main droite. Elle venait de passer plus de deux heures à consulter des manuels de science politique et le sentiment dominant était de ne pas avoir avancé. Elle avait espéré trouver des références lui permettant de densifier l'un des derniers chapitres de sa thèse, mais elle ne pouvait que constater que la littérature compulsée n'allait pas dans le sens de l'argumentaire qu'elle avait commencé à élaborer et qui lui apparaissait désormais bancal. Au-delà de la frustration du surplace, qui était somme toute relativement fréquente dans un travail de cette nature et finissait toujours par être surmontée, ce qui semblait la gagner s'apparentait davantage à du désenchantement. Depuis quelque temps déjà, elle sentait poindre une question lancinante : « À quoi bon ? » Elle savait parfaitement qu'elle parviendrait à vaincre les difficultés inhérentes à la rédaction de sa thèse, qu'un jour elle y mettrait un point final et qu'enfin elle affronterait l'exercice redouté de la soutenance. Le problème qui affleurait alors qu'approchait l'échéance, c'était la question de l'après.

Depuis plusieurs années déjà, Lucia voulait faire un doctorat en France, avec l'idée d'enseigner ensuite à l'université au Mexique. Toute sa volonté et son énergie s'étaient concentrées sur cette finalité pour laquelle elle avait consenti bien des sacrifices. Mais, car il faut toujours qu'il y ait un « mais », alors qu'elle touchait presque au but, le doute quant à l'objectif même du projet s'était installé. Le plan d'intégrer le milieu universitaire ne lui paraissait plus aussi attrayant qu'auparavant. Elle avait déjà participé à plusieurs colloques et séminaires, écrit quelques articles et surtout passé en revue une somme importante de publications scientifiques avec le sentiment croissant que tout cela avait quelque chose de vain, qu'il s'agissait d'un petit monde qui s'autoentretenait en vase clos et sans grande prise sur le réel.

Lassée de ruminer ces idées noires, Lucia décida de changer d'air. Elle alla remettre les ouvrages empruntés au comptoir et quitta la minuscule bibliothèque de science politique perdue dans les soupentes et que les étudiants avaient rebaptisée « le grenier ». Après avoir dévalé le véritable labyrinthe d'escaliers et couloirs étroits qui permettait de retrouver l'air libre, elle sortit rue Cujas. Il faisait presque beau et la température était plutôt agréable en cet après-midi d'avril. Elle tenta de relativiser son coup de blues en se disant que ce dont elle avait besoin c'était simplement de se changer les idées. Et puis, elle avait ses règles et se rappela l'un des conseils favoris de son amie Patricia : « Ne prends jamais tes états d'âme au sérieux quand tu as tes règles ! »

JP remonta la rue Soufflot, puis vira à gauche dans la rue Victor Cousin. Après avoir balayé du regard la vitrine d'un libraire, il en était à se demander s'il allait pousser la porte quand il sentit une présence à ses côtés. Il tourna lentement la tête vers la droite et resta bouche bée.

— Bonjour, commandant ! Vous me reconnaissez ? Lucia Sanchez.

— Oui, bien sûr, parvint-il à articuler.

Ils se serrèrent la main.

— Comment allez-vous ?

— Bien, merci. Et vous ?

— Ça va. Vous êtes sur une enquête ?

— Non, enfin si, mais pas aujourd'hui. C'est mon jour de repos.

— Ah, vous cherchez un livre alors ?

— Oui, mais je ne sais pas encore lequel.

— Parfois, ce sont les livres qui nous trouvent.

— C'est vrai, ça m'est arrivé.

— On peut entrer si vous voulez. Ça ne vous dérange pas que je vous accompagne ?

Ne revenant pas d'une telle invitation, JP se surprit à saisir la balle au bond, lui qui d'ordinaire était si peu doué pour cet exercice avec les femmes.

— Non, pas du tout. Justement, j'avais une envie de littérature latino-américaine, vous pouvez peut-être me recommander quelque chose.

— Avec plaisir. En français ou en espagnol ?

— Si possible en espagnol, si ce n'est pas trop difficile.

— ¿Habla español?

— Un poco, sí. Soy de los Pirineos.

— Vous parlez très bien.

— Merci, je me débrouille.

— ¿Vamos?

— Allons-y !

Lucia entra la première. JP nota au passage qu'elle était au moins aussi charmante que dans son souvenir et s'en sentit tout chose. Sa tenue était beaucoup plus informelle que lors de leur rencontre précédente, mais son look d'étudiante : jean, tennis, col roulé, veste en velours et sac à dos, lui allait à merveille, rehaussant encore davantage sa féminité à fleur de peau. Et puis, il y avait ce sourire, cet enthousiasme, qu'il découvrait pour la première fois. Il sentit son bras et tout son corps mollir un peu quand il dut retenir la lourde porte derrière elle.

La jeune femme était visiblement une habituée, car elle se dirigea directement vers le recoin dédié à la littérature hispanique.

— Voilà, tout est là. Qu'est-ce que tu aimes lire ? Ah, ça ne te dérange pas si on se tutoie ?

— Non, pas du tout. En fait, je suis assez ouvert, mais je préfère la fiction. Je te fais confiance.

— Quels auteurs latino-américains tu as déjà lus ?

— Garcia Marquez, bien sûr, Carlos Fuentes...

— Ah, un Mexicain, c'est bien, fit-elle avec un grand sourire. Puis elle commença à passer en revue les rayons. Tu connais Ernesto Sabato, un Argentin ?

— Non.

— Moi, je le préfère à Garcia Marquez, c'est moins superficiel. Tiens, ça, c'est son chef d'œuvre, dit-elle en lui tendant *Sobre héroes y tumbas*. Lui voulait brûler le manuscrit, mais sa femme a insisté pour qu'il le publie.

— Les femmes ont toujours le dernier mot.

— Parce qu'elles ont toujours raison, dit-elle dans un sourire charmeur qui laissa JP pantois. C'est l'histoire d'un amour contrarié à Buenos Aires.

— Tout un programme ! répondit-il, tout remué.

Il feuilleta l'ouvrage pour voir si son niveau d'espagnol lui permettait de le comprendre sans trop d'effort, pendant que Lucia continuait sa sélection.

— Il y a un autre Sud-américain que j'aime bien, Mario Benedetti, un Uruguayen. Ça, c'est *La tregua*, encore une histoire d'amour compliquée...

— Les histoires d'amour ne sont-elles pas forcément compliquées ?

— Sans doute, je ne suis pas une experte, dit-elle en haussant les épaules. Là, c'est entre un homme mûr et une jeune femme.

— Ah, je vois...

Une petite voix dans la tête de JP se demanda si ce choix était une allusion voilée à leur différence d'âge et à la potentialité d'une romance entre eux, mais celle de la raison eut le dernier mot en disqualifiant aussitôt une éventualité si saugrenue.

— Que veut dire *La tregua* ? demanda JP.

— Euh... la trêve, je crois.

JP se surprit à penser tout haut :

— Une trêve, voilà ce dont j'ai besoin ! Je prends.

Lucia, qui prenait sa mission de conseillère littéraire très à cœur, extirpa un troisième livre.

— Je suis bien obligée de te proposer aussi un roman mexicain : *Pedro Páramo*, de Juan Rulfo, si tu ne l'as pas déjà lu. C'est un classique du réalisme magique, il n'y a pas plus latino-américain.

— Très bien, je prends les trois. Comme ça, j'aurai une petite réserve.

Une fois dans la rue, JP eut un moment de panique. Tout allait si bien, tout était si fluide, si parfait, il ne fallait pas la laisser partir comme ça, pas tout de suite et, presque étonné, il entendit sa propre voix dire :

— Tu veux boire quelque chose ?

— Oui, volontiers.

Et c'est ainsi qu'ils se retrouvèrent dans un café de la rue Soufflot, où ils s'installèrent dans un coin, au fond de la salle, à l'écart des autres clients. Il se rendit compte à cet instant qu'elle utilisait toujours le même parfum. Un an après leur dernière rencontre, dont par un accord tacite ils semblaient veiller à ne pas évoquer les circonstances, ils étaient à nouveau assis l'un en face de l'autre. Le vieux bureau massif de JP avait fait place à une petite table de café et elle était là, bien réelle et toute proche, dans ce nouveau décor plus chaleureux et intimiste. Ses grands yeux légèrement bridés, héritage lointain de ses ancêtres asiatiques devenus amérindiens au prix d'une longue migration, le fixaient avec douceur et ce qui ressemblait à une pointe d'ironie.

— C'est bizarre de te voir en dehors de ton bureau tout triste.

Il sourit, avec le sourire de celui qui se sent scruté et cherche à implorer l'indulgence.

— Oui, mais c'est plutôt pas mal, non ? risqua-t-il.

— Pas mal, pas mal... Ce que vous êtes fades, vous les Français, vous manquez toujours d'enthousiasme. Vous dites « pas mal », au lieu de dire que c'est bien. Vous êtes... Comment on dit déjà ? Ah... blasés ! C'est ça, vous êtes blasés.

— Tu as raison, c'est bien !

— C'est même très bien, approuva-t-elle en appuyant ses coudes sur la table.

Son joli visage ovale, posé sur ses mains, s'était rapproché encore un peu de lui et JP avait un peu de mal à soutenir son regard.

— Qu'est-ce que tu fais généralement en dehors du boulot, à part acheter des livres ?

— Pas grand-chose, en fait, répondit-il, gêné d'apparaître comme un type sans intérêt.

Le serveur eut la bonne idée d'arriver à ce moment-là, soulageant ainsi son embarras. Depuis quelques minutes, JP ne pouvait que constater qu'il était moins à l'aise que dans la librairie ou que lorsqu'ils marchaient côte à côte dans la rue. Là, coincé entre la banquette et la table, il sentait ses beaux yeux, certes bienveillants, braqués presque constamment sur lui et il en éprouvait un léger malaise, comme une oppression. Il avait toujours été impressionné par les jolies femmes, et celles-ci lui faisaient facilement perdre ses moyens. Il avait à ce moment-là le sentiment que rien de ce qui lui passait par la tête ne pouvait échapper à Lucia, le moindre trouble, son regard fuyant, les mots qui se dérobaient. La consultation de la carte apparut donc comme une diversion bien venue. La jeune femme choisit un chocolat chaud et une tarte aux fraises. Espérant que l'alcool l'aiderait à se détendre, JP opta pour une bière et commanda le dessert du jour, un flan maison baigné d'une sauce à la canneberge. Il en profita aussi pour imaginer une stratégie lui permettant de relâcher la pression qu'il ressentait. C'était tout simple, il suffisait de l'interroger sur sa vie à elle. Après tout, poser des questions, c'était son métier. Une fois le serveur parti, JP ne lui laissa aucun répit.

— Tu es doctorante en science politique, n'est-ce pas ?

— Je vois que tu as bonne mémoire.

Il accepta le compliment avec une esquisse de sourire en coin et préféra enchaîner.

— Sur quoi tu travailles exactement ?

— Ma thèse porte sur la relation entre migration et développement au Mexique.

— Ça paraît intéressant.

— Tu trouves ? Moi, je commence à en douter.

— Quelle est l'idée principale que tu développes ?

— En gros, le thème « migration et développement » est une construction selon laquelle la migration internationale, à travers les remises de fonds des migrants, peut être un levier du développement.

— Et ça se traduit comment ?

— Ce modèle a été mis en œuvre au Mexique à travers des politiques publiques et des programmes qui reprennent les préceptes des organisations internationales. En fait, ça illustre un retournement de la relation entre migration et développement, puisque la migration internationale est passée du statut de problème issu du sous-développement à celui de solution de ce dernier.

— Je vois. Comme si on cherchait à positiver.

— Exactement ! À l'ère du néolibéralisme, il faut toujours positiver, on ne veut plus voir les migrants comme des victimes du manque d'opportunités qui les pousse à partir, mais comme des entrepreneurs potentiels qui peuvent créer des emplois dans leurs communautés d'origine.

— Le néolibéralisme est vraiment partout.

— Et chez nous, il est encore plus présent qu'ailleurs. Le Mexique partage une frontière de trois mille kilomètres avec les États-Unis, nous sommes en première ligne, complètement sous influence. Tu connais Porfirio Diaz ?

— Le dictateur mexicain ? Oui, bien sûr. Il est enterré pas très loin d'ici, au cimetière du Montparnasse.

— Exact. Il a prononcé une phrase qui est restée célèbre chez nous : « *Pauvre Mexique, si loin de Dieu et si près des États-Unis* ».

— C'est pas mal, ça résume bien la situation.

Tout à coup, le visage de Lucia s'assombrit et elle fronça les sourcils. JP s'en alarma.

— Mais j'y pense, tu n'arrêtes pas des migrants au moins ?

— Non, répondit-il, soulagé, à moins qu'ils ne commettent un crime grave. Les séjours en situation irrégulière, comme on dit dans le métier, ce n'est pas mon rayon.

— Ah, ça me rassure.

— Tes papiers ne sont pas en règle ? demanda JP avec une pointe d'inquiétude non dissimulée.

Elle éclata de rire et tendit vers lui ses poignets délicats.

— Tenez, commandant Jean-Paul. Passez-moi tout de suite les menottes ! Mais non, ne fais pas cette tête ! Je suis en règle (et j'ai mes règles aussi, pensa-t-elle, amusée par son jeu de mots intérieur). C'est juste que ça m'aurait gênée que tu fasses la chasse aux clandestins.

— Pourquoi ?

— Je me sens solidaire d'eux. La moitié des Mexicains qui vivent aux États-Unis n'ont pas de papiers. La migration est consubstantielle de l'histoire de l'humanité, nous sommes tous des descendants de migrants.

— C'est vrai, et beaucoup de Français sont issus des vagues d'immigration récentes. Ma mère était d'origine espagnole, elle venait d'Almeria, en Andalousie.

À peine ces mots avaient-ils quitté ses lèvres qu'il regrettait déjà de s'être aventuré sur le terrain de sa vie personnelle, d'autant qu'ils touchaient à une parcelle des plus douloureuses. En même temps, force était de constater que cette conversation avec Lucia commençait à le mettre en confiance et qu'il y avait longtemps que ça ne lui était pas arrivé. La jeune Mexicaine, à qui l'utilisation de l'imparfait n'avait pas échappé, osa demander confirmation.

— Elle est décédée ?

— Oui, il y a pas mal d'années, répondit simplement JP en baissant les yeux.

— Je suis désolée.

Il sentit alors les mains de Lucia couvrir les siennes, leur douceur d'abord, puis leur chaleur. Ces mains firent l'effet d'un baume sur son cœur d'homme seul, tout en lui causant en même temps de l'embarras. Pourquoi fallait-il toujours que chez lui la gêne accompagne et gâche le plaisir ? Le sentiment d'être exposé, et donc vulnérable, l'empêcha de s'abandonner totalement à cette caresse.

Le serveur, qui avait décidément le sens du timing, arriva très opportunément avec la commande, mettant fin à cette légère étreinte avant qu'elle ne devînt inconfortable. JP en profita pour reprendre la main dans la conduite du dialogue. Lucia expliqua qu'elle était dans sa troisième et dernière année de doctorat et qu'elle espérait soutenir sa thèse en septembre. Lorsqu'elle évoqua ses difficultés à rédiger en français, JP offrit de relire et corriger son texte, et elle lui en parut très reconnaissante. Il l'interrogea également sur sa ville natale, sa famille et ses projets. Elle confessa ses doutes quant à son avenir professionnel, puis lui posa soudainement la question qui lui brûlait les lèvres depuis un certain temps déjà.

— Es-tu marié ?

Un peu embarrassé, JP parla rapidement de son mariage sans enfant, de son divorce, puis dévia habilement la conversation vers un terrain plus confortable en racontant qu'il était allé en voyage de noces au Mexique. Elle sembla particulièrement intéressée à connaître l'impression que lui avait laissée son pays. Il exposa alors les deux choses qui l'avaient le plus marqué, les inégalités sociales criantes et l'élitisme de la publicité. Ce dernier point intrigua Lucia qui chercha à savoir ce qu'il voulait dire par là.

— Ce qui m'a frappé au Mexique, c'est que les gens que l'on voit dans les publicités, à la télé ou ailleurs, ne ressemblent pas à ceux que l'on croise dans la rue.

— Et ce n'est pas pareil en France ?

— Hum, sans doute un peu, mais pas dans la même mesure. Au Mexique, la différence est vraiment flagrante. La pub montre des gens de type européen, des blonds aux yeux bleus alors que la grande majorité de la population est métisse et plutôt typée.

— Oui, c'est vrai.

— J'ai trouvé ça choquant, insultant même. Je pense que si j'étais mexicain, ça me révolterait.

— Nous, les Mexicains, on y est habitués et on n'y fait même pas attention. Nous avons un mot pour décrire ça, on dit que nous sommes *malinchistas*.

— Qu'est-ce que ça veut dire ?

— C'est un héritage de l'époque coloniale. *La Malinche* était la maîtresse indigène du conquistador Hernán Cortés et son interprète. On dit qu'elle l'a beaucoup aidé dans sa compréhension du contexte local et lui a facilité la conquête du Mexique. Pour nous, elle symbolise la trahison et la préférence pour ce qui vient de l'extérieur.

— Je comprends.

— Nous, les Mexicaines, on est souvent *malinchistas* avec les hommes, ajouta-t-elle en riant. On préfère généralement les étrangers, car on les trouve beaux et on croit qu'ils sont moins machos.

— Le machisme des Latino-américains n'est donc pas une légende ?

— Non, pas du tout. C'est toujours d'actualité, même si ça commence à changer dans certains milieux.

— Tu ne penses pas te marier avec un Mexicain ?

— Oh, je ne sais pas. Ça dépendra. L'amour, c'est compliqué de toute façon, comme tu le disais tout à l'heure. Mince ! fit-elle en regardant sa montre. Il est tard, il faut que j'y aille, je dois garder les filles de mes propriétaires ce soir. Je suis désolée. J'ai passé un très bon moment, il faut qu'on se revoie !

Ils échangèrent leurs numéros de téléphone et adresses électroniques, puis JP proposa de régler l'addition. Elle le remercia, prit congé avec deux bises rapides, se faufila d'un pas agile entre les tables et fit un dernier geste de la main avant de disparaître. Il resta assis à la même place encore quelques minutes, comme pour mieux s'imprégner du sentiment de plénitude éprouvé tout au long de l'entretien avec Lucia, et surtout pour tenter de l'emporter avec lui.

Ses efforts furent mal récompensés. Dès qu'il quitta le café, les doutes commencèrent à l'assaillir quant aux espoirs qui pouvaient être placés dans cette nouvelle relation. Debout dans une rame de métro bondée, il se repassa plusieurs fois le film de la rencontre dans la tête, pesant le pour et le contre, pour en conclure qu'il n'y avait probablement pas grand-chose à en attendre. En même temps, il était tenté de voir dans cette rencontre fortuite un signe du destin, d'autant qu'elle avait eu lieu peu de temps après qu'il eut repensé à l'affaire Valdés au cours de laquelle ils s'étaient connus. Il n'y croyait pas vraiment, mais ne l'excluait pas non plus. Sa fibre romantique trouvait l'idée ô combien séduisante, même si son esprit rationnel veillait au grain. Pouvait-il s'agir d'une illustration de la synchronicité chère à Jung ? Lucia étudiait dans un quartier où il avait lui aussi ses habitudes. Objectivement, il devait reconnaître que le fait qu'ils se soient croisés ce jour-là n'était pas une coïncidence des plus extraordinaires.

Lorsqu'il pénétra enfin dans son appartement, JP se dit qu'il était préférable de ne pas se faire trop d'illusions, car il ne pourrait qu'en sortir blessé. Il posa le papier où elle avait noté ses coordonnées d'une jolie écriture sur un coin de bureau, bien décidé à chasser au second plan le souvenir de cet après-midi d'avril. Il tenta bien de se distraire, en préparant le repas d'abord, puis en regardant la télé, sans grand succès. Même le fait de surfer sur Internet ne put empêcher l'irruption de flash-back de Lucia, des choses qu'elle avait dites et de ses sourires surtout. À tel point qu'il finit par abandonner toute résistance à ces assauts répétés. Une fois couché, il prit *La tregua* de Benedetti sur la table de nuit et caressa la couverture en se rappelant que les jolies mains de Lucia s'étaient posées sur elle. Après quelques pages, il éteignit la lumière. Ce ne fut pas le cor de *For No One* qui résonna dans sa tête ce soir-là, mais la voix inhabituellement rauque de Paul McCartney interprétant *I've Got a Feeling*.

Assis devant son ordinateur avec Versini, JP était pensif, les mains derrière la nuque, quand Farid fit irruption dans son bureau, casque sur les oreilles et jus de fruits aux lèvres.

— Oh là là, c'est quoi ces têtes d'enterrement ?

— C'est des têtes de lundi matin, bougonna Jojo qui était en train de penser à la Corse en se disant qu'il était probablement temps pour lui d'y retourner.

— Eh ben, mon Joseph, la chasse n'a pas été bonne ce week-end ?

— Ne m'en parle pas. C'était mon week-end de garde avec mon fils et il m'a pris le chou. Il passe sa vie sur Internet et prend la mouche dès qu'on lui dit quelque chose. Et puis, à quinze ans, les seules filles bien roulées qui l'intéressent sont des personnages de jeux vidéo. Moi, à son âge...

— C'est vrai que c'est bizarre. T'es sûr que c'est ton fils ?

— Très drôle.

Pendant que Farid charriait Versini, JP demeurait silencieux, le regard perdu en direction de son écran. Il avait surfé jusqu'à tard dans la nuit sur le blog de Paul Jorion et son cerveau se ressentait du manque de sommeil. Suite à son divorce, JP s'était découvert un nouvel intérêt pour l'économie et c'était là, sur des sites Internet décortiquant la machine infernale du système économique dominant, que depuis plusieurs mois il entretenait son pessimisme au demeurant bien ancré. La satisfaction de se reconnaître dans une communauté de pensée était largement contrebalancée par le sentiment démotivant d'appartenir à une minorité dont la clairvoyance apparente n'avait d'égale que son impuissance, au point qu'il en éprouvait parfois une sorte de nausée existentielle. Ce catastrophisme n'avait cependant pas que des inconvénients, car c'était la seule chose qui le réconfortait quelque peu de la douleur secrète de ne pas avoir eu d'enfant. Au moins, il n'avait pas à se préoccuper du devenir de sa descendance dans un monde qui marchait sur la tête et semblait courir à sa perte, même si au fond de lui il sentait combien c'était là une bien maigre consolation au regard des émotions que devait procurer la paternité, n'en déplaise à Joseph.

— Toc, toc ! Je peux ?

Michelle entra toute guillerette et son parfum ambré envahit le bureau. Elle avait abandonné sa queue-de-cheval réglementaire et son abondante chevelure ondulée s'étalait sur ses épaules. Tout son corps irradiait de féminité et les yeux fatigués de ses collègues s'allumèrent.

— Ben, quoi ? Vous en faites une tête.

— Qu'est-ce que tu veux ? C'est lundi, répondit Farid.

— Tiens JP, je te passe les dernières dépositions concernant l'affaire Lévy.

— Merci.

« Michelle, ma belle... », commença à fredonner Jojo. L'intéressée tourna les talons aussi sec.

— Bon, je vous laisse. À plus.

Alors qu'elle s'éloignait d'un air nonchalant, tous les regards convergèrent vers ses hanches.

— Ah ben voilà, vous avez meilleure mine tout à coup, fit Farid après que Michelle eut disparu. C'est bien de voir qu'il y a encore des choses qui vous remontent le moral.

— Bon, si on essayait de tout reprendre depuis le début, recadra JP.

La semaine précédente s'était terminée sans avancées majeures concernant l'affaire Lévy. L'analyse des fadettes et de l'ordinateur de la victime n'avait pas permis de mettre le groupe de JP sur une piste, pas plus que ses relevés de comptes bancaires. L'interrogatoire des membres du centre bouddhiste où pratiquait Lévy n'avait rien donné non plus. L'enquête pataugeait et la période de flagrance avait été prolongée de huit jours.

IV

Il y avait dans son style et sa façon de se mouvoir, quelque chose qui l'attirait comme aucune autre. Pourtant, lorsque Lucia l'avait appelé le dimanche soir pour l'inviter à fêter son anniversaire chez elle trois jours plus tard, JP avait hésité. Les prétextes abondaient. Comme toujours, il avait redouté de ne pas se sentir à sa place. Après tout, n'était-elle pas beaucoup plus jeune que lui ? N'était-il pas ridicule de fréquenter une étudiante à son âge ? De plus, ils s'étaient rencontrés au cours d'une affaire particulièrement sordide et il prenait toujours soin de séparer le travail de sa vie personnelle. Et puis, ce dernier crime, sur lequel il enquêtait sans le début d'une piste, commençait à l'obséder. Il avait l'impression que ça absorbait presque toute son énergie et l'essentiel de ses pensées. En même temps, il savait bien qu'il avait besoin de se changer les idées, de s'aérer l'esprit, le cœur aussi peut-être. Et surtout, Lucia lui plaisait. Il ne pouvait pas le nier. Bon, franchement, que pouvait-il espérer de cette amitié ? Pas grand-chose, sans doute, mais cette soirée aurait au moins le mérite de constituer une coupure dans sa morne existence. Il en avait marre de toujours peser le pour et le contre, de se prendre continuellement la tête, de douter de tout. Pour une fois, il avait envie de laisser faire les choses et « advienne que pourra ». Il accepta donc l'invitation, « mercredi à partir de 20 heures, c'est noté ». Mais aussitôt après, un autre dilemme l'assaillit. Qu'allait-il lui offrir ? Après moult hésitations, il opta pour un livre, c'était une intellectuelle après tout, et il avait depuis longtemps l'habitude de donner des livres en cadeau. Il allait finalement choisir *La ballade de l'impossible* de Murakami, qu'il n'avait pas lu, mais dont il savait que le titre original était la transcription japonaise de *Norwegian Wood*. Le penchant de JP pour les chansons tristes et introspectives trouvait son origine dans la solitude qui avait marqué ses jeunes années. Fils unique de parents ouvriers, il avait passé de longues heures seul à la maison, à tuer le temps comme il pouvait, le plus souvent en rêvant d'ailleurs. Adolescent, il était devenu particulièrement sensible à la mélancolie des titres dylanesques des Beatles, *You've Got to Hide Your Love Away*, *Nowhere Man* et surtout *Norwegian Wood*, même s'il n'en comprenait pas véritablement le sens. Inspirée à Lennon par une aventure extraconjugale, ce qui explique en partie l'ambiguïté des paroles, cette dernière chanson fut la première à inclure du sitar, signalant l'intérêt naissant des Beatles pour la musique indienne et préfigurant l'ouverture de la pop aux musiques du monde. Harrison étudierait plus tard auprès du maître Ravi Shankar, contribuant ainsi à sa notoriété en Occident. Avec les riffs de sitar, ce que JP préférait dans ce morceau, c'était les envolées mélodiques des deux ponts qui le soulevaient l'espace d'un instant au-dessus de son spleen et que l'on devait sans doute à McCartney. Pour lui, le pouvoir évocateur de cette chanson restait irrémédiablement lié au souvenir des interminables après-midi d'automne où il regardait tomber la pluie par la fenêtre de sa chambre.

Dix jours après le meurtre, l'enquête sur l'affaire Lévy n'avançait toujours pas. JP et son groupe avaient épluché tous les comptes rendus d'entretien avec le voisinage, les collègues de travail, les élèves, les condisciples bouddhistes, la famille et rien. Aucune faille n'apparaissait chez cette victime que tout le monde semblait garder en grande estime. Le crime demeurait pour l'instant sans mobile et l'explication la plus probable restait celle de l'acte d'un déséquilibré.

Il y avait toujours cette histoire d'iPod qui perturbait JP. L'examen du disque dur de Lévy n'avait rien révélé de significatif, mais avait permis de confirmer que la chanson trouvée sur le baladeur n'avait pas été téléchargée depuis son ordinateur. Certes, cela ne prouvait rien, mais cela n'invalidait pas la thèse qui avait commencé à germer dans l'esprit de JP et qui envisageait que l'assassin ait voulu laisser *Tomorrow Never Knows* comme un indice ou une signature. Cet abruti de Dekker avait tourné son hypothèse en dérision, mais pour une fois JP était tenté de suivre son instinct. Il connaissait un peu la genèse de la chanson, mais avait décidé néanmoins de creuser sur Internet. Si une adaptation du *Livre tibétain des morts* par des psychologues américains promoteurs du LSD avait inspiré ce morceau psychédélique à John Lennon, celui-ci reflétait aussi la propre expérience du chanteur avec des substances hallucinogènes. Son utilisation massive de stupéfiants à des fins artistiques, dont il ne sortit indemne que par miracle, contrairement à Syd Barrett de Pink Floyd, allait durer l'essentiel de la seconde moitié de carrière des Beatles, contribuant à la création d'autres chansons mythiques telles que *Strawberry Fields Forever* et *I Am The Walrus*.

D'après plusieurs sources, le titre original de *Tomorrow Never Knows* était *The Void*, *le vide*, mais l'hypothèse restait contestée.

Rétrospectivement, Lennon mit tout le monde d'accord en l'intitulant par dérision à partir d'un *ringoïsme*, l'une des nombreuses impropriétés de langage de Ringo Starr, qui collait finalement plutôt bien au côté futuriste et psychédélico-mystique de la chanson.

JP se tenait la tête dans les mains devant son écran quand Mantovani l'interrompit dans ses réflexions en débarquant en début d'après-midi, flanqué d'un Farid plus débraillé que jamais.

— Alors, ça avance cette affaire Lévy ? Je viens d'avoir le procureur au téléphone, il voulait des nouvelles.

— Pas vraiment, chef. Lévy était tout ce qu'il y a de plus lisse. En apparence, tout au moins. On n'a pas grand-chose à se mettre sous la dent. Le seul truc qui cloche, pour moi, c'est le baladeur.

— Encore cette histoire de chanson des Beatles. Ne fais pas une fixation là-dessus, t'as vu la réaction du patron.

— Je sais, personne ne semble y attacher de l'importance, mais, moi, je trouve ça bizarre. Quelles sont les hypothèses ? Un, Lévy a été victime d'une vengeance. Deux, c'est l'acte d'un fou. Dans le premier cas, il nous manque le mobile...

— Pour l'instant. On n'a rien trouvé, mais il faut continuer à creuser, intervint Mantovani. Il se peut qu'un pan secret de sa vie nous échappe encore.

— C'est possible, concéda JP, mais on doit aussi rester ouverts.

— Il faut chercher dans nos fichiers, intima Mantovani. Le tueur sait crocheter les portes, il est probable qu'il ait plongé au moins une fois.

— Et si l'assassin s'était trompé de victime ? suggéra Farid. Il faisait nuit, il voulait peut-être dézinguer le voisin du dessous ou celui d'à côté.

— Pas bête, fit Mantovani. On va vérifier les antécédents de tous les locataires de l'immeuble.

— De toute façon, si j'ai raison, et je ne le souhaite pas, on le saura prochainement, persista JP.

— Ne parle pas de malheur, toi ! Tu n'ignores pas que je pars bientôt à la retraite. J'ai pas envie de laisser une affaire merdique en plan à mon successeur. Je tiens à soigner ma sortie.

— Et si on écoutait cette fameuse chanson ? proposa Farid.

— Bonne idée ! acquiesça JP qui s'empressa de la chercher sur son ordinateur.

Première chanson enregistrée lors des sessions de *Revolver*, le monumental *Tomorrow Never Knows* ne pouvait qu'apparaître en dernière position de l'album tant il faisait figure d'OVNI musical à ce moment-là. Extrêmement avant-gardiste, ce morceau d'inspiration indienne basé sur un bourdon de tampura annonça le virage expérimental qu'allait prendre la production des Beatles en 1967, marquant du même coup un tournant dans l'histoire de la musique rock. Son enregistrement, à une époque où les équipements de studio britanniques étaient très rudimentaires par rapport à leurs équivalents américains, donna lieu à une multitude de prouesses, comme si les limitations techniques avaient décuplé la créativité des *Fab Four* et l'inventivité de leurs ingénieurs. Un son novateur fut mis au point pour la batterie entêtante de Ringo et on employa une cabine Leslie pour obtenir la voix éthérée de John censée imiter celle du « Dalaï-lama chantant depuis le sommet d'une montagne ». En plus du solo de guitare joué à l'envers et en accéléré, la chanson se caractérise par l'utilisation de différentes boucles sonores réalisées par McCartney à partir de bandes magnétiques saturées. Du *sampling* avant l'heure. Grâce à ce procédé, le rire de Paul fut transformé en ce qui ressemble à s'y méprendre à des cris de mouettes, devenus depuis emblématiques de la chanson. Au final, *Tomorrow Never Knows* représenta une véritable révolution pour la musique pop, comparable selon le critique Ian McDonald à celle de la *Symphonie fantastique* de Berlioz pour la musique orchestrale.

JP se demandait comment quatre jeunes nés à Liverpool pendant la guerre, issus de milieux modestes et autodidactes, avaient pu accoucher d'un tel phénomène et changer le cours de la musique du vingtième siècle. Comme il enviait cette combinaison de confiance en soi et d'inconscience qui avait permis ce miracle ! Sans doute avait-il fallu aussi cette alchimie de groupe exceptionnelle, que tous ceux qui avaient côtoyé les Beatles soulignaient. Mais, il n'y avait pas que cela. Les Beatles avaient fait leurs classes dans les clubs de Hambourg au début des années soixante, jouant des heures durant dans des styles très divers : rock, folk, musiques de film, music-hall, etc. Ils acquièrent alors cette extraordinaire capacité d'adaptation qui leur permettrait, par la suite, d'incorporer dans leurs compositions des éléments des musiques classique, indienne, religieuse, et même de l'avant-garde, révolutionnant au passage les techniques d'enregistrement. L'absence de formation musicale formelle, loin de les handicaper, stimula leur curiosité et leur créativité. Le talent mélodique exceptionnel et le génie intuitif du duo Lennon-McCartney facilitèrent la production d'une musique à la fois originale, sophistiquée et véritablement populaire. La complémentarité du binôme — l'expressivité du premier et l'élégance du second — combinée à l'émulation découlant de leur rivalité artistique fut le moteur d'une progression extrêmement rapide qui entraîna toute la musique de la décennie dans leur sillage. En revitalisant l'utilisation des harmonies, les Beatles « sauvèrent presque à eux seuls le système musical occidental » selon le compositeur Howard Goodall. Rien de moins. Le jour où le dernier membre des Beatles mourra, ce sera la fin d'une époque.

Pendant les trois minutes d'écoute de *Tomorrow Never Knows*, JP observa le visage de ses collègues. Mantovani restait impassible, mais Farid semblait surpris car ça ne correspondait pas du tout à son idée des Beatles, un vieux groupe aux mélodies sirupeuses. Il tapait du pied, comme hypnotisé par le rythme tendu et syncopé qui sert de colonne vertébrale à la chanson.

— Ouah, je suis impressionné, dit Farid après les dernières notes. Ça date de quand ?

— 1966. Il y a... quarante-sept ans.

— Difficile à croire, ça fait vachement moderne.

— Évidemment, ce n'est pas l'un des morceaux les plus connus du grand public, mais pour les spécialistes c'est un titre culte.

— Bon, c'est bien joli vos petites dissertations musicales, mais je ne vois pas bien où ça nous mène tout ça, tonna Mantovani, impatient.

Le Morse, dont les tripes commençaient à gargouiller, se leva et se mit à arpenter la pièce en tirant sur sa moustache.

— La musique adoucit les mœurs, chef. Ça ne vous ferait peut-être pas de mal... tenta Farid, entre ironie et complicité.

— Si on ne coince pas l'assassin de Lévy rapidement, aucune musique ne sera capable d'adoucir mes mœurs à moi, je vous préviens ! Il va me gâcher mon départ à la retraite, ce con !

Lucia habitait une chambre de bonne sous les toits, au cinquième étage sans ascenseur d'un immeuble cossu du sixième arrondissement. Elle la louait à un médecin généraliste qui avait son cabinet au premier, et partageait un grand et luxueux appartement au deuxième avec sa femme et leurs deux filles, Rose et Valérie. Vers 20 h 15, JP passa la porte cochère grâce au digicode que Lucia lui avait donné au téléphone et entama la montée des escaliers. Il avait un poids sur la poitrine et un nœud à l'estomac ne sachant plus s'il avait bien fait d'accepter cette invitation, toujours tourmenté par cette crainte de se sentir de trop. En plus du livre de Murakami, il avait acheté des truffes de Chambéry et un bouquet. Les fleurs lui avaient posé problème et il s'était demandé si ce n'était pas un peu trop. Lucia lui avait dit que ce serait une réunion très simple, avec seulement deux ou trois amis. Il avait finalement suivi les conseils de la fleuriste en choisissant des roses jaunes, « symbole de joie et d'amitié », rien de trop passionné, car en termes de sentiments,

JP préférait toujours avancer masqué. Se souvenant du guide de méditation qu'il était en train de lire, il essaya de se concentrer sur sa respiration et de prendre de grandes inspirations afin de se tranquilliser. Maintenant qu'il était là, il fallait savoir faire face. Si elle l'avait invité, c'était parce qu'elle souhaitait qu'il soit présent. Alors, pourquoi s'en faire ?

Au quatrième étage, il remarqua que les escaliers devenaient moins larges, la pierre des marches plus rugueuse. Le fer forgé de la rambarde était moins ouvragé et il n'y avait plus de main courante en bois. « Je quitte le monde des bourgeois pour pénétrer dans celui de la sous-classe », pensa-t-il, et cette impression se renforça lorsqu'il fut arrivé sur le dernier palier. Un couloir étroit et sombre, éclairé par une simple ampoule pendue au plafond, permettait d'accéder aux trois chambres de bonne alignées du côté gauche. La peinture défraîchie des portes en contreplaqué trahissait le manque d'entretien.

Sur la troisième porte, Lucia avait écrit son nom au crayon sur un post-it jaune. Il frappa et entendit aussitôt quelqu'un s'activer à l'intérieur.

— J'arrive ! cria la jeune mexicaine avec son accent caractéristique.

JP pensa qu'elle était peut-être en train de se changer, qu'il débarquait trop tôt. La gêne commença à l'envahir, mais il n'eut pas le temps de stresser davantage car la porte s'ouvrait déjà en grand. Elle était là, devant lui, tout sourire.

— Bonsoir Jean-Paul ! Je suis vraiment contente que tu sois venu, dit-elle d'un ton enjoué, posant deux bises appuyées sur ses joues et sa main droite sur son épaule gauche.

Elle avait l'air sincèrement heureuse de le voir et JP s'en sentit rasséréné au moment d'entrer. Il lui tendit les fleurs, les chocolats et le cadeau.

— Oh merci ! Tu n'aurais pas dû...

Elle le débarrassa de son imper qu'elle accrocha au portemanteau à côté de la porte. Il était le premier arrivé et se réjouit intérieurement de pouvoir passer quelques instants en tête à tête avec elle. C'était une petite chambre rectangulaire d'environ dix mètres carrés, mais l'exiguïté de la pièce était compensée par l'ingéniosité de l'agencement. En plus du couchage, un simple matelas posé à même le sol, Lucia avait aménagé une penderie et un coin bureau constitué d'une mini-bibliothèque et d'un plan de travail placé sous l'unique fenêtre. Les murs et le plafond étaient recouverts d'un vieux lambris de bois dont le vernis s'écaillait, mais qui contribuait néanmoins à l'atmosphère chaleureuse du lieu. Quelques photos de famille épinglées de-ci, de-là et des souvenirs évoquant son Mexique natal, dont un magnifique arbre de vie de Metepec, apportaient une touche personnelle et exotique. « On se sent bien ici », pensa JP.

Comme à son habitude, Lucia était ravissante, vêtue d'un chemisier blanc et d'un pantalon fuseau noir qui combinaient simplicité et élégance. Elle invita JP à s'asseoir. Constatant qu'il n'y avait pas de chaise et n'osant poser ses fesses sur le lit, il s'installa en tailleur sur un petit tapis mexicain étendu près de la fenêtre. Le dos appuyé contre le mur, il accepta un verre de vin rouge et essaya de se détendre tout en faisant la conversation avec Lucia qui avait pris place en face de lui sur le matelas. N'étant pas un gros buveur, il ne tarda pas à se sentir légèrement grisé, parvenant à cet état qu'il affectionnait particulièrement. JP aimait à dire qu'il avait le vin philosophe, ni gai, ni triste, mais philosophe. L'alcool, sans excès, lui procurait un sentiment d'apesanteur, de détachement, qui lui donnait l'impression de prendre de la hauteur par rapport aux faits et gestes de ceux qui l'entouraient, mais surtout par rapport à lui-même et à sa propre vie. Pour quelqu'un qui était toujours si conscient de sa personne, cette distanciation éthylique éphémère représentait un répit bienvenu. Le reflux de son monde intérieur s'accompagnait, comme par un effet de vases communicants, d'un sentiment de plus grande présence au monde extérieur que des sens décuplés par la boisson renforçaient. Sous le charme de la conversation avec Lucia, le temps semblait arrêté.

Vers 21 heures, deux petits coups feutrés frappés à la porte vinrent mettre un terme à cette parenthèse enchantée. Cynthia, la fille au pair bolivienne qui occupait la chambre d'à côté, et Patricia, une doctorante en sociologie de Mexico que ses amies surnommaient Paty, firent leur entrée. Lucia les reçut avec effusion et JP en fut ému sans qu'il ne sache vraiment pourquoi. Elles le saluèrent de manière chaleureuse, mais un brin solennelle. Lucia leur avait raconté qu'il était officier de police et qu'elle l'avait connu dans une librairie. Les deux copines s'installèrent sur le lit en face de Lucia et JP. Ce dernier se dit que Lucia était décidément la plus belle des trois. Dans un premier temps, les deux invitées firent un effort pour parler français afin que JP ne se sente pas exclu. Il les mit à l'aise en expliquant qu'il venait de la région frontalière avec l'Espagne et comprenait plutôt bien leur langue. Cynthia et Paty en furent impressionnées et lancèrent des coups d'œil complices à Lucia qui rougit un peu. La maîtresse de maison ouvrit une deuxième bouteille et, le vin aidant, la conversation qui oscillait entre français et espagnol s'anima, les visages prenant des couleurs.

JP finit par se sentir empli d'un amour infini. L'alcool ne décuplait pas seulement ses sens, mais aussi ses sentiments et sa compassion. Après deux ou trois verres, il s'estimait capable d'aimer l'humanité entière. Vint enfin le moment de souffler les vingt-cinq bougies placées sur le gâteau au chocolat. Paty éteignit la lumière et entonna *Las mañanitas*, la chanson d'anniversaire incontournable des Mexicains. Cynthia, qui ne connaissait pas très bien les paroles, fredonnait. JP, lui, savourait en silence cette tranche d'amitié et d'intimité qu'il trouvait touchante. Par contraste, cette démonstration latino-américaine de chaleur humaine mettait en évidence la solitude de sa propre existence. Sa vie lui apparut alors comme une coquille vide. Il repensa à son enfance de fils unique qui avait souffert d'être souvent seul à la maison. À ses rêves d'adolescent aussi. Qu'en était-il aujourd'hui ? Il sentait qu'il avait besoin d'un second souffle, mais avait peur de franchir le pas. Lucia pouvait-elle l'aider à changer sa vie ? La question avait surgi comme ça, spontanément, avant de lui paraître ridicule l'instant d'après.

Vers minuit, Patricia regarda sa montre et se leva.

— Il ne faut pas que je loupe le métro, dit-elle. J'habite loin.

Cynthia en profita pour prendre congé elle aussi, prétextant qu'elle avait peu dormi la nuit précédente.

Lucia et JP se retrouvèrent à nouveau seuls dans la petite chambre. Elle lui offrit un autre verre de vin, pour finir la bouteille, et il l'accepta bien volontiers tout en sachant qu'il le paierait probablement avec un mal de tête carabiné le lendemain. La jeune femme reprit sa place en face de lui tout en ôtant l'élastique qui retenait sa queue-de-cheval. Elle secoua la tête et déploya sa chevelure. JP pouvait percevoir tout l'amour dormant dans ce corps qu'il pouvait presque toucher. L'échancrure de son chemisier laissait entrevoir la naissance de ses seins, et JP se dit qu'elle était terriblement attirante. Elle eut un petit sourire gêné, comme pour s'excuser de susciter de telles émotions chez son invité qu'elle commença aussitôt à interroger sur son métier. JP renâclait habituellement à parler de sa vie de flic, mais si cela intéressait Lucia, pourquoi pas. Au fil des minutes, la conversation passa d'un sujet à l'autre, sans effort, comme cela se produit lorsque le destin a la bonne idée de réunir deux personnes apparemment faites pour s'entendre. Ils bavardèrent ainsi jusqu'à 2 heures du matin, jusqu'à ce que Lucia dise dans un petit rire qu'il était temps d'aller dormir, qu'elle devait se lever tôt pour travailler. JP répondit en souriant qu'il avait une journée de repos et la remercia pour sa fabuleuse hospitalité. Il s'estimait heureux d'avoir pu partager d'aussi longs moments avec elle et repartait la tête dans les étoiles. Elle insista pour l'accompagner jusqu'à la porte de l'immeuble où elle lui fit deux bises à la française, puis lui donna une chaleureuse accolade en guise d'au revoir, comme le veut la coutume au Mexique. Lui aussi osa la serrer un peu dans ses bras, le vin rouge ayant fait son effet. Ils échangèrent un dernier signe de la main et JP se dirigea vers l'avenue à la recherche d'un taxi. Pendant ce court trajet, il essaya de graver dans la pierre de son cerveau les sensations de ces derniers instants passés avec elle : son parfum, la chaleur de sa peau, la douceur de ses cheveux, le contact trop bref de ses lèvres sur ses joues, de ses mains sur ses omoplates. Pour la première fois depuis longtemps, il sentait son cœur battre.

Il était environ 10 h 30 lorsque JP ouvrit un œil. Sans surprise, il avait mal au crâne. Il se leva pour prendre deux cachets d'aspirine, puis se recoucha aussitôt dans ce lit jadis matrimonial. Il y traîna une bonne heure, essayant dans un premier temps de se rendormir, puis se remémorant dans le détail la soirée de la veille. Il avait passé un très bon moment. Même si la relation avec Lucia ne devait déboucher sur rien, c'était déjà ça de pris. La faim l'obligea finalement à se lever pour de bon. Fidèle à son habitude, il mit d'abord de la musique. *Revolver* s'imposa d'emblée. Certes, cela lui rappelait l'enquête en cours et il était généralement soucieux de ne pas laisser son travail s'immiscer dans ses journées de repos, mais il lui semblait qu'il n'y avait pas d'autre choix possible. C'était de toute façon l'un de ses disques favoris dans l'œuvre des Beatles. Peut-être parce qu'il s'agissait de l'album charnière qui marquait la transition vers la seconde partie de leur carrière, celle qu'il préférait. Sans doute aussi pour la variété des styles qu'il explorait, tel un kaléidoscope musical. JP prépara ensuite du thé et commença à avaler un grand bol de céréales, assis sur le sofa du salon.

Dès le premier riff de *I Want To Tell You*, la vraie raison pour laquelle il s'était senti obligé de mettre *Revolver* dans sa platine lui apparut. Au lendemain de la soirée d'anniversaire, cette chanson résumait parfaitement la confusion qui régnait désormais dans sa tête. Une avalanche de pensées déferlait dans sa boîte crânienne. Il avait des tas de choses à dire à Lucia, mais il ne savait pas quoi exactement, ni comment. Il se repassait en boucle le dialogue qui avait suivi le départ de Paty et Cynthia, essayant vainement de ressusciter cette apesanteur due à l'ivresse combinée du vin et du cœur. Cet état de grâce était à la fois si proche et si lointain qu'il ne pouvait résister à la tentation d'en invoquer le souvenir, tout en n'ignorant pas la frustration que cela devait immanquablement provoquer. McCartney chantait déjà *Got To Get You Into My Life* à pleins poumons quand l'invitation du Bouddha à se libérer de l'illusion pour atteindre l'Éveil se rappela à JP, comme une mise en garde. S'il y avait un domaine de sa vie dans lequel sa propension à l'illusion avait maintes fois fait des ravages, c'était bien celui du sentiment amoureux. Une voix intérieure semblait lui murmurer : « Fais gaffe, Jean-Paul ! Fais bien gaffe ! »

Lorsqu'il mit le nez dehors par la fenêtre de la cuisine, vers 6 h 30 en ce samedi 20 avril, Harold Bruyère se sentit rassuré par le petit bout de ciel qu'il était parvenu à scruter. Il ne pleuvrait pas, tout au moins pas dans l'immédiat, et il réussirait vraisemblablement à boucler ses quarante-cinq minutes réglementaires de jogging hebdomadaire sans se mouiller. Cela faisait désormais six mois qu'il s'était engagé à reprendre une activité physique régulière après que son médecin traitant l'eut sermonné comme un enfant. Le praticien ne lui avait épargné aucun détail scabreux en dressant la liste de tous les maux qui le menaçaient s'il ne remettait pas en cause son mode de vie sédentaire. Le jour même, Harold avait fait l'acquisition d'une tenue de sport et d'une nouvelle paire de tennis, mais trois bonnes semaines avaient été nécessaires pour qu'il passe enfin à l'acte. Les débuts avaient été laborieux, la remise en forme de son corps de cinquantenaire avachi par plus de vingt ans d'abstinence sportive requérant une solide motivation. Néanmoins, ses efforts avaient rapidement porté leurs fruits, sa silhouette s'était progressivement affinée l'obligeant même à un renouvellement complet de sa garde-robe qui avait parachevé auprès de son entourage l'impression d'une véritable métamorphose. Il délaissait dorénavant le métro pour marcher, la tête haute, jusqu'à son bureau au centre des impôts du dix-huitième arrondissement. Les commentaires de ses collègues de travail mêlaient admiration et jalousie. Lui-même se sentait un autre homme, fier de la reconquête de son propre corps. Seule sa femme s'était inquiétée dans un premier temps de cette transformation, redoutant qu'une rivale en fût la cause, jusqu'à ce qu'elle constate l'ardeur retrouvée de son mari dans le lit conjugal.

Ce matin-là pourtant, après avoir regardé par la fenêtre, Harold fut tenté de se recoucher. Il succomba presque à la folle envie de s'accorder un répit mérité dans la discipline de fer de sa nouvelle hygiène de vie, sous la forme d'une grasse matinée auprès de son épouse encore profondément endormie. Sa vacillation fut cependant de courte durée, stoppée net par le souvenir de l'index menaçant du docteur. Enclin qu'il était à l'excès d'orthodoxie propre aux nouveaux convertis, il enfila rapidement son survêtement et ses baskets, dit au revoir à sa femme d'un regard et quitta sans bruit l'appartement.

Quinze minutes plus tard, il franchit l'entrée du parc des Buttes-Chaumont d'une foulée souple, sans se douter un instant qu'il en ressortirait le crâne fracassé et les pieds devant.

V

Souffrant parfois d'une insomnie dont il ignorait la cause et n'ayant presque pas fermé l'œil la nuit précédente, JP se sentait extrêmement fatigué alors qu'il était à peine 19 h 30. Il éteignit son ordinateur et commença à ranger son bureau tout en faisant le point mentalement sur l'affaire Lévy. Sans savoir vraiment pourquoi, il avait intuité depuis le début que le coupable allait leur donner du fil à retordre. À la fin de la période de flagrance, le procureur avait dû ouvrir une information judiciaire et désigner un juge d'instruction pour diriger une enquête qui pataugeait. On avait vérifié à nouveau les emplois du temps et les alibis, élargi le champ des recherches, sans résultat. Les investigations sur les habitants de l'immeuble n'avaient pas non plus permis de confirmer l'hypothèse de Farid quant à une erreur sur la victime. Plus de deux semaines après le crime, aucune piste sérieuse ne se présentait et toute l'équipe rongeait son frein. JP s'apprêtait à enfiler son imperméable quand son portable sonna. C'était Lucia. Il retint son souffle avant de décrocher, nerveux.

— Allo ?

— JP ? C'est Lucia. Je ne te dérange pas ?

— Non, pas du tout.

— Voilà, je te propose un ciné ce soir à 20 heures à Saint-Michel. Tu peux ?

JP regarda sa montre. Ça ne laissait pas trop de marge, mais c'était jouable. À l'inverse de Lucia, il n'aimait pas trop improviser et préférait tout planifier. En même temps, cette invitation lui faisait chaud au cœur et il ne pouvait pas la refuser.

— Oui, ça marche. On se retrouve où ?

— Devant la fontaine à 8 heures moins dix, ça va ?

— OK. À tout de suite.

JP se sentit gonflé à bloc tout à coup, il ne pouvait le nier. Son cœur battait plus fort. Les Beatles ne tardèrent qu'une seconde à mettre ce sentiment euphorique en musique. Un la de basse et un gros effet larsen résonnèrent dans sa tête, suivis immédiatement d'un riff métallique, puis de la batterie de Ringo. *I Feel Fine*, bien sûr, un hit instantané des deux côtés de l'Atlantique fin 64, malgré des paroles nunuches, mais surtout grâce au son super vitaminé d'un groupe en pleine ascension. Dans le même temps, une petite voix intérieure essayait de dire à JP qu'il ne fallait pas qu'il s'emballe, qu'il devait garder les pieds sur terre. « Rappelle-toi de *You've Got To Hide Your Love Away* ! », lui soufflait-elle. De toute façon, il n'était pas question de s'appesantir sur ses états d'âme. Il n'avait que quinze minutes pour la rejoindre.

Le lendemain, JP revenait du labo quand il s'arrêta net à hauteur du bureau du capitaine Pierre Lambert. Il tourna la tête vers la droite et son regard se figea sur une pochette en plastique transparent. Posée à côté de l'écran de son collègue, elle contenait un iPod blanc. Lambert leva les yeux vers lui, intrigué.

— Qu'est-ce qu'il se passe ?

— L'iPod, c'est à toi ?

— Ah, le baladeur ? Non, la femme d'une victime vient de le rapporter en disant qu'il n'appartenait pas à son mari.

— Comment ça ?

— Le mec a été assassiné samedi dernier pendant son jogging aux Buttes-Chaumont.

— Oui, j'en ai entendu parler.

— Comme on a trouvé un iPod sur le corps, on a pensé que c'était le sien et on l'a rendu à sa famille, mais sa femme assure qu'il n'était pas à lui. À mon avis, elle ne savait pas qu'il s'était acheté un baladeur, un point c'est tout. On n'est quand même pas obligés de tout raconter à nos bonnes femmes.

— Tu me le prêtes deux secondes ?

Lambert donna son accord d'un signe de tête. JP retourna à son bureau avec le sac, s'assit, enfila une paire de gants en latex, connecta le baladeur à l'ordinateur et l'alluma. Il n'y avait qu'un fichier sur l'appareil, intitulé TM. Il hésita un instant, puis lança l'écoute. Un décompte en anglais, un accès de toux, « *one, two* », puis l'ostinato de la basse de McCartney si caractéristique de *Taxman*, la chanson qui ouvre l'album *Revolver*. Son cœur fit un bond dans sa poitrine, la coïncidence était trop grande. Il retourna précipitamment vers Lambert.

— Je peux jeter un coup d'œil au dossier ?

L'officier lui passa une chemise rouge avec le nom de la victime : Harold Bruyère. JP commença à le feuilleter avec empressement. Les photos montraient le jogger, en survêtement, allongée en travers d'une allée, le crâne fracassé et cerclé d'une mare de sang. Le baladeur était à même le sol, un écouteur placé dans l'oreille droite, l'autre par terre.

— Comment il a été tué ?

— Il courait aux Buttes-Chaumont comme tous les week-ends quand il a été agressé. On pense qu'il a d'abord reçu un coup sur la tête par-derrière qui l'a fait chuter, puis le mec a dû s'acharner sur lui pour s'assurer qu'il n'en réchapperait pas. On n'a pas retrouvé l'arme.

JP parcourut fiévreusement le reste des documents sous le regard étonné de son collègue.

— Quelle mouche t'a piqué ?

— Je t'expliquerai.

Parmi toutes les informations du dossier, un détail fit sursauter JP : la victime était contrôleur des impôts.

— Putain ! Je le savais, lâcha-t-il. Vous en êtes où dans l'enquête ?

— À vrai dire, on n'a pas grand-chose pour l'instant. Aucun témoin du crime dans le parc. On n'a pas non plus signalé de type suspect, avec du sang sur lui ou un truc dans le genre.

— Ni vu ni connu, en fait.

— Exact. Comme Bruyère était contrôleur des impôts et avait pas mal de redressements fiscaux à son actif après 30 ans de carrière, on soupçonne une vengeance, un règlement de comptes. Mais bon, c'est juste une hypothèse, on est en train d'éplucher ses dossiers pour dresser une liste de suspects...

— Vous perdez votre temps, interrompit JP. On a affaire à un tueur en série.

— Qu'est-ce que tu racontes ?

— Viens, on va chez Mantovani.

Alors qu'il peinait à suivre JP dans le couloir menant au bureau du commissaire, Lambert cherchait à comprendre l'attitude de son collègue, d'habitude si posé et là, tout à coup, survolté. Il se dit qu'il devait avoir levé un gros lièvre.

JP fit un détour par son bureau et prit le dossier Lévy au passage.

Mantovani était prostré devant un bureau presque vide, ruminant ses soucis existentiels et tâtant sa bedaine, quand on frappa deux coups secs à la porte.

— Entrez !

JP ouvrit si rapidement qu'il fit voler des feuilles posées sur le bureau de Mantovani. L'expression sur son visage indiquait que c'était sérieux. Il s'assit tout de suite face au patron, Lambert referma la porte et s'installa sur la deuxième chaise, impatient de savoir de quoi il retournait.

— Qu'est-ce qu'il t'arrive ? Tu as du nouveau ? demanda Mantovani.

JP déposa les deux dossiers devant lui.

— L'assassin de Timothée Lévy a fait une autre victime !

— Comment ça ?

— Pierre enquête sur le meurtre d'un contrôleur des impôts tué samedi passé. La victime a elle aussi été retrouvée avec un iPod blanc qui ne lui appartenait pas, et sur lequel il n'y avait qu'une chanson : *Taxman* des Beatles. *Taxman* et *Tomorrow Never Knows* sont la première et la dernière chanson de l'album *Revolver*.

— C'est quoi ces conneries ? demanda Mantovani qui sentit la pression monter soudainement dans ses intestins et trouvait confuse cette histoire de disque des Beatles.

Se rappelant qu'il fallait expliquer les choses posément au Morse si on ne voulait pas provoquer l'une de ces colères monumentales qui avaient fait sa renommée, JP essaya de contrôler son excitation et d'exposer la situation calmement.

— Bon, vous vous souvenez de Timothée Lévy, le bouddhiste tué d'une balle dans la tête dans son lit, le 6 avril ?

— Oui, bien sûr, j'ai pas Alzheimer tout de même.

— On a retrouvé sur lui un baladeur sur lequel était enregistrée la chanson *Tomorrow Never Knows* des Beatles.

— Oui, je me rappelle tout ça et tu penses qu'on l'a choisi, lui, parce qu'il a un rapport avec la chanson.

— Exact. Mais en fait, ce n'est pas le seul crime du genre. Harold… Bruyère a été tué pendant son jogging aux Buttes-Chaumont le 20 avril, soit deux semaines plus tard. Il portait lui aussi un baladeur blanc de la même marque, avec cette fois la chanson *Taxman* qui est la première du même album. Comme Bruyère était contrôleur des impôts, le lien avec la chanson est évident, puisque *Taxman* veut dire «percepteur» en anglais.

— Merde alors, gronda Mantovani en se tortillant sur son fauteuil, de plus en plus incommodé par un nouvel assaut de flatulences. Pourquoi on n'a pas fait le lien plus tôt ?

JP répondit à la place de Lambert, encore tout abasourdi par ce qu'il venait d'apprendre.

— Pierre et son équipe ont logiquement pensé que le baladeur appartenait à la victime qui courait dans le parc chaque samedi matin. Sa femme vient de le rapporter en disant qu'il n'était pas à lui. Je l'ai vu sur le bureau de Pierre en passant et j'ai tout de suite fait le lien avec Lévy. Quand j'ai écouté le morceau enregistré sur l'appareil, j'ai compris qu'on avait bien affaire au même tueur.

— Pétard, il me manquait plus que ça, à deux mois de la retraite, tonna Mantovani. Bon, si je résume, on a deux victimes, tuées à deux semaines d'intervalle, choisies en fonction d'un vague rapport avec des chansons des Beatles.

— Oui, et ce sont la première et la dernière chanson du même album, *Revolver*.

— Ah ben c'est sûr, *Revolver,* c'est un titre qui incite au meurtre, lâcha Mantovani, le visage de plus en plus crispé.

— Et s'il voulait se faire tout l'album ? suggéra Lambert qui sortait enfin de sa torpeur.

— Possible en effet, approuva JP, je n'y avais pas encore pensé.

— À ton avis, quelle va être la suivante ?

— Je ne sais pas. De mémoire, la chanson qui suit *Taxman*, c'est *Eleanor Rigby*. Ça parle de gens qui vivent seuls, c'est pas forcément facile de trouver un lien avec une victime potentielle, à mon avis. Après, j'ai un doute sur le titre de la troisième chanson de l'album. Je crois que c'est *And Your Bird Can Sing*.

— Ce qui veut dire ? demanda le Morse. Vous savez, moi, l'anglais j'y comprends rien.

— Littéralement : « Et ton oiseau peut chanter ».

— Il va nous trucider un ornithologue, un marchand d'oiseaux... ou peut-être une petite vieille et son canari ? pesta Mantovani.

— En fait, je ne suis pas trop sûr du troisième titre. Chef, je peux vérifier sur votre ordinateur ?

— Oui, vas-y, je te laisse la place, je reviens dans cinq minutes. Mantovani sauta sur l'occasion pour s'éclipser aux toilettes afin d'y purger ses tripes en surpression. JP et Lambert échangèrent un regard en coin complice.

En quelques clics, JP fit apparaître la liste des chansons de *Revolver* à l'écran.

— *I'm Only Sleeping* ! C'est le troisième morceau, je m'étais planté. Ouais, ça ne nous avance pas beaucoup. Je vais quand même vérifier les paroles.

JP et Lambert étaient en train de décrypter le texte de la chanson lorsque Mantovani, un tant soit peu apaisé, entra dans le bureau.

— Alors, ça donne quoi ?

— Pas grand-chose. En fait, la chanson suivante s'appelle *I'm Only Sleeping* et parle d'un type qui voudrait simplement dormir et que personne ne comprend. Il faudrait que j'analyse tous les titres calmement.

Mantovani s'assit à côté de JP et Lambert, face à l'écran, puis proposa d'écouter *Taxman*.

En vrai spécialiste des Beatles qu'il était, JP se chargea d'expliquer le contexte de la chanson. George Harrison avait eu l'idée de *Taxman*, une charge pleine d'ironie contre le trésor public britannique, après avoir découvert que les Beatles étaient taxés au taux maximal de quatre-vingt-seize pour cent. On était en 1966, treize ans seulement avant l'arrivée au pouvoir de Margaret Thatcher — qui disait par ailleurs apprécier le pur génie des Beatles — et la première vague du tsunami néolibéral qui allait déferler sur le monde à sa suite. Autres temps, autres mœurs. Dans la chanson, les leaders conservateur et travailliste britanniques d'alors étaient moqués pour leur propension à taxer. Près de cinquante ans plus tard, droite et gauche rivalisent sans fin pour réduire la pression fiscale sur les plus aisés. Vu depuis notre époque déboussolée par la main invisible du marché où la planète entière est livrée à la cupidité sans limites des riches, un taux d'imposition de quatre-vingt-seize pour cent paraît relever de la science-fiction la plus délirante.

Sur le plan musical, l'une des curiosités de *Taxman* est l'interprétation du solo de guitare par McCartney, qui plus est sur une chanson d'Harrison, le soliste attitré du groupe. Préposé à la basse au sein des Beatles depuis le départ de Stuart Sutcliffe en 1961, instrument dont, soit dit en passant, il allait révolutionner le jeu, Paul délivra pour l'occasion un solo plein de virtuosité, ample et nerveux, avec une touche indienne à la fin, comme un clin d'œil à la nouvelle passion de George.

L'écoute de *Taxman* et l'analyse rapide des paroles laissèrent les trois enquêteurs sur leur faim. Ils ne se sentaient pas plus avancés. Le titre de la chanson correspondait à la profession de la victime et on ne pouvait pas dire grand-chose de plus. JP reprit le dossier Bruyère pour y consulter le rapport d'autopsie. L'arme du crime n'avait pas été retrouvée, mais les blessures indiquaient qu'il s'agissait probablement d'un objet contondant massif, de type marteau. JP pensa tout de suite à *Maxwell's Silver Hammer*, ce titre loufoque d'*Abbey Road* qui raconte comment Maxwell zigouille tous ceux qui le contrarient, à commencer par sa copine, avec un marteau en argent. Le tout sur une musique bon enfant dans le style music-hall. JP se dit que cela vaudrait la peine de faire des recherches sur la chanson en raison de l'analogie avec le tueur en série.

Lambert, qui manipulait depuis un moment le sac plastique contenant le baladeur trouvé sur le contrôleur des impôts, montra alors du doigt un numéro imprimé en petits caractères au dos de l'appareil.

— On pourrait vérifier auprès du fabricant si leur système de traçabilité permet de remonter jusqu'au vendeur à partir du numéro de série.

— Bonne idée Pierrot, on va voir ce que ça donne, approuva JP.

— Bon, comme l'affaire Bruyère dépend de la section de Berthier, il faut que j'en parle à Dekker pour qu'il détermine comment on va se répartir le travail maintenant. Je vous tiens au courant.

— Bien, chef !

JP et Lambert, qui n'avaient pas beaucoup collaboré dans le passé, mais s'appréciaient, quittèrent le bureau du Morse et décidèrent de faire le point ensemble sur les deux enquêtes. Mantovani, lui, se retrouvait face à un dilemme. Devait-il demander à Dekker de lui transférer le cas Bruyère, ce qui ne manquerait pas de mettre cet imbécile de Berthier en rogne, ou au contraire se défaire de l'affaire Lévy au profit de son collègue et ennemi mortel ? En temps normal, la première option aurait eu toute sa préférence, mais à deux mois de la retraite il était tentant d'être débarrassé d'un dossier qui promettait d'être difficile et hasardeux. Il décida d'aller trouver Dekker sur-le-champ pour qu'il tranche. Le commissaire divisionnaire hésita. Confier l'enquête à un groupe de Mantovani paraissait risqué étant donné que l'affaire pouvait ne pas être résolue au moment de son départ à la retraite. En même temps, il serait plus facile de lui faire enfiler le costume de bouc émissaire en cas d'échec et il opta finalement pour cette solution. Berthier ravala difficilement sa rage et Mantovani se dit que sa carrière allait se terminer sur les chapeaux de roue.

Dès lors qu'il fut avéré qu'ils avaient affaire à un tueur en série avec au minimum deux meurtres au compteur, JP jugea opportun d'avoir recours à une analyse comportementale. Sachant que Mantovani n'était jamais très chaud pour ce qu'il considérait comme « des théories fumeuses de psy », il décida d'aller rendre visite à celui qui, de manière officieuse, était son profileur. Il s'agissait en fait d'un professeur de criminologie à la retraite, qui avait été son enseignant à l'École nationale supérieure de police et avec qui il était resté en excellents termes. JP était alors un très bon élève et, comme ils avaient éprouvé une sympathie mutuelle à l'époque, le contact s'était maintenu durant toutes ces années. Victor Badoux, c'était son nom, avait été l'un des premiers en France à s'intéresser aux tueurs en série et aux techniques de profilage américaines. JP l'avait consulté à deux ou trois reprises depuis qu'il était entré à la brigade criminelle pour des affaires où sa science du crime pouvait apporter un plus. Cette fois, sa collaboration apparaissait comme une évidence.

Flanqué de Farid, JP sonna au domicile de Badoux, un vaste appartement au quatrième étage d'un immeuble vieillot dans le quinzième arrondissement. Après quelques secondes, l'homme ouvrit la porte en grand et JP eut un choc. Ils s'étaient vus la dernière fois pour l'enterrement de sa femme, six mois plus tôt, et depuis, le professeur semblait avoir pris dix ans de plus. Sa grande silhouette s'était quelque peu voûtée, sa tête avait blanchi et ses rides s'étaient creusées. Malgré tout, il conservait son regard pétillant de toujours au milieu de son visage de vieillard. Il les accueillit d'une poignée de main vigoureuse qui dénotait la joie que procurent les visites à ceux qui n'en reçoivent que trop peu.

— Entrez, je vous prie, je vous attendais. On va passer au salon. Hein, d'accord ?

JP et Farid échangèrent un sourire complice. Pendant le trajet, JP avait raconté à son collègue que Badoux était surnommé *Hein, d'accord ?* à l'école de police, en raison d'un tic de langage qui lui faisait achever chacune de ses phrases d'un retentissant « Hein, d'accord ? »

Avant qu'ils ne fussent tous assis sur un fauteuil, JP nota comment le vieux professeur avait scanné la dégaine de Farid de la tête aux pieds : la chemise à carreaux dont un pan pendait par-dessus un jean étroit avec la ceinture mi-fesse et les tennis en toile à la propreté douteuse. Il avait alors souri intérieurement en pensant que celle-ci n'avait rien pour recueillir son approbation et lui causait certainement une forte envie de remonter le pantalon du jeune officier, même s'il n'en laissait rien paraître. Badoux, lui, arborait toujours le même look impeccable de lord anglais : raie de côté et fine moustache, pantalon de velours et veste en tweed avec coudières. Une chemise crème, accompagnée invariablement d'une cravate verte, complétait la tenue. Du Badoux classique, pensa JP.

— Je vous offre du thé ? proposa l'hôte.

— Volontiers, répondit JP.

La théière, les tasses et les biscuits étaient déjà sur la table basse. Une fois le service effectué, le criminologue en vint au motif de la visite, impatient d'en savoir plus.

— Alors, racontez-moi !

— Voilà, comme je vous l'ai dit au téléphone, on a deux homicides commis à deux semaines d'intervalle, apparemment par la même personne, puisqu'ils portent la même signature : un baladeur blanc de la même marque retrouvé sur les victimes avec une seule chanson enregistrée. Dans les deux cas, il s'agit d'une chanson de l'album *Revolver* des Beatles : *Tomorrow Never Knows* pour le premier crime et *Taxman* pour le deuxième. À chaque fois, on a pu établir un lien entre le titre et la victime, en l'occurrence un rapport avec son activité professionnelle.

— Hum, il ne laisse rien au hasard notre homme, c'est un perfectionniste. Est-ce que le mode opératoire du meurtre est le même ?

— Non, pas du tout. On a un homicide par arme à feu dans le premier cas, commis au domicile de la victime pendant la nuit. Pour l'autre, il a utilisé un objet contondant, probablement un marteau, de jour dans un parc, expliqua JP tout en tendant les photos des scènes de crime à son ancien professeur.

— Ça, ce n'est pas banal, fit Badoux, apparemment tout excité par cette particularité. Il est éclectique aussi, notre bonhomme.

Le vieil homme commença à examiner attentivement les clichés tout en hochant la tête ou fronçant les sourcils de temps en temps. Après quelques instants, pendant lesquels JP et Farid en profitèrent pour boire quelques gorgées de thé et grignoter un biscuit, il reprit la parole.

— Oui, à part le baladeur et la chanson, pas grand-chose en commun. Les blessures ont été infligées à la tête, mais cela ne veut pas forcément dire grand-chose. Je suppose que vous avez déjà cherché des liens éventuels entre les victimes.

— On est en train de vérifier, mais ça n'a rien donné pour l'instant. Les victimes étaient issues d'origines et de milieux différents.

— Le premier meurtre a été commis chez la victime pendant son sommeil. Comment est-il entré ?

— Apparemment, il a crocheté les portes de l'immeuble et de l'appartement, très proprement. On a affaire à un expert, il est possible qu'il ait déjà fait de la prison.

— Effectivement, c'est quelqu'un de très organisé, méthodique et précis. Il n'a pas choisi ses proies au hasard, il a dû faire des recherches en amont. Je l'imagine plutôt avec un profil technique : un technicien, ingénieur ou scientifique, architecte peut-être, quelqu'un qui crée. Chaque crime semble pensé, planifié, construit, unique.

Pendant ce temps, JP notait fiévreusement tous les commentaires du vieux professeur dans son carnet, Farid l'enregistrait sur son smartphone. Au bout d'un moment, Badoux releva la tête, posa les dossiers sur la table devant lui, puis ôta ses lunettes et regarda vers le plafond, pensif.

JP et Farid l'observaient sans ciller, bien calés dans leur fauteuil, comme s'ils s'attendaient à une révélation fracassante. Après quelques secondes durant lesquelles on entendit les mouches voler et le tic-tac de la pendule, la réponse vint enfin, laconique :

— Le père !

Les deux officiers se regardèrent, un peu décontenancés.

— Savez-vous quel est le point commun entre le terroriste de Toulouse, Mohammed Merah, et le néonazi norvégien, Anders Breivik ?

— Non ! répondit Farid.

— Le père ! Ou plutôt, l'absence du père, qui a laissé tomber sa femme et sa progéniture, dans les deux cas. Bien sûr, les deux tueurs ont choisi des idéologies très différentes, on pourrait même dire opposées, pour que leur haine de la société puisse s'exprimer. Mais à la base, il y a la même fêlure, le même manque, celui du père. Je ne serais pas étonné que votre assassin soit lui aussi un loup solitaire ayant souffert de l'absence de figure paternelle.

— Mais Merah et Breivik, eux, avaient un mobile politique..., intervint JP.

— C'est vrai que le choix des victimes en fonction de leur lien avec une chanson des Beatles est pour le moins surprenant au premier abord. Ça veut dire qu'il entretient une relation particulière avec les Beatles. Je dirais même intime.

— Comment ça ? demanda Farid.

— Je ne sais pas exactement. Il doit les considérer comme intimement liés à sa vie à lui, peut-être à ce père absent ou défaillant, justement. J'ai l'impression que c'est comme s'il voulait faire payer quelque chose aux Beatles.

— Une vengeance ? s'étonna JP.

— En quelque sorte, oui. Enfin, c'est ce que je crois. Dans ce domaine, il n'y a pas de certitude avant qu'on identifie le tueur, mais je suppose qu'avec ses crimes il cherche à se réapproprier leurs chansons, et qu'il en tire un sentiment de puissance.

— Un peu comme Charles Manson, pensa tout haut JP.

Badoux fit la moue.

— À mon avis, nous ne sommes pas dans le même cas de figure. Manson a cité les Beatles à son procès pour justifier a posteriori son délire. Par contre, dans votre affaire, ce sont les chansons qui semblent déterminer elles-mêmes le choix des victimes. Le tueur est un vrai fan...

— Justement, interrompit JP, pourquoi un fan chercherait-il à associer leurs chansons à des crimes ?

— C'est ce que je disais à l'instant sur la vengeance. Je crois que votre client a un compte personnel à régler avec les Beatles, tout en étant fan au départ. Ça peut paraître paradoxal, mais les tueurs en série sont souvent des gens pleins de contradictions.

JP resta songeur, caressant sa barbe naissante, avant de poursuivre.

— Notre assassin est sorti de nulle part et d'un coup, en deux semaines, il fait deux victimes.

— C'est quelque chose qu'il doit ruminer depuis longtemps, une vieille histoire, mais il y a vraisemblablement eu un événement déclencheur récent qui a causé soudainement le passage à l'acte.

— Qu'est-ce qu'il cherche ce ouf ? questionna Farid.

— Sans doute un mélange de plusieurs choses : la vengeance, le sentiment de puissance... La notoriété aussi, certainement. Je sais que, pour l'instant, ça ne vous aide pas beaucoup, mais il se peut que ça se révèle utile plus tard. De toute façon, on a de bonnes raisons de penser qu'il va continuer. Vous allez accumuler plus d'éléments.

— Bon, très bien, dit JP en refermant son carnet. Merci beaucoup, professeur !

— Je t'en prie. Vous ne reprenez pas un peu de thé ?

— Non merci. Il faut qu'on y aille et on ne voudrait pas abuser de votre hospitalité.

— Tu sais bien que c'est toujours un plaisir de te revoir, Jean-Paul. S'il y a du nouveau, n'hésite pas à m'appeler. Hein, d'accord ?

— Je n'y manquerai pas.

— Je vous raccompagne.

Quand JP et Farid débouchèrent sur le trottoir, une pluie soutenue les prit à froid et ils durent presser le pas jusqu'à leur voiture. Quinze minutes plus tard, ils étaient de retour à la brigade.

En début d'après-midi, Ostermann débarqua, tout essoufflé, avec une feuille de papier à la main.

— JP, devine quoi ?

— Je suis nul pour les devinettes, accouche !

— On a retrouvé la trace des deux iPod. Ils font partie des produits volés au cours du braquage de l'Apple store Opéra, le 31 décembre dernier. Tu te rappelles ?

— Vaguement. Ben, on est bien avancés. On a affaire à un malin. Ils en ont volé combien des iPod ce jour-là ?

— Euh... 212, dit-il en consultant le document du fabricant.

— 212 ! J'espère qu'on arrêtera ce salaud avant qu'il écoule tout le stock.

JP posa la liste des numéros de série sur un coin de son bureau et se replongea dans ses recherches sur *Maxwell's Silver Hammer*. La chanson avait été inspirée à McCartney par le théâtre d'Alfred Jarry et, pour lui, le marteau de Maxwell s'abattant inopinément sur la tête de ses victimes symbolisait les aléas de la vie. Pour les fans des Beatles en revanche, elle restait surtout une illustration des dissensions qui émaillèrent la fin de carrière houleuse du groupe. McCartney avait désespérément tenté de l'imposer comme un single, alors que ses partenaires la détestaient, en particulier Lennon qui trouvait que c'était de la musique pour grands-mères et avait même refusé de participer à son enregistrement. Avait-elle un quelconque rapport avec le meurtre des Buttes-Chaumont ? Pouvait-elle fournir un indice ? Y avait-il un lien secret entre le personnage de Maxwell et celui qui avait fracassé le crâne du percepteur ? Tout cela n'avait pas vraiment de sens, se disait JP. Mais qu'est-ce qui faisait sens dans cette histoire ? Tuer quelqu'un à cause d'une chanson des Beatles était tout ce qu'il y a de plus insensé. À moins qu'il n'y ait eu, dès le début, une connexion entre les victimes et que la musique des Fab Four n'ait servi qu'à brouiller les pistes. À ce stade de l'enquête, cependant, rien ne permettait d'accréditer cette thèse.

Une autre question taraudait JP. Quel serait le titre mettant en musique le prochain meurtre ? En le connaissant, peut-être pourrait-on identifier les victimes potentielles et intervenir en amont. Il avait réécouté *Revolver* maintes fois et imprimé les paroles de toutes les chansons, mais ne se sentait pas plus avancé pour autant.

La question suivante était : quand ? Les deux assassinats étaient séparés par exactement deux semaines. Pouvait-on s'attendre à ce que le tueur garde le même rythme avec un troisième meurtre le samedi 4 mai ? Il fallait revenir aux chansons des premiers homicides. JP consulta à nouveau la page Wikipédia de *Tomorrow Never Knows* et là, un détail lui sauta tout de suite aux yeux. Dans un encadré, sur le côté droit, figuraient les dates d'enregistrement : 6, 7 et 22 avril 1966. « Mince ! » lâcha-t-il. JP se connecta immédiatement à la page de *Taxman* : 20, 21 et 22 avril 1966. « Bon Dieu ! Mais c'est bien sûr ! » pensa-t-il à la manière du commissaire Bourrel. Comment ne s'en était-il pas douté avant ?

Mantovani étant sorti, JP l'appela sur son portable dans la foulée. Le Morse, qui était en train d'acheter un cadeau d'anniversaire pour sa femme, eut du mal à comprendre cette histoire de dates, mais proposa de retrouver JP une heure plus tard à la brigade. Pendant ce temps, JP voulait analyser une nouvelle fois le contenu de *Revolver* et sollicita l'aide de Farid.

Lorsqu'il arriva enfin à l'étage de la Criminelle, tout essoufflé, Mantovani demanda à JP de rassembler ses troupes dans la salle de réunion. Celui-ci obtint du Morse un délai de cinq minutes pour pouvoir terminer ses investigations en cours. Seul Ostermann, parti faire une vérification sur le terrain, manquait à l'appel.

VI

— Laissez-moi vous dire comment ça va se passer, déclara le Morse devant ses enquêteurs. JP va d'abord nous faire part d'une découverte importante concernant les affaires Lévy et Bruyère, puis on essaiera de s'organiser en vue d'empêcher le prochain passage à l'acte de notre fada des Beatles.

JP expliqua brièvement comment il avait trouvé le lien entre la date des crimes et les chansons sélectionnées par le tueur. Les deux assassinats avaient été perpétrés à la date anniversaire du début des enregistrements de chaque titre : le 6 avril pour *Tomorrow Never Knows*, le 20 pour *Taxman*. On était le 26 avril, et on pouvait donc a priori éliminer les quatre autres morceaux de *Revolver* dont les sessions en studio avaient commencé avant cette date. Parmi le reste de l'album, JP n'avait pas de certitude, mais considérait que les deux chansons les plus susceptibles d'inspirer de nouveaux homicides étaient *I'm Only Sleeping* et *Yellow Submarine*. Cette dernière ayant été enregistrée le 26 mai, il n'y avait pas urgence. Par contre, l'enregistrement de la première avait débuté le 27 avril 1966 et on était donc à la veille de la date anniversaire. Si jamais elle avait été choisie par l'assassin, il n'y avait pas de temps à perdre.

— « *I'm Only Sleeping* », ça veut dire « Je suis juste en train de dormir », n'est-ce pas ? demanda Farid.

— Oui, en gros c'est ça, répondit JP qui passait pour le plus calé en langues étrangères. La chanson parle de quelqu'un qui dort beaucoup et ne veut pas qu'on le dérange.

— Qu'est-ce qu'il va nous faire maintenant le fada des Beatles, s'en prendre à un somnambule ? Ou à un insomniaque, par dérision ? s'emporta le Morse en tirant sur sa moustache droite.

— Il pourrait choisir un médecin spécialiste du sommeil, suggéra JP. C'est l'activité professionnelle des deux premières victimes qui a servi de lien avec les chansons.

— Pas bête, répondit Mantovani en se redressant sur son fauteuil. Faites une liste des spécialistes franciliens, voire de toute la France. On va les mettre sous surveillance. Il faut qu'on le coince ce salopard.

— Bon, ce n'est qu'une hypothèse de travail, tempéra Versini, la probabilité qu'elle se vérifie est tout de même assez faible.

— Jojo a raison, approuva JP. Moi-même, je n'y crois pas trop, mais on ne peut pas rester là les bras croisés. On a peut-être une chance de sauver quelqu'un et de tenter une interpellation.

— Est-ce qu'il ne pourrait pas y avoir un lien entre le nom de famille de la victime potentielle et le titre ? demanda Michelle qui pianotait sur son ordinateur portable. Je vois qu'il y a une quarantaine de personnes qui s'appellent « Dormant » en France et pas loin d'une dizaine rien qu'en région parisienne. « Dormant » est la traduction de « *Sleeping* ».

— Peut-être, dit JP sans sembler très convaincu.

— Dresse la liste des Dormant franciliens, répondit Mantovani, on va tâcher de les couvrir aussi.

— Il faut faire vite, toutes les équipes doivent être en place avant minuit, enchaîna JP. Il est possible que le tueur intervienne dans la nuit, comme il l'a fait pour Lévy.

— OK, je vais tout de suite informer le juge. Prévenez-moi quand vous aurez établi les besoins en hommes. J'irai voir Dekker pour qu'il nous donne des renforts, conclut le Morse.

Mantovani se sentait comme un chef d'état-major avant l'assaut. Il aimait cette montée d'adrénaline qui accompagnait la préparation d'une opération. Il se dit que tout ça allait bientôt lui manquer cruellement. Le Morse sortit une pastille blanche censée réduire les ballonnements de la poche de son veston et commença à la mâcher, car les flatulences redoublaient sous l'effet du stress.

JP demanda à Farid d'établir une liste de spécialistes du sommeil en région parisienne et en province, sachant qu'il était le plus efficace pour ce type de recherches sur Internet. Celui-ci identifia rapidement une douzaine de praticiens, cinq centres du sommeil répartis sur tout le territoire et un réseau associatif en Île-de-France. Farid et Mohan contactèrent différentes directions interrégionales de la PJ pour qu'elles assurent la surveillance des médecins de province en cette journée du 27 avril, au cas où.

Michelle obtint les coordonnées complètes de huit personnes avec le patronyme Dormant, deux à Paris et six en banlieue. Il fut décidé qu'une certaine Isabelle Dormant, domiciliée à Saint-Denis, ferait l'objet d'une protection renforcée, car elle était née en 1966, année de sortie de *Revolver.*

Pendant ce temps, JP et Versini établirent un plan de surveillance pour les Dormant et les spécialistes de Paris et de la banlieue, puis se rendirent chez Mantovani pour demander les renforts nécessaires : trois groupes supplémentaires pour atteindre un total de vingt-quatre officiers de la Criminelle, plus une trentaine d'hommes des directions régionales de la PJ de Paris et de Versailles. Le Morse dut faire appel à Dekker qui, pour son malheur, ordonna à Berthier de mettre deux de ses groupes à disposition. On pouvait voir dans ce choix une nouvelle illustration de la perversité du grand chef qui aimait jouer avec les antagonismes existant au sein de la brigade. Dekker ne croyait pas vraiment en l'opportunité d'une telle opération, mais comme il s'était déjà trompé concernant l'intuition initiale de JP, il ne voulait pas être pris en défaut encore une fois, avec en plus le risque d'un autre cadavre sur les bras.

La période d'alerte serait longue, puisqu'il avait été décidé que le dispositif de surveillance s'étalerait du vendredi 26 à 20 heures jusqu'au dimanche 28 à 8 heures du matin, histoire de garder un peu de marge. JP avait prévu, pour les nuits du 26 et du 27, de se rendre avec Farid à l'Hôtel-Dieu de Paris, à deux pas de la brigade, pendant que Mantovani et son « cher collègue » Berthier resteraient en soutien dans les locaux de la Criminelle. Peu avant 20 heures, le Morse confirma que toutes les équipes étaient en poste auprès des victimes potentielles identifiées.

À l'Hôtel-Dieu, JP et Farid furent reçus par le Professeur Brossard qui ne parut pas très bien comprendre le but de leur visite, mais leur signifia qu'il n'y voyait pas d'inconvénient tant que leur présence n'interférait pas avec le fonctionnement de son service. Les deux policiers vérifièrent que tous les rendez-vous prévus ce soir-là ne concernaient pas de nouveaux patients parmi lesquels le tueur aurait pu se glisser. Il fut tout de même convenu qu'ils resteraient dans la salle d'attente afin d'observer toutes les personnes venant effectuer un enregistrement polygraphique du sommeil avant leur entrée dans le laboratoire. Pendant ce temps, deux agents de police surveilleraient les deux accès au service dans le couloir et contrôleraient le contenu des sacs.

JP se dit que le trouble du sommeil, et l'air hagard qui en découlait, étaient le seul dénominateur commun entre tous les patients qui se succédaient, tant ceux-ci semblaient différer en termes d'âge, morphologie et origine sociale. La longue attente commença. Farid écoutait de la musique et surfait sur son téléphone portable, tandis que JP en profitait pour compléter des rapports et chercher des informations supplémentaires à l'aide de son ordinateur. Peu avant 21 heures, on reçut la dernière patiente prévue pour passer la nuit sur place. C'était une petite femme blonde au regard anxieux de chaton abandonné et sa souffrance apparente interpella JP. Son mari, un grand brun costaud avec la tête dans les épaules, l'avait accompagnée jusqu'à la salle d'attente en tirant derrière lui une valise rose à roulettes, puis s'était éclipsé sans demander son reste après un bisou furtif à sa moitié. Deux jolies infirmières pleines d'attention avaient alors pris la dame en charge, lui parlant sur le ton qu'adoptent les institutrices avec les enfants rétifs le jour de la rentrée des classes. Farid s'était dit qu'il se serait bien laissé prendre en main de la sorte.

Les premières heures de la soirée défilèrent lentement, mais sans encombre, celles de la nuit s'annonçaient mortelles d'ennui. Sachant qu'aucun autre patient n'était attendu ce soir-là, Farid, qui avait l'estomac dans les talons depuis une bonne heure déjà, partit en expédition à la cafétéria. Il en revint chargé de sandwichs, boissons et croissants, dont les deux hommes ne firent qu'une bouchée.

À 23 heures précises, comme convenu, JP appela Mantovani pour faire le point. Ce dernier le rassura, il n'y avait absolument rien à signaler. À peine avait-il raccroché que Farid, qui était allé chercher un énième café au distributeur, passa la tête par l'entrebâillement de la porte.

— JP, viens voir ! Il y a deux patients inconnus au bataillon dans le couloir.

Le commandant se leva d'un bond pour rejoindre son collègue. Machinalement, il glissa la main sous sa veste pour vérifier que son arme de service s'y trouvait. Il y avait effectivement deux hommes en chemise d'hôpital, la cinquantaine passée, un grand et gros dégarni avec un petit sec moustachu, qui papotaient tranquillement près de la machine à café. Ils évoquaient plus Laurel et Hardy qu'une paire de dangereux maniaques, mais leur présence avait tout de même de quoi intriguer puisqu'ils n'étaient pas passés par la salle d'attente. JP et son acolyte allèrent toquer au bureau du médecin de garde, un interne à peine plus âgé que Farid qui était occupé à consulter sa page Facebook.

— Bonsoir, on peut vous poser une question ? demanda JP.

— Bien sûr, inspecteur.

— Les deux hommes dans le couloir, on ne les avait pas repérés avant.

— Ah oui, ce sont des patients du Docteur Lamotte, du service d'andrologie. Ils viennent faire des mesures de tumescence nocturne.

— Par où sont-ils entrés ? On ne les a pas vus passer.

— Par l'entrée opposée, mais rassurez-vous, ils ont été fouillés.

— Il y a d'autres patients dans le même cas ?

— Non, ce sont les seuls.

— Vous avez dit qu'ils venaient pour des mesures de quoi ? demanda Farid, intrigué.

— De tumescence nocturne. Des érections, si vous préférez. On mesure la quantité et la qualité de leurs érections pendant leur sommeil. On fait ça généralement chez nous, car il faut aussi enregistrer d'autres paramètres physiologiques liés au sommeil, et nous, on a tout le matériel pour.

— Et comment on mesure les érections ? fit Farid, visiblement titillé par le sujet.

— C'est simple. On place un petit brassard autour du pénis et on le connecte à un capteur qui mesure la pression en continu. Quand il y a une érection, la pression augmente et l'ordinateur l'enregistre.

Le médecin afficha une courbe sur son écran avec plusieurs plateaux.

— Voilà un exemple d'enregistrement, vous voyez, chaque plateau correspond à une érection nocturne et coïncide en fait avec une phase de sommeil REM.

— REM ? demanda Farid.

— Ça vient de l'anglais *rapid eye movement*. C'est ce qu'on appelle aussi le sommeil paradoxal. Pour une nuit normale, il y a environ cinq ou six épisodes de ce type, et comme vous pouvez le voir sur cette courbe, ils sont généralement plus rapprochés en fin de nuit.

— Ah, c'est pour ça qu'on se réveille souvent avec..., hésita JP.

— Avec la trique ? devança le médecin, en surprenant quelque peu ses interlocuteurs par le choix d'un terme aussi profane. Oui, c'est normal, si votre réveil sonne pendant l'une de ces phases REM, c'est inévitable.

— Mais à quoi ça sert de mesurer tout ça ? demanda Farid.

— C'est pour avancer dans le diagnostic. Pour des patients qui souffrent de dysfonctions érectiles, ça permet de vérifier si le problème a une cause physiologique ou s'il vaut mieux chercher du côté de la psychologie.

— Intéressant, fit JP.

— Euh, ça ne fait pas mal le brassard ? s'inquiéta Farid.

— Normalement non, on ne le serre pas trop.

— Tu as l'air drôlement intéressé, plaisanta JP. Tu veux essayer ?

— Si vous voulez, c'est possible, on a encore un lit disponible, proposa le médecin le plus sérieusement du monde.

— Non, non, protesta Farid, c'était juste de la curiosité. Quoique, si c'est avec les infirmières de tout à l'heure…

— Je te rappelle qu'on doit rester éveillés et concentrés, intervint JP en donnant une tape dans le dos de son collègue.

— En tout cas, on en apprend tous les jours, conclut Farid.

— Bon, on vous laisse travailler docteur. Vous savez où nous trouver si vous avez besoin de nous.

— J'espère que non. Mais si vous vous ennuyez, n'hésitez pas à me rendre visite.

De retour dans la salle d'attente qui leur tenait lieu de quartier général, JP et Farid s'installèrent chacun sur un canapé, prêts à affronter les longues heures d'une nuit de veille. Farid alluma la télé et se mit à zapper à la recherche d'un programme à son goût pendant que JP extrayait de son sac le livre de Sabato. Il avait bien avancé dans cette histoire d'amour contrarié et était plutôt emballé par les personnages, surtout cette Alejandra, désespérément inaccessible pour le pauvre héros avec lequel il s'identifiait déjà. Il repensa à sa relation avec Lucia. S'il s'efforçait d'être sincère avec lui-même, il devait admettre qu'il ne pouvait toujours pas définir ce qu'il ressentait pour elle. Il avait si souvent confondu attirance physique et sentiment amoureux dans sa vie qu'il se devait de faire preuve d'humilité et de prudence. Il ouvrit finalement son roman à la page où il l'avait laissé la veille, et s'y plongea.

Lorsque l'horloge digitale au-dessus de la porte indiqua minuit, Farid et JP échangèrent un bref regard, on était enfin le 27 avril. La fatigue se faisait sentir et JP ne put s'empêcher de bâiller. Farid proposa qu'ils dorment à tour de rôle par tranches de deux heures et JP accepta d'assurer le premier quart. Lui qui avait toujours eu le sommeil léger, repensa à *I'm Only Sleeping*. Lennon, qui l'avait écrite, pouvait dormir pour de très longues périodes et avait été qualifié de « personne la plus paresseuse d'Angleterre » par une amie journaliste. McCartney avait l'habitude de le réveiller lorsqu'il débarquait chez lui pour leurs sessions d'écriture et c'est ce qui avait inspiré la chanson qui se caractérise par des partitions de guitare doublement inversées. Fidèle à sa réputation de musicien perfectionniste et laborieux, Harrison travailla quatorze heures durant pour enregistrer les notes de son double solo en ordre inverse avant de passer les bandes à l'envers, le tout pour obtenir un son unique. « C'était cela aussi les Beatles », se dit JP avant de s'endormir, « du travail acharné pour innover ».

— Docteur ! Docteur ! À l'aide !

JP ouvrit les yeux et se redressa en sursaut. Farid était déjà debout. Ils enfilèrent leurs chaussures et se dirigèrent aussitôt vers l'origine des cris, l'arme à la main. Dans le couloir, ils se télescopèrent presque avec l'interne qui sortait à peine de son bureau, l'air endormi. Le gros voyant rouge au-dessus de la porte de la chambre de Laurel et Hardy clignotait et une sonnerie persistante créait un sentiment d'urgence. Le jeune médecin voulut entrer en premier, mais les policiers l'en empêchèrent. Ils se positionnèrent de chaque côté de la porte et JP l'ouvrit tout en restant derrière le cadre. La lumière était allumée et le grand patient ventripotent était debout à côté de son lit, les deux mains sur son entrejambe.

— Docteur, je ne sens plus rien, je ne sens plus mon pénis !

JP et Farid rangèrent leur arme, puis entrèrent accompagnés de l'interne qui se précipita vers le patient.

— Que se passe-t-il ?

— Je me suis réveillé et je ne sentais plus mon pénis. J'ai commencé à paniquer, alors j'ai détaché le brassard et j'ai appuyé sur le bouton d'alerte.

— Ne vous inquiétez pas, tout va bien.

Le petit moustachu s'était réveillé lui aussi et assistait à la scène, assis sur son lit, l'air hébété et incrédule. Constatant qu'il s'agissait d'une fausse alerte, JP et Farid quittèrent la pièce. Dans le couloir, ils croisèrent une infirmière qui répondait à l'appel de la petite dame blonde. Le sommeil de cette dernière avait été interrompu par le tohu-bohu de la chambre d'à côté. De retour dans la salle d'attente, JP vit que Mantovani avait tenté de le joindre sur son portable et le rappela. Le Morse lui confirma qu'aucun incident n'avait été signalé dans les hôpitaux sous surveillance et lui conseilla de se reposer un peu. Farid et JP se réinstallèrent le plus commodément possible sur leurs canapés respectifs. On frappa à la porte et l'interne entra.

— Excusez-moi, je voulais juste vous dire que tout est rentré dans l'ordre.

— Qu'est-ce qu'il lui est arrivé ? demanda Farid.

— Le brassard était probablement un peu trop serré et son membre s'est engourdi. Il a eu peur que ce soit définitif, ajouta-t-il avec un sourire.

— Un gourdin engourdi pour toujours, on peut comprendre que ça l'inquiète, fit JP.

— J'ai vu que les deux patients dormaient dans la même chambre, ça ne les dérange pas ? interrogea Farid.

— Non, au contraire, répondit le médecin. Les hommes qui souffrent de dysfonctions sexuelles pensent qu'ils sont seuls au monde.

Alors quand on leur présente un compagnon d'infortune, ils sont plutôt contents.

— Impuissants du monde, unissez-vous ! fit JP en étendant la couverture prêtée par l'hôpital sur ses jambes.

— Bon, je vous laisse vous reposer, conclut l'interne avant de se retirer.

— Bonne nuit ! répondirent en chœur les deux policiers.

Comme il était 1 h 52, JP proposa de débuter le deuxième quart de veille et la tignasse de Farid s'agita en signe d'approbation. Trois minutes plus tard, des ronflements rauques et réguliers commencèrent à se faire entendre. JP fut tenté d'appeler l'interne spécialiste du sommeil pour voir s'il n'avait pas un remède à portée de main pour son collègue avant de se raviser. Le bruit avait au moins l'avantage de le maintenir éveillé.

Le reste de la nuit à l'Hôtel-Dieu se déroula sans incident. À 8 heures du matin, Lambert et un autre collègue de la section de Berthier arrivèrent pour prendre la relève de jour. JP passa un rapide coup de fil à Mantovani pour vérifier si tout allait bien. Rien n'avait été signalé à cette heure. JP décida de rentrer chez lui se reposer et Farid le laissa au pied de son immeuble. Écrasé de fatigue, il monta les trois étages lentement. Au moment d'introduire la clé dans la serrure, un souvenir fit irruption sans crier gare. Le premier soir de sa vie de divorcé, fin août, lorsqu'il avait poussé la porte de l'appartement où plus personne ne l'attendait. Les premiers accords de guitare de *Yesterday* avaient retenti dans sa tête alors qu'il pénétrait dans le vestibule. Il avait découvert l'empreinte des cadres emportés par Jeanne sur les murs, puis l'espace béant dans la penderie, au son plaintif du quatuor à cordes que le producteur George Martin avait suggéré d'ajouter. Pour le magazine *Rolling Stone*, cette ouverture sonore vers la musique classique fit passer du même coup le rock de « l'adolescence impétueuse à la maturité cultivée ». Une transition difficilement assumée par les Beatles eux-mêmes, puisqu'ils refusèrent que le titre sorte en single en Grande-Bretagne par crainte qu'il ne casse leur image de rockers. Pour JP aussi, la chanson représentait la fin d'une certaine insouciance, de son adolescence attardée à lui, l'épilogue brutal d'une histoire d'amour achevée sur « Ils ne vécurent pas heureux et n'eurent aucun enfant ». *Yesterday* exprimait parfaitement ça, la mélancolie et les regrets, le réveil douloureux des lendemains qui déchantent. C'était également la chanson de tous les superlatifs, la plus radiodiffusée et la plus reprise, avec plus de 3 000 versions répertoriées, celle qu'un sondage de la BBC, en 1999, avait désignée comme étant la meilleure du XXe siècle.

McCartney en aurait rêvé la mélodie début 1964, avant de penser plusieurs mois durant qu'il l'avait inconsciemment plagiée tant elle paraissait tombée du ciel. Il tardera plus d'un an à finaliser les paroles, le titre de travail initial, *Scrambled Eggs*, « œufs brouillés », semblant peu seyant à un morceau aussi poignant, désormais synonyme pour JP d'appartement vide et de solitude.

JP se réveilla vers 13 heures avec un creux à l'estomac. Il n'y avait pas de message sur son portable. « Pas de nouvelles, bonnes nouvelles », se dit-il. Un coup d'œil par la fenêtre lui permit de constater qu'il avait plu. Malgré ses vingt années à Paris, il ne s'habituait toujours pas à son climat pourri. Il sentait même que ça lui foutait de plus en plus le bourdon, à cause de l'âge peut-être. Plutôt que de tourner en rond dans son appartement en cette journée maussade entrecoupée d'averses, il préféra se rendre à la Criminelle où il était sûr de s'occuper.

Mantovani était parti se reposer quelques heures chez lui et c'était Berthier qui assurait la liaison avec les différentes équipes dépêchées sur le terrain. Il n'y avait toujours rien de neuf. Au calme dans son bureau, JP se mit à réviser tous les éléments accumulés jusque-là dans les deux affaires dont il était désormais évident qu'elles n'en constituaient qu'une seule. Les investigations réalisées séparément sur les victimes ne permettaient pas, à ce stade, d'établir un lien quelconque entre elles. JP était à peu près sûr que ce constat ne changerait pas, il le sentait. Question d'instinct. L'unique fil rouge qui les unissait était l'album *Revolver* des Beatles.

Nul besoin d'avoir déjà été confronté personnellement à un tueur en série pour savoir que c'est le cas de figure le plus difficile pour des policiers. L'enquête est généralement longue et ardue, aléatoire aussi. Il faut un coup de chance, que l'assassin fasse une erreur. Le temps joue contre les enquêteurs. Ils attendent avec angoisse la prochaine victime, qui causera inévitablement un sentiment de culpabilité chez eux, mais permettra peut-être de se rapprocher du psychopathe. JP savait que c'était le début d'une guerre des nerfs et avait en même temps la sensation diffuse que c'était pour lui la der des ders, qu'après ça il lui faudrait tourner la page définitivement, qu'il en allait non seulement de sa santé, mais de sa vie aussi.

Peu après 19 heures, Farid passa le chercher au 36 quai des Orfèvres et ils partirent ensemble pour l'Hôtel-Dieu, à pied, afin d'y effectuer leur deuxième et dernière nuit de veille. Ils furent reçus par un interne roumain taciturne qui leur expliqua que seules deux patientes étaient prévues cette nuit-là dans le service. Les deux policiers reprirent leurs quartiers dans la salle d'attente. Ne trouvant pas de programme télévisé attrayant, Farid se mit à écouter de la musique enregistrée sur son smartphone. JP, comme à son habitude, s'installa confortablement pour terminer son bouquin dont il pressentait que la fin allait lui donner du vague à l'âme. N'arrivant pas à reprendre sa lecture, il se mit à penser à la mort. À celle de Lévy, de Bruyère, et de sa mère aussi. On vivait le plus souvent, à tort ou à raison, comme si la mort n'existait pas. Garder constamment à l'esprit le caractère éphémère de notre existence pouvait-il nous aider à mieux vivre ? C'était ce que les textes bouddhistes qu'il avait lus jusque-là semblaient suggérer, mais il devait reconnaître qu'il n'en était pas convaincu.

Dans le même temps, Lucia partageait son vague à l'âme avec son amie Paty. Elle n'avait pu revoir JP, tout à son enquête.

— J'ai du mal à l'expliquer, mais je sens qu'il doit se passer quelque chose entre nous, que c'est inévitable en quelque sorte.

— Est-ce un problème ?

— Le problème, c'est que je ne suis pas sûre que ça vaille la peine. On a quinze ans de différence, il est flic à Paris et moi je termine ma thèse dans quelques mois. On va me supprimer la bourse, je vais devoir rentrer au Mexique. Si on démarre une relation, ça va compliquer les choses.

— C'est toi qui compliques les choses, ma pauvre fille. Tu réfléchis trop, c'est ça ton problème. Et quand on pense trop, on ne vit pas. Est-ce que je me pose des questions, moi, quand un garçon me plaît ?

— Ah non, c'est sûr que toi tu fonces tête baissée, dit Lucia en riant de bon cœur.

— Parce que moi, je sais profiter de la vie.

— Et moi, je suis chiante. C'est ça ?

— Mais non ! Bon, un peu quand même.

— Ouais, je sais, ça a toujours été mon problème.

— Écoute, Lucia. Tu es jeune, belle et intelligente. Profites-en, merde ! C'est pas quand tu seras une vieille édentée toute ridée et à moitié gâteuse que les hommes te courront après, crois-moi.

— Je ne sais pas, tu as peut-être raison, répondit Lucia en souriant. J'ai seulement peur de souffrir, ajouta-t-elle en baissant les yeux.

— De toute façon, la vie est souffrance. C'est les bouddhistes qui disent ça.

— Tiens, justement, JP m'a dit qu'il s'intéressait au bouddhisme.

— Et bien, raison de plus, souffrez tous les deux, ensemble. Quand t'es toute seule à te morfondre dans ta piaule de dix mètres carrés, tu souffres aussi, non ? Alors, quitte à souffrir, souffre en beauté. Sors, envoie-toi en l'air, fais quelque chose ! Bientôt, on sera tous morts. D'ici là, il faut en PRO-FI-TER !

— Parfois, j'aimerais bien être comme toi, mais je sais que je ne peux pas.

— Bien sûr que tu peux, il suffit de le vouloir. Allez, bois un coup au lieu de dire des conneries. Tu ne bois pas assez, c'est un autre de tes problèmes.

— Dans dix jours, je pars au Mexique pour trois semaines, je verrai bien comment je me sens au retour.

Assis à la table de la cuisine devant un tas de papiers éparpillés, l'homme se sentait insatisfait. Il venait de passer en revue l'itinéraire et le mode opératoire prévus pour son troisième crime et, tout à coup, le lien entre la chanson et la victime lui était apparu un peu trop forcé. Peut-être que son choix avait été précipité. En même temps, il était désormais trop tard pour changer son fusil d'épaule et il lui fallait exécuter son plan tel quel. Il jeta un coup d'œil à la pendule, il ne restait plus que deux heures avant le départ.

Une autre question le préoccupait. La police avait-elle découvert la relation qui unissait ses deux premiers meurtres ? Il en doutait. Si la rubrique des faits-divers de plusieurs journaux avait fait état des deux assassinats séparément, aucun article n'avait établi un lien quelconque entre les deux affaires. Ce n'était pas plus mal ainsi pour l'instant, car ça lui permettait de travailler plus tranquillement. Il trouvait déjà toute cette histoire pesante. Elle ne faisait pourtant que débuter. Le souvenir de sa mère en train de pleurer devant le poster des Beatles qu'il avait affiché dans sa chambre lui revint en mémoire et le rasséréna. C'était pour elle qu'il faisait tout cela, pour la venger. Elle, que tout le monde prenait pour une folle. Son chien gratta à la porte, et il se leva pour lui ouvrir.

JP terminait le livre de Sabato quand Farid lui signala qu'il était minuit passé. La journée fatidique du 27 avril venait de s'achever sans qu'aucun crime lié à la chanson *I'm Only Sleeping* n'ait été rapporté, et les deux officiers en ressentirent un relatif soulagement. La présence policière auprès des cibles potentielles y avait-elle été pour quelque chose ? Impossible de le dire. Il était même trop tôt pour se réjouir, car on ne pouvait pas exclure qu'un assassinat ait été perpétré dans un lieu encore inconnu. Que pouvait bien chercher ce tueur qui partageait une même passion pour les Beatles que JP ? Pourquoi était-il passé du côté obscur de la force beatlesienne ? Le savait-il lui-même ? On en revenait toujours au même point, pensa JP. Qu'est-ce qui guide nos choix à tous, criminels ou honnêtes gens ?

Dimanche 28 avril. Après une mauvaise nuit à l'hôpital, JP arriva à son bureau vers 8 h 30, en même temps que Joseph que sa deuxième veille avec Ostermann avait rendu d'humeur massacrante. Les autres équipes ne tardèrent pas à rejoindre le bercail et à 9 heures tout le monde était dans la grande salle de réunion pour le débriefing avec Mantovani et Berthier, sous la supervision de Dekker qui avait la mine des mauvais jours, c'est-à-dire celle de presque tous les jours. La session fut de courte durée car personne n'avait rien de significatif à rapporter. Les coups de fil passés préalablement aux équipes de province avaient confirmé qu'il n'y avait aucun incident à signaler de ce côté-là non plus. Le tueur ne s'était pas manifesté là où il était attendu, c'était désormais un fait. Farid aurait bien aimé partager une anecdote croustillante avec ses collègues concernant sa première nuit à l'Hôtel-Dieu, mais l'ambiance plombée ne s'y prêtait pas. Dekker ajourna la réunion et renvoya tout le monde à ses occupations avec un péremptoire « Au travail ! »

Ceux qui avaient assuré la surveillance de nuit prirent congé avant de rentrer chez eux pour un repos bien mérité. Mantovani, lui, n'était pas pressé de retrouver son appartement où l'attendait sa femme comme un chien attend son maître. Il décida de se faire un autre café dans son bureau. C'était sans doute l'endroit sur Terre où il se sentait le mieux, finalement, où il avait l'impression d'être à sa place. Et dire qu'il allait devoir bientôt l'abandonner pour toujours. Bien calé dans son fauteuil, il était en train de terminer son expresso quand son portable vibra. C'était le commissaire Pinel, le chef de section qui était d'astreinte ce dimanche-là.

— Allô ! Paul ?

— Oui, salut Jacques !

— Je crois que j'ai quelque chose pour toi.

— C'est-à-dire ? demanda le Morse, pendant qu'un spasme lui tordait les tripes.

— J'ai été appelé à Antony pour un homicide, une concierge qu'on a retrouvée étranglée dans sa loge, ce matin.

— Et alors ? dit Mantovani, qui sentait venir la mauvaise nouvelle.

— On a retrouvé un baladeur blanc sur elle.

— Merde ! Il nous a eus ce salaud.

— Désolé, vieux.

— Tu peux me briefer un peu sur la concierge ?

— Ben, je ne sais pas grand-chose. Elle avait rencard avec une amie ce matin pour aller à la messe. Comme elle ne s'est pas pointée, sa copine est passée chez elle. Les voisins ont appelé un serrurier et ils l'ont trouvée morte dans la salle de bain. Les flics d'Antony nous ont prévenus. Le légiste vient d'arriver.

— C'est quoi l'adresse ? articula péniblement Mantovani qui sentait monter la nausée.

— 8, rue du Vallon, à Antony.

— Et elle s'appelle comment la victime ?

— Elena Risi, R-I-S-I.

— Bon, OK, j'arrive.

VII

« Tu vas porter ce fardeau un bon moment si tu ne coinces pas ce salopard », se dit Mantovani alors qu'il sortait dans le couloir d'un pas lourd, « tu vas le porter toute ta vie ».

Le bureau de JP était vide. Apparemment, tous les membres du groupe étaient rentrés se reposer, sauf Farid qui, fidèle à son habitude, cherchait des informations sur Internet.

— Ah, tu es là, toi ?

— Qu'est-ce qu'il se passe, chef ? Vous êtes tout blanc.

— Le fada des Beatles a encore frappé.

— Merde alors ! Où ça ?

— À Antony. Une concierge.

— Une concierge ? Et nous qui protégions des médecins.

— Ouais, on s'est bien fait couillonner.

— JP est au courant ?

— Non, je vais l'appeler.

Le téléphone de JP ne répondait pas.

— Il doit être dans le métro, je vais lui laisser un message pour qu'il nous rejoigne là-bas. Tu prends le volant ?

— OK, chef !

Les deux hommes se turent pendant le trajet jusqu'au lieu du meurtre. Farid sentait bien que le Morse n'était pas d'humeur à causer. Cette affaire de tueur en série qui arrivait en toute fin de carrière le mettait en rogne. Mantovani reprit sa réflexion sur sa mise à la retraite, à la fois désirée et redoutée, et qui, dans les pires moments, lui apparaissait comme une mise au rebut. Tout à coup, au milieu des embouteillages, une métaphore militaire lui vint à l'esprit. Pendant toute sa vie de flic, il avait été sur la ligne de front, au contact avec les zones les plus abjectes de la société. D'un commissariat de province à la Criminelle, en passant par l'antigang et la brigade des stupéfiants, il avait combattu le crime sous toutes ses formes pour que l'honnête citoyen puisse dormir sur ses deux oreilles. Enfin, c'était sa façon de voir les choses. Le temps était venu de battre en retraite, de se retirer à l'arrière, comme une mise entre parenthèses qui ne se referme jamais.

C'est alors que lui apparut la triste réalité dans toute sa crudité, dans toute sa cruauté même : la retraite est l'antichambre de la mort. Comment se faisait-il que cette évidence ne lui ait jamais sauté aux yeux avant ? Il continua à ruminer cette idée jusqu'à leur arrivée rue du Vallon où Farid gara la voiture.

— Voilà, on y est, c'est au numéro 8.

Le jeune lieutenant se tourna vers le commissaire, resté silencieux pendant tout le trajet. Son regard paraissait perdu dans le vide.

— Ça ne va pas, chef ?

Mantovani sortit enfin de sa léthargie, comme groggy.

— Si, si, ça va. Allons-y !

Un policier en faction devant l'entrée de l'immeuble salua les deux officiers.

— Entrez commissaire, c'est dans la loge, sur votre droite.

La porte vitrée, couverte de l'intérieur par un rideau beige, était entrouverte. Mantovani, qui semblait avoir recouvré ses esprits, examina la serrure au passage et constata qu'il n'y avait pas de trace apparente d'effraction. Suivi de Farid, il pénétra dans le petit appartement. La cuisine était située tout de suite à droite, ça sentait le thym et l'ail. Debout près de la fenêtre, un officier de police y interrogeait l'amie de la concierge, un mouchoir à la main et les yeux mouillés. Le plan de travail sur lequel elle était appuyée semblait l'empêcher de tomber. Au milieu de la pièce, assis à une petite table couverte d'une toile cirée Vichy, un homme dégarni en costume gris était occupé à griffonner un formulaire. Mantovani s'avança et lui serra la main.

— Docteur Robert, comment allez-vous ?

— Mieux que ma patiente, je vous remercie.

— Tenez, je vous présente le Lieutenant Boudjella qui travaille avec nous depuis peu.

— Enchanté.

— Pareillement.

— Le Dr Robert est un médecin légiste émérite avec qui nous sommes souvent amenés à travailler.

— Vous êtes trop bon commissaire. La victime est dans la salle de bain, si vous voulez jeter un œil, voire deux. Je termine mon rapport dans une minute.

Après quelques pas dans le couloir, Mantovani et Farid arrivèrent devant la porte de la chambre ouverte en grand. Ils entrèrent et se dirigèrent vers le fond de la pièce qui donnait sur la salle de bain minuscule. Le commissaire Pinel, un petit trapu aux gros sourcils, vint à leur rencontre.

— Bonjour Paul ! Vous avez fait vite.

— Bonjour ! Elle est où ?

— Le corps est dans la douche, là au fond. Je vous laisse regarder ça de plus près, c'est pas très grand.

— Comment elle s'appelait déjà ?

— Elena Risi. Elle était de nationalité italienne, une femme apparemment sans histoire, comme on dit.

— Et qu'est-ce qu'il lui est arrivé ?

— Étranglée, en pleine nuit.

La victime, en chemise de nuit, était assise dans le bac de douche, les jambes écartées, la tête penchée du côté droit. Le visage légèrement violacé s'était figé dans un étrange rictus, mi-effrayé, mi-goguenard. Mantovani s'approcha d'elle. On lui donnait dans les soixante ans : cheveux gris, yeux bleus délavés, nez droit. « Elle a dû être plutôt belle », se dit-il. C'est seulement lorsqu'il s'accroupit près du corps qu'il remarqua les écouteurs fichés dans ses oreilles sous sa chevelure. Ils étaient reliés à un petit appareil blanc rectangulaire calé sous son bras gauche.

— Ouais, c'est bien encore le taré des Beatles ! murmura-t-il en posant un genou à terre.

Mantovani se releva difficilement, coincé qu'il était entre la cuvette des w.c. et le mur. L'air dépité, il s'écarta pour que Farid puisse s'approcher à son tour.

— Tiens, regarde un peu ses oreilles.

Farid s'agenouilla et examina le cadavre.

— Un iPod blanc ! Comme les deux autres types. C'est JP qui va faire la gueule.

— On parle de moi ? demanda JP qui venait d'entrer dans la chambre, suivi du légiste. Il avait écouté le message de Mantovani sur sa boîte vocale et avait rappliqué au plus vite.

— Ah, te voilà ! Viens voir ça. Farid, bouge de là !

Cette dernière réplique de Mantovani causa, sans le vouloir, un mini psychodrame dans la tête de Farid. « Bouge de là », paronyme de Boudjella, était le surnom dont on l'avait affublé à l'école à l'époque du tube de MC Solaar. Il en avait beaucoup souffert et l'entendre dans la bouche du chef avait ravivé une vieille blessure.

JP se pencha sur la concierge. Il releva la tête, l'air dépité.

— Les écouteurs et le baladeur, pas de doute, c'est lui. On a vraiment affaire à un fou.

— Moi aussi, j'ai trouvé ça bizarre, renchérit le Dr Robert qui les avait rejoints, et pourtant j'en ai vu des cadavres étranges. L'iPod, ce n'est pas trop le style de cette vieille dame, vous en conviendrez. Manifestement, il a été placé sur elle après l'homicide qui a dû avoir lieu dans le lit.

— Dans son lit ? fit JP.

— Oui, elle a sans doute été surprise dans son sommeil. Je ne sais pas pourquoi l'assassin a éprouvé le besoin de la traîner jusqu'au bac à douche, mais ça, c'est votre travail, messieurs, répondit le légiste.

— On est confrontés à un fada. La mort remonte à quand ? demanda Mantovani.

— Je dirais vers 3 h 30, 4 heures du matin, par strangulation et à mains nues.

— À peu près à la même heure que Lévy, remarqua JP.

Le Dr Robert, qui était pressé d'aller prendre son petit-déjeuner, tendit une copie de son rapport préliminaire à Mantovani.

— Sur ce, je vous laisse. Au plaisir ! Si je puis dire.

JP paraissait sonné. Le désarroi d'être face à un nouveau crime de maniaque éclipsait largement la satisfaction d'avoir eu raison avant tout le monde avec l'histoire du baladeur.

— À ton avis, c'est quelle chanson cette fois ? demanda Farid.

— Ça doit être *Eleanor Rigby*. Elle a été tuée le 28 avril, date anniversaire de l'enregistrement. La victime était une femme seule, comme l'héroïne de la chanson, et puis il y a la ressemblance de son nom. Le chef m'a dit qu'elle s'appelait Elena Risi.

— Eleanor Rigby, Elena Risi, c'est quand même un peu tiré par les cheveux comme lien, non ? opina Farid.

— Comme ça, il est sûr qu'on ne pourra pas identifier les victimes potentielles, avança Mantovani. C'est un malin, je vous le dis.

— En tout cas, je me suis complètement planté avec *I'm Only Sleeping*, dit JP, amer. En fait, c'était la chanson suivante.

— En même temps, personne n'aurait jamais pu deviner. Ne te prends pas la tête ! tenta de le rassurer Farid.

— Dekker va être furax quand il saura ça, ajouta JP, défait.

— Ça, c'est sûr, renchérit le Morse. D'ailleurs il va falloir que je le prévienne.

Les trois enquêteurs retrouvèrent Pinel dans la chambre, où l'espace les laissait plus libres de leurs mouvements, puis initièrent l'examen des lieux. Le Morse vérifia la présence de barreaux derrière l'unique fenêtre, l'assassin n'avait pu entrer par là. Les murs étaient couverts d'un papier peint à fleurs aux tons bleuâtres passablement défraîchis. La décoration se résumait à quelques objets qui attestaient la piété de la défunte. Sur la table de nuit, une statuette de la vierge, probablement achetée à Lourdes, côtoyait un chapelet en bois d'olivier soigneusement enroulé, ainsi qu'un réveil mécanique et une vieille radio. Farid s'attarda devant une photo encadrée, accrochée à la porte du placard. Elle montrait un religieux aux cheveux courts et à la barbe fournie, affichant un sourire soucieux.

— On dirait le capitaine Haddock sans sa casquette.

— C'est le Padre Pio, imbécile ! le rembarra Mantovani.

La même image ornait le salon du petit appartement marseillais de ses parents, modestes immigrés originaires de Campanie, tout comme le moine de Pietrelcina qu'ils vénéraient. Il les revoyait assis tous les deux sur le canapé, devant la télé en noir et blanc. Il avait désormais à peu près le même âge qu'eux dans son souvenir, il se sentit vieux tout à coup. « La roue tourne », se dit-il, « bientôt, je les rejoindrai au cimetière ». Il se secoua et alla observer de plus près le lieu du crime. C'était un lit individuel avec un cadre en bois tout simple, au verni acajou. Le drap blanc, la couverture en laine rouge et le dessus-de-lit beige traînaient à moitié par terre depuis que l'assassin en avait extrait la victime, vraisemblablement en la tirant par les bras. Elle n'avait pas dû trop souffrir, Mantovani l'enviait presque. Il pensa à leur origine italienne commune. Quel sens tout cela avait-il ? Décidément, il était fatigué.

JP s'approcha sans bruit et remarqua le regard oblique, mais non moins intense, du commissaire vers le crucifix cloué au mur.

— Vous essayez de le faire parler, chef ?

— Ah, s'il pouvait nous raconter tout ce qu'il a vu, ça nous arrangerait bien.

— C'est sûr. Bizarre tout de même de se faire trucider sous un crucifix.

— C'est sans doute la dernière chose qu'elle a vue, avança Mantovani en imaginant les yeux révulsés de la concierge cherchant le visage du Christ penché sur elle dans la pénombre.

— Possible. En tout cas, il n'a pas bougé le petit doigt pour elle.

— Peut-être l'a-t-il rassurée en lui disant : « N'aie pas peur, je t'attends », osa le Morse.

— Vous êtes croyant, chef ?

— Je ne sais plus, répondit-il laconiquement.

Les deux policiers restèrent immobiles quelques instants, en silence.

— Bon, allez, on rentre. Il faut que j'informe le juge, lâcha Mantovani en pensant qu'à ce train-là il allait avoir un paquet de victimes sur les bras au moment de son départ à la retraite. J'avais bien besoin de ça, murmura-t-il entre ses dents serrées.

Dans l'après-midi, seul dans son salon, JP remit *Revolver* sur sa platine. Il avait écouté cet album au moins une fois par jour au cours des trois dernières semaines et il ne s'en lassait pas. Depuis sa première intuition suivant l'assassinat de Lévy, il espérait secrètement à chaque nouvelle écoute que le disque lui fournirait un début d'explication ou de piste, mais son attente était toujours déçue. Cette fois, son attention se porta spécialement sur *Eleanor Rigby*, la deuxième chanson de l'album, juste après le sardonique *Taxman*. C'était assurément l'un des titres phares des Beatles, car il illustrait leur capacité exceptionnelle à explorer dans tous les sens et à ouvrir de nouvelles voies, non seulement pour eux, mais pour toute la musique populaire. En plus des harmonies vocales léchées, une spécialité du groupe depuis ses origines, la chanson se distingue par une orchestration classique qui contribue à son caractère intemporel. En avril 66, Paul McCartney venait d'être initié à Vivaldi par sa fiancée, Jane Asher, et voulait des violons avec un son mordant. Aucun membre des Beatles ne joua et l'accompagnement musical fut le seul fait d'un double quatuor à cordes. Superbement arrangé par George Martin, il produit toujours un sentiment oppressant de mélancolie en phase avec le côté sombre et morbide des paroles. À la fois belle et sinistre, cette chanson sur la solitude causa un certain émoi à sa sortie en raison du thème et de la couleur musicale, atypiques pour les Beatles ou n'importe quel autre groupe de rock, sans que cela l'empêche de se maintenir en tête du hit-parade britannique quatre semaines durant. L'enregistrement fut achevé le 6 juin 1966, quatre ans jour pour jour après la première audition des Beatles chez EMI et, en même temps, à des années-lumière musicales de *Love Me Do*.

En écoutant le contrepoint qui clôturait la chanson sur une cadence plagale, typique de la musique religieuse, le souvenir du vieux professeur Badoux lui revint. Seul dans son appartement désuet, l'ancien criminologue lui apparaissait désormais comme une sorte de pendant masculin à Eleanor Rigby. Il rejoindrait bientôt sa pauvre femme, peut-être même était-il impatient que cela advienne, et il y aurait peu de gens pour le regretter. Son veuf de père aussi, là-bas dans son village des Pyrénées, était dans le même bateau. C'était pourtant la seule famille proche sur laquelle il pouvait compter, car lui-même, Jean-Paul Estable, divorcé et sans enfant, faisait partie de cette foule anonyme et toujours plus nombreuse qui vivait dans la solitude. Et dire qu'il n'avait que quarante ans.

Lundi matin, 9 heures, Mantovani rassembla tout le groupe de JP dans la salle de réunion, comme il aimait le faire en début de semaine et surtout chaque fois que démarrait une nouvelle enquête. Il s'agissait surtout de faire le point au sujet de l'affaire Risi et d'analyser les liens éventuels avec les cas Lévy et Bruyère. Pour la première fois, Mantovani avait proposé que Farid fasse l'exposé, semblant toujours veiller à ce que le dernier venu s'intègre bien à l'équipe.

— Alors, voilà. La victime s'appelait Elena Risi, 60 ans, née à Salerne en Italie. Arrivée en France avec ses parents à l'âge de treize ans en 1966, elle n'a jamais adopté la nationalité française. Elle était célibataire et employée comme concierge dans un immeuble situé au 8 rue du Vallon à Antony depuis vingt-deux ans. D'après les voisins, c'était une femme travailleuse, tranquille et discrète. L'amie qui avait rendez-vous avec elle pour assister à la messe et le prêtre de sa paroisse la décrivent comme une personne pieuse et sans histoire. Elle n'avait plus de famille en France. L'autopsie confirme que la mort a été donnée par strangulation, sans doute à mains nues, vers 3 h 30 du matin. La victime a vraisemblablement été tuée dans son lit, surprise en plein sommeil, puis le corps a été traîné jusqu'à la douche. Personne dans l'immeuble n'a entendu quoi que ce soit. Apparemment, rien n'a été volé. Ses revenus étaient d'ailleurs modestes et elle avait en tout et pour tout 4 500 euros d'économies à la banque. Côté scène de crime, l'appartement, qui est une loge de concierge située au rez-de-chaussée, n'a aucune trace visible d'effraction, et on n'a pas trouvé d'empreintes suspectes. Le baladeur retrouvé sur le cadavre, les écouteurs dans les oreilles, portait uniquement celles de Mme Risi. Il s'agit d'un iPod, de couleur blanche, qui fait partie du même stock volé que les deux précédents. L'appareil contenait une seule chanson, *Eleanor Rigby*, des Beatles. C'est le deuxième morceau de l'album *Revolver*. On semble donc avoir affaire au même tueur que pour les cas Lévy et Bruyère. Le choix de la victime a dû se faire en raison de son patronyme, Elena Risi, qui rappelle le titre de la chanson. En plus, son profil colle avec les paroles, qui évoquent une vieille femme solitaire.

Aussitôt qu'il eut terminé, Farid se tourna vers Mantovani qui hocha la tête en signe d'approbation. Le test avait été concluant. Il avait délivré un résumé clair et précis en moins de cinq minutes, dans un style inhabituellement formel pour lui. Cette histoire de chansons des Beatles ne laissait pas d'intriguer les membres du groupe et tous restaient muets. Le Morse, qui balayait du regard l'auditoire à la recherche d'une étincelle, fut le premier à rompre le silence.

— Alors, vous en pensez quoi ?

Versini, comme à son habitude, fut le premier à réagir.

— Il est entré comment notre type ?

— Il y a des barreaux aux fenêtres. On peut penser que l'assassin a crocheté les portes, comme chez Lévy. On verra ce que dit le labo, mais a priori c'est un pro de la serrure, répondit Farid sous l'œil bienveillant de Mantovani.

— On a une idée concernant la mise en scène de la douche ? demanda Michelle.

JP, qui était resté fiévreusement concentré jusque-là, griffonnant quelques notes et paraissant rassembler les pièces d'un puzzle, prit enfin la parole.

— Oui, je pense avoir trouvé l'explication. George Martin, le producteur des Beatles, s'est apparemment inspiré de la bande-son de *Psycho*, le film d'Hitchcock, pour la sonorité des violons dans *Eleanor Rigby*. Donc, je suppose que c'est un clin d'œil à la célèbre scène de la douche.

— Quand je vous dis qu'on a affaire à un fada ! explosa le Morse. Il est quand même gratiné celui-là, et pas qu'un peu ! En tous cas, ça nous fait trois assassinats en trois semaines, et on n'a encore rien sur ce salaud. D'autres idées de pistes ?

— On pourrait peut-être chercher du côté des fans, proposa timidement Ostermann.

— Des fans des Beatles ? Le problème, c'est qu'on parle du plus grand groupe de l'histoire du rock, répliqua JP qui ne manquait jamais une occasion de souligner combien les Beatles étaient importants. Ça en fait des fans dans la nature !

— La remarque de Jean me paraît pertinente, intervint Mantovani qui fut tenté d'ajouter « pour une fois ». Il n'y a pas un fan-club officiel, JP ?

Ostermann se redressa, fier comme un coq et pas mécontent de montrer qu'il pouvait être utile dans une séance de brainstorming.

— Je crois qu'il y a eu une sorte de fan-club officiel dans les années 70-80, mais, à ma connaissance, il ne fonctionne plus. Aujourd'hui, les fans se retrouvent sur des sites Internet spécialisés.

— Vérifie quand même pour le fan-club, JP. Et puis, on peut regarder aussi du côté de ces sites dont tu parles.

— Bien, chef !

Le ventre de Mantovani commençait à le faire souffrir. Les petites pastilles blanches qu'il avait avalées une demi-heure plus tôt n'y suffisaient plus. Il mit donc rapidement un terme à la réunion, tout en donnant ses dernières instructions.

En fin de matinée, JP décida de rendre visite au Père Droulivet dont Mme Risi était la paroissienne. Le curé breton de la paroisse Saint-Maxime accepta de bonne grâce de le recevoir et ils convinrent de se rencontrer à 12 heures au presbytère.

Le Père Droulivet en personne ouvrit la porte, vêtu d'un costume gris anthracite et d'un pull à col roulé noir. Seule une croix dorée à la boutonnière confirmait qu'il s'agissait bien d'un prêtre. La soixantaine passée, visage rose et souriant, cheveux blancs avec une raie de côté, l'homme d'Église était d'apparence avenante. Il salua le policier d'une poignée de main chaleureuse et l'invita à entrer. Dans le vestibule, devenu sombre une fois la porte refermée, il lui proposa d'ôter son imperméable.

— Ce ne sera pas nécessaire, je ne compte pas vous importuner très longtemps.

En face de la porte d'entrée trônait un vieil escalier en bois conduisant à l'étage, une horloge à pendule se mit à sonner les douze coups de midi. Ça sentait la cire et JP se sentit comme transporté dans un lieu familier sans pouvoir l'identifier au premier abord. Le Père Droulivet l'invita à passer dans le salon qui se trouvait à droite de l'entrée. Une porte entrouverte laissait filtrer l'odeur d'une soupe de légumes fraîchement préparée.

— Asseyez-vous, je vous prie, fit le prêtre en désignant l'un des deux fauteuils dont le velours vert olive était passablement élimé. Lui-même s'installa en face, au centre du canapé. Le regard de JP se fixa sur une chaussette noire à demi reprisée posée sur la table basse, l'aiguille encore plantée dedans. Le curé se releva, saisit la chaussette et la fit disparaître dans la poche droite de sa veste avant de préciser, comme pour se justifier, qu'il vivait seul et devait tout faire.

JP décida d'enchaîner avec l'objet de sa visite.

— Vous connaissiez bien Mme Risi ?

— Oui, je crois.

— Depuis combien de temps ?

— Quinze ans environ, depuis mon arrivée ici. C'était l'une de mes plus fidèles paroissiennes et elle participait aussi à nos activités de la pastorale des migrants. Comme vous devez le savoir, elle-même était née en Italie.

— À votre avis, quelqu'un avait-il des raisons de lui en vouloir ?

— Non, comme je l'ai déjà dit à vos collègues hier, c'était une femme absolument sans histoire, simple et pieuse, soucieuse des autres...

— À vous entendre, c'était une sainte.

Le Père Droulivet fit la moue.

— Une sainte, je ne sais pas, mais c'était une femme remarquable en tout cas. Sa vie était entièrement consacrée à son travail et à sa foi.

— Vous la confessiez ? Lui connaissiez-vous des secrets ?

— J'étais son confesseur, effectivement, mais comme vous ne l'ignorez pas, je ne peux vous en dire plus.

— Oui, bien sûr, la loi du silence.

Le prêtre eut un petit rire nerveux.

— Vous avez trop d'imagination, inspecteur.

— Commandant, rectifia JP.

— Comme je vous l'ai expliqué, commandant, Mme Risi était une femme ordinaire. Elle avait peu d'amis, j'en faisais partie, et aucun ennemi à ma connaissance. Je ne comprends pas pourquoi elle a été choisie par l'assassin. C'est sans doute le fruit du hasard, ou une erreur peut-être.

— Les voies du Seigneur sont impénétrables, répliqua JP.

Cherchant à dissimuler son agacement, le Père Droulivet haussa les épaules et mit un terme à l'entretien.

— Vous m'excuserez, mais j'ai un sermon à préparer, pour l'enterrement de Mme Risi justement. De toute façon, je ne crois pas pouvoir vous être très utile dans la résolution de ce mystère.

JP regrettait déjà son impertinence et tenta de prendre congé sur un ton plus conciliant.

— Merci de m'avoir reçu. Je vous laisse ma carte au cas où un détail vous reviendrait.

— Très bien, je vous raccompagne.

De nouveau dans la rue, JP identifia immédiatement l'origine du sentiment de déjà-vu éprouvé à son arrivée au presbytère. C'était le vieil appartement minuscule et sombre de ses grands-parents maternels à Foix. Ça remontait à loin et il n'en avait plus qu'un vague souvenir, le carillon de la pendule, l'odeur de cire. Les deux vieux acariâtres aussi, qui parlaient toujours espagnol et lui faisaient un peu peur, le grand-père surtout. Il pensa alors naturellement à sa mère, puis à son enterrement. Il avait quatorze ans. C'était ce jour-là qu'il était devenu athée, non pas qu'il eut été très catholique avant. Comme presque tout le monde dans son entourage, il avait fait ses deux communions, puis sa confirmation, mais il croyait en Dieu mollement, par conformisme, par paresse aussi. La doctrine catholique lui avait toujours paru tirée par les cheveux, une usine à gaz peu convaincante, mais croire, ou faire semblant, était commode faute de mieux. Durant la messe d'enterrement, alors qu'il ne pouvait quitter des yeux le cercueil où sa mère avait disparu à jamais, sa foi de pacotille avait volé en éclats. Le sermon du prêtre, qu'il connaissait pourtant bien pour avoir été son élève en cours de catéchisme, lui avait semblé monstrueusement ridicule. Chaque fois qu'il y repensait, il sentait la colère monter en lui.

Alors qu'il se dirigeait vers la station de RER pour rentrer à Paris, un gargouillement d'estomac rappela JP à la réalité, il avait faim. Sa montre indiquait une heure moins vingt. Avec un peu de chance, il pourrait partager la table de Mantovani au restaurant *Chez la Mère Martin* sur l'île de la Cité et en profiter pour faire un point informel avec lui.

Lorsque JP poussa la porte de ce qui faisait office de cantine pour nombre de policiers de la brigade criminelle, il fut soulagé de trouver le Morse attablé à son emplacement habituel, seul. Fidèle au poste derrière son bar, Georges, le mari de la patronne, le salua au passage. JP s'assit en face du chef qui était en train de consulter la carte.

— J'arrive pile-poil à ce que je vois.

— Oui, j'étais sur le point de commander.

La grosse mère Martin, Jeannine de son prénom, s'approcha avec son carnet à la main.

— Bonjour messieurs ! Qu'est-ce je vous sers aujourd'hui ?

Fidèle à son habitude, le commissaire choisit la blanquette de veau. JP, plus soucieux de sa ligne depuis qu'il fréquentait Lucia, opta pour un filet de sole au pesto.

— Alors, tu en es où ? lança Mantovani avec un regard inquisiteur.

— Je viens de voir le confesseur d'Elena Risi, pour la forme.

— Ça a donné quoi ?

— Pas grand-chose. Rien, en fait. Je ne crois pas que l'enquête sur les victimes nous permette d'avancer beaucoup. Je suis à peu près sûr qu'il les a choisies au hasard en fonction d'un lien quelconque avec une chanson donnée.

— Peut-être, mais comment il les a identifiées ?

— Aujourd'hui, avec Internet, c'est assez facile. Il suffit de sélectionner quelques paramètres.

— Mouais. En attendant, il faut reprendre la liste des chansons de *Revolver* enregistrées après le 28 avril et tenter d'identifier d'autres victimes potentielles.

— Vous avez raison, je vais faire ça avec Jojo et Farid. Mais je continue à penser que *Yellow Submarine* est la principale candidate pour un nouveau crime. Il est facile de trouver des références à un sous-marin jaune.

— Oui, mais sans écarter d'autres possibilités. On s'est bien fait avoir avec *Éléonore Machin*. Quelle est la date anniversaire, déjà ?

— Le 26 mai.

— Ça nous laisse moins d'un mois.

— J'ai déjà entamé les recherches. L'Ifremer, par exemple, utilise un submersible de couleur jaune pour ses explorations scientifiques sous-marines. On a contacté les PJ proches de leurs sites pour qu'ils organisent une surveillance des pilotes.

— Très bien, tu me tiens au courant.

— OK, chef.

Le Morse tira sur ses moustaches avant de poursuivre.

— Je pars dans moins de deux mois. Ça me turlupine de laisser une enquête comme ça en plan.

— On va faire notre possible d'ici là, patron. Après, ce ne sera plus votre problème.

— Facile à dire, grommela Mantovani au moment où le serveur déposait sa blanquette devant lui. Allez, bon appétit !

Surmontant sa timidité, JP qui n'avait cessé de songer à Lucia, avait invité la jeune femme dans un restaurant thaïlandais proche de la place d'Italie. Il s'était dit que cette cuisine relevée était susceptible de lui plaire en lui rappelant les saveurs épicées du Mexique.

Assis près d'une fenêtre qui donnait sur la rue, il consultait un site d'information sur son portable quand une nouvelle attira son attention. Par l'une de ces ironies dont l'histoire a le secret, l'essayiste Viviane Forrester venait de mourir, le même mois que Margaret Thatcher et exactement au même âge. Celle qui avait éloquemment dénoncé « l'horreur économique » actuelle n'avait finalement survécu que trois semaines à la Dame de fer qui avait largement contribué à son instauration en vertu de sa célèbre TINA, « *There is no alternative* ». « Un partout, balle au centre », songea JP. Le match entre néolibéraux et altermondialistes allait de toute façon continuer sans ces deux figures de proue. Dans l'un de ces accès d'optimisme auxquels il était parfois sujet, JP avait un temps pensé que la grande crise de 2008 allait rebattre les cartes au profit des seconds. Il en était depuis revenu et commençait même à sérieusement redouter que, comme en football, ce soit l'Allemagne de Merkel qui gagne à la fin. Sans aller jusqu'à parler de révolution, pouvait-on encore croire en un sursaut de la population ? JP était sceptique. L'optimisme exalté des années soixante semblait désormais mort et enterré sous plusieurs mètres de résignation. S'affranchissant de leur posture apolitique, les Beatles s'étaient aventurés sur ce terrain-là, en 1968, avec *Revolution*. Dans cette chanson inspirée par les mouvements protestataires de l'époque, Lennon prônait une révolution des esprits et exprimait ses réserves quant à l'utilisation de la violence, en s'adressant particulièrement aux maoïstes. Le titre fut mal perçu par la gauche radicale qui lui reprocha vertement son manque d'engagement. Musicalement, *Revolution* illustra un retour aux sources et à une certaine simplicité après les expérimentations de 1966-1967. La version sortie en single avec *Hey Jude*, au son saturé et très hard rock, reste la plus connue. C'est pourtant la première mouture publiée sur le double album blanc, *Revolution 1*, avec son rythme lent, ses cuivres et ses *shoo-be-doo-wop*, qui correpondait le mieux à l'attitude plus hippie que gauchiste de Lennon et des Beatles en général. Lucia entra enfin dans le restaurant, tournant la tête à droite, à gauche, et interrompant du même coup les réflexions de JP qui lui fit signe de la main. Elle s'approcha tout sourire.

— Pardonne-moi, je suis encore en retard, dit-elle en s'asseyant.

— Pas de soucis.

— Nous, les Mexicains, avons généralement un problème de ponctualité.

— Tu veux dire que c'est culturel ?

— Je crois, oui. Même si ça fait cliché, c'est assez vrai. J'ai une amie française qui connaît bien le Mexique et qui dit que, chez nous, le temps est élastique.

— C'est-à-dire ?

— On veut toujours faire tellement de choses à la fois que l'on ne peut pas respecter un horaire préétabli. On est obligés d'étirer le temps et donc d'arriver en retard.

— Je vois, dit JP en riant.

— Il y a même un anthropologue américain, Edward T. Hall, qui a théorisé ça. Les cultures comme la mienne sont qualifiées de « polychroniques », tandis que toi tu appartiens à une culture « monochronique », où l'on ne fait qu'une chose à la fois.

— Impressionnant.

— Et sinon toi, ça va ?

— Ça va.

— Toujours beaucoup de travail ? Tu dois avoir énormément de pression.

— Pas mal.

— Je suppose que tu aimes ça, puisque c'est ta profession.

— Disons qu'il y a des aspects qui me plaisent et d'autres moins. Je ne suis pas sûr de pouvoir continuer longtemps.

— Tu penses quitter la police ?

— Peut-être.

— Et qu'est-ce que tu aimerais faire ?

— C'est une bonne question, répondit JP en plantant son regard dans ses beaux yeux.

— Je te comprends, ce n'est pas facile de savoir ce que l'on veut. Moi, je suis sur le point de terminer ma thèse et je doute de plus en plus de mon avenir professionnel.

La serveuse posa deux cocktails maison sur la table.

— Allez, buvons à nos doutes ! proposa JP.

— À nos doutes, et à notre santé aussi !

Lorsqu'il arriva au 36 quai des Orfèvres ce matin-là, JP sentit tout de suite une effervescence particulière. Des journalistes de la presse écrite, de la télé et des grandes radios étaient massés dans la cour, près de l'entrée principale. Un cordon de sécurité avait été formé et les maintenait difficilement à distance. Ils semblaient attendre une annonce.

— À quelle heure va s'exprimer le directeur de la Criminelle ? lança le reporter d'une chaîne privée à l'attention d'un gardien de la paix qui resta muet.

« Dekker va prendre la parole. Qu'est-ce que c'est que ce bazar ? » se demanda JP. Il décida de pénétrer dans le bâtiment par une entrée secondaire et se rendit directement au bureau de Mantovani situé au troisième étage.

— Entrez ! cria le commissaire à travers la porte.

Au ton de la voix, JP sentit tout de suite que c'était sérieux, ce que lui confirma la mine des mauvais jours du chef.

— Qu'est-ce qu'il se passe ? interrogea JP.

— Il se passe ça ! répondit Mantovani en retournant le journal qui était posé devant lui sur le bureau.

Libération avait titré en une : « Beatlemaniac : Un tueur en série signe ses crimes d'une chanson des Beatles ». Le chapeau précisait : « En moins d'un mois, l'assassin fan des Fab Four a fait trois victimes en région parisienne ».

— Merde ! laissa échapper JP.

— Tu l'as dit.

— Qui a bien pu fuiter ça ?

— À ton avis ?

— Pas Berthier quand même ?

— Qui d'autre ? Il m'aura vraiment fait chier jusqu'au bout celui-là. Dekker m'a appelé à 6 heures et demie ce matin, tu peux imaginer dans quel état il était. Il m'a convoqué sur-le-champ pour faire un point sur l'affaire et il va se fendre d'une déclaration à la presse d'une minute à l'autre.

— Je sais, j'ai vu l'attroupement en bas.

— Il a rendez-vous avec le ministre à 11 h 30, c'est mauvais signe. Maintenant, on va avoir la pression, je te le dis. Il ne me manquait plus que ça. Au fait, tu en es où avec le fan-club ?

— On a retrouvé la trace de l'ancien président, il s'appelle Jacques Lamy. D'après sa femme, il est en voyage à Londres jusqu'à lundi soir.

— Renseigne-toi sur lui et rends-lui visite dès mardi. On n'a pas beaucoup de pistes, alors il ne faut rien négliger. Tu me tiens au courant ?

— OK. Je peux prendre le journal ?

— Vas-y.

JP était en train de sortir quand le Morse le rappela.

— JP !

— Oui.

— Faut qu'on le coince ce salopard. Et vite !

— Oui, chef.

Une fois seul, Mantovani s'affaissa dans son fauteuil en poussant un long soupir.

— Un tueur en série fan des Beatles, à un mois et demi de la retraite. Qu'est-ce que j'ai fait au Bon Dieu ?

JP était aussi secoué que Mantovani. Il s'affala sur la chaise de son bureau et alluma son ordinateur. Il se prit la tête dans les mains, penché au-dessus de son clavier. Cette fuite dans la presse était vraiment une calamité. Il n'avait jamais planché sur une affaire surmédiatisée, mais il savait que cela décuplait la pression du pouvoir politique et de la hiérarchie. Les journalistes allaient suivre au jour le jour l'évolution de l'enquête et en rendre compte à l'opinion publique. Lui qui détestait être le centre de l'attention allait désormais devoir travailler sous la supervision constante des médias. Cette affaire n'était décidément pas comme les autres, et il souhaitait de plus en plus qu'elle soit la dernière.

Sans surprise, les investigations menées sur Elena Risi n'avaient pas permis de mettre en évidence un lien quelconque avec Timothée Lévy et Harold Bruyère, hormis la relation avec l'album *Revolver*. L'effraction de nuit au domicile de la victime, digne d'un professionnel, rappelait le premier meurtre. Par contre, l'homicide par strangulation à mains nues était inédit et confirmait le caractère éclectique du tueur souligné par le profileur. Cela indiquait également que l'on était en présence d'un individu doté d'une force physique conséquente et d'un grand sang-froid.

JP était en train d'essayer de mettre de l'ordre dans ce que tout le monde allait désormais appeler l'affaire *Beatlemaniac*, quand le téléphone sonna. La standardiste avait le professeur Badoux au bout du fil, il disait que c'était important.

— Passez-le-moi, s'il vous plaît.

VIII

— Jean-Paul ? J'ai lu les nouvelles ce matin concernant ce... Beatlemaniac.

— Ah, bonjour professeur ! Alors, qu'est-ce que vous en pensez ?

— Je suis surpris, l'article évoque un troisième crime. Une concierge à Antony, avec la chanson *Eleanor Rigby*.

— C'est exact, j'allais vous en parler, mais la presse nous a devancés, tenta de se justifier JP qui regrettait déjà de ne pas avoir jugé bon de prévenir Badoux plus tôt.

— Ah, je vois, répondit-il un peu déçu.

— Vous croyez que l'article va changer quelque chose dans le comportement du tueur ?

— Je pense que ça va l'inciter à sortir du bois.

— C'est-à-dire ?

— C'est sans doute ce qu'il cherchait, l'exposition médiatique. Il doit être tout excité de cette notoriété soudaine et il va vouloir épater la galerie.

— On peut donc s'attendre à de nouveaux crimes très prochainement ?

— Probablement.

Badoux sembla hésiter.

— En même temps, reprit-il, il va se sentir sous pression. Il a eu tout le temps de préparer ses premiers assassinats, mais maintenant il sait qu'il est attendu au tournant. Il va devoir agir de manière plus impulsive, improviser davantage et prendre plus de risques. Ça peut être bon pour vous. Il est même possible qu'il cherche à entrer en contact.

— Oui, et bien j'espère qu'il va commettre une erreur prochainement, parce que pour l'instant, on n'a rien de rien.

— Ne t'inquiète pas, ça viendra. Allez, je ne te retiens pas plus longtemps, vous devez avoir du pain sur la planche à la Criminelle. Bonne chance ! Et n'hésite pas à m'appeler cette fois si tu as du nouveau. Hein ! D'accord ?

— C'est promis. Merci encore !

À 10 h 33 précises, le président de la République pencha la tête en arrière et posa sa nuque sur le dossier du fauteuil Louis XV. Son corps se raidit soudain, puis fut secoué de trois petits soubresauts en laissant échapper un râle. Après quelques secondes au cours desquelles il tenta de retrouver son souffle, il rompit le silence.

— Merci pour ce moment de volupté !

— De rien, mon chéri, répondit la jeune femme blonde en se relevant.

On frappa alors à la porte du bureau. Deux petits coups hésitants.

— Entrez ! fit le Président d'un ton courroucé. J'avais demandé que l'on ne me dérange pas.

— Excusez-moi, Monsieur le Président, dit le secrétaire, c'est un appel urgent d'Angleterre.

— Si c'est ce perfide de Cameron, qu'il attende !

— C'est Paul McCartney, Monsieur le Président.

— Paul McCartney ? Des Beatles ? Passez-le-moi tout de suite ! Et allez me chercher l'interprète.

Le secrétaire lui tendit le combiné.

— Allô !

— Bonjour, Monsieur le Président, répondit une voix masculine avec un fort accent anglais. *Paul McCartney speaking*.

— Sir Paul, quelle surprise ! C'est un honneur de vous avoir au téléphone. *I am a big fan of the Beatles, you know*. Ma chanson préférée, c'est *Julia*.

— *Julia ? Oh yes*, c'est une chanson de John, très belle.

— J'aime beaucoup *Yesterday* aussi, dit-il pour se rattraper, c'est un chef-d'œuvre absolu ! Mais, en quoi puis-je vous être utile, Sir Paul ?

— Je vous appelle... I'm calling about Beatlemaniac.

— Qui ?

— *Beatlemaniac. The serial killer*. Je ne sais pas comment on dit ça en français.

— Ah, Biteulmaniaque. Oui, je vois. Tous les efforts sont entrepris pour qu'il soit arrêté le plus rapidement possible, ne vous inquiétez pas.

L'interprète fit son entrée à ce moment-là et permit à l'entretien de se poursuivre avec plus de fluidité.

En début d'après-midi, JP reçut un appel de Mantovani sur son portable, ce qui en soi indiquait que l'affaire était urgente.

— Allô ! Que se passe-t-il, chef ?

— Tu peux venir à mon bureau, le plus tôt possible ?

— Oui, disons dans vingt minutes, ça va ?

— OK, je t'attends.

JP termina d'avaler son sandwich et commanda un café express. Cinq minutes plus tard, il était dans la rue et se dirigeait vers le siège de la Criminelle.

Mantovani reconnut le coup sec et bref de JP.

— Entre !

— Re-bonjour, chef. Il y a du nouveau concernant Beatlemaniac ?

— Oui. Dekker s'est fait remonter les bretelles par le ministre de l'Intérieur qui exige des résultats tangibles rapidement. Les médias britanniques se sont déjà emparés de l'affaire et maintenant on va avoir aussi la pression des Rosbifs. Le président de la République a même reçu un appel de Paul McCartney en personne !

— Ah bon ? Et qu'est-ce qu'il veut McCartney ?

— Ben, il est consterné par cette affaire et trouve lamentable que le nom et les chansons des Beatles soient associés à des crimes aussi sordides, alors que le groupe a toujours parlé d'amour et fait la promotion de la paix, bla, bla, bla. Tu vois le genre. Il redoute une contagion internationale, que des cinglés commettent des... des copies des assassinats.

— Des copycats.

— Oui, c'est ça, des *copycats* partout dans le monde. Le Président, qui apparemment est lui-même un fan, s'est engagé à ce que le maximum soit fait pour mettre fin aux agissements de ce malade dans les meilleurs délais. Comment tu l'appelles, déjà ?

— Beatlemaniac. C'est un jeu de mots sur la *Beatlemania*, la folie déclenchée par les Beatles chez les fans dans les années soixante. Vous savez, les filles hystériques qui criaient et s'arrachaient les cheveux pendant les concerts, qui les suivaient partout...

— Oui, oui, je vois, mais ce n'est pas tout. Le ministre de l'Intérieur a reçu une proposition d'assistance de la part de Scotland Yard. Comme il est soucieux de son image internationale, il n'a pas pu refuser. L'idée d'avoir un collègue rosbif sur le dos pendant toute l'enquête ne m'enchante pas du tout.

— Il débarque quand l'agent de Scotland Yard ?

— Je ne sais pas. Le plus tard possible, j'espère. Bon allez, en attendant, tu me tiens au courant.

— Bien, chef !

Quand JP ouvrit un œil ce lundi matin là, l'ostinato de guitare de *Ticket to Ride* fit tout de suite écho à la sonnerie de son réveil. Avec son gros son, un rythme syncopé, plusieurs pistes de guitares électriques entrelacées et le pessimisme inhabituel des paroles, cette chanson représenta un tournant dans la production des Beatles. L'enregistrement léché, la première utilisation d'un bourdon et le final rapide en coda furent autant de signes avant-coureurs de la période expérimentale qui débuterait un an plus tard. Le roulement de Ringo finit de tirer JP de son sommeil et il pensa alors que la journée serait marquée du sceau de la tristesse. Lucia allait prendre l'avion pour le Mexique vers 14 heures. Il n'avait pas pu la voir depuis cinq jours au motif de divers prétextes, au point qu'il se demandait si elle ne cherchait pas tout simplement à l'éviter. Peut-être voulait-elle profiter de ce séjour de trois semaines auprès de sa famille pour couper définitivement les ponts avec lui. Certes, elle avait accepté qu'il l'accompagne à l'aéroport, mais il lui avait semblé que c'était à contrecœur, ou pire parce que ça l'arrangeait bien en lui économisant une course de taxi. Il commençait presque à regretter d'avoir placé des espoirs dans cette relation. Néanmoins, à l'heure convenue, il arriva chez elle. Elle n'était pas prête et il dut l'aider à finir sa valise, puis à la fermer car elle était pleine à craquer. Ce manque d'anticipation de la part de Lucia et surtout sa décontraction par rapport au contretemps qui en découlait l'agacèrent.

Pendant le trajet vers l'aéroport, Lucia passa son temps à envoyer des SMS à ses amies et peu de mots furent échangés. Tout juste lui demanda-t-elle son avis sur cette affaire Beatlemaniac dont parlaient les journaux. Modeste, JP répondit qu'il participait à l'enquête sans préciser qu'il en était le coordinateur. « Ouah ! Je suis impressionnée », dit-elle sans lever la tête de son téléphone. Une fois le bagage de Lucia enregistré, ils se dirigèrent directement vers la zone d'embarquement. En arrivant près du portique de sécurité, elle le remercia de sa gentillesse et prit congé avec deux bises légères. Insouciante, elle disparut derrière les portes automatiques après un petit signe de la main, laissant JP plus perplexe et désabusé que jamais. Dépité, il regagna le parking et reprit la direction de Paris.

JP était en train de réviser machinalement sa messagerie sur son ordinateur quand Versini passa sa grosse tête par l'entrebâillement.

— Le Morse attend toute l'équipe dans la salle de réunion, avec une surprise. À nous les petites Anglaises...

JP ne comprit pas où son collègue voulait en venir, mais ne s'en préoccupa pas davantage. Il était habitué aux phrases énigmatiques de Jojo et, de toute façon, il avait la tête ailleurs. Il prit un bloc et un stylo et traîna les pieds jusqu'à la grande salle où tout le groupe était déjà rassemblé.

— Ah, entre Jean-Paul ! dit Mantovani sur un ton on ne peut plus affable. Il ne manquait plus que toi.

Le Morse était flanqué d'une belle blonde aux yeux bleus, dans les trente ans, qui paraissait un peu gênée par tous les regards braqués sur elle. Avec sa peau laiteuse et ses courbes généreuses, la jeune femme avait un faux air de Debbie Harry et de Kim Wilde au mieux de leur forme. Son tailleur bleu marine avec épaulettes et le sac à main qu'elle portait en bandoulière lui donnaient un petit air militaire qui ne faisait que rehausser sa sensualité. Après un raclement de gorge, Mantovani prit la parole.

— Je vous présente l'inspectrice Rita Pilchard, de Scotland Yard, que nous sommes très heureux de recevoir dans notre service dans le cadre des excellentes relations que nous entretenons avec nos homologues britanniques. Elle va nous aider sur l'affaire qu'il est désormais convenu d'appeler « Beatlemaniac ». Je vous demande donc à tous de lui réserver le meilleur accueil possible.

« Je me porte volontaire pour lui donner le meilleur accueil possible », glissa Versini d'un ton libidineux à l'oreille de JP. Ce dernier n'y prêta pas attention, car un écho montait déjà crescendo dans sa tête : « *Lovely Rita meter maid. Lovely Rita meter maid* ». Cette Rita-là était au moins aussi *lovely* que la pervenche du sergent Poivre et, du coup, l'attitude distante de Lucia à l'aéroport ne semblait plus qu'un lointain souvenir.

Mantovani, qui n'avait été prévenu de l'arrivée de l'inspecteur Pilchard qu'une heure auparavant, avait improvisé un pot de bienvenue avec quelques amuse-gueules et boissons disposés sur la table de réunion. Le commissaire était inhabituellement jovial et, pour JP, il ne faisait pas de doute que le physique avenant de sa nouvelle collaboratrice n'y était pas pour rien. L'attitude réservée et excessivement courtoise du Morse envers la gent féminine pouvait, à première vue, donner l'impression qu'il était peu sensible à ses charmes. Les observateurs plus avisés, comme JP, remarquaient cependant la façon dont son œil vert, s'allumait en présence de jolies femmes, et même comment il s'attardait parfois subrepticement et malicieusement sur les parties les plus avantageuses de leur anatomie. « Toujours discret, mais jamais insensible » aurait pu être sa devise.

— Je propose que nous fassions connaissance avec Rita autour d'un verre, reprit Mantovani. Rassurez-vous si votre anglais est aussi mauvais que le mien, Rita s'exprime très bien dans notre langue. Elle m'a confié que son père était diplomate et qu'elle avait vécu dans de nombreux pays, dont la Suisse où elle a étudié et pratiqué le français.

— Ah ça, c'est l'endroit idéal pour apprendre le français, vu qu'ils parlent len-te-ment les Suisses, dit Versini.

— Ouais, ben heureusement qu'ils n'ont pas vécu en Corse ses parents, sinon elle parlerait comme toi, la pauvre ! répondit Ostermann en tentant d'imiter l'accent de son collègue.

Pour une fois, la blague du brigadier mosellan fit rire tout le monde de bon cœur, même Rita, et Joseph en fut blessé. Ce «gros couillon d'Ostermann» ne perdait rien pour attendre.

Mantovani prit Rita délicatement par le coude pour l'entraîner vers JP. Il tenait à lui présenter personnellement le chef de groupe chargé de piloter l'enquête sur les crimes de Beatlemaniac. JP serra la main un peu moite de sa collègue britannique. Sans doute était-elle un tantinet nerveuse de débarquer à l'improviste au sein d'une équipe d'officiers français. JP était au moins aussi intimidé qu'elle.

Les locaux de la brigade criminelle étant plutôt exigus, Mantovani proposa que Rita s'installe dans le bureau de JP qui était assez spacieux. Il suffisait qu'on lui fournisse une table et une chaise pour qu'elle puisse travailler avec son propre ordinateur. Puisqu'elle était à Paris pour collaborer à l'affaire Beatlemaniac, il était somme toute logique qu'elle soit proche du chef de groupe chargé de coordonner l'enquête. Cette proximité physique n'était pas pour déplaire à JP pour qui l'arrivée de Rita s'avérait aussi providentielle que celle d'un *deus ex machina*. Beatlemaniac avait déjà fait trois victimes et l'enquête était incontestablement dans l'impasse. Un regard extérieur, qui plus est originaire du pays des Beatles, permettrait peut-être d'y voir plus clair.

JP et Rita passèrent toute l'après-midi du lundi à éplucher les dossiers relatifs aux trois meurtres commis par Beatlemaniac. JP expliqua comment il avait découvert le lien entre la date des homicides et l'enregistrement des trois morceaux correspondants. Rita remarqua tout de suite que le chanteur solo des trois titres était à chaque fois différent : Lennon pour le premier, Harrison ensuite et McCartney pour finir. JP eut honte de ne pas avoir détecté ce détail avant. « C'est pourtant tellement évident », pensa-t-il aussitôt. Rien ne le mettait plus en rogne que d'être pris à défaut. Le choix de trois interprètes différents était-il une coïncidence ou l'assassin avait-il volontairement planifié cette séquence ? Étant donnée l'attention aux détails démontrée par Beatlemaniac jusque-là, Rita et JP penchèrent tous deux pour la seconde option. La suite logique voulait donc que le prochain meurtre soit associé à un titre chanté par Ringo Starr. Sur *Revolver*, comme sur la plupart des albums des Beatles, il n'y en avait qu'un, *Yellow Submarine*. L'intuition initiale de JP, selon laquelle ce morceau était le plus susceptible de servir de base à un quatrième homicide, s'en trouvait renforcée. Heureusement, son enregistrement datait du 26 mai 1966. Cela laissait, en théorie, une vingtaine de jours.

McCartney avait eu l'idée d'écrire une chanson pour enfants afin qu'elle soit interprétée par Ringo, l'archétype même du tonton rigolo qui, s'il a longtemps traîné une réputation de piètre musicien, n'en demeure pas moins l'un des batteurs les plus influents de l'histoire du rock. Il fallait donc un refrain facile à mémoriser et une mélodie pas trop compliquée pour accommoder son talent vocal somme toute limité. Au final, certains considèrent *Yellow Submarine* comme une tache dans la discographie des Beatles, mais elle colle pourtant parfaitement à l'esprit de l'époque et contribue à l'éclectisme de *Revolver*. Et même pour une œuvre aussi simplette, les Beatles s'arrangèrent pour innover en mettant le paquet sur les bruitages. *Yellow Submarine* sortit en face B d'*Eleanor Rigby*. Deux chansons on ne peut plus dissemblables, issues du génie créateur d'un auteur-compositeur éclectique d'à peine vingt-quatre ans et déjà au sommet de son art. Quel autre groupe de rock que les Beatles aurait pu être numéro un des hit-parades en 1966 avec un single aussi invraisemblable ?

Le lendemain matin, JP, Rita et Farid trouvèrent un emplacement où se garer juste devant le numéro 4 de la rue Beethoven, dans le seizième arrondissement. Il s'agissait d'un élégant immeuble en pierre de taille de la première moitié du dix-neuvième, où Jacques Lamy vivait depuis une vingtaine d'années.

— Eh ben, il ne s'embête pas l'ex-fan en chef des Beatles, fit Farid en admirant la façade.

— La passion pour les Beatles est une mine d'or pour qui sait l'exploiter, rétorqua JP.

Rita suivait en silence, portant une tablette numérique dont elle ne semblait jamais se séparer. Ils sonnèrent à l'interphone et une femme d'âge mûr répondit.

— Oui.

— Commandant Estable, brigade criminelle. Nous aimerions poser quelques questions à M. Lamy, s'il vous plaît.

La voix hésita avant de les inviter à monter au troisième étage. La porte s'ouvrit immédiatement après le premier coup de sonnette. JP présenta sa carte à la petite femme blonde et forte qui les regardait avec méfiance.

— Entrez, je vous en prie, finit-elle par dire. Mon mari va vous recevoir.

L'attention des trois policiers fut tout de suite captée par les nombreux objets de collection accrochés aux murs du vestibule : photos dédicacées par les Beatles, pochettes de disque rares et tickets de concerts jaunis. L'épouse les précéda dans un long couloir dont les murs étaient également couverts de *collectors* jusqu'à un salon où Lamy conversait à voix basse avec un autre individu. À l'arrivée de JP et de ses acolytes, le collectionneur mit fin à l'entretien et prit congé de son hôte en anglais. Le visiteur, un petit homme brun et mince à qui on donnait dans les cinquante ans, s'éclipsa sans un mot. Rita, intriguée par le personnage, le suivit du regard alors qu'il quittait la pièce.

Lamy, la soixantaine bien sonnée, les reçut d'une poignée de main énergique qui ne collait pas vraiment avec son grand corps mou et informe.

— Bonjour. Asseyez-vous, je vous en prie ! dit-il en montrant un long canapé couleur crème.

Lui-même s'installa confortablement dans un fauteuil.

— Merci, répondit JP en prenant place entre Rita et Farid.

Ce dernier commença à lorgner quelques photos éparses sur la table basse qui les séparait de leur hôte. Celui-ci s'en rendit compte et s'empressa de les fourrer dans une enveloppe jaune.

— Qu'est-ce qui me vaut l'honneur de votre visite ?

— Si vous lisez les journaux, vous devez vous en douter, répliqua JP.

— Oui, je suppose que ça concerne ce fameux Beatlemaniac. Malheureusement, je ne vois pas trop en quoi je pourrais vous aider.

— On vous présente comme le meilleur spécialiste français des Beatles, vous avez probablement une opinion concernant le profil du tueur.

— Dois-je en déduire que vous, à la brigade criminelle, n'en avez pas ?

JP ne releva pas, mais trouva la remarque fort déplaisante. Comme pour se rattraper, Lamy enchaîna.

— Non. Honnêtement, je n'ai aucune idée sur la question. J'ai croisé beaucoup de passionnés des Beatles dans ma vie, et j'en croise encore. Certains très originaux, peut-être même avec un petit grain de folie, mais tous complètement inoffensifs. Je n'imagine pas un authentique fan des Beatles capable d'assassiner des gens gratuitement.

— C'est pourtant ce qui est en train de se passer.

— Ça me laisse pantois. Cette histoire est absolument horrible, ça va à l'encontre de tout ce pour quoi les Beatles ont milité en leur temps : l'amour, la paix...

— Vous avez présidé le fan-club *Quatre garçons dans le vent* il y a quelques années, n'est-ce pas ? interrompit JP.

— Oui, pendant une douzaine d'années en gros, de 1972 à 1984.

— Pourquoi n'avez-vous pas continué ?

— C'était devenu très lourd à gérer à la longue. Ça ne me laissait plus le temps d'écrire et d'exercer mon métier de journaliste.

— Est-ce que vous avez conservé un listing des membres du club ?

Lamy fit mine de fouiller dans ses souvenirs en regardant au plafond.

— Non, je ne crois pas. J'ai déménagé depuis. J'habitais chez mes parents à l'époque et j'ai dû faire le tri.

— Vérifiez quand même. Je vous laisse mes coordonnées au cas où vous retrouveriez quelque chose.

Lamy mit la carte de JP dans la poche de sa chemise et s'apprêtait à se lever quand une question impromptue de Rita, qui n'avait cessé de surfer sur Internet avec sa tablette durant l'entretien, l'arrêta net.

— Depuis quand connaissez-vous Peter Stanley ?

Lamy resta interdit un instant avant de répondre en balbutiant.

— Je... Je l'ai rencontré pour la première fois à Londres, la semaine dernière.

— Quels sont vos rapports avec lui ?

— Il vend des objets ayant appartenu aux Beatles et comme je suis collectionneur...

— Savez-vous qu'il a déjà été condamné pour escroquerie au Royaume-Uni ?

— Non. Vous me l'apprenez, répondit Lamy un brin gêné. Je vais me renseigner.

Les policiers se levèrent à la suite de leur hôte et prirent congé. Lamy insista pour les raccompagner jusqu'à la porte.

Une fois dans l'ascenseur, JP voulut sonder ses collègues.

— Alors ?

— Je le trouve un peu chelou le Lamy, répondit Farid. Il glisse comme une savonnette.

— Chelou ? demanda Rita.

— Louche, bizarre, précisa JP.

— Ah... Ce qui me paraît chelou à moi, reprit-elle avec un délicieux accent anglais, c'est ses liens avec Peter Stanley.

— C'est qui ce type ? interrogea Farid au moment où ils arrivaient au rez-de-chaussée.

— Quand je l'ai vu dans le salon de Lamy, j'ai su que sa tête me disait quelque chose. En cherchant sur Internet, j'ai pu confirmer d'où je le connaissais. C'est le fils de Frederick Stanley…

— L'homme à tout faire des Beatles ? interrompit JP.

— Oui, c'est ça. Il les a accompagnés pendant toute leur carrière et même un peu après. Il est mort dans un accident de voiture en 1972. Vers la fin des années quatre-vingt, Peter, le fils, a commencé à vendre des objets récupérés par son père. C'est ce que l'on appelle *memorabilia* en anglais, des photos dédicacées, des instruments, des carnets avec des paroles de chansons, des trucs dans le genre. C'est un bon business.

— J'imagine, dit Farid.

— Tu as dit qu'il avait été condamné, intervint JP.

— Oui, pour escroquerie. Certaines des reliques vendues étaient fausses. Il a même été poursuivi par les ex-Beatles qui prétendaient qu'en fait les objets obtenus par Frederick Stanley dans le cadre de son travail ne lui appartenaient pas. Et il s'est défendu en disant qu'ils avaient exploité son père.

— Est-ce qu'il leur en voudrait au point de tuer des gens pour se venger ? pensa tout haut JP.

— Ça, je ne sais pas, mais je vais demander plus d'informations à Scotland Yard. On peut essayer de le localiser ici à Paris pour le faire surveiller.

— On pourrait même l'interroger, ajouta JP. On va filer Lamy aussi tant qu'on y est.

Dans la maison familiale à Morelia, Lucia était affalée sur le canapé du salon pendant que sa mère s'affairait autour d'elle.

— Et si on allait à *Liverpool* ? proposa Ana à sa fille.

— Tu veux acheter quelque chose ? répondit Lucia.

— Oui, des vêtements. Il y a les soldes en ce moment, tu pourrais en profiter aussi.

— Je t'accompagne, mais je n'ai pas les moyens de faire des folies.

— Ne t'inquiète pas, c'est moi qui paie. Tu as beau habiter Paris, tu n'es pas très élégante. Tu portes toujours le même jean.

— Ici, j'ai envie d'être à l'aise, je me fiche pas mal de l'élégance.

— Je te rappelle que nous sommes tous invités au mariage de ta cousine samedi prochain. Tu as besoin d'une nouvelle robe.

— Comme toujours, ma mère a raison. Allons-y !

Ana gara sa *New Beetle* dans le sous-sol du centre commercial *Las Américas* situé sur la principale artère de Morelia, l'avenue *Camelinas*. Lucia, qui n'y était pas venue depuis qu'il avait été agrandi et refait à neuf, éprouvait une certaine curiosité même si on pouvait difficilement la qualifier de *fashion victim*. Une fois entrées dans ce temple dédié au nouveau veau d'or qu'est devenue la consommation, elles prirent un escalator vers le premier étage. L'impression de déjà-vu ressentie par Lucia ne résista pas longtemps à l'analyse. Les centres commerciaux à travers le monde se ressemblent tous, puisque c'est l'une des vertus de l'esthétique kitsch de la globalisation totalisante de ne jamais dépayser. Elles traversèrent l'énorme hall pour se diriger vers *Liverpool*, le grand magasin le plus célèbre du pays. À l'égal d'autres enseignes commerciales mexicaines, et comme son nom ne l'indique pas, cette chaîne fut fondée par ce qu'il est convenu aujourd'hui d'appeler un *Barcelonnette*, l'un de ces Français originaires de la vallée de l'Ubaye qui émigrèrent au Mexique entre 1812 et 1955. Jean-Baptiste Ébrard, né à Jausiers, ouvrit un magasin de vêtements dans le centre de Mexico en 1847, puis le rebaptisa *Puerto de Liverpool* lorsqu'à partir de 1872 il commença à importer des produits européens en provenance de la ville qui allait voir naître les Beatles. Étrange destin que celui de ces montagnards, tantôt agriculteurs, tantôt colporteurs ou tisserands, qui, concurrencés par les premiers métiers à tisser mécaniques, partirent tenter leur chance au Mexique. Certains firent fortune et bâtirent de véritables empires commerciaux, comme *Liverpool*, qui ont survécu jusqu'à aujourd'hui.

Ana choisit trois robes que Lucia se résigna à essayer. Une seule lui parut être une option, une robe rouge moulante au-dessus du genou avec de fines bretelles et un décolleté sensiblement plus audacieux que ce dont elle avait l'habitude.

— Si tu n'attires pas des prétendants avec ça ! ironisa Ana. Mais tu as peut-être déjà quelqu'un en France...

— Maman ! répondit-elle sèchement.

Lucia avait toujours détesté que sa mère cherche à connaître les détails de sa vie privée, une réticence instinctive qu'elle-même trouvait largement exagérée à la réflexion, mais dont elle ne pouvait se défaire. Elle renâclait d'autant plus à parler de ses sentiments qu'ils étaient souvent confus et qu'elle ne tenait pas particulièrement à exposer ses doutes. Qu'aurait-elle pu dire de sa relation avec JP si elle-même ne savait pas vraiment quoi en penser ? Et puis, il y avait autre chose. Étant donnés la différence d'âge qui les séparait et le statut de divorcé de JP, elle avait pleinement conscience que ce dernier était loin de pouvoir prétendre au titre de gendre idéal aux yeux de ses parents. Pourtant, à ce moment-là, alors qu'elle se tournait et retournait devant le miroir, c'était bien lui qu'elle avait en tête. Est-ce que la robe rouge lui plairait et lui ferait de l'effet ?

Lucia s'imaginait ainsi vêtue pour une soirée en amoureux avec lui, un dîner en tête-à-tête dans un restaurant élégant, un verre dans un bar branché et plus si affinités. Elle aimait sa gentillesse et sa sensibilité, appréciait son intelligence aussi, mais se sentait déstabilisée par les doutes et vacillations dont il faisait preuve. Néanmoins, pouvait-elle décemment lui reprocher son indécision si elle-même en souffrait ? Sans doute était-ce là le ressort de leur attraction mutuelle — car elle savait bien qu'elle lui plaisait — ils s'étaient reconnus comme des semblables. En même temps, elle avait le sentiment qu'un homme plus sûr de lui la rassurerait, serait comme un socle sur qui s'appuyer. Elle poussa un grand soupir. Pourquoi la vraie vie était-elle si compliquée ? Pourquoi les histoires d'amour parfaites n'existaient-elles que dans les œuvres de fiction ? Une chanson des Rolling Stones, *You Can't Always Get What You Want*, lui revint à l'esprit. Après tout, JP était peut-être ce dont elle avait besoin à ce moment de sa vie, à défaut d'être ce qu'elle voulait. Lucia regrettait déjà de l'avoir traité aussi froidement la semaine précédant son voyage. De loin, elle avait pu lire la tristesse sur son visage lorsqu'il avait agité sa main pour lui lancer un dernier au revoir à l'aéroport. Bon, de toute façon, elle n'allait pas résoudre ses problèmes existentiels dans cette cabine d'essayage de *Liverpool*. Sa mère s'impatientait et il était temps de redescendre sur terre. Elle avait sa tenue pour le mariage de sa cousine, c'était déjà ça.

Quand elle réfléchissait, Rita avait cette façon de tirer sur sa lèvre inférieure avec le pouce et l'index de la main gauche que JP trouvait troublante. Elle avait consacré la plus grande partie de la journée à faire des recherches sur Peter Stanley, l'Anglais croisé chez Lamy, et avait même passé un coup de fil à ses collègues de Scotland Yard à son sujet. Ce personnage équivoque l'intriguait. Vers 17 h 30, elle tomba sur une information qui la fit quelque peu se départir de son flegme habituel.

— JP, viens voir ! Regarde, le 28 mars dernier, Stanley a posté une annonce sur le Web pour mettre en vente un revolver ayant appartenu à Brian Epstein, le manager des Beatles. Enfin, c'est ce qu'il prétend.

— Est-ce qu'on sait s'il l'a vendu ?

— Non, mais on peut lui demander. D'après mes renseignements, il est toujours à Paris et loge dans un hôtel près du Trocadéro.

JP jeta un coup d'œil à sa montre.

— On peut y aller tout de suite. Avec un peu de chance, on le trouvera dans sa chambre.

— OK, très bien.

JP proposa de s'y rendre en métro. Ils prirent la ligne 1 à Châtelet, puis la ligne 9 à Franklin D. Roosevelt.

L'hôtel Quadrille, le petit établissement trois étoiles où résidait Stanley, était à cinq minutes à peine de la station. L'homme chauve en complet trois-pièces de la réception écarquilla les yeux en regardant la carte de police de JP. Il leur indiqua le numéro de la chambre et confirma la présence de son occupant. Par précaution, Rita prit l'ascenseur pendant que JP montait les escaliers jusqu'au troisième étage. Ils frappèrent au 302. La télévision était allumée.

— Qu'est-ce que c'est ?

— Police, répondit Rita.

Stanley ouvrit la porte.

— Ah, c'est vous, dit-il en reconnaissant les enquêteurs croisés chez Lamy. Entrez !

Il était en train de regarder un Western, allongé sur son lit avec un verre de gin à la main, quand Rita et JP avaient frappé. Il éteignit la télévision et disposa les deux chaises de la chambre en face du lit où lui-même s'assit. Il n'avait pas l'air surpris outre mesure de la visite.

— Asseyez-vous, je vous en prie, poursuivit-il. En quoi puis-je vous aider ?

— Nous aimerions en savoir plus concernant cette annonce, enchaîna JP en lui tendant une feuille de papier.

— Ah, je vois, le revolver de Brian Epstein.

— Vous l'avez vendu ? demanda Rita.

— Oui.

— On peut savoir quand et à qui ? fit JP.

— Je l'ai vendu fin mars, à un Français d'ailleurs.

— Son nom ?

— Je l'ignore, je ne demande pas ce genre d'information à mes clients. Je me rappelle juste que son pseudo sur le blog où il m'a contacté était Billy Shears.

JP fut secoué d'un petit rire nerveux.

— Je vois, le chanteur de *Sgt. Pepper's Lonely Hearts Club Band*. Et où a eu lieu la transaction ?

— À Londres, dans un pub. Il était pressé.

— Comment ça ?

— J'étais sur le point de partir en vacances quand il m'a contacté. J'ai suggéré qu'on se rencontre à mon retour vers le 10 avril, mais il a dit que ce serait trop tard. Il a proposé de se rendre à Londres le jour même. La vente s'est faite dans la soirée.

JP et Rita se regardèrent.

— Quoi, vous pensez que ce type est celui que la presse appelle Beatlemaniac ?

— Possible. Vous souvenez-vous de la date exacte de la vente ? poursuivit JP.

— Le 30 ou 31 mars, je ne sais plus, mais c'était un samedi. Ça, j'en suis sûr.

— Samedi 30 mars, confirma Rita en consultant sa tablette.

— Vous vous rappelez le modèle du revolver ? demanda JP, de plus en plus pressant.

— Smith & Wesson, calibre 38.

— Comment savez-vous qu'il a appartenu à Brian Epstein ? continua JP après un autre échange de regards avec Rita.

— Mon père l'a retrouvé sur sa table de nuit après sa mort, chargé. Ça a d'ailleurs confirmé aux policiers qu'il voulait mettre fin à ses jours, même s'il a finalement opté pour les médicaments.

— Le rapport officiel a conclu à une overdose accidentelle, intervint Rita.

— Bien sûr. Les Beatles étaient au sommet de leur gloire. Le suicide de leur manager, ça aurait fait désordre. Ils ont toujours cherché à donner une image propre et lisse qui ne collait pas vraiment à la réalité.

— Vous n'avez pas l'air de les porter dans votre cœur, dit Rita.

— Ils ont toujours été égoïstes et hypocrites. Ils payaient mon père au lance-pierre alors qu'eux gagnaient des millions. Quand il est mort, ma mère s'est retrouvée dans la panade et ils n'ont pas levé le petit doigt.

— Où étiez-vous le 6 avril dernier ? demanda JP, un tantinet agacé.

— Vous n'allez tout de même pas croire que j'ai tué ces gens. Comme je vous l'ai dit, je suis parti une dizaine de jours début avril.

— Où ça ? insista JP.

— Aux Bahamas.

— Ah ben ça va, vous l'avez bien fait prospérer l'héritage de votre père, finalement. Je vais vous demander de passer à la brigade criminelle demain matin pour signer votre déposition et nous aider à établir un portrait-robot de votre client.

— Pas de problème.

Quand JP et Rita sortirent de la chambre, l'ascenseur était sur le palier et ils s'y engouffrèrent.

— Qu'est-ce que tu en penses ? demanda Rita en appuyant sur le bouton.

— Je ne sais pas. Il garde une dent contre les Beatles, mais ça ne prouve rien. Au final, il a l'air sincère et plutôt tranquille.

— Tu as vu le livre sur sa table de chevet ?

— Oui, c'était un livre en anglais, je crois.

— *The Catcher and the Rye*, de J. D. Salinger. Ça ne te dit rien ?

— Non, avoua JP.

Rita ne put s'empêcher d'esquisser un petit sourire de satisfaction.

— C'était le livre préféré de Mark Chapman.

— L'assassin de Lennon ?

— Oui, il portait même un exemplaire sur lui le jour du meurtre.

— Ce n'est peut-être qu'une coïncidence.

— C'est quand même bizarre, non ?

— Un peu.

— Et puis Chapman a utilisé le même type de revolver, un Smith & Wesson, calibre 38.

— Hum ! De toute façon, on va vérifier son emploi du temps.

Une fois dans le hall de l'hôtel, JP appela le Morse pour lui résumer l'entretien avec Stanley. Ils décidèrent d'un commun accord de le faire mettre sous surveillance sur-le-champ.

Le soleil commençait à décliner quand Rita et JP sortirent dans la rue, mais la température était encore agréable.

IX

Alors qu'ils marchaient côte à côte en direction de la Place du Trocadéro, JP se rendit compte que la moitié de ce qu'il disait n'avait ni queue ni tête. Ses propos paraissaient sacrifier la cohérence à l'impératif de ne pas rompre la connexion avec Rita. Cette constatation le troubla. Arrivés à l'esplanade, ils s'arrêtèrent pour admirer la vue sur la tour Eiffel et se turent un instant.

— C'est beau ! Je ne m'en lasse pas, fit Rita au bout de quelques secondes.

Elle souriait presque et son armure semblait prête à se fendre. JP ne répondit pas.

— JP, tu es déjà monté au sommet ?

— De la tour Eiffel ? Euh... non.

— Moi non plus, mais j'ai toujours rêvé de le faire. On y va ?

— Pourquoi pas, dit-il, hésitant.

Ils descendirent vers les jardins et traversèrent le Pont d'Iéna. La masse des touristes du monde entier devenait de plus en plus dense au fur et à mesure que l'on approchait des piliers. Des adeptes d'*Hare Krishna* se chargeaient de l'ambiance musicale en chantant et tapant sur leurs tambourins. Un jeune vendeur ambulant africain apostropha Rita en anglais pour tenter de lui fourguer un souvenir, loin de se douter qu'il avait affaire à deux flics. En traversant la foule, on entendait des bribes de conversation dans toutes les langues. JP capta quelques mots d'espagnol au passage et pensa à Lucia, furtivement. Il remarqua une rangée de policiers en uniforme mobilisés dans le cadre du plan Vigipirate et se dit qu'il n'était finalement pas si malheureux d'être officier à la brigade criminelle.

La file d'attente pour les ascenseurs étant kilométrique, Rita proposa de faire l'ascension à pied. JP accepta mollement tout en essayant de se convaincre que tout allait bien se passer. Après quelques minutes de queue, ils parvinrent au pied de l'escalier et JP emboîta le pas de Rita. Ils étaient encadrés par une famille italienne devant et un couple d'Américains corpulents derrière. La présence des deux gros yankees dans son dos le rassura, ils monteraient sans doute lentement et ne lui mettraient pas trop la pression. Les premiers mètres ne lui posèrent pas de problème et il pensait qu'il était dans un bon jour quand, à mi-chemin vers le premier étage, les prémices se firent sentir. Il avait un peu plus de mal à respirer et ne pouvait s'empêcher de regarder le sol en contrebas, à travers la structure ajourée des marches. Peu à peu, la sensation d'attraction du vide prenait possession de lui. Il avait automatiquement ralenti le pas et Rita le distançait de quelques mètres déjà lorsqu'elle s'aperçut qu'il ne collait plus à ses basques. Elle l'attendit.

— Tu ne te sens pas bien ? Tu es tout blanc.

— Si, si, ça va aller.

Il fit un effort pour rester dans le rythme tout en gardant la vue fixée sur la plateforme du premier étage qui n'était plus qu'à quelques mètres au-dessus de lui. Rita jetait des petits coups d'œil en arrière pour s'assurer qu'il suivait, JP était terriblement gêné. Enfin arrivé, il s'éloigna du bord et s'arrêta.

— Ça va ? demanda Rita.

— Ça va mieux, merci. Parfois, je souffre d'acrophobie, la peur du vide, confessa-t-il un peu honteux.

— Ce n'est pas grave. On peut redescendre si tu veux.

— Non, ça va aller, je vais rester là pendant que tu montes jusqu'en haut.

— Tu es sûr ?

— Oui, absolument. Ne t'inquiète pas. On se retrouve ici.

Rita disparut bientôt parmi le flot de touristes pour poursuivre son ascension, pendant que JP se concentrait sur sa respiration pour tenter de faire diminuer le sentiment d'angoisse. Il décida de pénétrer dans la boutique de souvenirs, histoire de se distraire. Il se mit à déambuler tout en s'obligeant à prêter attention aux différents produits alignés dans les rayons pour s'occuper l'esprit. L'anxiété avait reflué et l'idée lui vint de faire un petit cadeau à sa collègue. JP se sentait penaud de ne pas avoir pu surmonter sa peur du vide et voulait se faire pardonner. Il hésita en se demandant si son geste ne risquait pas d'être mal interprété. Il opta finalement pour un livre d'anecdotes sur la tour Eiffel, une bricole peu susceptible de la mettre mal à l'aise.

Quelques minutes plus tard, Rita était de retour à l'endroit où ils s'étaient quittés. Elle avait le rose aux joues et JP ne put s'empêcher de penser que ça lui allait à merveille.

— Agent Pilchard, comment s'est passée votre ascension ? plaisanta JP.

— Très bien, merci. La vue est vraiment magnifique de là-haut. Tu as meilleure mine.

— Oui, je me sens mieux, merci. On y va ?

— OK.

Les deux enquêteurs redescendirent d'un pas tranquille et JP fut véritablement soulagé en foulant de nouveau la terre ferme. Il était plus de 20 heures et leurs estomacs criaient famine. Rita accepta la suggestion de JP de manger japonais et ils se mirent en route pour la rue Monsieur le Prince.

Ils pénétrèrent dans un restaurant où JP avait ses habitudes. La patronne, une sexagénaire japonaise espiègle, les accueillit avec un grand sourire. Au moment de choisir, Rita suivit les conseils de son collègue français en se décidant pour le menu numéro 9. Rien de révolutionnaire, une soupe *miso*, une salade de chou, un assortiment de sashimis et makis, des brochettes grillées. Ils commandèrent également deux bières *Sapporo*. La conversation s'engagea immédiatement sur l'affaire Beatlemaniac, mais sur un ton moins solennel que d'habitude, comme si une forme de complicité s'était enfin installée entre eux. L'alcool dans le ventre vide de JP ne tarda pas à faire son effet et il en profita pour lui donner le livre souvenir de la tour Eiffel. Rita le remercia de bon cœur tout en rougissant un peu. La serveuse déposa enfin un bol de soupe devant eux et ils se jetèrent dessus. Ils enchaînèrent avec les sashimis et makis qu'ils dévorèrent en cinq minutes. JP s'apprêtait à mordre dans une brochette au fromage quand, sans crier gare, Rita lui demanda s'il était marié. Un peu pris de court, il reposa la brochette et bafouilla qu'il venait de divorcer. Gênée, Rita dit qu'elle était désolée de l'apprendre, avec cette emphase propre aux Anglais que les Français taxent volontiers d'hypocrisie. Ce à quoi JP ne s'attendait pas, c'était qu'elle lui révèle dans la foulée qu'elle-même avait divorcé deux ans plus tôt après un mariage de courte durée. Comme pour dissiper le léger malaise qui s'était instauré, Rita proposa de commander une deuxième tournée de *Sapporo*. JP, qui n'avait bu que la moitié de sa bière, approuva avec un enthousiasme feint de peur de passer pour un petit joueur, ou pire, un rabat-joie.

Après le dessert, et une troisième *Sapporo* qui entraîna presque un accident vomitif, JP demanda l'addition. Rita insista pour la régler, prétextant sa capacité à présenter des notes de frais à Scotland Yard. Si l'effet de l'alcool semblait limité à une désinhibition superficielle pour elle, JP était conscient d'être complètement à l'ouest. L'air frais de la rue lui fit cependant grand bien, et il parvint au prix d'une concentration maximale à la raccompagner à son hôtel proche de la place Saint-Michel sans trop tituber. En rentrant chez lui, JP trouva dans sa messagerie un mail de Lucia lui demandant de ses nouvelles.

Pendant qu'elle se faisait couler un bain dans sa chambre d'hôtel, Rita s'allongea sur le lit avec sa tablette. Elle avait sept nouveaux messages. Parmi eux, une adresse attira immédiatement son attention. C'était tante Mimi, de Blackburn. Elle avait une mauvaise nouvelle. Son père venait de mourir d'un infarctus. Le beau visage de Rita se durcit. Elle répondit laconiquement qu'elle n'irait pas à l'enterrement, posa la tablette sur le lit et se leva. Elle se déshabilla lentement en pensant à la soirée avec JP. Complètement nue, elle s'approcha du minibar pour en extraire une mignonnette de whisky. Elle se dirigea vers la salle de bains et ferma les robinets. Elle essuya délicatement la buée sur le miroir avec une serviette et contempla quelques instants son corps voluptueux. Elle se dit qu'elle serait bientôt vieille et que ce tas de chair et d'os n'attirerait alors plus personne. Puis, elle s'assit dans la baignoire. L'eau était délicieusement chaude. Elle avala une gorgée de whisky à même la bouteille et se remémora ce jour de 2001 où elle avait quitté la maison familiale pour toujours. Elle était partie à l'aube, comme une voleuse, laissant derrière elle trois lignes d'adieu. Rita n'était pas du genre à donner des explications, même pas à ses parents. Encore moins à ses parents.

Vendredi 10 mai. Cela faisait maintenant près de deux semaines que Beatlemaniac ne s'était pas manifesté et Mantovani se prenait à rêver. Peut-être que le tueur le laisserait en paix jusqu'à son départ à la retraite. Il n'y croyait pas vraiment, mais ça lui faisait du bien de se bercer d'illusions de temps en temps.

À 16 h 20, le coup de fil du commissaire Espinal de la PJ de Montpellier le ramena brutalement à la réalité. On venait de trouver un homme mort dans sa baignoire à Frontignan, apparemment noyé pendant la nuit. Il avait un iPod blanc connecté aux oreilles.

— Vous avez identifié la chanson ? demanda Mantovani.

— Oui commissaire. Vous devinerez tout de suite si je vous dis que la victime, Antoine Gilbert, travaillait comme pilote du Nautile à l'Ifremer de Sète.

— *Yellow Submarine* ! Bon sang, mais il n'avait pas été prévenu ?

— On avait informé l'entreprise et pris contact avec tous les pilotes, sauf lui. Il était en mission dans l'Océan indien et pas joignable. Il est rentré hier, sans que personne ne nous prévienne, et votre Beatlemaniac l'a dézingué le jour même. Il a des antennes ce type, c'est pas possible ! En plus, il a avancé la date par rapport au 26 mai.

— Merde, c'est reparti.

— Désolé, commissaire. Je suppose que vous allez nous rendre visite.

— Oui, je vous confirme l'heure de notre arrivée, je descendrai avec mon chef de groupe et une collègue de Scotland Yard, ce soir ou demain.

JP était sorti et Mantovani dut le joindre sur son portable.

— Ça y est, il a remis ça.

— Qui ? Beatlemaniac ?

— Oui, hier.

— Merde ! C'est qui ?

— Un plongeur de l'Ifremer, à Sète.

— Comment ça ? On ne l'avait pas prévenu ?

— Apparemment, non. Il était en déplacement et venait juste de rentrer de l'étranger.

— Le salaud, il a avancé la date en plus.

— Eh oui, il s'adapte. Il sait qu'on est sur sa trace, alors il change ses plans.

— Merde, c'est trop con, ce type n'aurait pas dû mourir. Ils sont nuls à Montpellier et nous aussi, on aurait dû suivre ça de plus près.

— Ça arrive, c'est comme ça. Les médecins ne parviennent pas à sauver tous leurs patients. Comment veux-tu que nous, les flics, on puisse sauver toutes les victimes potentielles ?

— On a quand même merdé sur ce coup-là. Vous allez voir comment on va se faire incendier par le ministre et par Dekker.

— Bon, tu peux faire ta valise ? On descend ce soir par le TGV de 7 heures pour être sur le pied de guerre là-bas demain matin. Rita vient avec nous. On remonte dimanche.

JP vérifia sa montre, il était 16 h 30.

— OK, ça marche. On se retrouve sur le quai à la Gare de Lyon.

JP était en rogne, la frustration au maximum. Ils avaient identifié correctement la chanson suivante, puis les victimes potentielles, sans pour autant empêcher l'assassinat. C'était rageant. Beatlemaniac les avait pris de cours en avançant la date du meurtre. Badoux l'avait prévenu pourtant. Suite à la publication de l'article, le tueur allait se sentir sous pression et improviser davantage. Devenu du jour au lendemain l'ennemi public numéro un, il ne pouvait pas décemment attendre quatre semaines pour commettre un crime somme toute prévisible. JP se demandait comment il avait pu être aussi bien renseigné sur les déplacements de la victime. Le séjour à Montpellier aiderait peut-être à y voir plus clair et à trouver des indices. JP sortit de son imper une copie du portrait-robot élaboré grâce à la description de Peter Stanley. L'homme qui, selon ses dires, lui avait acheté un revolver ressemblait à un Beatle version *Sgt. Pepper*, longue mèche couvrant le front et fine moustache, le nez un peu fort et de petits yeux verts enfoncés dans les orbites. Était-ce là le visage de Beatlemaniac ? Dubitatif, JP remit la feuille de papier dans sa poche. Il fallait qu'il passe chez lui faire son sac.

Inconfortablement assis à côté du Morse qui, même en première classe, ne pouvait éviter de déborder un peu de son siège SNCF, JP faisait face à Rita. L'attitude de sa collègue britannique le laissait perplexe, car au lendemain de l'ascension de la tour Eiffel, elle avait retrouvé sa posture froide et distante. Elle lui rappelait un épisode autrement douloureux, son dernier séjour avec Jeanne chez ses parents, en Ardèche. Ils s'étaient disputés pour un motif futile avant de prendre le train et n'avaient pas échangé un mot pendant le trajet qui lui avait paru interminable. Il avait compris alors que rien ni personne ne pourrait changer sa façon mélancolique d'être au monde, et que même à deux il resterait toujours seul. C'est *Across The Universe*, avec la guitare wah-wah de George et le mantra *Jai Guru Deva Om*, qui avait mis en musique ce sentiment de désillusion matrimoniale. Peut-être parce que Lennon lui-même l'avait écrite après une scène de ménage avec Cynthia, sa première femme, à la recherche d'apaisement. Les paroles lui étaient venues toutes seules, pendant la nuit, et il estimait que c'était son meilleur texte, le plus poétique en tout cas. En revanche, il ne fut jamais satisfait de l'enregistrement. Ceci explique pourquoi cette magnifique ballade folk, psychédélique et cosmique à la fois, resta plus de deux ans dans les cartons des Beatles avant d'être finalement publiée sur l'album *Let it Be*, après un ultime remixage de Phil Spector. En 2008, quarante ans après sa création et en vertu de son titre prédestiné, elle devint la première chanson envoyée dans l'espace, sous la forme d'un message radio interstellaire dirigé vers l'étoile Polaire qu'elle n'atteindra qu'en 2439. Secoué par le roulis du TGV en direction de Montpellier, JP se demanda quelle pourrait bien être la réaction d'hypothétiques créatures extraterrestres en écoutant *Across The Universe*.

Antoine Gilbert avait été retrouvé mort dans sa baignoire par la femme de ménage, le vendredi en fin de matinée. L'homicide avait eu lieu la nuit précédente, vers une heure du matin. L'enquête de la PJ de Montpellier avait déjà permis de reconstituer le fil des événements.

Gilbert était rentré d'une mission de trois mois dans l'Océan indien le mercredi soir. Quelques jours plus tôt, l'Ifremer avait reçu l'appel d'un homme qui s'était présenté comme un représentant du syndic de son immeuble. La personne voulait connaître la date de retour d'Antoine Gilbert, prétextant des travaux urgents qui allaient affecter son appartement. Vérification faite, personne du syndic n'avait appelé. L'analyse de sa ligne téléphonique avait révélé plusieurs communications depuis différentes cabines de Paris et sa banlieue les deux jours précédant son exécution. Le dernier coup de fil, effectué le jeudi vers 10 heures du matin, avait sans doute permis à Beatlemaniac de confirmer la présence de Gilbert chez lui.

Le samedi matin, le commissaire Espinal emmena ses collègues de Paris au domicile de la victime, dans la petite ville de Frontignan toute proche. Pendant que Rita se faisait draguer par Espinal et que le Morse répondait à un appel de sa femme concernant la couleur de la tapisserie du salon, JP sortit sur le balcon. Il posa ses mains sur la rambarde. Il faisait encore frais et une brise légère caressa son visage. La mer était cachée par une barre d'immeubles. JP ferma les yeux et inspira profondément. On pouvait sentir l'air iodé du large. Un frottement contre le bas de sa jambe droite le tira de sa rêverie. Un petit chat tigré sorti de nulle part était venu se lover contre lui. L'animal leva ses pupilles vertes et miaula. JP se baissa lentement et lui caressa la tête. Encouragé par ses ronronnements, il le souleva de ses deux mains. Calé sous son bras gauche, le chat le fixait.

— Tu l'as vu, n'est-ce pas ? interrogea le policier du regard.

— Qui ça, l'homme en noir ? Oui, je l'ai vu, répondit le chat en se léchant les babines.

— Il est entré par où ?

— Par la porte, pardi. Vous les humains, vous ne savez pas faire autrement.

— Ça s'est passé comment ?

— Il a traversé le salon, où je dormais tranquillement dans mon panier, et s'est dirigé vers la chambre sans bruit. Je n'ai jamais vu un homme se déplacer aussi silencieusement, on aurait presque dit un chat. J'ai eu un affreux pressentiment. Un homme qui marche comme un chat, c'est forcément mauvais signe.

— Et ensuite ?

— Il a sorti une petite bouteille de la sacoche qu'il portait contre son ventre et versé un peu de liquide sur un chiffon. Ça sentait très fort. Je suis entré une fois dans une clinique vétérinaire, et bien ça sentait pareil.

— Une odeur de chloroforme !

— Peut-être, peu importe. Après, il a pénétré dans la chambre, s'est approché du lit et a plaqué le chiffon sur le visage de mon maître. Ce dernier a à peine bougé, j'ai tout vu. Ensuite, le type l'a pris par les aisselles et l'a tiré jusqu'à la salle de bains.

Le petit chat commença à se nettoyer les pattes avec sa langue.

— Et après ? demanda JP.

— La suite, tu la connais. Il l'a mis dans la baignoire, a ouvert le robinet, puis lui a maintenu la tête sous l'eau jusqu'à ce que les bulles cessent de remonter à la surface. J'ai bien miaulé, j'ai même montré les dents et hérissé le poil, mais tout ce que j'ai obtenu c'est un coup de pied au derrière. C'est la seule fois de ma vie où j'ai regretté de ne pas être un chien, j'aurais pu aboyer et le mordre. Après, il est reparti comme il est venu, en félin. J'avais bien senti que ce mec-là était de mauvais augure.

La visite de l'appartement n'apporta rien de plus. Comme pour deux de ses crimes précédents, Beatlemaniac avait exercé ses talents de passe-partout nocturne pour parvenir jusqu'à sa victime. Personne n'avait rien vu ni entendu dans l'immeuble. L'autopsie avait établi que Gilbert était mort par noyade. Il fallait attendre les résultats des tests toxicologiques pour confirmer s'il avait été drogué au préalable.

JP, Mantovani et Rita, que leurs collègues de la PJ locale avaient déjà surnommés les trois mousquetaires, passèrent le reste de la journée au commissariat de Montpellier à réviser tous les éléments rassemblés sur ce nouvel homicide. Il n'y avait pas plus d'indices à se mettre sous la dent que pour les autres assassinats. JP demanda que le portrait-robot de l'acheteur du revolver à Londres soit présenté dans les hôtels de la région, au cas où.

En début de soirée, Mantovani et JP décidèrent d'aller boire une bière en ville afin de profiter de la douceur quasi estivale. La grisaille parisienne semblait loin et ça leur faisait du bien à tous les deux. De son côté, Rita choisit de se promener dans le centre historique. Le commissaire Espinal prétexta un engagement prévu de longue date et s'excusa de ne pouvoir se joindre à eux. Il leur proposa néanmoins de les laisser près du centre-ville. Les deux policiers parisiens optèrent pour un café sur la jolie place de la Comédie. Aucun des deux ne désirait parler de l'affaire Beatlemaniac. Un clown faisait rire les clients attablés aux terrasses en improvisant des gags avec les passants distraits. Après une première gorgée de bière qui avait un goût de vacances, JP demanda au Morse s'il était prêt pour son départ à la retraite.

— À vrai dire, je n'ai pas vraiment envie de partir maintenant. Le problème n'est peut-être pas tant la retraite en soi, mais l'époque à laquelle on vit. Si j'étais parti à un autre moment, je crois que ça ne m'aurait pas autant dérangé, mais là, aujourd'hui, je n'y comprends plus rien.

— Ça vous angoisse ?

— Un peu. Quand je demande à mes enfants ce qu'ils font, par exemple, ils me répondent avec du jargon anglais et j'y pige que dalle. Même quand ils essaient de m'expliquer dans le détail, ça ne me parle pas. Mais ce n'est pas ça le plus grave, JP.

— C'est quoi ?

— Ce qui m'inquiète le plus c'est de voir qu'avec tous leurs diplômes, ils n'arrivent pas à vivre décemment de leur job, comme ils disent. À 30 ans, ce sont des précaires bac+5 qui ont encore besoin de leurs parents pour boucler les fins de mois. Pour moi, l'époque idéale pour la retraite aurait été les années soixante, on était sur la pente ascendante et on ne se prenait pas la tête. Et puis, il n'y avait pas toute cette technologie à la con qui envahit tout. Moi, je me sens largué.

Né au cours de la décennie suivante, JP était lui aussi tenté de percevoir les années soixante comme un âge d'or et les Beatles n'y étaient pas pour rien. Personne n'avait en effet mieux incarné qu'eux l'optimisme ascendant des sixties en Occident, la liberté et le pouvoir accrus de la jeunesse, le bouleversement des structures sociales et religieuses. En bref, le changement d'époque. Cela contribuait sans doute à l'engouement persistant pour leur musique en ce début de vingt et unième siècle pessimiste et glauque, où le sentiment d'avoir laissé l'apogée derrière nous dominait. Mais JP savait également que l'histoire en général et les années soixante en particulier étaient pleines de contradictions et paradoxes. En ce sens, la lecture de *Revolution in the Head*, l'essai de référence sur l'œuvre des Beatles, avait quelque peu affiné sa perspective sur ces années charnières. Ian McDonald y expliquait de façon assez convaincante que la révolution des mentalités dont les Beatles avaient été les porte-étendards les plus emblématiques avait finalement accouché de cet individualisme matérialiste et de cette société anomique que JP abhorrait tant. Comme si les sixties « *peace and love* » n'avaient fait que préparer le terrain au thatchérisme. Un peu ce que disait Houellebecq dans *Les particules élémentaires* dans le fond. Le fait que Nike ait utilisé *Revolution* des Beatles pour une publicité en 1987, avec l'accord de Yoko Ono et au grand dam des trois survivants du groupe, était l'ironique illustration de cette perversité de l'histoire.

— Et si on mangeait un morceau ? proposa le Morse, les deux mains sur sa bedaine.

— Pourquoi pas, répondit JP, pas mécontent que le boss reprenne l'initiative.

Après avoir passé commande, Mantovani laissa glisser son regard sur la jeune fille qui s'éloignait, puis tourna la tête vers JP.

— Tu ne penses pas refaire ta vie un jour ?

JP, qui n'était pas accoutumé aux questions personnelles de la part du chef, avala une autre gorgée de bière, histoire de gagner du temps.

— Je ne sais pas, finit-il par répondre. Vivre avec une femme, c'est compliqué.

— Ah ça, ce n'est pas moi qui vais dire le contraire après quarante ans de mariage. Mais tu sais, on s'habitue à tout.

Après une pause, Mantovani continua.

— Tu es plutôt solitaire toi, non ?

— Un peu, fit JP en souriant. C'est pour ça que je n'ai jamais adhéré ni à un syndicat ni à un parti, pas même à un fan-club des Beatles.

— Ma foi, si tu es heureux comme ça.

— Justement non, pensa JP tout haut. Je ne suis pas heureux comme ça.

— Tu crois en Dieu ? demanda le Morse en le regardant dans les yeux.

— Non, je pense que Dieu n'est qu'un concept visant à nous rassurer. Je ne crois ni en Dieu ni en rien d'autre d'ailleurs. C'est probablement ça mon problème, j'ai trop peur de me tromper pour croire en quoi que ce soit. Je m'intéresse bien au bouddhisme, mais je pense que mes doutes m'empêchent d'avancer.

Heureusement, la serveuse s'approchait déjà avec leur commande, mettant fin à une conversation qui prenait un tour inconfortable.

En rentrant à l'hôtel, JP et Mantovani tombèrent sur Rita à la réception, chargée de sacs. Elle sembla contente de les voir. Elle avait repéré un petit pub irlandais dans la vieille ville et leur proposa d'aller boire quelque chose. Le Morse déclina, prétextant que ce n'était plus de son âge et qu'il voulait se coucher tôt. JP ne se fit pas prier, et ils décidèrent de se retrouver une demi-heure plus tard.

Quand JP descendit dans le hall vers 21 heures, il n'y avait personne. Il s'installa dans l'un des canapés gris, face à l'ascenseur. Quelques magazines people traînaient sur la table basse. Il se mit à en feuilleter un, puis le laissa tomber. « Que de la merde », pensa-t-il. Il fut tenté de commander un whisky au bar, mais finalement se ravisa. Rita avait une bien meilleure descente que lui, il n'avait surtout pas intérêt à prendre les devants. Tout à coup, la petite sonnerie de l'ascenseur retentit et les portes s'ouvrirent sur une Rita belle comme un soleil. Ses cheveux irradiaient autour de son visage, dont le maquillage augmentait l'intensité du regard. Sous son trench beige, elle portait une jupe noire mi-cuisse et un chemisier rouge échancré. Elle s'avança avec cet air gauche et emprunté des Anglo-saxonnes qui entrent en mode séduction sans avoir bu. Pour JP, cela ne faisait que rehausser son charme, la rendant moins inaccessible à ses yeux, et il eut bien du mal à décoller de son canapé pour aller à sa rencontre.

— Je suis prête, dit-elle quand il arriva à sa hauteur.

— Let's go, répondit JP, enivré par son parfum.

Le soleil venait de se coucher, mais la température extérieure était encore agréable.

— On sent qu'on n'est pas à Paris, dit JP.

— Oui, il fait bon. C'est pour ça que j'aime le sud de la France.

— Quelles régions connais-tu ?

— La Provence et la Côte d'Azur.

— Tu n'es jamais allée dans les Pyrénées ?

— Pas encore, répondit-elle dans un sourire.

Ils remontèrent la rue Jean-Jacques Rousseau tout en échangeant des banalités, puis virèrent à droite dans la rue du Plan du Palais. En arrivant rue Foch, Rita eut un doute. Elle ne savait plus à quelle hauteur il fallait bifurquer. Ils finirent par s'engager dans la rue Saint-Firmin jusqu'à ce que l'impression de tourner en rond se confirme et que Rita se déclare perdue. Ils demandèrent leur chemin à un jeune du coin à l'accent bien marqué, puis débouchèrent enfin sur la place du Petit Scel par la rue Philippy. Rita reconnut tout de suite l'enseigne à la harpe celtique.

Lorsqu'ils pénétrèrent dans le pub, il ne restait plus qu'une table libre sous l'escalier en bois et ils s'y installèrent après avoir quitté leurs manteaux. JP commanda deux pintes de Guinness au bar dans la foulée, histoire de se mettre dans l'ambiance. La sono jouait de vieilles chansons de Van Morrison. Au moins la moitié des clients parlaient anglais, et il se dit qu'il était en terre étrangère. Dès le début, JP tenta de caler sa consommation sur celle de Rita, tout en sachant qu'il finirait sans doute par le payer. Le chemisier rouge s'ouvrait légèrement sur sa poitrine laiteuse. Elle lança la conversation sur Beatlemaniac et il pensa que c'était un passage obligé. Lui n'avait pas envie d'en parler, car il se sentait responsable du dernier homicide. Rita essaya de le convaincre qu'il n'y était pour rien, en vain. Il confessa rapidement qu'il envisageait de quitter la police après la conclusion de cette affaire et Rita en fut surprise. Elle n'avait pas d'états d'âme concernant sa profession, et ne semblait d'ailleurs pas en avoir par rapport à quoi que ce soit d'autre. Petit à petit, lubrifiée par les tournées de Guinness, la conversation acquit une fluidité jusque-là inégalée avec Rita. Tandis qu'il observait son beau visage depuis l'état cotonneux du détachement philosophique qu'il affectionnait tant, il regretta de ne pas pouvoir figer le temps.

Après avoir reposé son troisième verre, vide, sur la table, Rita manipula la gourmette de JP, comme pour mieux la lire.

— Jean-Paul. C'est bizarre de voir ton nom écrit en toutes lettres, tout le monde t'appelle simplement JP.

— Oui. Je crois qu'il n'y a plus que mon père qui m'appelle Jean-Paul. Et parfois Mantovani aussi.

— Ce brave Mantovani, dit Rita, songeuse.

Ses doigts délicats avaient effleuré le poignet de JP, provoquant des frissons dans sa nuque. Il n'avait jamais été très à l'aise avec les codes de la drague et pressentait que ce n'était pas ce soir-là que les choses allaient changer. L'assurance affichée par Rita sous l'effet de l'alcool et sa soudaine proximité l'intimidaient. Devenue concrète, sa sensualité jusque-là fantasmée lui faisait peur. La perfection de ses traits aussi, car elle le renvoyait à ses propres défauts. C'était désormais lui qui avait du mal à soutenir son regard. Il redoutait de ne pas être capable d'assumer ce rôle de mâle décidé et dominant qui, selon lui, convenait à la situation. La nausée commençait à prendre possession de son corps, sous l'effet conjugué du stress et de trois pintes de Guinness sur son estomac fragile. Il ne tarda pas à se lever et à se rendre aux toilettes, autant pour soulager sa vessie que pour tenter de se rasséréner. Là, au milieu de ces grands gaillards jeunes et virils qui urinaient en parlant fort, il se sentit profondément inadéquat.

Le pub était désormais bourré à craquer. Alors qu'il se frayait un chemin parmi les clients pour regagner leur table, JP constata qu'un type costaud portant le maillot de la sélection irlandaise de rugby s'était assis à sa place, en face de Rita. Elle lui souriait et semblait apprécier la conversation. Après une seconde d'hésitation, JP décrocha son imper du portemanteau et se dirigea ni une ni deux vers la sortie.

Lorsqu'il mit le pied dehors, un sentiment mêlé de lâcheté et de soulagement l'envahit. Il respirait déjà mieux. La place était déserte et silencieuse sous le ciel étoilé, l'air avait fraîchi. Il s'arrêta un instant pour s'orienter, enfonça ses mains dans les poches, puis prit la rue du Petit Scel. Il n'avait pas fait trente mètres quand un bruit de talons retentit derrière lui.

— JP, wait!

Le jour suivant, les deux policiers parisiens et leur collègue d'outre-Manche reprirent le TGV. Profitant de la faible abondance, Rita était allée s'asseoir deux rangées plus loin. «Vous pourrez vous installer plus confortablement», avait-elle prétexté. Alors que le train filait à toute allure vers Paris, JP nota qu'il avait commencé à pleuvoir. Sous l'effet de la vitesse, les fines gouttelettes glissaient sur la vitre comme des spermatozoïdes à la recherche d'un destin, ou tout au moins c'était l'image qui lui était venue à l'esprit. Il posa son livre sur la tablette et ferma les yeux. Bercé par le roulis, il ne tarda pas à sombrer dans un profond sommeil.

«Je cours sur une digue étroite avec d'autres personnes. Je ne les reconnais pas toutes, mais parmi elles se trouvent Charles et Cécile, de vieux amis BCBG que je ne vois plus, mais qui, aux dernières nouvelles, se sont mariés et ont eu deux enfants. La digue est bordée de part et d'autre par la mer. La marée monte rapidement et je cours maintenant dans l'eau, puis voilà que je nage. Je suis désormais un poisson et sens qu'il ne me reste plus très longtemps à vivre, car bientôt toute l'eau va s'évaporer et je vais mourir. Je ne sais plus si je suis mâle ou femelle, mais peu importe car il faut absolument que je me reproduise, et vite, avant qu'il ne soit trop tard».

JP acheva de retranscrire dans son carnet le rêve étrange qu'il venait de faire, assis à côté du Morse, alors que le train fonçait à 300 km/h. Il eut tout à coup un flash : Lucia dans un lit d'hôpital, tenant dans ses bras un bébé qui était aussi le sien. Il chassa aussitôt cette image de son esprit et repensa au rêve du poisson. Son interprétation coulait de source, l'impératif naturel de procréer travaillait son subconscient et tentait de remonter à la surface. Il ravivait également une douleur enfouie au fond de lui depuis quatre ans. Les yeux embués de larmes, il ouvrit le livre qui était posé sur la tablette devant lui et s'y plongea.

Le lendemain matin, une ritournelle mélancolique qui trottait dans sa tête réveilla JP. Quatre accords sur une guitare acoustique qui tournaient en boucle, comme lui tournait en rond dans son enquête. La chanson *Dear Prudence*. Telle Prudence Farrow, la sœur de Mia qui refusait obstinément de s'extraire de son chalet à Rishikesh, perturbée par la méditation transcendantale durant ce fameux séjour en Inde avec les Beatles, il voulait rester dans son lit et tout oublier. Beatlemaniac, les femmes, tout. Il se tourna et retourna encore pendant une vingtaine de minutes sous les draps, essayant de jouer la montre. Au final, la raison l'emporta, comme toujours chez lui, et il se leva. JP avait toujours été un bon soldat. Il donna un coup de peigne rapide à son crâne passablement dégarni et s'habilla en vitesse. Après avoir jeté un œil à la pendule, il avala une tasse de café froid, prit son imper, descendit dans la rue et marcha jusqu'à l'avenue du Général Leclerc où il attrapa le bus 38 au vol.

Lorsque JP arriva au siège de la brigade criminelle, il dut faire face à un attroupement de journalistes qui faisaient le guet. Pour la première fois, et suite au quatrième homicide de Beatlemaniac, son nom avait fuité dans la presse. Mal à l'aise, JP refusa de faire le moindre commentaire et s'engouffra dans le bâtiment. Sans surprise, Mantovani l'informa que Dekker les attendait dans son bureau. Le commissaire divisionnaire leur jeta un regard noir quand ils entrèrent. Les dents serrées, il faisait tourner un stylo entre ses doigts noueux.

— Asseyez-vous ! intima-t-il. Bon, je ne vais pas y aller par quatre chemins. C'est quoi ce foutoir ?

Devant l'absence de réponse, Dekker enchaîna.

— J'ai eu le préfet au téléphone tôt ce matin, le ministre est furax de chez furax et il n'est pas le seul. Ce type-là n'aurait pas dû mourir, vous le savez.

Après un tiraillement de moustache et un raclement de gorge, le Morse tenta une explication.

— La PJ de Montpellier a essayé de le joindre…

— Pas de ça, Mantovani ! interrompit Dekker. J'ai lu le rapport, je sais ce qu'il s'est passé. Quand je vous charge d'une enquête, ce n'est pas pour que vous la déléguiez à des branquignols du sud qui travaillent en short et en tongs. C'était à vous de vous assurer que toutes les cibles potentielles identifiées seraient contactées en temps et en heure, puis mises sous protection.

— Il y a eu un concours de circonstances, risqua JP pour tenter de venir en aide à son chef.

— Tiens donc, un « concours de circonstances ». Ne me dites pas que c'est parce que l'assassin a avancé la date de l'homicide. Il est intelligent lui au moins, il s'adapte. Vous feriez bien de vous en inspirer. Je me demande comment vous êtes devenu chef de groupe, Estable. Quant à vous, Mantovani, on va mettre ça sur le compte de l'âge. Heureusement que la retraite approche. Vous avez lu la presse ? Tenez, regardez ! « Si l'enquête sur l'affaire Beatlemaniac semblait patauger depuis le début, avec le crime *Yellow Submarine*, elle a coulé à pic ». Ils se foutent de notre gueule ! Et entre nous, ils ont bien raison. Alors, tâchez de vous ressaisir ! Sinon, ça va valser. C'est moi qui vous le dis.

Mantovani et JP quittèrent le bureau de Dekker comme deux collégiens ayant échappé d'un cheveu à l'expulsion, humiliés, mais soulagés.

Dans l'après-midi, alors qu'il revenait de la machine à café, JP vit Farid courir à sa rencontre, des papiers à la main.

— On a une empreinte sur le dernier iPod !

— Comment ça ? Ils n'avaient rien trouvé à Montpellier.

— Elle est petite, mais exploitable.

— Fichée ?

— Oui ! répondit Farid en lui tendant deux feuilles.

— Bingo !

Les deux hommes gagnèrent le bureau de JP qui dut faire de gros efforts pour ne pas renverser son café en route. Un certain Brian Pésinet avait laissé une légère trace d'index dans un coin du baladeur. Âgé de 24 ans, le suspect avait déjà eu maille à partir avec les services de police pour son implication dans différents trafics. Une condamnation pour recel de malfaiteur figurait dans son casier judiciaire. D'après le fichier central, il habitait à Ivry.

X

« *She loves you, yeah, yeah, yeah...* » La petite radio posée sur le réfrigérateur retransmettait poussivement l'un des premiers hits des Beatles, *She Loves You*, le single le plus vendu des années soixante et celui qui lança véritablement la Beatlemania. Assise à la vieille table en bois de la cuisine, Lucia se demandait si ce qu'elle ressentait pour JP avait quelque chose à voir avec l'amour. Pendant ce temps, Doña Luisa préparait ce café à la cannelle que l'on affectionne dans le Michoacán. Lucia était venue à Acuitzio pour l'interroger dans le cadre de sa thèse sur la migration mexicaine à destination des États-Unis. Luisa Fernandez avait élevé dix enfants, le plus souvent seule, son mari ayant été migrant saisonnier pendant trente-huit ans. Chaque année, de mars à octobre, il s'absentait pour travailler dans l'agriculture en Californie.

En quittant la maison de Doña Luisa, Lucia se dit que si elle devait se marier, elle n'accepterait jamais de vivre loin de son mari. Elle avait rencontré plusieurs épouses de migrants, toutes avaient évoqué le poids de la solitude, la difficulté pour elles et les enfants de gérer émotionnellement les multiples départs et retours du mari et père. Comme par automatisme, elle pensa à JP. « Si l'on vit ensemble un jour, l'un de nous devra suivre l'autre », se dit-elle. « Hors de question de maintenir une relation à distance ! » Enfin, on n'en était pas là. Et pourtant, quelque chose dans sa tête, ou était-ce dans son cœur, lui murmurait que cela relevait du domaine du possible, voire du probable. Elle regrettait de l'avoir traité aussi froidement la semaine précédant son voyage. De loin, elle avait pu lire la tristesse sur son visage lorsqu'il avait agité sa main pour lui lancer un dernier au revoir à l'aéroport.

Pour se changer les idées, Lucia décida d'aller manger une *nieve de pasta*, cette délicieuse glace régionale à base d'amandes, de miel et de cannelle. Pour dix pesos, elle acheta une boule à un vieux monsieur au chapeau de paille sur la place principale du village, l'une des plus belles du Michoacán. Là même où, le 5 décembre 1865, des centaines de militaires belges et français du corps expéditionnaire de Napoléon III avaient été échangés contre des prisonniers mexicains après six mois de captivité à Huetamo. La légende locale disait que nombre de ces soldats européens étaient revenus s'installer dans la région après avoir quitté l'armée impériale. Lucia, dont le père était natif du village, se plaisait à imaginer qu'elle portait les gènes de l'un d'entre eux.

JP dut attendre que Mantovani revienne d'une longue séance de dégazage pour lui annoncer la nouvelle concernant l'identification d'un suspect. Le Morse rassembla sur-le-champ les officiers de deux de ses groupes qui étaient présents dans les locaux. Dekker étant en réunion au Ministère de l'Intérieur, son adjoint, le commissaire Mollard, demanda l'assistance d'un groupe supplémentaire et prit le commandement des opérations.

Partis avec cinq voitures, les policiers prirent position aux alentours de la petite cité HLM où Brian Pésinet était censé loger. Mantovani, JP, Versini, Michelle et Farid pénétrèrent dans le bâtiment B. L'ascenseur ne fonctionnant pas, ils durent monter les quatre étages à pied, lentement, pour ménager le Morse. Si quelque chose éveillait chez JP une nostalgie irrépressible de la forêt de Bélesta, commune de l'Ariège où il était né, c'était bien les ascenseurs en panne et les cages d'escalier couvertes de graffitis des cités de banlieue. Il appréciait alors à sa juste valeur la chance qui avait été la sienne de grandir à la campagne.

Arrivés devant le numéro 40, peint à la main sur la porte, ils sonnèrent.

— Qu'est-ce que c'est ? demanda une voix de femme fatiguée.

— Police ! répondit Mantovani. Nous souhaiterions poser quelques questions à Brian Pésinet, s'il vous plaît.

— Brian ! cria la femme, un peu affolée. Viens vite !

Une discussion en sourdine s'engagea derrière la porte. La mère demandait au fils ce qu'il avait encore fait et ce dernier protestait en disant qu'il ne savait pas ce qu'on lui voulait.

— Police ! Ouvrez ! insista Mantovani.

On finit par tourner le verrou et la porte s'entrouvrit, laissant apparaître un jeune homme maigre au visage émacié. Derrière lui, une petite dame brune aux cheveux courts et au regard inquiet se tordait le cou pour apercevoir les policiers.

— Brian Pésinet ?

— Oui.

— Commissaire Mantovani, brigade criminelle, fit le Morse en montrant sa carte.

— Brigade criminelle ? répéta Pésinet.

— Veuillez nous suivre, nous avons quelques questions à vous poser.

Le jeune ouvrit la porte en grand. L'air renfrogné d'un enfant boudeur barrait son visage.

— Je peux prendre une veste ?

— Allez-y ! fit Mantovani, mais le capitaine Versini va vous accompagner.

Brian ressortit vêtu d'un blouson orange fluo, puis suivit Joseph et Mantovani sans opposer aucune résistance. JP, Michelle et Farid pénétrèrent dans l'appartement qui sentait l'humidité. La mère, qui avait pâli en entendant « brigade criminelle », les fit passer au salon.

— Qu'est-ce qu'il a encore fait, mon fils ?

— Nous ne savons pas exactement, madame. L'enquête le déterminera, répondit JP. Pouvez-vous nous indiquer la chambre de Brian, s'il vous plaît ?

— Au bout du couloir.

Mabel et Farid sortirent leurs gants en latex et les trois policiers se dirigèrent vers la pièce. Elle était à l'image de l'appartement, compacte et spartiate. Un lit individuel, un placard avec une porte en accordéon, un petit bureau et un tabouret. Des posters de basketteurs, de rappeurs américains et de voitures de sport couvraient les murs. À première vue, aucune référence aux Beatles, JP semblait déçu. Farid était en train de fouiller le placard quand il appela.

— JP, viens voir !

Il en sortit une boîte en carton où étaient entreposés une vingtaine d'iPod de différentes couleurs dans leur emballage d'origine.

— C'est sans doute lui qui a fourni Beatlemaniac en baladeurs, commenta JP. On vérifiera les numéros de série.

Michelle mit également la main sur quelques sachets de haschich, ce qui collait avec le profil de petit dealer de Pésinet. Une fois la perquisition terminée, JP et ses collègues rentrèrent à la brigade criminelle pour l'interrogatoire du suspect placé en garde à vue.

— Je vous explique comment ça va se passer, poursuivit Versini après avoir lu ses droits à Brian Pésinet en présence de son avocat. Nous allons vous interroger dans le cadre d'une affaire d'homicides en série. La suite des événements dépendra en grande partie de vos réponses.

— Je ne sais pas de quoi vous parlez, rétorqua Brian, bras croisés et l'air défiant.

— Cet objet vous rappellera peut-être quelque chose.

Versini posa un sac en plastique transparent contenant un baladeur blanc sur la table devant Pésinet.

— C'est un iPod. Et alors ?

— Et alors ? Et bien, on l'a retrouvé sur le corps d'un homme assassiné. Et ce qui est gênant pour vous, c'est qu'il y a votre empreinte sur l'appareil.

— Ça ne prouve rien.

— Si, ça prouve qu'il est passé dans vos mains avant d'atterrir sur le cadavre. En plus de ça, on a trois autres victimes sur lesquelles on a trouvé un iPod identique à celui-ci.

— Ça ne veut pas dire que c'est moi qui les ai tuées.

— Non, mais ça fait de vous un sacré suspect, Pésinet. Vous en êtes conscient ?

— Moi je vends des iPod à des tas de gens, ce qu'ils en font après, c'est pas mon problème.

— Votre problème, c'est qu'on ne sait pas quel rôle vous avez joué dans tout ça.

— Je vous l'ai dit, je vends des iPod.

— Qui viennent d'où ?

— Je sais pas. Je les achète et je les revends. C'est du business, c'est tout.

— Je vais vous dire d'où ils viennent, moi. Du braquage de l'Apple store Opéra, le 31 décembre dernier. On a vérifié les numéros de série.

— Je ne pose pas de questions à mes fournisseurs ni à mes clients d'ailleurs.

— Vous avez tort, ça vous éviterait des ennuis. Mais parlons-en justement de vos clients. Est-ce que vous vous souvenez avoir vendu au moins quatre baladeurs blancs à une seule personne ?

— C'est possible, mais je me rappelle pas.

— Faites un effort, Pésinet. C'était probablement en mars dernier ou début avril. Peut-être avant.

— Ça ne me dit rien.

— Vous êtes un peu jeune pour souffrir d'Alzheimer. C'est dommage en tout cas. Ça ne va pas vous aider quand vous serez devant le juge. Je vous laisse y réfléchir quelques minutes avec votre avocat. Ces photos des victimes pourraient faciliter votre décision.

Après avoir soigneusement étalé sur la table un cliché de chacun des quatre cadavres semés sur sa route par Beatlemaniac, Versini quitta la pièce. Il rejoignit JP et Mantovani dans le bureau d'à côté pour faire le point, sous l'œil attentif de Rita qu'il rêvait d'épater. Il était confiant, le délinquant passerait bientôt à table. Il ne fallait pas s'attendre à des révélations fracassantes, mais on pourrait sans doute dresser un portrait-robot du tueur, peut-être même obtenir un indice.

L'instinct de Jojo ne l'avait pas trompé. En pénétrant dans la salle d'interrogatoire, il remarqua que la posture du jeune homme avait changé. Il était avachi sur sa chaise, les avant-bras posés sur la table, comme soulagé. Assis à ses côtés, l'avocat aussi semblait plus décontracté. Versini l'encouragea en expliquant que le juge tiendrait compte de sa volonté de coopérer. Brian raconta que vers la fin du mois de mars, il avait été abordé au pied de la cité où il habitait par un homme qui voulait une dizaine d'iPod blancs. Dans un premier temps, il s'était méfié et avait craint un piège de la police. L'acheteur n'était pas du coin et n'avait pas le physique de l'emploi. Il était plus âgé que la clientèle habituelle — dans les 50 ans selon Brian — et surtout, son look de *nerd* et sa façon de parler, précise et posée, donnaient l'impression qu'il appartenait à un autre monde. L'homme n'ayant pas chipoté sur le prix, Brian s'était finalement laissé tenter par l'affaire. En quinze minutes, le temps de faire l'aller-retour entre l'appartement de sa mère et le coin de la rue, la transaction fut bouclée.

Brian se prêta à l'exercice du portrait-robot sans trop rechigner. Il n'était plus très sûr de la couleur des yeux, ni de la forme du nez et de la moustache, mais quand JP vit le résultat il eut un choc. L'individu ressemblait comme deux gouttes d'eau à l'homme décrit par Peter Stanley. On pouvait enfin mettre un visage sur Beatlemaniac. Il fut décidé dans la foulée de faire publier le premier portrait-robot, le plus précis des deux, par les médias. Pour la première fois, l'enquête semblait rebondir, et même Dekker s'en était ouvertement réjoui.

Assis en tailleur, bien droit sur son coussin au milieu du salon, JP venait de lire un texte visant à établir la motivation avant la méditation, tout en pensant à Beatlemaniac. Qui était-il ? Quelle horrible souffrance pouvait bien l'accabler pour qu'il agisse de la sorte ? Parviendrait-il à s'en libérer un jour ? Alors que JP tentait d'ancrer son esprit au rythme de sa respiration pour l'empêcher de divaguer, il était assailli par les préoccupations concernant cette affaire. La ritournelle de *Dear Prudence* refaisait surface périodiquement et il se demandait s'il n'était pas en train de perdre la tête. La mort du plongeur de l'Ifremer avait fait monter la pression de la hiérarchie et des médias d'un cran. Pour la première fois, il avait vu son nom cité dans un journal, et ce n'était pas en bien. Les alibis de Lamy et Stanley avaient été vérifiés et rien ne permettait de les lier aux quatre homicides commis. La diffusion du portrait-robot de Beatlemaniac avait bien entraîné une dizaine de signalements auprès de la police dans toute la France, mais aucun n'avait encore débouché sur une piste sérieuse. Ne parvenant pas à dompter l'enchaînement des pensées discursives, JP mit fin prématurément à sa séance de méditation pour se coucher.

« Chère Véra,

Cela fait maintenant deux semaines que nous nous sommes vus pour la dernière fois. Je me demande si tu as réfléchi à ma proposition et surtout ce que tu en penses. Nous vivons tous les deux seuls, chacun de notre côté, et je me dis que quelque part c'est un gâchis. Je suis un homme simple et je n'ai pas grand-chose à t'offrir ici dans mon coin de campagne, mais je suis sûr que je saurais prendre soin de toi si tu te décidais. Je ne devrais pas, mais je nous imagine ensemble à la retraite, toi tricotant devant la cheminée, moi bricolant par-ci, par-là ou faisant le jardin. Et puis qui sait, peut-être même avec des petits-enfants dans les pattes...

Prends ton temps pour faire ton choix (mais pas trop, je ne suis plus tout jeune...) et donne-moi une réponse quand tu seras prête.

Sincèrement,

David »

Il retourna la lettre qu'il venait d'écrire plusieurs fois entre ses mains. Il n'était pas complètement satisfait du résultat, mais après une dizaine de brouillons partis à la poubelle, il lui semblait qu'il pourrait difficilement faire mieux. Et puis, l'essentiel était dit. C'était le moment de jeter les dés et « advienne que pourra ». Il était en train de glisser la feuille pliée en deux dans l'enveloppe quand il entendit le bruit d'une voiture dans la cour. Qui cela pouvait-il être à 9 heures du matin ?

David laissa la lettre sur la table de la cuisine, juste à côté de son bol de café au lait déjà froid, et sortit à la rencontre du visiteur. C'était une vieille Coccinelle blanche et le conducteur était debout près du véhicule, la portière ouverte.

— Bonjour ! Vous vendez des légumes, n'est-ce pas ? demanda l'homme qui portait un long imper gris.

— Oui. Qu'est-ce qu'il vous faut ?

— Tomates, pommes de terre... laitue.

— J'ai tout ça, suivez-moi dans la remise.

David se dirigea vers le petit bâtiment d'en face et l'acheteur lui emboîta le pas, légèrement en retrait. Le gravier crissait sous leurs pieds.

— Vous êtes de la région ? demanda l'agriculteur en jetant un coup d'œil en arrière.

— Non, je viens d'Île-de-France, mais comme je passais dans les parages et que j'ai vu votre panneau, je me suis dit que c'était bête de ne pas en profiter. En région parisienne, on ne sait pas ce qu'on mange.

— Ah ça, c'est sûr !

Ils entrèrent dans le petit local où étaient entreposés les fruits et légumes sur des étagères. L'homme les examina avec soin avant de faire son choix. Après qu'il eut réglé une cagette de tomates, un sac de pommes de terre, une scarole et une barquette de fraises à laquelle il n'avait pu résister, David l'aida à porter sa marchandise jusqu'à la voiture. Le visiteur ferma le coffre puis demanda :

— Dites-moi, ça vous dérangerait de me montrer comment vous cultivez les fraises ? J'ai toujours été curieux de voir ça.

— Pas de problème, c'est juste là, répondit l'agriculteur en désignant l'une des deux serres installées dans le prolongement de la cour, en direction du village.

Il ouvrit la porte et laissa passer son visiteur. L'air y était chaud et humide. Au milieu des fraisiers parfaitement alignés, David commença à expliquer dans le détail les différentes étapes de la culture, pas mécontent de rencontrer quelqu'un qui s'intéressait à son métier. Il était en pleine phase de cueillette, après quoi il procéderait à l'arrachage avant de replanter fin juin, début juillet pour lancer un nouveau cycle. Ayant obtenu réponse à toutes ses questions, l'individu regarda sa montre.

— Merci beaucoup pour toutes ces précisions. Je ne voudrais pas vous retenir davantage, j'imagine que vous êtes bien occupé avec toute cette production.

— Ah ça, le travail ne manque jamais ici.

Ils se dirigeaient vers la sortie en file indienne sur la petite allée qui divisait la serre en deux quand une dernière question sembla faire surface.

— Monsieur ?

Alors qu'il était en train de se retourner, David eut à peine le temps de voir la lame du *katana* qui lui trancha la tête. Celle-ci roula sur deux mètres avant de s'immobiliser sur son profil droit, le regard perdu au milieu des plants de fraise. Beatlemaniac déposa délicatement l'arme par terre, puis enfila une paire de gants en latex qu'il gardait dans sa poche gauche. Il sortit également une poignée de serviettes en papier et essuya consciencieusement le sang de la lame de son sabre avant de le rengainer sous son imper. Il contourna le corps décapité qui continuait à irriguer le sol d'un sang rouge vif en prenant soin de ne pas tacher ses chaussures, puis s'approcha de la tête de David. Après avoir extrait un iPod blanc de sa poche gauche, il s'accroupit et positionna les écouteurs sur les deux oreilles. Il la plaça bien droite sur son cou, entre deux plants, et posa le baladeur dix centimètres devant le visage. Il se releva, recula d'un pas et admira quelques instants la parfaite symétrie de son œuvre. Beatlemaniac quitta la serre sans refermer la porte, monta tranquillement dans sa voiture et reprit la route de Paris.

En début d'après-midi, JP, le Morse, Farid et Rita arrivèrent sur le lieu du crime, accompagnés du maréchal des logis Pfeffer, de la gendarmerie de Blois. C'était une petite exploitation agricole isolée, sur la commune de Billy, à trois kilomètres du village. On y accédait par un chemin en terre depuis la départementale D59 entre Billy et Gy-en-Sologne. Un panneau au bord de la route indiquait qu'on y vendait des fruits et légumes. Après son escapade dans l'Hérault, Beatlemaniac était venu sévir dans un coin perdu du Val de Loire. Ça commençait à ressembler bigrement au Tour de France et JP se demandait déjà quelle serait l'étape suivante.

Pfeffer fit visiter la serre où l'on avait retrouvé le cadavre en deux morceaux. Une grande tache brune au milieu des plants de fraise indiquait l'endroit où la terre s'était gorgée du sang de David Doran. Les gendarmes avaient moulé une empreinte de chaussure, de taille 42, mais c'était le seul indice trouvé jusque-là dans la ferme et il était plutôt mince. On pouvait penser que le tueur était arrivé en voiture, mais aucune trace de pneu n'avait pu être repérée, ni sur le chemin dont la terre était sèche ni dans la cour couverte de gravier. L'information la plus intéressante avait été fournie par un agriculteur des environs qui avait croisé une Coccinelle blanche sur la D59 à l'heure approximative du crime. Il avait remarqué que la plaque d'immatriculation arrière était jaune et elle lui avait paru étrangère, peut-être hollandaise. La description du véhicule avait été transmise à tous les services de police et de gendarmerie de France, sans résultat.

Pendant le trajet qui les ramenait vers Paris, les quatre policiers étaient silencieux. Tous semblaient ruminer quelque chose, même Rita qui pour une fois avait éteint sa tablette, laissant traîner son regard bleu sur les paysages qui défilaient. Elle avait répondu à un appel de Jojo qui venait aux nouvelles, tout en essayant d'écourter la conversation. JP s'était demandé pourquoi Versini ne lui avait pas téléphoné directement, avant de se dire, contrarié, qu'il y avait anguille sous roche. Farid, lui, restait concentré sur la conduite, alors que le Morse grimaçait légèrement sous sa moustache.

Comme pour les homicides liés à *Taxman* et *Yellow Submarine*, la victime avait été choisie en raison de son occupation professionnelle. Les fraises qu'il cultivait avec amour avaient valu au pauvre homme d'être décapité, puisqu'il s'agissait cette fois de coller avec la chanson *Strawberry Fields Forever*, enregistrée sur le baladeur. Beatlemaniac semblait donc en avoir fini avec l'album *Revolver*, vraisemblablement pour brouiller les pistes et rendre le travail de la police plus difficile. Même si cette affaire commençait à le perturber sérieusement, JP devait reconnaître à Beatlemaniac un certain talent dans le choix des morceaux qui mettaient ses crimes en musique. L'assassin avait cette fois sélectionné un titre mythique, une combinaison rare de succès populaire et de sophistication expérimentale. Cette composition particulièrement originale réussissait l'exploit d'être aujourd'hui encore l'une des plus connues du groupe — un hit que presque tout le monde pouvait fredonner — tout en constituant une avancée musicale. *Strawberry Fields Forever* était probablement la chanson pop ultime. Engagé dans une compétition avec les Beatles par albums interposés, Brian Wilson, leader des Beach Boys, rendit définitivement les armes après l'avoir écoutée pour la première fois sur son autoradio.

Strawberry Fields Forever sortit sur le même quarante-cinq tours que *Penny Lane*, formant le double single le plus sensationnel de l'histoire de la musique pop qui, paradoxalement, n'atteignit pas la première place du hit-parade britannique, devancé par une ballade sirupeuse de l'obscur Engelbert Humperdinck. Ces deux morceaux, consacrés au Liverpool de leur enfance, illustraient une nouvelle fois l'extraordinaire complémentarité du duo Lennon-McCartney : la mélancolie plaintive et poignante de John, combinée à la brillante euphorie de Paul. George Martin ne s'est jamais pardonné de les avoir retirés de l'album *Sgt. Pepper* sur lequel ils étaient destinés à figurer.

Pour JP, *Strawberry Fields Forever* était la chanson qu'il préférait entre toutes, depuis toujours. À l'adolescence, enfermé dans sa chambre, il écoutait religieusement ce collage musical aussi ingénieux que génial. Dès la première seconde, il était envoûté par la magnifique intro cotonneuse de Paul au mellotron qui donnait le ton, puis se laissait porter par la première minute planante et presque insouciante de la chanson. Suivaient les riches arrangements de la deuxième partie, qualifiés de «pseudo et surréalistiquement classiques» par le musicologue Alan W. Pollack. Quatre trompettes et trois violoncelles qui lui conféraient une teinte plus sombre. Le jeune JP guettait le final instrumental en retenant son souffle, les violoncelles répondant à un riff de guitare, puis le solo de *swarmandal* de George tout en intensité contenue. Il était alors immanquablement déçu que la magie s'achevât déjà. Finalement venaient quelques secondes cacophoniques et le célèbre «*cranberry sauce*» prononcé par Lennon, qu'un autre maniaque des Beatles, plus inoffensif celui-là, avait pris pour une preuve du décès de McCartney en comprenant «*I buried Paul*», «J'ai enterré Paul».

Quarante-six ans après son enregistrement, JP était toujours surpris et interpellé chaque fois qu'il réécoutait ce morceau qui faisait désormais partie intégrante de l'homme qu'il était. Si la magie opérait aussi bien, c'était sans doute également parce qu'il s'identifiait personnellement à son contenu. Les doutes, l'indécision et le manque d'assurance exprimés par les paroles de John étaient un peu les siens.

Ils traversaient Le Kremlin-Bicêtre et approchaient du périphérique quand Mantovani reçut un appel. Dekker voulait un premier compte rendu du déplacement dans le Loir-et-Cher, sa voix excédée parvenant jusqu'aux oreilles des autres passagers. Le Morse encaissait les coups tout en tâtant son ventre de la main gauche. Il raccrocha enfin.

— Avec ce cinquième mort sur les bras, le patron est dans un état, je ne vous fais pas un dessin. Il sent que sa promotion est en train de lui filer sous le nez alors il se défoule sur moi. Il dit qu'au prochain homicide, ça va valser.

— Tranquillisez-vous, vous en avez vu d'autres, répondit JP. Et puis vous, vous partez fin juin, quoi qu'il arrive.

— « Tranquillisez-vous ! », qu'il dit. Tu es marrant toi, je n'ai pas envie de partir comme un salaud. Je tiens à ma réputation, moi ! À mon honneur !

Il avait prononcé ces derniers mots en agitant la main droite, index levé, et en posant sa main gauche sur la poitrine. Le Morse pouvait être horriblement grandiloquent parfois, cela faisait partie de son charme suranné. Le téléphone portable de JP sonna à son tour.

— Allô !

— JP ? C'est Michelle. Lamy est là.

— Lamy ? Qu'est-ce qu'il veut ?

— Il dit qu'il a retrouvé un vieux listing des adhérents du fan-club et souhaite te le remettre en personne.

— Génial ! Fais-le patienter dans mon bureau, s'il te plaît. On débarque dans une quinzaine de minutes.

— OK, ça marche. Bye.

— À tout de suite.

JP se tourna vers ses collègues.

— On a du nouveau, Lamy vient d'apporter un listing d'adhérents de son fan-club.

— Ne t'excite pas trop vite ! bougonna le Morse dont le visage crispé indiquait qu'il était déjà passablement ballonné. Ton listing risque de faire pschitt.

Pendant qu'au volant Farid se faufilait dans le trafic parisien, JP se dit que c'était peut-être là un tournant de l'enquête. Il était impatient de découvrir la liste et de lancer une recherche sur chaque nom qui y figurait. En position de copilote, il mit l'album *Magical Mystery Tour* dans l'autoradio, puis sélectionna *Hello Goodbye*. L'énergie euphorique qui se dégageait de cette chanson presque enfantine sur le thème de la dualité collait parfaitement avec l'excitation qu'il ressentait. Depuis que la série de crimes avait débuté, JP n'écoutait pratiquement plus que les Beatles. Il souhaitait s'imprégner au maximum de leur univers en espérant secrètement qu'il lui fournirait la clé de cette affaire. Le titre suivant, *Strawberry Fields Forever*, calma quelque peu son ardeur. Un autre homme venait de perdre la vie à cause de leur incapacité à mettre la main sur Beatlemaniac. Sa mélancolie aussi l'incitait à plus de prudence. Le Morse avait raison, il fallait garder la tête froide.

Pendant que Farid garait la voiture et Mantovani faisait un arrêt aux toilettes du rez-de-chaussée, JP et Rita montèrent dans les étages. En arrivant à la Criminelle, ils croisèrent Michelle.

— Il t'attend dans ton bureau.

— OK. Merci !

Rita en profita pour s'éclipser avec Michelle pour qui elle commençait à éprouver une réelle sympathie. JP s'approcha lentement avec l'idée d'épier son visiteur à travers la vitre du couloir. Il pouvait voir le dos large et avachi de Lamy qui était assis face au bureau. Il s'arrêta et prit le temps de l'observer. Il avait l'air calme, absorbé par son smartphone. JP avait vu s'opérer cette transition vers le tout digital au cours de sa carrière. Il regrettait l'époque où suspects et témoins étaient livrés à eux-mêmes pendant qu'on les faisait poireauter, sans la possibilité de se donner facilement une contenance en consultant leur téléphone portable. JP finit par entrer.

— Bonjour, dit-il en accrochant son imper.

— Ah.... Bonjour inspecteur, répondit le gros homme en se levant péniblement.

— Commandant ! rectifia JP. Restez assis, je vous en prie.

JP prit place derrière son bureau tout en dévisageant Lamy. Il y avait chez cet homme quelque chose qui l'indisposait au plus haut point. Sans doute était-ce cette suffisance bourgeoise qu'il avait toujours détestée parce qu'elle le renvoyait à ses propres complexes de classe. Lamy avait l'air très content de lui et JP sentit que son attitude risquait de rapidement l'exaspérer, mais il s'efforça de garder un ton neutre.

— Qu'est-ce qui nous vaut votre visite, monsieur Lamy ?

Un grand sourire illuminait son visage.

— Figurez-vous qu'en faisant du rangement, j'ai retrouvé un vieux listing des adhérents du fan-club.

— À la bonne heure !

Le visiteur sortit une disquette de 5,25 pouces de la serviette en cuir qui était posée sur ses genoux et la tendit à JP. Une petite étiquette jaunie indiquait « Liste des adhérents — 1984 ».

— Je n'ai pas pu vérifier son contenu, ajouta Lamy, je n'ai plus d'ordinateur capable de lire cette pièce de musée. J'imagine que vos services techniques pourront le faire sans difficulté.

— Pas de problème. Je vous remercie, on va décrypter ça.

— J'espère que cela donnera un coup de pouce à votre enquête qui, si j'en crois les journaux, en a bien besoin.

JP préféra ne pas répondre. Lamy hésita un instant avant de poursuivre.

— J'espère aussi que maintenant vous n'estimerez plus nécessaire de me faire suivre.

JP se contenta d'esquisser un sourire.

— Merci encore de votre aide, monsieur Lamy. Nous vous contacterons au besoin. Si vous trouvez autre chose, n'hésitez pas.

— Très bien. Je reste à votre disposition, commandant.

— Je ne vous raccompagne pas ?

— Non merci. Je connais le chemin.

JP observa la vieille disquette avec attention pendant quelques secondes. Allait-elle parler et permettre à la police de mettre enfin la main sur Beatlemaniac ? Cela faisait longtemps qu'il n'en avait pas vu de semblable. Ce morceau de plastique, devenu obsolète, le renvoyait à la fin des années quatre-vingt, à sa découverte de l'informatique au lycée Gabriel Fauré à Foix. La salle contenait une quinzaine d'ordinateurs personnels IBM en réseau, de grosses machines fonctionnant sous DOS. Un jour de travaux pratiques en classe de seconde, JP s'était trouvé en binôme avec une fille qui lui plaisait, mais qu'il n'avait jamais osé aborder. Elle portait un nom vieillot, Lorette, Lorette Martin, et des cheveux bruns coupés court qui lui donnaient un air quelque peu androgyne. Ce qui faisait craquer JP c'était l'infinie douceur qui se dégageait de son visage d'ange aux yeux bleus. Ce jour-là, à la nervosité habituelle qu'il ressentait alors face à un ordinateur s'ajoutait celle provoquée par sa charmante voisine. Il la laissa prendre le contrôle du TP et, à son grand soulagement, elle sut quoi faire. En plein milieu de la séance, un message apparut de manière impromptue sur l'écran en lettres vertes minuscules : « Drague pas JP ! » Lorette étouffa un petit rire, JP resta atone et rougit. Il lui suffit de se retourner pour identifier les coupables de cette blague de potache qui pouffaient derrière leur ordinateur. C'était Gilles et Éric, forcément, les deux potes avec qui il traînait dans la cour à l'heure de la récré. Le réseau permettait d'envoyer de courts messages d'une console à l'autre. Cette plaisanterie relativement innocente aurait pu être l'opportunité de détendre l'atmosphère et de briser la glace avec Lorette. Avec le recul, JP en était pleinement conscient, mais à l'époque, prisonnier qu'il était de son mal-être adolescent, il l'avait vécu comme un coup de poignard et en avait beaucoup voulu à ses copains. Après ça, il n'avait plus osé échanger un seul mot avec elle. À la fin de l'année scolaire, la famille de Lorette était retournée dans sa région d'origine et il n'avait plus jamais eu l'occasion de la revoir. Qu'était-elle devenue ? Sans doute était-elle mariée et avait des enfants. Vingt-cinq années s'étaient écoulées en un clin d'œil, le tiers d'une vie, songea-t-il. Une phrase du roman d'Italo Calvino *Les villes invisibles* lui revint à l'esprit : « Les futurs non réalisés sont seulement des branches du passé : des branches mortes. » Bientôt, il serait vieux et n'aurait plus qu'à ruminer les souvenirs des occasions perdues. À moins que. Pendant qu'il emportait la disquette pour analyse à la section de l'informatique et des traces technologiques, JP repensa à Lucia et se demanda si son histoire avec elle allait s'ajouter à la longue liste des opportunités manquées ou, au contraire, marquer un tournant dans sa vie. Elle venait de lui écrire une nouvelle fois en disant qu'elle était impatiente de le revoir. Il restait deux semaines avant son retour.

XI

« Chaque journée passe tellement vite », se dit JP en s'installant à la place qu'il avait réservée sur le vol Paris-Toulouse, épuisé après une semaine mouvementée. Il avait pensé annuler le week-end prévu de longue date à Bélesta au prétexte d'une surcharge de travail, mais Mantovani l'en avait finalement dissuadé. « Tu as besoin de te changer les idées et de prendre du recul par rapport à cette affaire Beatlemaniac », lui avait intimé le chef. JP savait bien qu'au fond le Morse avait raison. Sa réticence à faire ce voyage était plus personnelle que professionnelle. Depuis plusieurs années déjà, il lui semblait que ses séjours chez son père le plongeaient dans une léthargie qui paraissait l'antichambre de la dépression. Il en ignorait la cause exacte, mais sentait confusément que c'était lié à son enfance et à son adolescence. Ces retours au village le ramenaient plus de vingt ans en arrière, sans doute vers des blessures qui n'avaient pas complètement cicatrisé. Pourtant, durant ses études et ses premières années en région parisienne il profitait de chaque opportunité pour rentrer se ressourcer à Bélesta. Il aimait retrouver les copains restés au pays pour des repas bien arrosés et des randonnées dans la forêt ou sur les cimes. Alors que l'avion se dirigeait lentement vers la piste pour le décollage, JP se rappela l'habitude qu'il avait à l'époque d'écouter *Get Back* avant chaque séjour, comme pour se mettre dans l'ambiance. Il positionna ses écouteurs et chercha la chanson sur le baladeur qu'il venait d'acheter. Il avait téléchargé toute la discographie des Beatles pour l'avoir toujours à portée de main dans le cadre de l'enquête. JP adorait l'efficacité brute de ce blues rock avec ses deux solos de guitare, joués exceptionnellement par Lennon, et le piano électrique virevoltant de Billy Preston, invité par Harrison pour faire baisser la tension au sein du groupe. Initialement, McCartney voulut écrire une satire des discours anti-immigrants qui faisaient florès à l'époque déjà, ce qui inspira le titre, puis abandonna l'idée de peur d'être mal compris. Lennon pensait que la chanson visait secrètement Yoko Ono, car, selon lui, McCartney tournait son regard vers elle dans le studio d'enregistrement chaque fois qu'il chantait « *Get back to where you once belonged »*, « Retourne d'où tu viens », ce que l'intéressé a toujours démenti. Dix-septième numéro un des Beatles aux États-Unis, le single battit au passage le record d'Elvis Presley qui, pas rancunier, compte parmi les nombreux artistes à l'avoir repris. *Get Back* fut aussi la dernière chanson interprétée lors du fameux et ultime concert des Beatles sur le toit d'Apple, en janvier 1969, juste avant que la police ne l'interrompe. À la fin de l'écoute, et alors que le pilote mettait les gaz pour décoller, JP se résolut à profiter au maximum de son séjour à Bélesta.

JP partageait avec John Lennon et Paul McCartney la douleur d'avoir perdu sa mère à l'adolescence. Elle était morte bêtement, si tant est que l'on puisse mourir autrement, victime d'un accident de la circulation. C'était le premier juin 1987, un jour presque ordinaire. Très tête en l'air, Maria n'avait apparemment pas remarqué le passage au rouge d'un feu tricolore alors qu'elle se rendait à l'usine agroalimentaire qui l'employait comme ouvrière, à la périphérie de Foix. Encore tout jeune, JP avait ainsi appris que la vie ne tenait qu'à un fil, un fil ténu susceptible de se rompre à la moindre distraction. Chaque fois qu'il lui était donné de voir un cadavre dans le cadre de ses fonctions de policier, ce qui se produisait relativement souvent, il ne pouvait s'empêcher de penser à celui de sa mère, affalé sur le volant de sa Renault 5. Certes, il ne l'avait jamais vu de ses propres yeux, mais sa vision fantasmée avait hanté ses nuits pendant longtemps. Quelques minutes avant la tragédie, elle avait dit au revoir à son fils d'un petit geste de la main en lui souriant alors qu'elle démarrait dans la cour de la maison. Lui l'avait regardée depuis la fenêtre de sa chambre, encore tout endormi dans son pyjama vert. Il n'avait pas répondu au geste de Maria, par paresse ou par économie, et il s'en était toujours voulu par la suite.

JP étant fils unique, la disparition de sa mère l'avait laissé seul avec son père, Victor. Paradoxalement, ce décès ne les avait pas rapprochés, mais semblait au contraire les avoir éloignés irrémédiablement. Maria faisait figure de trait d'union entre eux, et sa mort avait creusé un immense fossé de part et d'autre duquel chacun avait dû faire face à son chagrin comme il avait pu, livré à lui-même. Après le choc et l'incrédulité s'était installé le vide. Puis, la vie qui continue, tout en sachant que rien ne sera plus jamais comme avant.

Ce vendredi 24 mai 2013, Victor était venu chercher JP à la gare de Foix, au TER de Toulouse, comme à chaque retour au pays. Ils avaient échangé une rapide poignée de main et, comme d'habitude, ils parlèrent peu pendant le trajet.

— Comment va le travail à Paris ?

— Ça va, je ne me plains pas. Quoi de neuf au village ?

— Pas grand-chose. Tu sais, ici il ne se passe jamais rien. Enfin si, on cause beaucoup de l'affaire Beatlemaniac. Les gens savent que tu es chargé de l'enquête.

— Nous sommes nombreux à bosser dessus, rectifia JP.

— Ça avance ?

— Doucement.

Sentant que son fils n'était pas vraiment d'humeur — d'ailleurs JP ne s'attardait jamais sur son travail — Victor se résigna au silence au moment où ils entamaient la longue et sinueuse route vers Bélesta. Ces courbes montant en lacets vers ce qu'il appelait encore « chez lui » après plus de vingt ans d'éloignement, JP les connaissait par cœur. Jeune, il les avait gravies un nombre incalculable de fois à vélo. Elles le conduisaient vers son village, mais surtout le ramenaient à ses origines, à ce qui avait fait de lui ce qu'il était aujourd'hui.

Le père gara la voiture dans la cour, à l'emplacement exact où JP avait vu sa mère lui dire au revoir pour la dernière fois. Ils entrèrent dans la vieille maison en pierre qui appartenait à la famille paternelle depuis plusieurs générations, puis passèrent à la cuisine qui avait toujours été le centre névralgique de la demeure.

— Tu veux manger un morceau ? demanda Victor. J'ai du bon saucisson et un reste de cassoulet.

— Oui, pourquoi pas ?

À la fin du repas durant lequel peu de mots furent échangés, le père proposa un alcool de prune. « Tu trouveras pas ça à Paris. » Il servit deux petits verres avant qu'ils n'aillent se coucher.

Le lendemain, JP passa l'essentiel de la journée à faire le tri dans ses vieilles affaires. Le soir, Victor et lui dînèrent dans la salle à manger en regardant les informations. Aucun des deux n'étant davantage d'humeur à causer, la télévision évitait que ne s'installe un silence pesant. À la fin du repas, le père débarrassa la table et ressortit l'alcool de prune.

— Je vais mettre les variétés sur la deux, ça ne te dérange pas ?

— Non, pas du tout, répondit JP, assis dans le fauteuil réservé aux invités.

En réalité, cette perspective ne l'enchantait guère, mais pour une fois qu'il était à la maison, il ne voulait pas jouer les rabat-joie. Pourtant, il sentait bien qu'il ne supporterait pas ce spectacle très longtemps. L'une des tares contemporaines qu'il détestait le plus était cette omniprésente médiocrité culturelle, ce crétinisme triomphant, avatar de la société de consommation dispersé aux quatre vents par la mondialisation. Que l'on rétribue aussi grassement ces présentateurs vulgaires, les bimbos décérébrées de la téléréalité, les rappeurs bling-bling et autres footeux analphabètes, sans oublier les grands patrons mégalos, qu'on en fasse les nouvelles icônes lui paraissait une insulte à l'intelligence humaine. La perte de prépondérance de la culture dans l'identité européenne au profit du marché tout puissant, cette modernité revêtue des habits clinquants du kitsch et des idées reçues, tout cela le déprimait. Ce qui le désespérait plus encore était le manque apparent de solutions. La formule de la sorcière Thatcher sur l'absence d'alternative s'était transformée en malédiction et personne ne semblait en mesure de briser le sortilège. Quel que fût le résultat des élections, on était sûrs de rester assujettis à la dictature de la finance et des marchés, au gouvernement de l'oligarchie.

Assommé par une nouvelle chanson lénifiante, JP se dit que l'affaire Beatlemaniac n'était peut-être qu'une illustration supplémentaire de cette société malade et décadente, mais il était trop fatigué pour pousser la réflexion plus loin.

— Je m'endors. Je crois que je ferais mieux d'aller me coucher.

— Bonne nuit ! répondit Victor, satisfait que son fils ait daigné passer un bout de soirée avec lui.

JP regagna sa chambre qui n'avait pratiquement pas changé depuis ses années d'étudiant. Il se déshabilla en regardant le poster en forme de collage et les quatre portraits individuels des Beatles inclus dans la version vinyle du double album blanc. Réalisés par Richard Hamilton, ils illustraient de manière éloquente que le groupe fusionnel des débuts n'était plus qu'un lointain souvenir et que la fin approchait. Une fois couché, JP repensa à l'enterrement de sa mère. Il se souvint que durant les mois suivant sa disparition, il avait fréquemment eu du mal à trouver le sommeil. Dans ce même lit qui l'avait vu grandir, il fredonnait alors *Julia* jusqu'à l'épuisement, dans une tentative vaine de maintenir le contact avec celle qui était partie trop tôt. Plaintive et minimaliste, cette chanson avait été écrite par Lennon en hommage à sa propre mère, Julia Stanley, qu'il disait avoir perdue deux fois. La première à l'âge de cinq ans lorsqu'elle l'avait confié à sa sœur pour pouvoir fonder une nouvelle famille, puis à dix-sept ans quand elle avait été renversée et tuée par la voiture d'un policier ivre. Entre-temps, Julia avait encouragé l'intérêt du jeune John pour la musique en lui offrant sa première guitare et il avait développé une véritable vénération pour elle. Dans ce morceau, le seul des Beatles uniquement interprété par Lennon, John faisait aussi allusion à sa nouvelle compagne en qualifiant sa mère d'enfant de l'océan, l'une des significations du prénom Yoko, opérant ainsi une fusion entre les deux femmes. De sept ans son aînée, Ono allait se convertir autant en âme sœur qu'en figure maternelle pour Lennon qui l'appelait souvent « mère » ou « mère supérieure ». La *mother superior* de *Happiness Is a Warm Gun*, c'était elle.

Vers 6 heures, le dimanche, JP se réveilla après un rêve confus et agité. Il tarda quelques secondes à comprendre qu'il était à Bélesta, dans la chambre de son enfance. Se sentant encore fatigué, il se retourna plusieurs fois dans le lit étroit pour tenter de retrouver le sommeil. En vain. Voyant que le jour commençait à filtrer par les interstices des volets clos, il décida de se lever. Après avoir corroboré la présence de ses chaussures de randonnée dans le placard, il ouvrit la fenêtre pour vérifier l'état du ciel. L'air était encore frais, mais il faisait beau. « Un temps idéal pour marcher », pensa-t-il. Il s'habilla rapidement et attrapa son sac à dos au vol avant de descendre à la cuisine, tout en prenant soin de ne pas réveiller son père. Il avala un café et une tartine de confiture, puis prépara ses provisions : une demi-baguette, quelques tranches de saucisson, un morceau de tomme des Pyrénées, une pomme et sa vieille gourde. Il était prêt.

Une fois dehors, JP respira un grand coup. C'était finalement la perspective de ces quelques heures de communion avec la nature qui l'avait convaincu de s'échapper de Paris. Les rues étaient encore désertes et il en fut bien aise, désireux qu'il était de demeurer enveloppé de solitude. Il quitta prestement le village par le sud-ouest et, soulagé de n'avoir rencontré âme qui vive, pénétra dans les bois.

La forêt de Bélesta restait célèbre pour avoir fourni les mâts des navires de Louis XIV tout au long de l'aventureux dix-septième siècle. Enfant, cette anecdote le faisait rêver. En regardant ces longs troncs droits, il s'imaginait voguant sur les flots vers de lointaines destinations. L'une des plus vives déceptions de ses jeunes années avait été de se rendre compte qu'il n'y avait plus de terres inconnues à découvrir. Il aurait préféré vivre à l'époque des grandes expéditions maritimes, quand le monde recelait encore de mystérieuses contrées.

JP aimait se retrouver seul dans ces bois, ce lieu magique où on s'attendait à trouver *Excalibur* au détour de la moindre clairière. À chaque fois qu'il y mettait les pieds, il cherchait à s'imprégner de tous les sons, de ses odeurs, des couleurs aussi, de ne faire plus qu'un avec elle. Au fil des ans, ces promenades s'étaient espacées, mais à chaque retour, la magie était au rendez-vous. Un peu comme avec la musique des Beatles, finalement. Là, au milieu de ces chênes centenaires, le temps était arrêté, l'impermanence abolie, et il semblait difficile d'admettre que la planète était en crise, le système économique au bord de l'implosion, la démocratie à vau-l'eau et l'équilibre naturel en danger. Vues de la forêt de Bélesta, les sombres prévisions des blogs alternatifs que JP consultait au cœur de la nuit depuis son appartement parisien perdaient de leur réalité et de leur force. L'enveloppe végétale faisait oublier les périls, tissait un cocon entre l'univers extérieur et soi qui donnait l'illusion que rien de grave ne pouvait jamais arriver. C'était comme un havre au plus fort de la tempête, un dernier refuge avant la fin du monde. N'était-ce d'ailleurs pas là qu'au début des années quatre-vingt, en pleine guerre froide, l'enfant qu'il était venait se rassurer face à la menace d'apocalypse nucléaire ? Il se dit subitement qu'il faudrait qu'il y revienne avec Lucia.

Arrivé à une bifurcation, JP s'engagea sur un sentier qui serpentait en ascendant vers la droite. Au bout de quelques minutes, il commença à percevoir le bruit de l'eau et, inconsciemment, pressa le pas. Parvenu près de la rive du torrent, juste à l'endroit où il sort des entrailles de la Terre avant de dévaler la montagne, il posa son sac et s'assit en tailleur sur un rocher. Il resta là à écouter la musique de l'eau qui sourdait, puis se mit à méditer. Calant sa respiration sur le rythme ondulant du ruisseau, il tenta de demeurer concentré sur « l'ici et maintenant » pendant une quinzaine de minutes. Le cri strident d'un geai sonna la fin de cette période méditative. JP se dit que cet endroit n'avait pas changé depuis son enfance, alors que lui avait vieilli en un rien de temps. Plus jeune, il avait envisagé sa vie comme une sculpture qu'il allait pouvoir modeler et peaufiner au fil des ans, patiemment, afin de lui donner la forme et l'apparence désirées. Qu'en était-il aujourd'hui ? Force était de constater qu'il avait perdu de vue l'œuvre de son existence, peut-être en avait-il même déserté le chantier. Désormais, il se sentait moins protagoniste qu'instrument du destin, fétu de paille balayé par les vents. « Depuis quand ? » se demanda-t-il. Sans doute depuis qu'il avait commencé à travailler, le travail devenant inexorablement la carrière et la carrière se transformant en impitoyable bourreau des rêves d'adolescent. Pouvait-on de toute façon parachever la sculpture de sa vie ? N'était-elle pas condamnée à en rester au stade d'ébauche ?

Après avoir grignoté un morceau de pain accompagné de fromage, JP reprit son ascension. Au bout de vingt minutes de cet effort qui vous fait sentir extraordinairement vivant, il atteignit le plateau qui annonçait que la lisière de la forêt était proche. Après un dernier regard vers les arbres qu'il laissait derrière lui, il foula avec émotion la grande prairie où, enfant, il courait à perdre haleine avec ses camarades du village durant l'été, les herbes hautes fouettant leurs jambes nues. Plus loin, la pente s'inversait et ils organisaient là des courses de luges pendant les longs hivers où la neige ne faisait jamais défaut. Au printemps, ils enchaînaient les roulades au milieu des rires et des marguerites qui ondulaient sous le vent.

À quelques encablures, il put enfin apercevoir le Pech d'Audou, sa destination. Une fois monté sur ce promontoire rocheux, il contempla longuement le paysage majestueux, debout. Puis, comme il le faisait trente ans auparavant, il s'allongea sur la langue de pierre pour observer le ciel. Il se souvint comment, enfant, il envisageait sa vie d'adulte, marié et père de famille. Il s'imaginait confusément œuvrant pour le bien-être de la société et prononçant des discours devant de grandes assemblées. C'était raté.

Parfois, assis sur ce rocher, il chantait les chansons des Beatles qu'il connaissait par cœur. Un matin, il avait été surpris là par le Pierrot Espiga, et ce dernier l'avait vraiment fait flipper. Les enfants du coin l'appelaient « l'idiot des montagnes ». C'était un homme un peu sauvage, mi-berger, mi-ermite, qui vivait seul l'année durant, dans une petite cabane sans eau ni électricité sur les hauteurs. Ce jour-là, alors qu'il chantait à tue-tête sur le Pech, JP avait soudain senti une présence derrière lui. Il s'était retourné et avait sursauté en découvrant l'individu, debout et immobile à trois mètres de lui. Il regardait droit devant lui et exhibait ce sourire benêt dont il ne se départait jamais et qui faisait dire à certains qu'il avait l'intelligence d'un gamin de cinq ans. Un peu effrayé, JP avait eu le sentiment que le vieux fou ne le voyait pas, perdu qu'il semblait dans son propre monde. Il ne se souvenait d'ailleurs pas avoir jamais entendu le son de sa voix et l'on racontait que seuls les vieux du village conversaient de temps en temps avec lui. Les jeunes, eux, en avaient peur et l'évitaient. Sans doute le pauvre homme était-il affecté d'une forme d'autisme, mais, à l'époque, on disait simplement qu'il n'avait pas toute sa tête. Toutes ces années plus tard, JP se demandait quelle place les personnes comme le Pierrot Espiga auraient dans le monde de demain.

Il était près de midi lorsque JP regagna le village. Il salua de la main plusieurs connaissances avant de pousser le portail de la maison natale. Il se sentait réconcilié avec lui-même et en paix avec l'univers tout entier, résigné à accepter ce que l'avenir lui réserverait. Il savait qu'après cette parenthèse de deux jours, il allait replonger dans la mélasse de l'affaire Beatlemaniac, mais il était prêt. Il fallait mettre ce fou hors d'état de nuire, c'était sa mission et il ne pouvait échouer. Après, une nouvelle vie pourrait débuter. En attendant, le Morse ne l'avait pas appelé de tout le week-end, ce qui voulait dire qu'il ne s'était rien passé d'important en son absence. Ce n'était pas rien.

Avant de pénétrer dans la maison, JP remarqua que Victor était juché sur le toit.

— Qu'est-ce que tu fais ?

— Je répare une gouttière. J'arrive, j'ai presque fini.

JP entra et prit une douche. Une fois habillé, il rassembla ses affaires et descendit au rez-de-chaussée. Ne trouvant personne dans la cuisine, il ouvrit la porte de la salle à manger et surprit son père en train de remettre une bouteille de cognac dans le buffet. Après une seconde d'hésitation durant laquelle la gêne réciproque fut palpable, JP lui proposa d'aller manger en ville, près de la gare, son train partant à 14 h 30. Victor avait totalement cessé de boire suite à la mort accidentelle de sa femme, comme s'il s'en était senti responsable. La découverte de ce qui s'apparentait à une rechute, tant d'années après, causait un malaise que JP avait du mal à dissiper. Les deux hommes restèrent silencieux pendant toute la descente vers Foix.

Au restaurant, JP commanda un azinat, car il profitait toujours de ses retours au bercail pour consommer les spécialités de l'Ariège qu'il était relativement ardu de trouver à Paris. Au moment du dessert, le père prit l'air grave qui accompagne généralement l'annonce de décisions difficiles. JP pensa qu'il allait aborder l'épisode de la bouteille, mais, à son grand soulagement, il n'en fut rien.

— Je veux mettre la maison en vente.

— La maison, mais pourquoi ? Tu iras où ?

— Je pourrais acheter un appartement ici, en ville.

— Mais qu'est-ce que tu vas faire en ville ? T'auras pas de jardin.

— Oh, tu sais, le jardin maintenant. Je commence à me faire vieux.

— Et tes amis ? T'as toujours vécu au village.

— Et bien justement, ça me pèse un peu le village. On ne peut pas faire un pas sans que tout le monde le sache. Ici, en ville, on fait ce qu'on veut et tout le monde s'en fiche.

— Réfléchis bien quand même, c'est pas anodin comme décision. Et puis c'était la maison de tes parents et grands-parents.

— À vrai dire, je suis pas encore sûr. J'hésite, mais je crois que j'ai besoin de changement.

JP fut alors tenté de lui demander pourquoi il n'avait pas refait sa vie après son veuvage, mais n'osa pas. Il était conscient que, dans bien des familles, cette question aurait paru parfaitement anodine, mais pour lui c'était tout simplement insurmontable.

— Pourquoi tu n'en parles pas à quelqu'un ? finit-il par dire.

— Quoi ? À un psy ?

— Pourquoi pas ?

— Tu sais que c'est pas mon genre. Je vais réfléchir. De toute façon, rien n'est décidé.

Les deux hommes terminèrent leur dessert en silence, puis ce fut finalement le père qui fit une incursion dans la vie privée du fils.

— C'est dommage que Jeanne et toi n'ayez pas eu d'enfant. Je l'aimais bien, moi, cette petite. Et puis, j'aurais voulu être grand-père aussi. Tu sais, quand on vieillit, on n'a plus grand-chose à quoi se raccrocher.

JP eut du mal à avaler la dernière bouchée de son gâteau au chocolat. Il avait reçu cette tirade inattendue de Victor comme un uppercut et tarda à relever la tête. Il savait que celui-ci s'était exprimé spontanément et sans arrière-pensée, mais il ne pouvait s'empêcher de percevoir cela comme un reproche. Peut-être que lui-même, au fond, sentait qu'il avait tout raté. Il tenta de donner le change en demandant l'addition.

— Bon, il est 2 h 10, il faut que j'y aille.

Le train entra enfin en gare. Ils se serrèrent la main sur le quai et JP se joignit à la file des passagers qui s'apprêtaient à monter dans le TER.

— Appelle-moi de temps en temps, dit Victor.

— D'accord.

— Et bonne chance avec ton enquête.

— Merci.

Après un dernier geste de la main en direction de Victor, JP disparut dans le wagon.

XII

Cela faisait vingt ans que les membres du groupe avaient commencé à jouer ensemble. Vingt années passées entre copains, à rendre hommage aux Beatles dans les bals populaires et les mariages, mais tout cela était fini. Il était 3 heures du matin et, depuis minuit, Patrick retournait cette question dans sa tête. Fallait-il le faire ou pas ? Allongé sur son lit, tout habillé, il savait qu'il n'y aurait pas de marche arrière possible. La télévision était allumée, mais il ne la regardait pas. Il avait juste besoin d'un bruit de fond, comme pour sentir qu'il n'était pas mort. Pas encore. Il se servit un autre verre de whisky et reposa la bouteille à moitié vide. Il avala une gorgée et constata que le liquide ne lui brûlait plus l'œsophage. En fait, presque tout son corps semblait anesthésié, à l'image de son cerveau baignant désormais dans une douce torpeur.

Patrick sentait qu'il était prêt. Le flacon de cachets sur la table de nuit lui murmurait : « psit, psit, prends-moi ! ». Il tendit le bras et le saisit, puis le posa un instant sur sa poitrine en le regardant fixement. « Bizarre de penser que la solution à tous mes problèmes tient dans un récipient aussi petit », se dit-il. Il l'ouvrit d'un coup avec le pouce droit et versa une dizaine de comprimés dans sa main gauche qu'il ingurgita un par un à grand renfort de scotch.

Patrick éteignit la télé et resta étendu les bras en croix sur le lit, fixant le plafond dans la pénombre. Enfin, il l'avait fait. Il prit une longue inspiration, expira et se sentit soulagé de ne plus avoir à peser le pour et le contre. Les visages de Léa et Mateo lui vinrent à l'esprit et de grosses larmes se mirent à couler jusqu'aux oreilles. Il ferma les yeux et tenta de se rassurer. Pour eux aussi c'était mieux, ils toucheraient l'assurance-vie, enfin ce qu'il en resterait après le remboursement de ses dettes. De toute façon, depuis son divorce d'avec Françoise, les enfants rechignaient à le voir et semblaient avoir honte de lui. Il ne voulait pas être un fardeau pour eux. Et puis, il les aimerait pour toujours, où qu'il soit. Il s'essuya les yeux avec ses manches et pensa à sa Rickenbacker, aux concerts du samedi soir avec les *Quatre de Liverpool*. Lui jouait les solos de guitare et cessait alors d'être Patrick Evans, chef de rayon dans la grande distribution, pour devenir George Harrison, ou même Eric Clapton durant la reprise de sa chanson préférée, *While My Guitar Gently Weeps*. Quand il interprétait ce solo de légende, avec tous les projecteurs braqués sur lui, ses larmes se joignaient à celle de sa guitare. Et ce soir-là, les bras en croix sur son lit, il pleurait encore et toujours, pour la dernière fois. Il n'y avait plus rien à faire. Tout avait périclité. Son mariage d'abord, puis son groupe un mois plus tôt lorsque ses trois comparses lui avaient annoncé qu'ils arrêtaient. Son pavillon, qu'il avait obtenu au prix de tant de sacrifices, allait être saisi sous peu. Mieux valait en finir avec sa vie aussi. Il lui sembla que l'effet des médicaments se faisait enfin sentir, la tête lui tournait et il avait la nausée. « Ça y est, se dit-il, je suis sur le départ. Si c'est ça mourir, je ne suis pas impressionné. » Il ferma les yeux et essaya de ralentir sa respiration. « Il faut que je déconnecte mon esprit et me laisse emporter », pensa-t-il.

L'homme sentait son cœur battre dans sa poitrine alors qu'il approchait du but. Au prochain carrefour, il tournerait à droite dans la rue Louise Michel. La première maison portait le numéro deux. C'était la suivante, il avait déjà reconnu les lieux la veille. Arrivant devant le quatre, il ralentit le pas et examina la façade. Les volets étaient clos et aucune lumière ne filtrait de la demeure. Il regarda autour de lui, la rue était déserte. Le pavillon, qui était situé à égale distance des deux lampadaires les plus proches, était relativement peu éclairé, d'autant que le clair de lune était atténué par une légère couverture nuageuse. Il revint sur ses pas, sortit une cagoule noire de sa sacoche ventrale et l'enfila. Après un dernier coup d'œil alentour, il monta sur le muret et enjamba prestement la petite barrière. Au moment où il posait pied dans la cour, il entendit le bruit d'une voiture et se plaqua rapidement au sol. Lorsque la lumière des phares se fut éloignée, il se releva, balaya la rue des yeux et se dirigea vers la porte du garage. Il ouvrit sa sacoche et fouilla lentement à l'intérieur. Il en ressortit un outil qu'il dût examiner de près dans la pénombre. Au moment de l'introduire dans la serrure, son regard se posa sur un petit camion en plastique abandonné là, à dix centimètres de son pied droit. Il s'arrêta net. Il ne savait pas que sa cible avait des enfants. Il était proche du point de non-retour, mais pouvait encore faire marche arrière, enjamber la clôture dans l'autre sens et rentrer tranquillement chez lui. Il ferma les yeux en inspirant profondément, puis les rouvrit en expirant. Sa décision était prise. Après tout, lui n'avait jamais connu son père.

Lorsqu'il pénétra dans le terminal de l'aéroport, JP était particulièrement stressé. Dekker avait convoqué la veille au soir une réunion générale pour 9 heures du matin. Ses plans avaient été chamboulés à la dernière minute et il avait craint de ne pouvoir arriver à l'heure pour recevoir Lucia dont le vol devait atterrir vers 11 h 30. Sa montre indiquait 12 h 4, mais compte tenu du délai de descente de l'avion et de collecte des bagages, il était encore dans les temps. Un coup d'œil sur l'écran lui confirma qu'elle avait atterri à l'heure prévue. L'attente devant la porte automatique des arrivées commença avec une fébrilité redoublée. Chaque ouverture délivrait une nouvelle fournée de passagers aux yeux rougis et aux traits tirés par de longues heures de vol. JP observait comment, en dépit de la fatigue, leur visage s'illuminait lorsqu'ils repéraient leurs proches parmi la foule regroupée derrière les barrières. Certains célébraient les retrouvailles par un baiser ou une étreinte. Comment Lucia le saluerait-elle ? Il savait qu'il valait mieux ne pas se faire trop d'illusions, car la déception au départ du voyage aller avait été cuisante. Les choses avaient-elles changé depuis ? Lucia avait semblé montrer plus d'intérêt pour leur relation dans les messages envoyés depuis le Mexique, mais cela ne signifiait peut-être pas grand-chose. Elle s'était absentée pour seulement trois semaines, mais il avait l'impression de ne pas l'avoir vue pendant de longs mois, au point de se demander s'il serait capable de la reconnaître immédiatement. Cela voulait-il dire qu'il était amoureux ? Certes, elle lui avait manqué, surtout ces derniers jours, mais n'était-ce pas plutôt parce qu'il se sentait terriblement seul depuis son divorce ? Comme toujours, il n'avait aucune certitude. Il repensa à sa mère et se rendit compte, pour la première fois, combien elle lui avait fait défaut dans sa construction en tant qu'homme adulte. Ou alors n'était-ce qu'une nouvelle excuse pour justifier son incapacité à savoir ce qu'il voulait. Une fois, peu avant sa mort, Maria avait prodigué un conseil à l'adolescent qu'il était : « Si tu n'es pas sûr de toi, laisse les femmes décider. » Face au va-et-vient des portes du terminal, c'est ce qu'il résolut de faire en choisissant de s'en remettre au bon vouloir de Lucia qui, comme par enchantement, apparut à ce moment-là. Elle était radieuse dans sa tenue de sport et ses tennis blanches, tirant une grosse valise. Elle s'arrêta devant lui, les yeux plantés dans les siens, effleura sa joue gauche d'une bise furtive avant de passer ses bras autour de son cou et de le serrer très fort. Pris de court, JP resta figé pendant de longues secondes, puis s'abandonna à la chaleur de cette étreinte qui faisait l'effet d'un baume sur son corps de loup solitaire. Lorsque leurs bras se relâchèrent, une autre surprise l'attendait déjà au tournant. Lucia

154

posa un long baiser langoureux sur sa bouche qui le laissa pantois. Un shot de phényléthylamine et les violons de *The Long And Winding Road* explosèrent dans son cerveau. Bousculés par des voyageurs pressés, les deux amoureux finirent par se mettre en mouvement, bras dessus, bras dessous, échangeant des banalités. À peine étaient-ils sortis du terminal, que le téléphone de JP sonna. « Le Morse », pensa-t-il. Effectivement, c'était Mantovani, qui paraissait survolté. « Bon, t'es où, là ? Il y a du nouveau concernant Beatlemaniac. Rapplique, je t'expliquerai ! » L'appel ramena JP sur terre, et Lucia nota la préoccupation sur son visage. Ils étaient cependant trop euphoriques pour que la fête soit véritablement gâchée. JP la raccompagna chez elle et Lucia profita de chaque feu rouge pour poser sa tête sur son épaule et caresser sa main droite. JP était heureusement surpris de ce qui lui arrivait, mais le coup de fil de Mantovani le turlupinait. Que pouvait-il bien s'être passé ? Au pied de l'immeuble de Lucia, ils s'embrassèrent encore et prirent rendez-vous pour plus tard. On était vendredi, le week-end s'annonçait bien. « À moins que Beatlemaniac vienne tout foutre en l'air », pensa JP.

Un peu plus tôt, Mantovani avait reçu un coup de téléphone du commissariat de Mantes-la-Jolie auquel il n'avait rien compris au premier abord. Le commissaire de banlieue, un nommé Ducreux, avait dû s'y prendre à deux fois pour expliquer clairement le motif de son appel. L'histoire était particulièrement étrange. Un homme avait été agressé chez lui, la nuit, pendant qu'il tentait de se suicider avec des médicaments. Ça déjà, ce n'était pas banal, et faisait même figure de première pour le Morse en quarante ans de carrière, mais le meilleur restait à venir. La victime avait réussi à mettre en fuite l'assaillant. Après vingt-quatre heures d'hospitalisation, elle était rentrée à son domicile et la police avait retrouvé un iPod blanc dans la pièce où avait eu lieu l'attaque. Tout semblait indiquer que le baladeur abandonné sous le lit était tombé d'une poche de l'agresseur au cours de la lutte entre les deux hommes. Comme par hasard, son contenu portait la signature de Beatlemaniac, une chanson des Beatles au titre long et compliqué que Mantovani n'avait pu retenir. La victime disait avoir joué cette chanson en concert avec son groupe.

Mantovani était tout excité à l'idée d'avoir l'occasion d'identifier enfin celui qui se cachait derrière Beatlemaniac. Dekker, qui avait toute la pression du ministre sur les épaules, ne le lâchait plus et exigeait des avancées. Ses derniers mois de service avaient viré au cauchemar. Alors certes, en vieux briscard de la Criminelle, il savait qu'il ne fallait pas trop s'emballer, mais il y avait au moins du nouveau à se mettre sous la dent. Et puis, pour la première fois, Beatlemaniac paraissait avoir été mis en échec, ça faisait une victime de moins et surtout ça montrait qu'il n'était pas infaillible. Après avoir raccroché avec Ducreux, le Morse n'avait pu s'empêcher de penser que c'était peut-être le début de la fin pour le tueur en série.

Lorsque JP débarqua dans son bureau, impatient, il y trouva Mantovani en grande discussion avec Rita.

— Ah, te voilà ! Il y a du nouveau, dit le Morse en agitant trois feuilles de papier.

Mantovani fit un résumé de sa conversation téléphonique avec le commissaire Ducreux et présenta les documents envoyés par la brigade de Mantes-la-Jolie : la déposition de la victime, Patrick Evans, et le procès-verbal concernant l'iPod abandonné par l'attaquant. Le nom du seul fichier enregistré sur le baladeur était WMGGW et correspondait à la chanson *While My Guitar Gently Weeps*.

— Un autre titre de George Harrison, remarqua JP, c'est le deuxième. Ça semble confirmer qu'il cherche à maintenir la même séquence : Lennon, Harrison, McCartney et Starr, ajouta-t-il en se tournant vers Rita.

— Lis la déposition du type, dit Mantovani.

Pendant qu'il parcourait le document, JP fronçait les sourcils et tirait sur sa lèvre inférieure à la façon de Rita.

— Alors ? demanda le commissaire quand JP releva la tête. Tu en penses quoi ?

— Bizarre, cette histoire. J'aimerais y croire, mais pour l'instant, j'hésite.

— On ira faire un tour à Mantes cet après-midi et on en profitera pour interroger le témoin. Joseph est déjà parti avec les techniciens et le reste du groupe pour inspecter le domicile et faire l'enquête de voisinage.

JP avait un doute. Et si cet Evans avait tout inventé ? L'histoire de l'agression, l'iPod blanc avec *While My Guitar Gently Weeps*. Après tout, l'affaire était publique et il était facile d'acheter un baladeur similaire à ceux utilisés par Beatlemaniac, puis d'enregistrer ensuite le titre de son choix. D'autant plus qu'apparemment, l'homme était fragile et passait par une période très difficile au point d'essayer de mettre fin à ses jours. Peut-être voulait-il simplement attirer l'attention sur sa misérable existence. Cette attaque intervenue au milieu d'une tentative de suicide était tout de même une sacrée coïncidence. Cela paraissait presque trop beau et trop gros pour être vrai, même si, en tant que flic expérimenté, il savait que la réalité dépassait souvent la fiction. Il n'y avait pas de trace d'effraction, mais avec Beatlemaniac, cela ne prouvait rien.

Turlupiné par ce doute, JP pensa tout à coup à un moyen de s'assurer de la véracité du récit. Il suffisait de vérifier la provenance de l'appareil à travers son numéro de série. Il saisit la copie du PV concernant l'iPod, le numéro enregistré était DCYKR9S7F0GV. Il décida de le croiser sur-le-champ avec ceux des baladeurs volés place de l'Opéra, qui étaient consignés dans un fichier sur son ordinateur. Trente secondes plus tard, il avait la confirmation que l'appareil venait bien du même stock. Le témoignage était donc sérieux.

L'estomac du Morse laissa s'échapper un fort gargouillement, car, avec toute cette histoire, il en avait oublié de manger. JP comprit qu'il serait difficile de retarder davantage l'heure de son repas.

— Emmenez Rita déjeuner, chef, il est déjà une heure et demie. J'aimerais faire une petite recherche et préparer mes questions pour ce Patrick Evans. Je mangerai un sandwich en route.

— Bon, pourquoi pas. Je t'apporte quelque chose ?

— Un jambon — beurre — crudités et une bouteille d'eau, s'il vous plaît.

— Eh ben, c'est pas avec ça que tu vas me rattraper, dit-il en tapotant sur son ventre. À plus tard !

JP remarqua au passage la mine contrariée de Rita. Elle ne comprenait pas que l'on puisse perdre du temps à manger au restaurant alors qu'il y avait du nouveau sur une enquête aussi importante. Ces Français étaient tout de même bizarres.

En milieu d'après-midi, le commissaire Ducreux reçut ses collègues de la brigade criminelle dans son bureau et leur remit le baladeur blanc. Il raconta comment ses hommes étaient intervenus au domicile de Patrick Evans dans la nuit de mercredi à jeudi suite à son appel au 17. Les policiers de Mantes-la-Jolie l'avaient retrouvé sur le sol de sa chambre, un Beretta à la main, ronflant dans des vapeurs de whisky et de vomi. Transporté aux urgences de l'hôpital local, il en avait été quitte pour un lavage d'estomac. Après vingt-quatre heures d'observation, il était rentré chez lui, accompagné de deux officiers qui avaient trouvé le baladeur en inspectant les lieux.

Le téléphone sonna et la secrétaire informa Ducreux que Patrick Evans venait d'arriver. Tout le monde passa dans la grande salle pour l'interroger une nouvelle fois.

— Ah, voilà notre miraculé, fit Mantovani, rigolard, en lui serrant la main. Vous êtes un paradoxe vivant, monsieur Evans ! En voulant vous assassiner, Beatlemaniac vous a en fait sauvé la vie. Et puis il est allergique au vomi, il va falloir diffuser l'information. Bravo en tout cas, vous êtes le premier à survivre à une attaque de notre tueur et vous allez même nous aider à le coincer. J'en suis sûr.

Evans, le corps élancé et maigre, paraissait un peu perdu, debout au milieu de la pièce. Ses longs cheveux frisés noirs lui donnaient un air d'adolescent attardé malgré ses trente-six ans bien sonnés. Il n'arrivait toujours pas à croire qu'il avait échappé à Beatlemaniac, l'auteur de cinq assassinats dont toute la presse parlait. Surtout, il avait du mal à comprendre pourquoi le tueur en série l'avait choisi, lui qui se sentait méprisé de tous. L'attention que lui portait la police n'était cependant pas pour lui déplaire. Après de tels événements et toutes ces émotions, il n'avait pas envie d'être seul et ressentait le besoin qu'on s'occupe de lui. S'il était vivant, il n'en restait pas moins fragile. Ducreux avait organisé un soutien psychologique et lui avait promis d'obtenir un sursis pour la saisie de ses biens afin qu'il ait le temps de se retourner.

Une fois tout le monde assis en cercle au milieu de la pièce, JP sortit sa liste de la poche intérieure de son imper, puis commença à décliner ses questions.

— Monsieur Evans, pourriez-vous nous rappeler comment s'est déroulée l'agression ?

Patrick se gratta la tête quelques instants comme pour mettre de l'ordre dans ses idées avant de débuter.

— Alors voilà… Comme je l'ai déjà raconté, cette nuit-là je voulais en finir. Vers 3 heures du matin, j'ai avalé des cachets après avoir bu la moitié d'une bouteille de whisky. J'étais sur le point de m'endormir lorsque j'ai cru entendre un petit claquement sec. Comme quand la porte du garage se referme toute seule. J'ai tout de suite pensé à Françoise, mon ex-femme, elle a toujours les clés. Je me suis dit : « Qu'est-ce qu'elle vient faire ici ? Et surtout à cette heure. »

Evans marqua une pause et passa ses mains sur son visage, comme s'il avait cherché à effacer un traumatisme.

— Qu'avez-vous fait ? demanda JP.

— J'ai essayé de me lever, mais je me sentais très faible. J'ai quand même réussi à m'asseoir sur le bord du lit. Puis je me suis lancé en avant pour me mettre debout. J'ai dû me retenir à l'armoire pour ne pas tomber. J'ai remarqué que le couloir était allumé, puis la porte de la chambre s'est ouverte. L'homme était à contre-jour, mais j'ai pu distinguer sa silhouette…

— Vous pouvez le décrire ? interrompit Mantovani.

— Taille moyenne, dans les un mètre soixante-quinze, plutôt trapu.

— Quoi d'autre ?

— Il portait une cagoule et des vêtements noirs.

— Ensuite, qu'est-ce qu'il a fait ? reprit JP.

— Il a semblé hésiter une seconde, puis il s'est jeté sur moi. On est tombés sur le lit. Il m'a immobilisé avec le poids de son corps. Instinctivement, j'ai agrippé ses deux poignets pour me protéger, mais je savais que je ne résisterais pas longtemps. J'ai senti qu'il cherchait à approcher sa main droite de mon visage, j'ai reconnu l'odeur du chloroforme.

— On a effectivement retrouvé le tampon de chloroforme, confirma Ducreux.

— Continuez, intima Mantovani.

— Depuis mon opération des végétations, à l'âge de cinq ans, je ne supporte pas l'odeur d'hôpital. J'ai eu un haut-le-cœur et je lui ai vomi au visage. Il a dû être surpris, car il a relâché la pression. Alors, j'en ai profité pour attraper la bouteille de whisky, puis je l'ai frappé à la tête. Il s'est affalé, avant de glisser jusqu'au sol. Pendant que je cherchais mon pistolet dans le tiroir de la table de nuit…

— Pourquoi aviez-vous une arme à portée de main ? interrompit JP. Vous vous sentiez menacé ?

— Non, pas du tout. Mais j'avais envisagé de me suicider par balle. Finalement, je me suis rendu compte que je ne pourrais pas, ajouta-t-il en détournant le regard.

— Qu'a-t-il fait pendant que vous sortiez le Beretta ?

— Il s'est redressé sur les genoux en se tenant la tête. Quand il a vu l'arme pointée vers lui, il s'est relevé en titubant, puis il a franchi la porte et disparu dans le couloir. Je me suis écroulé sur la moquette et j'ai vomi à nouveau. J'ai rampé pour attraper le téléphone et appeler les secours.

Evans dévisagea tous les policiers, comme un étudiant qui cherche à savoir s'il a réussi son examen oral. La remémoration de cette scène semblait l'avoir épuisé.

— Avez-vous remarqué quelque chose de particulier concernant l'agresseur ? reprit JP. Un détail physique, vestimentaire ou autre ?

— Non, pas vraiment, il faisait sombre. En plus, j'étais ivre et je crois que les médicaments commençaient à faire leur effet.

— Quelque chose dont vous vous souvenez, une partie de son visage peut-être ?

— Il avait un passe-montagne, donc je n'ai pas vu grand-chose. Mais il a un regard perçant. Des yeux enfoncés dans les orbites, bleus ou verts. Ça, j'en suis à peu près sûr.

— Ses cheveux ne dépassaient pas ?

— Non.

— Pas de barbe, de moustache ?

— Non, je ne crois pas, mais je ne peux pas être catégorique là-dessus.

— Avez-vous noté quelque chose concernant ses lèvres, ses dents, son haleine ?

— Ses lèvres ou ses dents ? Non, rien de spécial. Par contre, il me semble que son haleine était comme un mélange de cigarette et de menthol, comme s'il avait sucé une pastille après avoir fumé.

— OK, très bien. Autre chose concernant son physique ?

— Non, je ne crois pas.

— Vous avez indiqué qu'il portait un passe-montagne, des gants, un blouson de type bomber, un pantalon avec des poches au-dessus du genou, tous de couleur noire, exact ?

— C'est exact. Je ne peux rien dire de plus.

— Pas de marques particulières sur les vêtements, logos ou autres ?

— Non, rien de spécial. Mais il me semble qu'il avait une sacoche sur le ventre avec des objets métalliques à l'intérieur.

— Comment ça ?

— J'ai senti quelque chose de dur pendant qu'il était sur moi.

— Une banane avec des outils de serrurerie ? proposa Mantovani.

— Possible, confirma JP. La maison était fermée à clé, monsieur Evans ?

— Oui, comme d'habitude.

— On pense qu'il est entré par la porte du garage, intervint Ducreux.

— Très bien, fit JP.

Mantovani posa alors une question qui lui brûlait les lèvres depuis quelques instants.

— Vous avez déclaré l'avoir frappé avec une bouteille de whisky qui s'est rompue sous le choc. Vous croyez l'avoir blessé sérieusement ?

— Je ne sais pas. Il est tombé à terre, puis s'est relevé difficilement en se tenant la tête. Il a titubé en s'enfuyant, mais je ne peux pas dire s'il était vraiment blessé.

— On n'a pas retrouvé de traces de sang, commissaire ?

— Aucune, répondit Ducreux.

— Ni sur les vêtements de M. Evans ? demanda JP.

— Apparemment non, mais nous les avons envoyés au labo pour recherche d'ADN.

— A-t-il dit quelque chose ? Avez-vous entendu le son de sa voix ? interrogea le Morse.

— Non, absolument rien.

— Pourquoi pensez-vous avoir été choisi comme sa sixième victime ?

— Je me le demande aussi. Je suppose qu'il a dû assister à l'un de mes concerts avec les *Quatre de Liverpool*, un groupe que j'ai monté dans les années quatre-vingt-dix avec des copains. On faisait des reprises des Beatles et moi j'étais George, je jouais donc les solos de guitare, mon préféré étant celui de *While My Guitar Gently Weeps*.

— Vous parlez au passé, le groupe n'existe plus ?

— Mes trois collègues ont décidé d'arrêter, il y a un mois. Moi, je voulais continuer.

— Beatlemaniac a dû vous voir en concert. Ça expliquerait pourquoi il vous a choisi et la chanson aussi. Quand avez-vous joué pour la dernière fois et où ?

— À Issy-les-Moulineaux, le 6 avril.

— Il nous faudrait la date et le lieu de tous vos concerts des douze derniers mois.

— J'ai ça à la maison, je peux vous donner une copie.

— Très bien, fit Mantovani. On va vous raccompagner, on aimerait bien jeter un coup d'œil à votre logement. On m'a prévenu que les techniciens de l'identité judiciaire avaient terminé leur travail.

À l'arrière de la voiture de police, Evans avait du mal à croire qu'il ne rêvait pas. Sa chanson préférée lui avait valu une tentative d'assassinat, avant de finalement lui sauver la vie. *While My Guitar Gently Weeps* n'était décidément pas un morceau comme les autres. Il adorait tout de lui, depuis l'intro aérienne de McCartney au piano qui lui donnait des frissons, jusqu'aux gémissements d'Harrison dans le final, en passant évidemment par l'extraordinaire solo d'Eric Clapton. Sollicitée par Harrison pour que Lennon et McCartney prennent enfin la chanson au sérieux, la participation de Clapton à l'enregistrement avait été tenue secrète en l'absence d'accord de leurs maisons de disques respectives. Inspirée initialement par le *Yi Jing*, *While My Guitar Gently Weeps* s'était convertie depuis en classique des Beatles grâce à sa tonalité à la fois plaintive et planante, fruit de l'un de ces arrangements dont ils avaient le secret.

Le véhicule s'arrêta devant un petit pavillon en pierres apparentes où le rescapé habitait désormais seul. Suite à son divorce prononcé quatre mois plus tôt, sa femme était repartie vivre avec sa mère à Versailles, emmenant leurs deux enfants de douze et neuf ans. Devant verser une pension alimentaire, Evans était dans l'incapacité d'assurer seul le remboursement du prêt immobilier, mais ne pouvait se résoudre à vendre. Il était dans une impasse financière qui, ajoutée à d'autres soucis, avait motivé sa tentative de suicide.

JP, Mantovani et Rita, accompagnés de Ducreux, examinèrent la maison depuis la rue. Il était aisé d'enjamber le petit portail en bois ou le muret surmonté d'une barrière. Evans montra le chemin emprunté par l'agresseur et la pièce où avait eu lieu l'affrontement. Tout avait été rangé. Il indiqua l'emplacement où le baladeur avait été ramassé. Ne trouvant pas d'éléments nouveaux, les trois policiers prirent congé après qu'Evans leur eut remis le calendrier des concerts des *Quatre de Liverpool* pour 2012 et 2013. En sortant, Ducreux fit remarquer que, sur ses conseils, Evans avait installé des verrous intérieurs sur toutes les portes. Il ajouta qu'une protection policière allait être assurée pendant quelque temps. Mantovani et ses deux acolytes prirent la route de Paris. Pour une fois, le commissaire était au volant et conduisait avec la vitre à moitié ouverte en dépit de la relative fraîcheur de l'air. JP comprit que le chef avait besoin d'abaisser sa pression intestinale. Seule à l'arrière, Rita pianotait sur sa tablette.

De retour dans son bureau, JP appela le labo pour vérifier si l'inspection de l'appartement de Patrick Evans et l'analyse de ses vêtements avaient permis de trouver quelque chose. Malheureusement, aucune empreinte suspecte n'avait été relevée. Pour les traces d'ADN, il était encore trop tôt. Il était 18 h 40 et JP en avait sa claque. Lucia. Il fallait qu'il lui parle, qu'il la voie. En dépit de la journée chargée qu'il avait eue et des derniers rebondissements concernant l'affaire Beatlemaniac, il n'avait pas vraiment cessé de penser à elle et aux retrouvailles prometteuses de la matinée. Surgit alors l'idée de l'inviter à dîner chez lui, quelque chose de simple : une salade composée, un magret de canard au four avec une sauce au poivre et le gâteau au chocolat qu'il réussissait plutôt bien. Une bonne bouteille de vin aussi. Lorsqu'elle répondit sur son portable, Lucia sembla enchantée par l'idée. Elle proposa même de préparer un *guacamole* pour l'apéritif. Rendez-vous fut pris pour 20 heures.

JP était en train de vérifier la recette de son gâteau quand la sonnette retentit. Il s'empressa d'aller ouvrir la porte. Lucia était là, radieuse, les bras chargés de provisions.

— Bonsoir !

— Bonsoir ! Entre !

Lucia fit deux pas dans le couloir, hésitante, car c'était sa première visite chez JP. Ils s'embrassèrent furtivement sur la bouche, un peu gênés de cette situation inédite. Il la débarrassa de ses sacs et elle le suivit dans la cuisine.

— Ça sent bon, dit-elle. Qu'est-ce que tu prépares ?

— Un magret de canard.

— Hum, je vais manger ça pour la première fois.

— J'espère que tu ne seras pas déçue. Tu veux peut-être enlever ton manteau ?

Lucia s'exécuta, révélant la robe rouge à bretelles achetée au *Liverpool* de Morelia.

— Tu es magnifique ! finit-il par dire, presque surpris par un compliment qui, à ses yeux, n'était pas loin de passer pour de l'audace.

— Merci, dit-elle en rougissant. J'ai deux cadeaux pour toi.

— Ah bon ? fit-il dans un début de panique, car lui n'avait rien prévu pour elle.

— C'est juste des petites choses de chez moi.

Lucia sortit de son sac une bouteille de mezcal et un maillot de sport.

— Merci Lucia ! Tu n'aurais pas dû.

— Ce n'est pas grand-chose. Ça, c'est le maillot des *Monarcas* de Morelia, l'équipe de football locale.

— Les Monarques ?

— Oui, c'est un hommage aux papillons monarques qui font plus de 4 000 kilomètres depuis les États-Unis pour passer l'hiver dans le Michoacán. C'est un symbole régional.

— J'en avais entendu parler, mais je ne savais pas que c'était près de chez toi.

— Un jour, je t'emmènerai les voir.

— Volontiers. En attendant, si on goûtait le mezcal ?

— Avec plaisir.

JP servit deux petits verres.

— ¡ Salud !

— Santé !

— C'est sympa chez toi, dit Lucia en jetant un coup d'œil circulaire autour de la pièce.

— Tu veux visiter ? Ce ne sera pas long, c'est petit.

Elle s'approcha de lui et prit sa main. Il l'entraîna dans le salon — salle à manger par l'ouverture qui avait été percée dans la cloison.

— Ah, cool. Tu as déjà mis la table.

Ils repassèrent dans le couloir et JP montra rapidement la salle de bains. Il la conduisit ensuite vers la chambre à coucher et alluma. Lucia entra la première.

— Tu as une cheminée dans ta chambre, c'est génial !

— Ça fait longtemps qu'elle n'a pas servi, tempéra JP.

— C'est dommage, c'est romantique une cheminée, fit-elle en haussant les sourcils.

— Il faudra que je pense à la faire ramoner pour l'hiver, répondit JP dans un sourire gêné. Et si on finissait de cuisiner ?

— Très bien, dit-elle en posant un baiser sur sa joue. Allons-y !

Lucia se mit à préparer le *guacamole* pendant que JP commençait à mélanger les ingrédients du gâteau au chocolat. Pour protéger la robe rouge, elle avait enfilé le tablier que portait Jeanne. JP jetait vers elle des coups d'œil furtifs de temps en temps. Cette image de Lucia s'affairant dans sa cuisine, contemplée depuis le petit nuage où l'avait soulevé le mezcal, lui faisait un bien fou. Il aurait voulu prolonger ce moment de pure félicité domestique, mais ce qui allait suivre n'était pas mal non plus.

Ils grignotèrent quelques *nachos* accompagnés de *guacamole* sur le canapé, tout en finissant leur mezcal. Puis, ils passèrent à table pour le magret. JP alluma une bougie. Le Haut-Médoc fit monter d'un cran l'euphorie. Lucia se dit que la soirée était parfaite. Tous deux avaient besoin d'un break, de lâcher-prise, de se laisser porter. Ils retournèrent sur le canapé pour le dessert. Le chocolat, le Sauternes et les langues se mêlèrent. Peu avant minuit, la robe rouge de Lucia glissa jusque sur le parquet de la chambre.

Lundi matin, 8 heures. JP passa à son bureau pour accrocher son imper et allumer son ordinateur. Il avait besoin d'un café et invita Versini à l'accompagner. Jojo était le seul du groupe déjà présent. Il regarda JP dans les yeux un instant et, en connaisseur, lâcha :

— JP, t'as une tête à avoir fait des folies de ton corps pendant tout le week-end.

L'intéressé se contenta de sourire. Effectivement, Lucia et lui ne s'étaient pas quittés et avaient passé de nombreuses heures au lit, d'autant qu'elle souffrait du décalage horaire.

Jojo aussi était de bonne humeur. Il était sorti au cinéma avec Rita et l'avait invitée à dîner. Il était confiant pour la suite.

— J'ai pas encore conclu parce qu'elles sont coriaces les Anglaises, mais je vais y arriver, dit-il en faisant un clin d'œil à son collègue. Le problème, c'est qu'elles sont pas faciles à soûler.

JP n'avait plus qu'une idée en tête : en finir avec Beatlemaniac, puis tout plaquer pour Lucia. Pour se donner du courage, il se repassait en boucle les images du week-end : Lucia et la robe rouge, son corps nu sous les draps, son visage endormi et ses cheveux ébouriffés au petit-déjeuner, ses seins pointant sous le maillot des *Monarcas.*

Vers 9 h 30, JP reçut un appel du vieux Badoux. Il avait découvert dans la presse comment Beatlemaniac avait été mis en échec par l'une de ses cibles.

— Jean-Paul, j'ai lu le journal ce matin. J'aimerais qu'on en parle.

— Je peux passer vers quelle heure ?

— Non, je préfère aller à ton bureau, ça me fera du bien de sortir. Tu peux me recevoir ?

— Bien sûr. À… 11 heures, ça va ?

— C'est parfait. Alors, à tout à l'heure. Hein ! D'accord ?

Fidèle à son habitude, le profileur se présenta au bureau de JP à l'heure juste, un peu rouge et essoufflé après les trois étages qu'il avait tenu à gravir à pied.

— Professeur, comment allez-vous ? Asseyez-vous, je vous en prie.

— Ma foi, pas trop mal, même si je me fais vieux.

— Vous êtes encore un jeune homme.

— J'ai atteint un âge où la liste des choses que l'on ne peut plus faire comme avant s'allonge mois après mois. Mais bon, j'imagine que tu es très occupé avec cette affaire Beatlemaniac, je ne vais pas te faire perdre trop de temps. Hein ! D'accord ?

— Qu'est-ce que vous pensez des dernières nouvelles ?

— C'est un échec cuisant pour lui. Il va chercher à laver l'affront rapidement en s'en prenant à quelqu'un d'autre.

— On est en train d'identifier des victimes potentielles avec un profil similaire à celui de Patrick Evans, afin de pouvoir les mettre sous protection. Malheureusement, il y a pas mal de groupes qui se spécialisent dans les reprises de chansons des Beatles, dans toute la France.

Badoux ne sembla pas convaincu.

— Oui, pourquoi pas ? Mais je pense plutôt qu'il va vouloir changer complètement de cible pour faire oublier son échec et surtout pour profiter de l'effet de surprise. Peut-être va-t-il passer directement à l'étape suivante de son plan, s'il en a un.

— Effectivement, il aurait intérêt à frapper là où on ne l'attend pas. On peut donc se préparer à ce qu'il agisse très prochainement, n'est-ce pas ?

— Oui, assurément. Ce crime manqué doit le faire souffrir, alors il va chercher à montrer qu'il contrôle toujours la situation.

— Espérons qu'il se plante à nouveau. Il a fait une première erreur, c'est déjà ça. On finira bien par avoir un élément nous permettant de remonter jusqu'à lui.

— C'est fort possible. Les choses vont s'emballer. Maintenant qu'il est lancé, il ne peut plus en rester là et va sûrement prendre de plus en plus de risques, jusqu'à la fin.

— Quel est son but à votre avis ?

— Il est mû par une pulsion de mort, il ne s'arrêtera pas.

— C'est une démarche suicidaire ?

— En quelque sorte, oui. L'événement déclencheur a sans doute cassé quelque chose en lui qui le maintenait dans la normalité, entre guillemets. Après cette rupture, ce basculement, il n'y a pas de retour en arrière possible. Donc, il va aller jusqu'au bout.

— Bon, je vous tiendrai au courant dès qu'on aura du nouveau. Merci d'être venu jusqu'ici, professeur, vous m'aidez à y voir plus clair dans ses motivations.

— À la bonne heure. On reste en contact. Hein ! D'accord ?

— D'accord. À bientôt.

Le reste de la semaine s'écoula sans avancée majeure jusqu'au vendredi 7 juin. Il était presque 9 h 30 quand JP poussa la porte de son bureau. Il venait de passer sa première nuit chez Lucia, collée contre elle dans son lit minuscule, et n'avait pratiquement pas fermé l'œil. Il était épuisé, mais heureux. Enfin presque. Restait cette sale affaire à résoudre et ce n'était pas rien. Versini était assis tout près de Rita et ils étaient en train de visionner une vidéo sur Internet. JP les salua en tâchant de masquer son agacement.

— Des nouvelles concernant Beatlemaniac ? demanda JP.

— Non, rien, répondit Versini. Mais le Morse veut nous voir à 10 heures.

Quand JP, Versini, Farid et Rita pénétrèrent dans son bureau, Mantovani avait l'air soucieux. Une fois tous assis, il alla droit au but.

— Je pars dans deux semaines. Il faut qu'on coince ce salopard de Beatlemaniac d'ici là. On en est où ?

— On n'a pas pu isoler l'ADN de Beatlemaniac chez Evans et on n'a pas d'empreinte non plus, répondit JP. Les vérifications sur les anciens membres du fan-club continuent. Pour l'instant, rien à signaler. Farid fait un suivi des principaux blogs Internet consacrés aux Beatles. Tu as trouvé quelque chose, Farid ?

— Non, RAS non plus. Que des messages d'enculeurs de mouches, si vous me passez l'expression. C'est incroyable. Ils décortiquent les chansons des Beatles seconde par seconde, font des hypothèses sur le modèle de guitare de tel ou tel, les réglages utilisés, la vitesse d'enregistrement, etc. Des tarés, mais aucun intérêt pour notre enquête.

— Bon, Rita, des nouvelles de Scotland Yard ? demanda Mantovani.

— Non, commissaire. La surveillance de Peter Stanley continue au cas où Beatlemaniac chercherait à reprendre contact avec lui, mais il n'y a encore rien de nouveau.

— OK, on ne se décourage pas. On va…

La sonnerie du téléphone ne le laissa pas achever sa phrase.

— Allô ! Je suis en réunion. Ah… Passez-le-moi. Commissaire Mantovani, j'écoute. Ce matin ? Que dit le message ? HS quoi ? Épelez s'il vous plaît. Moi, je n'y comprends rien à l'anglais. Tâchez de ne pas manipuler la lettre ni l'enveloppe. J'envoie quelqu'un les chercher.

— Qu'est-ce qu'il y a ? demanda JP.

— C'était la rédaction de *Libé*. Ils viennent de recevoir un courrier de Beatlemaniac. Voilà le message, dit Mantovani en tendant un morceau de papier :

« *Une femme HS avec son bébé. Serait-ce Rosemary sortant du Dakota Building ?*

Beatlemaniac. »

— C'est tout ? s'étonna Farid.

— Apparemment, oui. Qu'est-ce que ça peut bien vouloir dire ? demanda le Morse.

— HS, ça doit être « Hors service », proposa Joseph.

— Ça pourrait être aussi *Helter Skelter*, répondit Rita.

— Merde, c'est vrai, fit JP. D'où la référence à *Rosemary's Baby*. En plus, ça colle avec la séquence Lennon, Harrison, McCartney, Starr.

— Et puis c'est le même album que *While My Guitar Gently Weeps*, compléta Rita. Ça voudrait dire que sa prochaine victime serait…

Elle n'osa pas terminer sa phrase.

— Une femme enceinte ? C'est possible, hélas, dit JP.

Le Morse et Joseph se regardèrent.

— Bon, c'est quoi cette histoire de femme enceinte ? demanda Mantovani qui n'aimait pas la tournure que prenait la conversation et se tâtait le ventre.

— C'est une vieille histoire, commença à expliquer JP en essayant de structurer ses idées. *Rosemary's Baby* est un film de Roman Polanski, réalisé à New York dans les années soixante, sur une femme qui met au monde l'enfant du diable. Il a été tourné en partie au Dakota Building, où a habité John Lennon. C'est d'ailleurs en bas de cet immeuble qu'il a été abattu par Mark Chapman, en 1980.

— C'est donc ça le lien avec les Beatles, dit Mantovani pour montrer qu'il n'était pas si largué que cela.

— Pas seulement, intervint Rita. Mia Farrow, qui interprète Rosemary dans le film, a accompagné les Beatles en Inde la même année, pour un stage de méditation avec le Maharishi Mahesh Yogi.

— Et puis surtout, continua JP, Sharon Tate, la première femme de Polanski, a été assassinée par une bande d'illuminés en 1969, alors qu'elle était enceinte. Leur leader, Charles Manson, a déclaré à son procès qu'il avait entendu une invitation au meurtre en écoutant *Helter Skelter* des Beatles. Depuis, la chanson reste associée à ce crime atroce.

— « *Une femme HS avec son bébé* ». Vous pensez donc que Beatlemaniac envisage de commettre un meurtre similaire ? demanda Jojo.

— Ça me paraît probable, répondit JP.

— Je le crains aussi, acquiesça Rita. Beatlemaniac ne laisse rien au hasard.

— Du calme ! On n'est même pas sûr que Beatlemaniac soit vraiment l'auteur du message, tempéra le Morse. C'est peut-être un canular. D'ailleurs, envoyez-moi tout de suite quelqu'un chercher cette lettre au journal pour qu'on la fasse analyser.

Ostermann, à qui l'on réservait les tâches les moins exigeantes, fut dépêché à *Libération* dans la minute. JP proposa ensuite d'écouter la chanson, ce qui était devenu un rituel avec tous les titres sélectionnés par Beatlemaniac. Il expliqua au préalable qu'avec cet opus, les Beatles étaient souvent crédités d'avoir inventé le *heavy métal*, assertion qui avait de quoi surprendre pour qui n'était pas un spécialiste du groupe. *Helter Skelter* semblait en effet exprimer une volonté de casser l'image d'Épinal des quatre gentils garçons dans le vent. C'était surtout le résultat d'un défi que s'était lancé Paul McCartney, après avoir lu une interview des Who, d'enregistrer la chanson la plus rauque, tapageuse et sauvage possible. *Helter Skelter* démontrait, une fois de plus pouvait-on dire, l'incroyable versatilité des Beatles en général, et de McCartney en particulier. Grand amateur d'exercices de style et touche-à-tout musical, il était capable de produire sur un même disque ce titre précurseur du hard rock, une parodie de Chuck Berry et des Beach Boys avec *Back in the USSR*, des ballades folks comme *Mother Nature's Son* et *Blackbird*, ou encore *Honey Pie*, un pastiche de la musique des années vingt. Le double album blanc, sur lequel les nombreuses influences incluaient également le blues et Stockhausen, fut d'ailleurs le plus éclaté et le plus libre de tous leurs disques. Une sorte de patchwork musical dont la plupart des chansons ont été écrites durant leur séjour en Inde entre février et avril 1968. Son enregistrement fut marqué par les premières grosses tensions entre les membres du groupe, annonçant le début de la fin, et l'arrivée de celle qui allait devenir la femme de rocker la plus détestée de l'histoire, Yoko Ono. Son omniprésence au côté de Lennon dans le studio sera immortalisée plus tard dans le documentaire *Let It Be*, où sa silhouette énigmatique apparaîtra comme un coin enfoncé profondément dans le bloc jadis compact des Beatles. Même si elle a contribué à éloigner John de ses condisciples, il serait injuste de lui faire porter le chapeau de leur séparation. La mort de Brian Epstein et les problèmes administratifs liés à leur label Apple jouèrent probablement un rôle plus important. Sans doute, les Beatles étaient-ils une expérience trop intense pour pouvoir s'étaler mollement sur plusieurs décennies à la Rolling Stones. Il était écrit qu'ils ne vieilliraient pas ensemble, mais qu'au contraire ils resteraient éternellement jeunes au sommet de leur gloire.

Pendant l'écoute d'*Helter Skelter*, le Morse trouva le temps long, tirant nerveusement sur ses moustaches. À la fin, il résuma son sentiment en quelques mots :

— Absolument sinistre cette chanson. Si vous avez raison, ça ne présage rien de bon.

XIII

— Imagine-toi sur une rivière, dans un bateau, venait de dire Lucia, allongée à ses côtés dans l'herbe bleue, des nuages moutonneux défilant à toute allure au-dessus de leur tête.

— Où ça ? demanda JP.

— Au Mexique, dans le Chiapas. Le soleil brille, tu es engourdi par la moiteur tropicale, mais une brise fraîche caresse maintenant ton visage.

— D'accord. Et ensuite ?

— Le bateau remonte la rivière sinueuse qui rétrécit à vue d'œil. Sur les deux rives, la végétation se fait chaque fois plus dense. Le jacassement des oiseaux est de plus en plus assourdissant, les cris aigus des singes blessent tes tympans. Les branches de très grands arbres frôlent à présent le toit de l'embarcation. D'immenses fleurs jaunes et vertes te surplombent...

La jeune femme s'interrompit soudainement et JP tourna son visage vers elle. Il ne put réprimer un mouvement de recul. Les yeux de Lucia, qui le fixaient, émettaient une lumière multicolore si intense qu'elle était à peine supportable.

— Qu'est-ce que tu as ? demanda-t-elle d'une voix métallique.

— Tes yeux..., dit-il en fermant les siens.

— Quoi, mes yeux ? Tiens, écoute plutôt ça !

Il sentit les doigts de Lucia placer délicatement des écouteurs dans ses oreilles. Il reconnut les premières notes de *Lucy in the Sky with Diamonds*, mais une version plus stridente, distordue. Il rouvrit les yeux, un iPod blanc trônait sur sa poitrine. Il le saisit de sa main gauche et tira dessus, tentant en vain d'arracher l'appareil. Il fit un quart de tour et s'immobilisa sur le côté droit. Lucia était désormais allongée à cinquante centimètres de distance, de dos, immobile. JP voyait trouble, comme après un éblouissement, mais il put distinguer un écouteur posé dans l'oreille gauche de Lucia et un baladeur blanc fixé à sa ceinture. Un mauvais pressentiment l'assaillit. Il tendit son bras, la saisit par l'épaule et l'attira vers lui. Son corps pivota et s'immobilisa sur le dos. Ses yeux n'étaient plus que deux trous rouges remplis de sang.

JP se réveilla dans un cri et se redressa d'un bond dans le lit.

— ¿*Qué pasa?* demanda Lucia tout en cherchant à tâtons l'interrupteur.

— C'est rien. Un cauchemar, c'est tout.

— Tu es en sueur, tu es sûr que ça va ?

Elle le regardait d'un air préoccupé et endormi à la fois. Ses jolis yeux avaient cependant un aspect normal et JP en fut bien aise.

— Ne t'inquiète pas, c'est juste un mauvais rêve. Rendors-toi ! ajouta-t-il en caressant sa joue.

Lucia éteignit la lumière, se blottit contre lui et ne tarda pas à retrouver le sommeil. JP resta un long moment éveillé, passant sa main sur le bras nu que Lucia avait posé sur sa poitrine. Il repensa à *Lucy in the Sky with Diamonds*, dont le thème et le titre avaient été inspirés par un dessin de Julian Lennon, âgé alors de 4 ans, consacré à sa camarade de classe Lucy O'Donnell. En dépit de ses initiales, Lennon et McCartney ont toujours nié une référence volontaire au LSD, alors même que les paroles et la musique sont on ne peut plus psychédéliques. Morceau phare du *Sgt. Pepper*, premier album concept et monument de l'histoire du rock, la chanson donna également son nom à l'australopithèque Lucy, dont le squelette fut découvert sept ans plus tard en Éthiopie. Voilà qu'elle se glissait maintenant dans les rêves de JP. Cette histoire de Beatlemaniac allait le rendre fou, il fallait en finir. Le courrier qu'ils venaient de recevoir avec la référence à *Helter Skelter* laissait présager le pire. L'idée selon laquelle cette affaire était la dernière qu'il aurait à traiter s'était définitivement imposée à JP. Il ignorait toujours ce qu'il pourrait bien faire après avoir quitté la police, mais une voix intérieure lui disait de plus en plus nettement qu'il allait falloir tourner la page, qu'il ne serait plus jamais capable de mener une enquête. Et puis, il y avait autre chose qui le tourmentait, ou plutôt quelqu'un d'autre. Un fantôme. Daniel Olivares, le jeune Mexicain qui avait fini dans le congélateur du gros Valdés. Subrepticement, il était venu s'immiscer dans sa relation avec Lucia. Enfin, dans sa tête à lui, car ils n'en avaient jamais parlé tous les deux. Les circonstances de leur première rencontre étaient comme un tabou entre eux. JP ne connaissait d'ailleurs pas la véritable nature du lien qui unissait Lucia à Daniel. La première fois que ce dernier avait refait surface dans son esprit, c'était le dimanche précédent. Alors que Lucia préparait un petit-déjeuner mexicain chez lui, il s'était subitement demandé si elle avait l'habitude de faire la même chose avec lui. Il s'était efforcé de chasser ces pensées en faisant le café, mais, depuis, le spectre de Daniel avait fait son apparition à plusieurs reprises, notamment pendant qu'il faisait l'amour avec Lucia. Pourquoi fallait-il que ce jeune homme maigre au visage triste, qu'il n'avait connu qu'en photo, vienne le hanter ? Était-ce parce que sa disparition se trouvait à l'origine de sa relation avec Lucia ? Fatigué de retourner ces questions, il finit par s'endormir.

Depuis trois jours, le message de Beatlemaniac squattait dans sa tête. *« Une femme HS avec son bébé »*. JP se demandait toujours si leur interprétation était la bonne et, pour une fois, se prenait à souhaiter qu'elle ne le fût pas. Chaque appel téléphonique le faisait sursauter tant il redoutait l'annonce d'un sixième homicide. L'analyse de la lettre reçue par le journal n'avait rien donné, mais ce n'était pas vraiment une surprise. Assis à son bureau, il épluchait à nouveau le dossier Beatlemaniac en reprenant tous les meurtres et la dernière tentative ratée dans l'ordre chronologique. Il espérait ainsi tomber sur un indice négligé, un détail oublié, quelque chose qui permettrait de sortir cette enquête de l'enlisement.

Rita, avec qui la relation s'était normalisée d'autant plus facilement qu'elle semblait dépourvue d'affects tant qu'elle n'avait pas bu, avait proposé de repasser en revue tout le versant Beatles de l'investigation. Elle relisait les paroles des chansons sélectionnées par Beatlemaniac, vérifiait les dates et étudiait tous les commentaires et analyses auxquels elle avait accès. Elle le faisait sans grande conviction, mais ne désespérait pas de découvrir une piste.

Au bout de quelques minutes, un détail sauta au visage de JP. Là, en bas de la fiche de renseignement de Patrick Evans, il était écrit qu'il était titulaire d'un CAP de serrurier métallier. JP se demanda pourquoi, jusque-là, personne n'avait relevé cette information qui entrait en résonance avec la formidable aptitude de Beatlemaniac à crocheter les serrures. Une hypothèse germa immédiatement dans sa tête, avant de se heurter à un gros « mais ». Evans ne ressemblait pas du tout au portrait-robot. D'un autre côté, Beatlemaniac pouvait très bien avoir un complice, d'autant que les rencontres de Stanley et de Pésinet avec celui que l'on soupçonnait d'être le tueur n'avaient pas eu lieu sur des scènes de crime. JP sortit du dossier un prospectus du groupe *Quatre de Liverpool* et examina les visages des autres membres. Le seul qui pouvait éventuellement ressembler au portrait-robot était le batteur. Encore fallait-il qu'il soit grimé. Une idée folle germa alors dans le cerveau de JP. Et si Beatlemaniac n'était pas une seule et unique personne, mais un groupe ? Un quatuor, comme les *Quatre de Liverpool* par exemple, poussant l'hommage fanatique et collectif aux Beatles jusqu'au meurtre. Un véritable « monstre à quatre têtes » selon l'expression utilisée, avec humour, par Mick Jagger pour illustrer l'unité légendaire des Beatles pendant leur première moitié de carrière. « Calme-toi JP, tu délires ! » se dit-il. Il fallait revenir aux faits et se concentrer sur Evans et ses talents de serrurier. JP fit part de sa découverte à Rita qui jugea aussi la coïncidence troublante.

Quand le Morse leur ordonna d'entrer, ils eurent la surprise de le trouver assis à la petite table ronde avec Dekker. Sentant que ses équipes patinaient, ce dernier s'était décidé à s'impliquer plus directement dans l'enquête. Un peu décontenancé, JP commença à expliquer comment il avait mis à jour le métier d'origine d'Evans et le lien que l'on pouvait établir avec le tueur en série. Il se garda toutefois bien d'évoquer l'hypothèse d'un quatuor assassin devant Dekker. Alors qu'il s'attendait à une réflexion acerbe du divisionnaire, la réponse de celui-ci le surprit agréablement.

— Ça vaut la peine d'être creusé. Contactez la PJ de Mantes et allez vérifier les alibis de cet Evans. Je suis sûr que l'agent Pilchard se fera un plaisir de vous accompagner.

JP appela le commissaire Ducreux sur-le-champ pour l'informer qu'il voulait interroger Evans. Ce dernier étant toujours sous protection policière, les agents chargés de sa sécurité pourraient l'emmener dans les plus brefs délais au commissariat de Mantes. JP chargea Ostermann de conduire la voiture, car depuis leur sortie à Montpellier il préférait ne pas se déplacer seul avec Rita.

Les trois enquêteurs arrivaient Porte Maillot quand le portable de JP vibra.

— Commandant, on a un problème, annonça Ducreux d'une voix métallique.

— Que se passe-t-il ?

— Evans a disparu.

— Quoi ?

— Après votre appel, j'ai demandé aux agents en faction devant chez lui de l'amener au commissariat. Il était censé être là, mais quand ils ont sonné, pas de réponse. Ils sont entrés et ont trouvé la maison vide. Apparemment, il s'est fait la paire par-derrière en traversant la propriété d'un voisin.

— Aïe, ça sent pas bon.

JP réfléchit un instant avant de poursuivre.

— Lancez un avis de recherche. En attendant, on va jeter un coup d'œil à son domicile. Il est 11 h 20, Je crois qu'on y sera vers midi.

— Très bien, je vous retrouve là-bas.

JP expliqua la situation à ses collègues et appela Mantovani dans la foulée. La nouvelle contraria le Morse. Il ne savait plus quoi en penser. Ce grand benêt d'Evans pouvait-il être Beatlemaniac ? Pourquoi aurait-il inventé cette histoire d'assassinat manqué à son domicile dans ce cas ? Juste pour se foutre de leur gueule ? Il se prit à regretter sincèrement de ne pas être déjà à la retraite. JP se posait les mêmes questions et n'avait pas plus de réponses à y apporter. Mantovani décida de solliciter une commission rogatoire pour la perquisition chez Evans, puis de lancer une investigation préliminaire sur les autres membres des *Quatre de Liverpool*. Finalement, il demanda à JP de le tenir au courant avant de raccrocher. Le reste du trajet s'effectua en silence. À côté d'un Ostermann absorbé par la conduite, JP se perdit en mille conjectures avec Beatlemaniac pour seul dénominateur commun. À l'arrière du véhicule, fronçant les sourcils et titillant sa lèvre inférieure, Rita demeura concentrée sur sa tablette.

Lorsqu'ils se garèrent devant le pavillon du 4 de la rue Louise Michel, JP se dit que ce n'était décidément pas comme ça qu'il imaginait le domicile de Beatlemaniac. La silhouette corpulente du commissaire Ducreux les attendait dans la cour. Il sembla particulièrement content de revoir l'agent Pilchard à qui il serra longuement la main. Dans un premier temps, ils contournèrent la maison et Ducreux leur montra par où Evans avait probablement pris la poudre d'escampette. Il suffisait d'escalader un pilier d'un mètre cinquante pour franchir la clôture et se retrouver d'un bond dans le jardin de la propriété voisine qui était inoccupée au moment des faits. Evans avait ainsi pu rejoindre la rue parallèle et emprunter ensuite les transports en commun.

Les enquêteurs tardèrent une bonne heure et demie à effectuer la perquisition. Patrick Evans avait une collection conséquente d'objets liés aux Beatles, ce qui en soi ne constituait pas une surprise. Disques vinyle, CD, livres, magazines et figurines s'entassaient sur une étagère qui couvrait tout un pan de mur du salon. Trois guitares étaient accrochées dans un coin du garage aménagé pour ses répétitions, dont deux modèles utilisés par George Harrison dans les années soixante : une *Gretsch 6128 Duo Jet* et une *Rickenbacker 360/12*. « Un vrai passionné », pensa JP. La trouvaille la plus intéressante fut un cahier d'écolier qui traînait au fond d'un tiroir de la cuisine. On y avait collé diverses coupures de journaux relatives à l'affaire Beatlemaniac, depuis la première une qui avait donné son surnom au tueur en série, jusqu'aux articles les plus récents. JP décida d'embarquer le PC d'Evans pour le faire analyser.

Ducreux proposa à ses collègues parisiens de déjeuner dans une brasserie de Mantes-la-Jolie où il avait ses habitudes. Assis sur la banquette rouge à côté de Rita et en face d'Ostermann, JP était mal à l'aise et peinait à avaler sa choucroute. « *Une femme HS avec son bébé* » tournait dans sa tête comme une épée de Damoclès et il sentait que le temps jouait contre eux. Un appel reçu par Ducreux juste avant le dessert mit fin à son supplice et lui redonna un peu d'espoir. Patrick Evans venait d'être interpellé au domicile de ses beaux-parents où il s'était rendu avec l'intention d'emmener ses enfants quelques jours. Face au refus de son ex-épouse, le ton était vite monté et il avait proféré des menaces. Lorsque les policiers du commissariat de Mantes étaient intervenus, Evans avait tenté de s'échapper par une fenêtre et s'était cassé une cheville. On était en train de le transférer à l'hôpital.

Quand les enquêteurs arrivèrent au Centre Hospitalier François Quesnay, on les informa qu'Evans était victime d'une mauvaise fracture nécessitant une opération immédiate. Il leur faudrait patienter plus d'une heure avant de pouvoir l'interroger. JP se dit que ce n'était vraiment pas son jour. Il allait appeler Mantovani lorsque son portable sonna. C'était le Morse, justement. Au son de sa voix, il sut que quelque chose de grave venait de se produire. Rita, qui l'observait du coin de l'œil, dans la salle d'attente, le vit pâlir.

Le square Édouard Vaillant, situé dans le vingtième arrondissement près du Père-Lachaise, était encerclé par des policiers en uniforme quand Ostermann gara la voiture rue du Japon. JP montra sa carte à l'agent et lui demanda où avait eu lieu l'homicide. C'était à une vingtaine de mètres seulement, sur la gauche. JP, Rita et Ostermann passèrent le portillon et s'avancèrent dans l'allée. Au détour d'un groupe d'arbres, ils virent l'attroupement, mélange d'officiers en civil et de techniciens en combinaison blanche, d'où dépassait Dekker d'une tête, telle une tour de contrôle. Mantovani était à ses côtés, tous deux avaient le visage fermé. La silhouette dégingandée de Farid vint à leur rencontre, le teint livide. Ses lèvres bougèrent, mais sans qu'aucun son ne pût en sortir. JP contourna la scène de crime par la droite jusqu'à ce qu'il puisse distinguer la victime. Rita s'arrêta près de lui et porta sa main à la bouche, laissant s'échapper un murmure : « *Oh my God!* ». Le corps de la jeune femme blonde était allongé sur le côté, les jambes recroquevillées, presque en position fœtale. Sa poitrine et son ventre rebondi étaient couverts de sang. La terre de l'allée s'était imbibée de rouge foncé sous elle. On distinguait le baladeur blanc sur le sol, à quelques centimètres de son visage. Le contenu de son sac à main et celui d'une poubelle toute proche avaient été éparpillés autour du cadavre. « *Helter Skelter* », pensa JP, que l'on pouvait traduire par « pêle-mêle ». Beatlemaniac avait ajouté un détail sordide pour mieux coller au titre de la chanson. Pour la première fois de sa vie, JP sentit une envie de meurtre monter en lui. Empli de dégoût, il sut à cet instant qu'il ne pourrait jamais plus écouter *Helter Skelter*, ses riffs métalliques acérés comme des lames, les coups sourds assénés à sa batterie par Ringo Starr.

Tous les gens qui s'activaient autour de la victime parlaient à voix basse, comme s'ils avaient eu peur de la réveiller. JP eut un haut-le-cœur en entendant le légiste évoquer plusieurs coups de couteau au thorax et à l'abdomen. Il vit Rita s'écarter. Ostermann, lui, avait préféré rester en retrait. Le soleil inondait le square de lumière et les oiseaux chantaient dans les arbres par ce bel après-midi de juin, comme pour essayer d'effacer le terrible crime qui venait d'être commis.

Le Morse s'approcha de JP et le prit à part. Il lui expliqua comment il avait été prévenu par le commissariat du vingtième. Une femme qui promenait son bébé avait croisé Beatlemaniac sortant du square, juste avant de trouver le corps de Louise François. Elle s'était rendue dans un café pour donner l'alerte. Joseph et Michelle étaient en train de recueillir son témoignage. Malgré leur intervention rapide, les médecins de l'hôpital Tenon, situé à quelques encablures, n'avaient pu que constater le décès de la mère et de l'enfant qu'elle portait depuis huit mois environ.

Ce soir-là, JP décida de rentrer chez lui à pied, il avait grand besoin de marcher. Les cris du mari de Louise François — « Qu'est-ce que je vais dire à ma fille ? » — résonnaient encore dans son crâne. Il remonta le boulevard Saint-Michel d'un pas lourd, les poings serrés dans les poches de son imper et la tête enfoncée dans les épaules, hanté par la scène du square. C'était sans nul doute la plus horrible de toute sa carrière, mais le malaise qu'il ressentait avait aussi une explication plus personnelle. Durant tout le trajet jusqu'à son domicile, le monde extérieur n'eut aucune prise sur lui. Au sein de sa bulle, les sons et les images lui parvenaient comme atténués, presque irréels.

JP referma la porte de son appartement lentement derrière lui, puis accrocha son imperméable au portemanteau, comme par automatisme. Il se dirigea vers la chambre et s'assit sur le lit, les mains à plat sur les cuisses. Il sentait sa poitrine se gonfler à chaque inspiration comme lorsqu'il méditait. De temps en temps, il jetait un regard furtif vers le tiroir de la table de nuit. Au bout d'une dizaine de minutes, il finit par l'ouvrir pour en extraire une enveloppe blanche qui reposait tout au fond. Il la garda encore quelques secondes sur ses genoux avant de se résoudre à en sortir son contenu.

C'était l'impression d'une échographie dont le papier avait commencé à jaunir et qu'il conservait religieusement depuis quatre ans. Elle montrait un fœtus de douze semaines de profil. La première fois que JP avait vu ces petites mains translucides qui flottaient devant son visage, il avait pensé au jour où elles serreraient ses doigts à lui. Qu'était devenu ce petit être, sans nom ni sépulture, qu'il eût tant aimé s'il avait pu voir le jour ? La vision terrifiante de la jeune femme assassinée et des traces de coups portés directement à son enfant avaient fait resurgir cette vieille douleur enfouie. Lui, qui avait toujours rêvé d'être père, l'avait presque été une fois. On pouvait même dire qu'il l'avait été virtuellement pendant deux mois et demi, jusqu'à ce que Jeanne fasse une fausse couche. Quel sens pouvait-on donner à la mort d'un fœtus ? Est-ce que cela comptait comme une paternité ? Aux yeux du monde, non. JP ne comprenait d'ailleurs pas pourquoi la société faisait si peu de cas de ces enfants décédés avant d'être nés. Le deuil périnatal restait un sujet tabou. « Il aurait trois ans et demi », se dit-il. « Il », car JP avait la conviction que c'était un garçon, sans qu'il ne puisse dire pourquoi. Sa disparition avait creusé un trou béant entre Jeanne et lui, et c'était sans doute ça, plus que toute autre chose, qui avait conduit inéluctablement à leur divorce. Cette vieille échographie était la seule trace matérielle de l'existence fugace de ce petit être, la preuve qu'il n'était pas le produit d'un rêve, et pour rien au monde JP ne s'en serait séparé. Réalisant à quel point cette perte avait laissé un vide en lui, il se mit à pleurer à chaudes larmes la mort de cet enfant dont il n'avait toujours pas fait le deuil.

Depuis 8 heures, JP révisait fiévreusement toutes les pièces du dossier *Helter Skelter* à la recherche d'un indice ou d'une étincelle susceptibles d'ouvrir une nouvelle piste, puisqu'il était désormais avéré que Patrick Evans était hors de cause. Ses compagnons des *Quatre de Liverpool* avaient également été écartés de la liste des suspects après vérification de leurs alibis. JP appréciait d'être enfin seul dans son bureau. Rita devait partir le matin même à Londres pour deux jours. Selon la rumeur, Scotland Yard envisageait de la rapatrier plus tôt que prévu. L'enquête pataugeait et ils ne souhaitaient pas être associés au fiasco de la brigade criminelle. Jojo, qui supervisait ce matin-là le travail de terrain autour du square Édouard Vaillant, était tout secoué à l'idée de perdre aussi vite sa collègue britannique.

JP n'avait pas encore lu la presse du jour, mais il imaginait que le dernier crime de Beatlemaniac devait faire la une de nombreux quotidiens. La nature même de l'homicide, que l'on pouvait considérer comme double, ne pouvait manquer d'avoir un impact énorme auprès de l'opinion publique, et par ricochet au sein du pouvoir politique. Mantovani avait rendez-vous avec Dekker à 15 heures, et tout laissait penser qu'on allait lui retirer la responsabilité de l'enquête, probablement au profit de Berthier qui piaffait d'impatience. Pour le Morse, à deux semaines de la retraite, c'était un camouflet et un triste épilogue. JP se sentait coupable, car cette décision sanctionnerait aussi en grande partie son propre échec. S'il savait depuis un certain temps déjà que cette affaire Beatlemaniac serait la dernière, il n'avait jamais envisagé jusque-là qu'il puisse ne pas la mener au bout. Tout comme Mantovani, il allait finir sa carrière sur une fausse note, mais il avait encore beaucoup de mal à s'y résoudre. Pourtant, s'ils ne trouvaient rien avant 15 heures, les jeux étaient faits.

Le rapport d'autopsie indiquait que la victime et son fœtus de sexe masculin avaient été tués par une arme blanche à lame étroite de 18 cm environ. Le couteau, dont on pouvait soupçonner une origine militaire, peut-être un poignard de combat, n'avait pas été retrouvé. Les dépositions de deux témoins oculaires avaient été recueillies. Une jeune femme qui promenait son bébé avait croisé Beatlemaniac alors qu'il sortait du square, l'air pressé, en sueur et avec « un regard de fou ». C'était elle qui avait donné l'alerte. Sa description du tueur était conforme au portrait-robot, moustache, cheveux mi-longs avec frange sur le front, nez fort et petits yeux pénétrants. Il était tout de noir vêtu et portait des gants, comme lors de l'attaque ratée chez Patrick Evans. Un retraité l'avait vu quelques secondes plus tard traversant rapidement la rue Belgrand en direction de la rue de la Chine. À première vue, le premier témoignage était le plus intéressant, car la jeune femme avait croisé Beatlemaniac de près. JP convint avec Mantovani qu'il fallait l'interroger à nouveau, « à froid ». Il prit contact avec elle et dut faire preuve de beaucoup de persuasion pour vaincre ses réticences et fixer un rendez-vous pour 11 heures à son domicile. Elle avait été traumatisée et souhaitait oublier.

— Toc ! Toc !

JP leva la tête. Michelle était debout dans l'encadrement de la porte qui était grande ouverte. Elle le regardait avec un sourire triste.

— Je peux ? demanda-t-elle.

— Oui, bien sûr. Entre !

— On vient de vérifier un témoignage intéressant. Un homme a aperçu Beatlemaniac juste après l'assassinat, rue de la Chine. Il est monté dans une Coccinelle blanche.

— La Coccinelle blanche, comme dans le Loir-et-Cher. Il a relevé le numéro ?

— Non, malheureusement. Il a seulement distingué une plaque jaune.

— Dis à Farid de chercher la Coccinelle avec les caméras de vidéosurveillance des environs. S'il la trouve, il est possible qu'on puisse lire l'immatriculation.

Quelques minutes plus tard, Michelle apparut à nouveau dans l'embrasure de la porte. Le véhicule avait été repéré. JP se leva d'un bond et suivit Michelle jusqu'au box de Farid. En chemin, elle lui expliqua que la voiture avait été filmée Porte de Bagnolet alors qu'elle se dirigeait vers le boulevard périphérique en direction du sud. Farid était en train de zoomer sur la plaque arrière.

— Ça y est, je l'ai… LMW 28 IF. Bizarre, ce numéro.

— Laisse tomber, il nous a bien eus, répondit JP.

— Comment ça ?

— Tiens, cherche « pochette album Abbey Road » sur le web et tu verras.

En quelques secondes, Farid fit apparaître la mythique pochette à l'écran. C'était la célèbre photo des quatre Beatles traversant sur un passage pour piétons devant les studios EMI d'Abbey Road, là où ils avaient enregistré tous leurs disques. En arrière-plan, sur la gauche, une Coccinelle blanche mal garée exhibait la même immatriculation : LMW 28 IF.

— Je vois, dit Farid. Ce Beatlemaniac est un farceur en plus d'être un gros salopard.

— Oui, mais là, on a assez rigolé, répondit JP. On va quand même lancer une recherche sur le véhicule avec ce numéro, au cas où il continuerait de l'utiliser. On ne sait jamais.

— Très bien, fit Michelle.

JP regarda sa montre. Il était près de 10 h 30.

— Bon, je me sauve, je vais interroger un des témoins d'hier. À la moindre nouvelle, vous m'appelez.

Le témoin, Anne Girard, vivait dans une rue proche du square Édouard Vaillant. Quand il sonna à l'appartement situé au deuxième étage, JP se dit que c'était peut-être la dernière chance de faire avancer l'enquête et d'éviter au Morse l'humiliation. Il distingua du mouvement derrière le judas et une voix frêle lui demanda de s'identifier. Elle ouvrit enfin et JP présenta sa carte de police. La jeune femme, qui avait dans les trente ans, le fit entrer et le conduisit au salon. Un petit garçon jouait à quatre pattes dans un parc pour bébé. En voyant JP, il cria « Papa ! »

— Non, mon chéri, ce n'est pas papa, corrigea la maman, un peu gênée.

JP sourit, puis s'assit sur le canapé à l'invitation d'Anne Girard. Elle prit place sur une chaise, sur la droite, en face de son fils.

— Quel âge a-t-il ? demanda JP.

— Dix-huit mois.

— Il est adorable.

— Merci.

— Madame Girard, je ne voudrais pas vous déranger très longtemps, mais j'aimerais que vous me racontiez ce que vous avez vu hier.

— J'ai déjà tout dit à vos collègues, je ne sais pas ce que je pourrais ajouter de plus.

— Vous êtes notre principal témoin, vous avez croisé l'assassin de près, le moindre détail pourrait nous mettre sur une piste.

— Je préférerais oublier ce que j'ai vu, croyez-moi. C'est le square où j'allais tous les jours avec Léo, j'ignore si je pourrai y retourner un jour.

— Je comprends, madame. Avec le temps, vous oublierez.

— Je ne sais pas comment vous, policiers, pouvez vivre avec toutes ces horreurs.

— C'est notre métier, répondit JP par automatisme, tout en se disant que lui non plus ne pouvait pas continuer à vivre avec ça.

Anne Girard passa ses deux mains sur son visage avant de poursuivre.

— Donc hier, vers 15 heures, j'ai quitté l'appartement avec Léo pour aller au square, comme d'habitude. Au moment où nous arrivions au portillon sur la rue Belgrand, un homme qui avait l'air très pressé est sorti du square.

— Il courait ?

— Non, il marchait, mais vite. Il a jeté un coup d'œil en arrière comme pour s'assurer qu'il n'était pas suivi.

— Il y avait d'autres personnes aux alentours ?

— Non, je ne crois pas.

— Ensuite ?

— Quand il est passé près de moi, j'ai senti qu'il dégageait quelque chose de terrible. Il avait un regard halluciné et j'ai eu peur. Et puis, il était vêtu tout en noir et portait des gants. C'était étrange.

— À quelle distance l'avez-vous vu ?

— Un mètre, tout au plus.

— Vous avez déclaré qu'il ressemblait à ça, n'est-ce pas ? demanda JP en lui montrant le portrait-robot de Beatlemaniac.

— Oui, c'était lui, j'en suis presque sûre.

— Ensuite, qu'a-t-il fait ?

— Il a disparu dans la rue Belgrand.

— Après, vous êtes entrés dans le square ?

— Oui, mais j'avais un mauvais pressentiment. Nous avons fait quelques mètres, puis j'ai vu le corps couvert de sang, dans l'allée près du monument à Gambetta. J'ai fait demi-tour avec Léo. On a traversé la rue, puis on s'est réfugiés dans un café et ils ont appelé la police.

— Autre chose ?

— Non, je ne crois pas.

— Quand il est passé près de vous, avez-vous remarqué quelque chose de particulier sur lui ? Un signe distinctif ? Un objet ?

Elle tordit la bouche et sembla réfléchir.

— Je crois qu'il portait une poche sur le ventre.

— Une poche… Une banane ?

— Oui, c'est ça, ce qu'on appelle une banane.

— De quelle couleur ?

— Noire, je crois. Il s'est accroché avec.

— Comment ça ?

— Au moment de franchir le portillon, la poussette de Léo n'a pas permis qu'il l'ouvre complètement. Comme l'espace était réduit, la poche ventrale s'est coincée un instant dans la porte.

— Et alors ?

— Il a forcé un peu et il est passé.

— Vous avez vu tomber quelque chose ?

— Non, rien.

— Merci, nous allons vérifier ce détail tout de suite.

JP se leva aussitôt et prit congé. Avant de disparaître dans l'escalier, il lança :

— Vous avez de la chance d'avoir Léo. Profitez-en !

Il descendit les marches quatre à quatre, sortit de l'immeuble et se dirigea d'un pas rapide vers la rue Belgrand. Le square était toujours interdit d'accès et un gardien de la paix faisait le guet devant l'entrée du parc qu'avait franchie Beatlemaniac. JP s'identifia et commença à examiner le portillon après avoir enfilé une paire de gants en latex. Accroupi du côté intérieur du battant, il remarqua une petite pièce métallique insérée dans un interstice du coin supérieur gauche du cadre. Bingo ! Il se releva, regarda autour de lui, puis sortit son couteau suisse de la poche de son imper. Le temps pressait et il n'était pas question de finasser. Il choisit la lame la plus fine et entreprit de déloger l'objet. Après quelques secondes d'effort, il tomba dans la paume de sa main droite. JP se redressa et l'observa à la lumière du soleil. Il s'agissait apparemment d'une tirette de fermeture éclair, de forme ronde, avec un diamètre d'environ quinze millimètres. La partie qui la reliait à la fermeture avait été coupée net. Le motif sur la tirette était à moitié effacé. Au centre, on distinguait un animal dressé sur ses pattes arrière qui semblait être un lion, en noir sur fond jaune. Autour, le texte était pratiquement illisible, sauf la fin :… MC 85. Le labo pourrait peut-être déchiffrer le reste et surtout trouver une empreinte, il n'y avait pas de temps à perdre.

Il était midi passé quand JP arriva au laboratoire de la police scientifique de Paris, quai de l'horloge. Le Morse, qu'il avait prévenu en route, l'y attendait déjà, excité à l'idée que JP ait peut-être trouvé de quoi relancer l'enquête et, indirectement, sauver sa tête. Il soupesa la pièce à conviction dans sa grosse main, comme pour la faire parler, avant de la remettre au responsable de permanence du labo. Ce dernier, conscient de l'urgence de la requête, leur demanda un délai d'une heure. Mantovani en profita pour inviter JP à déjeuner chez la mère Martin, rue Henri Robert. En chemin, JP raconta comment il avait trouvé la tirette qui provenait vraisemblablement de la poche ventrale de Beatlemaniac.

Après avoir englouti une entrecôte accompagnée de frites, JP et Mantovani regagnèrent les locaux de la Criminelle. Le Morse fit son arrêt habituel aux toilettes, son transit intestinal étant réglé comme du papier à musique. JP entra dans son bureau et composa le numéro du labo. Il était 13 h 30.

— Ah, j'allais vous appeler justement. On a trouvé une empreinte exploitable sur la tirette et on a vérifié le fichier. Malheureusement, c'est négatif.

— Dommage. Et l'inscription ?

— On a pu reconstituer l'image et le texte grâce à un examen au microscope. C'est bien un lion debout, appuyé sur une sorte de pyramide très effilée. L'inscription en arc de cercle est « INSA — GMC 85 ».

— INSA – GMC 85, répéta JP.

— C'est ça. Je vous envoie l'image par e-mail tout de suite.

La tirette ne tarda pas à parler. Une simple recherche Internet permit en quelques clics de déterminer qu'il s'agissait sans doute du département Génie Mécanique Construction (GMC) de l'Institut National des Sciences Appliquées — INSA — de Lyon, une école d'ingénieurs. Badoux avait apparemment vu juste en évoquant un profil technique, pensa JP. Son intuition selon laquelle le chiffre 85 se référait probablement à la génération des diplômés de 1985 ne put être confirmée par la secrétaire de permanence. Il allait donc falloir rappeler plus tard pour pouvoir parler au directeur du département.

Mantovani fit son entrée dans le bureau au bout de quelques minutes. Il nota tout de suite, à la mine de son collaborateur, qu'il y avait du nouveau. JP lui expliqua brièvement ce qu'il avait trouvé grâce au déchiffrage de la tirette. Ils décidèrent de mettre immédiatement la PJ de Lyon sur le coup pour qu'une équipe se rende à l'INSA, situé à Villeurbanne, et obtienne le plus rapidement possible la liste de la promotion GMC de 1985. Ils n'eurent pas à insister sur l'urgence de la requête, Beatlemaniac étant désormais l'ennemi public numéro un. Il n'y avait plus qu'à attendre, certainement la chose la plus difficile pour un enquêteur. JP chercha l'annuaire en ligne des anciens élèves de l'INSA dans l'espoir de gagner du temps, mais l'accès était réservé aux diplômés.

— J'espère qu'on aura le listing de cette école avant 15 heures, soupira le Morse.

— Oui, moi aussi. Le problème est que Beatlemaniac s'est sans doute rendu compte de la perte de la tirette. Il va doublement se méfier. Peut-être même qu'il va déménager, remarqua JP.

— Très juste, confirma le Morse, c'est un malin, il va falloir faire vite.

Michelle et Farid débarquèrent à leur tour dans le bureau au retour de leur pause déjeuner.

— Alors, quoi de neuf ? demanda Farid.

— On a une piste, répondit Mantovani.

— On pense que Beatlemaniac est sorti en 1985 de l'INSA de Lyon, une école d'ingénieurs, ajouta JP. On attend la liste des anciens élèves d'une minute à l'autre.

— C'est génial ! dit Michelle.

JP était en train d'expliquer comment il avait mis la main sur la tirette quand son smartphone vibra. C'était le commissaire Lanson, de la PJ de Lyon. Il était à l'INSA et s'apprêtait à envoyer la liste des diplômés GMC de 85. JP s'empressa de consulter sa messagerie et de télécharger la pièce jointe. Il ouvrit le fichier, un tableur contenant nom, prénom, sexe, adresse personnelle, date et lieu de naissance des cent dix diplômés.

— Mince, c'est un gros échantillon, je m'attendais à moins. On va mettre du temps à vérifier tout ça, lâcha JP un peu déçappointé.

— On devrait croiser la liste tout de suite avec celle du fan-club, proposa Mantovani.

— Farid, tu me vérifies ça, s'il te plaît ? demanda JP.

— OK, ça roule. Passe-moi le fichier.

— J'appelle Dekker pour qu'on mobilise du monde sur la vérification des antécédents de tous ces diplômés, dit Le Morse.

Quelques minutes plus tard, Farid déboula dans le bureau de JP.

— Venez voir, j'ai un *match*.

Tous se précipitèrent à sa suite vers son ordinateur. Le nom de Jean-François Péricard figurait à la fois dans le fichier du fan-club et dans celui de l'INSA. D'après ce dernier, il habitait Boulogne.

— OK, je vérifie tout de suite s'il a des antécédents, proposa Michelle.

Farid chercha son téléphone dans les pages blanches. L'adresse était identique.

— C'est bon, on le tient. Regarde s'il a un compte Facebook.

Farid s'exécuta et fit apparaître son profil public en quelques secondes. La photo montrait un cinquantenaire en costume-cravate, légèrement dégarni, souriant et sûr de lui. Sa page indiquait qu'il était directeur général, marié et père de deux enfants.

— Pas vraiment le physique de l'emploi, fit JP avec une pointe de déception dans la voix.

— C'est vrai qu'on a du mal à l'imaginer en train d'étrangler une vieille dame dans son lit ou de poignarder une femme enceinte, répondit le Morse. Mais on ne sait jamais, j'en ai vu d'autres. Et puis, si ce n'est pas lui, il peut nous mettre sur la piste du tueur.

— Oui, il l'a sans doute côtoyé pendant ses études et partageait une même passion pour les Beatles.

— Apparemment, il n'a pas d'antécédents, intervint Michelle.

— OK, on va faire une descente chez lui, dit Mantovani. JP, appelle Joseph pour qu'il nous retrouve là-bas avec le reste du groupe. Je préviens le juge et je vais tâcher de reporter mon rendez-vous avec Dekker.

Le Morse sortit dans le couloir pour joindre le divisionnaire. Après quelques minutes, il revint avec un sourire aux lèvres.

— C'est bon, j'ai un sursis de vingt-quatre heures. On part pour Boulogne.

— Bravo, chef ! Allons-y, répondit JP, soulagé.

JP, Mantovani, Michelle et Farid prirent la direction de la Porte de Saint-Cloud, puis entrèrent dans Boulogne-Billancourt. Le GPS les guida rapidement jusqu'au 66 avenue Victor Hugo. Péricard habitait au quatrième et dernier étage d'un immeuble moderne de standing, bourgeois à souhait. Ce n'était pas franchement le type de domicile que JP avait imaginé pour Beatlemaniac. Tout le monde resta dans le véhicule en attendant les renforts. Dix minutes plus tard, un léger crissement de pneus signala l'arrivée de Joseph en voiture banalisée, accompagné de Mohan et Ostermann. Il était 15 h 10. Mantovani donna ses instructions. JP et lui monteraient à l'appartement pendant que Versini et Mohan surveilleraient l'entrée principale. Michelle et Farid se posteraient à l'arrière de l'immeuble. Le Morse appuya sur le bouton de l'interphone. Une femme répondit froidement.

— Oui ?

— Commissaire Mantovani, police judiciaire, nous aimerions interroger M. Jean-François Péricard.

— Il est en voyage, monsieur. Que lui voulez-vous ? demanda la femme, d'une voix ayant subitement perdu son assurance.

— C'est dans le cadre d'une enquête, madame.

— Qui me dit que vous êtes de la police ?

— Si vous nous laissez monter, mon collègue et moi, nous vous présenterons notre identification officielle.

La porte vitrée de l'immeuble s'ouvrit et les deux officiers prirent l'ascenseur jusqu'au quatrième. JP prévint son équipe que le suspect n'était apparemment pas là. Il appuya sur la sonnette de Jean-François et Caroline Péricard. Sentant qu'on s'agitait derrière l'œil-de-bœuf, Mantovani tendit sa carte. La porte s'entrouvrit enfin, la chaîne de sûreté enclenchée. Visiblement, la dame qui jetait un œil bleu inquisiteur à ses visiteurs par l'entrebâillement était méfiante.

— C'est à quel sujet ? demanda-t-elle d'une voix inquiète.

— Commissaire Mantovani. Le commandant Estable et moi-même souhaiterions vous poser quelques questions.

Après quelques secondes d'hésitation, Caroline Péricard finit par ouvrir en grand. C'était une femme élégante, petite et mince, dans les quarante-cinq ans. Elle avait la peau très pâle et des cheveux blonds coiffés en chignon. Son chemisier beige échancré mettait en évidence un collier de grosses perles. Une jupe noire au-dessus du genou, des bas et des talons hauts complétaient la tenue BCBG. Elle examina attentivement la carte des deux policiers.

— En quoi puis-je vous aider, messieurs ? Mon mari n'est pas là.

— Ce ne sera pas long, madame. Pouvons-nous entrer, s'il vous plaît ?

— Je vous en prie, répondit-elle d'un ton hésitant.

Les deux hommes s'arrêtèrent dans le vestibule alors qu'une jeune fille blonde d'une vingtaine d'années s'approchait dans le couloir.

— Que se passe-t-il, maman ?

— Rien, ma chérie. C'est la police qui veut poser quelques questions, retourne dans ta chambre. Venez, messieurs, allons au salon, nous serons plus à l'aise pour discuter.

La pièce aux murs parfaitement blancs paraissait d'autant plus grande et lumineuse que la décoration était minimaliste. La baie vitrée donnait sur le balcon et offrait une vue imprenable sur la ville. JP et Mantovani prirent place sur le canapé design en cuir bordeaux, un peu empruntés, comme s'ils avaient soudainement réalisé l'incongruité de leur look d'as de pique dans ce décor très tendance. Se tordant les mains sous l'effet de l'inquiétude, Mme Péricard n'en essayait pas moins de remplir son rôle de parfaite maîtresse de maison.

— Je vous offre quelque chose à boire ?

— Non merci, madame. Nous ne souhaitons pas vous déranger très longtemps, répondit Mantovani sur un ton qui se voulait rassurant.

JP prit conscience du caractère surréaliste de la situation. Il était venu dans l'espoir d'appréhender Beatlemaniac et se retrouvait à converser avec une femme au foyer tout ce qu'il y a de plus chic. Caroline Péricard prit place sur un fauteuil en face des policiers, tout en restant très droite, les mains sur les genoux.

— Votre mari est en voyage d'affaires ? interrogea JP.

— Oui, en Allemagne, il rentre demain à la mi-journée.

— Depuis quand est-il absent ?

— Depuis mardi matin.

Les deux officiers échangèrent un bref regard. Cela voulait dire qu'il était à l'étranger au moment du meurtre du square, tout au moins en théorie.

— Il se rend régulièrement en Allemagne ? continua Mantovani.

— Deux fois par mois, normalement, pour deux ou trois jours. Mon mari dirige la filiale française du groupe Voorman, basé à Hambourg.

— Connaissez-vous les dates de ses séjours en avril et mai de cette année ? reprit JP.

— Je les ai dans un agenda. Mon mari est très organisé, vous savez. Chaque mois, il note les dates de tous ses déplacements professionnels pour que je puisse planifier mes activités. Il y a même le numéro de ses vols. Je vous l'apporte ?

— S'il vous plaît, approuva Mantovani.

L'épouse sortit du salon et revint trente secondes plus tard avec un petit agenda noir qu'elle tendit à JP. Ce dernier nota consciencieusement les dates et coordonnées des vols dans son carnet. Il remarqua au passage que Jean-François Péricard s'était également absenté aux dates de l'attaque contre Patrick Evans et de l'homicide de David Doran. Il en fit part à son chef.

— Très bien, madame. Nous n'allons pas vous importuner plus longuement, fit Mantovani. Nous prendrons contact avec votre mari dès son arrivée.

— Excusez-moi commissaire, demanda-t-elle en se tordant à nouveau les mains, je peux vous poser une question ?

— Allez-y, madame.

— De quoi s'agit-il ? Vous soupçonnez mon mari de quelque chose ?

— Ne vous inquiétez pas. Nous voulons simplement l'interroger. Nous pensons qu'il pourrait nous aider à faire avancer une enquête.

— C'est une affaire grave ?

— Homicide, madame. Je ne peux pas vous en dire davantage.

La pauvre femme porta la main droite à sa bouche restée grande ouverte, interdite.

— Tranquilisez-vous, vous n'avez rien à redouter, tenta de la rassurer Mantovani.

Dans l'ascenseur, JP s'exprima en premier.

— Ça se confirme, ce n'est certainement pas notre homme.

— On ira tout de même le cueillir demain à l'aéroport pour l'interroger et prendre ses empreintes. Il arrive à quelle heure ?

— 13 h 20 à Orly, vol OA909, répondit JP en consultant son calepin. On pourra passer à sa boîte, demain matin, pour vérifier les dates de ses voyages.

— Il faudra confirmer aussi avec la compagnie aérienne.

Mantovani rassembla ses troupes en bas de la résidence et résuma l'entretien. Il décida tout de même de demander une surveillance de l'immeuble jusqu'au lendemain, au cas où. Toute l'équipe rentra au quai des Orfèvres.

En fin d'après-midi, on apporta à JP le détail des antécédents judiciaires des deux diplômés GMC de l'INSA de Lyon qui avaient déjà eu maille à partir avec la justice. Maxime Edison avait été condamné en 1998 à trois ans de prison ferme pour coups et blessures sur sa femme, et Alain Klein à un an de prison, dont six mois avec sursis, pour abus de biens sociaux en 2000. JP passa dans le bureau de Mantovani pour le mettre au courant.

— Il habite où cet Edison ?

— Versailles.

— Bon, on enverra quelqu'un chez lui ce soir pour voir son emploi du temps. Demain matin, on vérifie en priorité les déplacements professionnels de Péricard auprès de sa boîte, ordonna le Morse.

— Très bien. J'ai hâte de l'entendre celui-là.

— Moi aussi, mais j'ai peur que ça ne donne rien, dit Mantovani un tantinet désabusé. En attendant, je crois que je vais rentrer un plus tôt aujourd'hui. C'est notre anniversaire de mariage.

— Sauvez-vous alors, chef. Et passez une bonne soirée !

— Merci. Toi aussi, tu ferais bien d'y aller, JP. Tu as l'air fatigué. Tu sais, avec l'âge je me rends compte qu'on ne prend pas assez soin de soi, alors qu'on ne vit qu'une fois.

— Vous avez raison, je ne vais pas tarder à rentrer. À demain.

XIV

Jojo s'était toujours considéré comme un solitaire, mais il commençait à se dire qu'il ne se voyait pas vieillir seul. Il avait quitté son île natale vingt ans plus tôt déjà pour entrer dans la police. L'annonce par haut-parleur d'un vol à destination d'Ajaccio venait de déclencher une crise de nostalgie si aiguë qu'il fut tenté de détaler vers la porte d'embarquement en plaquant tout derrière lui. « Et si j'invitais Rita à passer un week-end en Corse ? » pensa-t-il après s'être repris. Farid interrompit sa rêverie en l'avertissant que l'avion de Jean-François Péricard, en provenance de Hambourg, avait atterri à l'instant. 13 h 20, il était pile à l'heure.

Joseph et Farid se dirigèrent vers les arrivées pour réceptionner celui qui apparaissait au minimum comme un témoin essentiel dans l'affaire Beatlemaniac. Ils n'eurent pas de difficulté à le reconnaître, il était la copie conforme de la photo qu'il utilisait sur les réseaux sociaux.

— Monsieur Jean-François Péricard ?

— Oui, c'est moi.

— Lieutenant Boudjella et Capitaine Versini de la police judiciaire. Vous pouvez nous suivre ? Nous avons quelques questions à vous poser.

— Oui, je sais, ma femme m'a prévenu. Vous lui avez fait sacrément peur.

— Ne vous inquiétez pas, ce ne sera pas très long.

— Vous pouvez me dire de quoi il s'agit ?

— On vous expliquera dans nos locaux.

— Mon épouse m'a parlé d'une enquête concernant un homicide.

— Nous ne pouvons pas vous en dire plus pour l'instant.

Pendant tout le trajet vers le 36 quai des Orfèvres, les deux officiers gardèrent le silence, Farid et Jojo n'ayant jamais grand-chose à se dire. Depuis la veille au soir et l'appel de Caroline, affolée, Péricard cherchait de quoi il pouvait bien retourner, mais n'en avait toujours aucune idée. Enfin, il allait bientôt le savoir. Il était à mille lieues de se douter qu'il allait devoir remonter dans ses souvenirs presque trente ans en arrière.

Mantovani et JP reçurent Péricard dans le bureau du commissaire. Joseph et Farid étaient là aussi, en observateurs, tandis que Michelle s'apprêtait à taper la déposition. Après les présentations d'usage, ils lui demandèrent de s'asseoir.

— Puis-je savoir pourquoi je suis ici ? risqua l'industriel, un tant soit peu nerveux.

— Nous pensons que vous pouvez nous aider dans le cadre d'une enquête criminelle, répondit JP d'une voix calme. Vous avez entendu parler de l'affaire Beatlemaniac ?

— Oui, à travers la presse, comme tout le monde. Ne me dites pas que c'est pour ça que vous m'avez convoqué ?

— Nous avons de bonnes raisons de croire que le tueur est issu de la promotion 1985 du département GMC de l'INSA de Lyon, comme vous.

— Ah bon, fit l'homme de plus en plus tendu.

— À l'époque, vous étiez aussi membre du fan-club *Quatre garçons dans le vent*, ajouta Mantovani de sa grosse voix.

— Oui, et alors ? Ça ne fait pas de moi un assassin, se défendit Péricard qui s'était mis à transpirer.

— Rassurez-vous, nous avons vérifié votre emploi du temps auprès de votre société et vous avez de solides alibis pour au moins deux des attaques. Mais vous pouvez peut-être nous aider à l'identifier.

— Vous auriez pu me le dire plus tôt, vous m'avez fiché la trouille avec vos insinuations. Vous êtes sûr qu'il est de ma promo INSA ?

— Quasiment, répondit Mantovani.

— Je sais que vous étiez plus de cent étudiants, mais vous rappelez-vous de quelqu'un qui aimait particulièrement les Beatles ?

— Oui, Aynil. Marc Aynil. C'est le seul dont je me souvienne. Il était encore plus fan que moi.

JP consulta fiévreusement la liste des diplômés et mit rapidement le doigt dessus. Aynil Marc venait en quatrième position, après Amblard, Andreotti et Audouard.

— Né le 25 février 1962 à Tübingen, en Allemagne. Le fichier indique un domicile au 3, route de l'Abbaye à Gif-sur-Yvette, dans l'Essonne. Farid, vérifie ce que tu peux trouver sur lui.

— Vous pensez qu'Aynil est Beatlemaniac ? demanda Péricard, incrédule.

— Possible. Vous avez gardé contact avec lui ?

— Non, pas depuis l'INSA. On a été proches à une époque, mais après nos chemins ont divergé. À vrai dire, nous nous sommes fâchés à un moment donné.

— Racontez-nous ça, dit le commissaire.

— On étudiait la même spécialité, Génie Mécanique Construction, et en plus on habitait dans la même résidence à l'INSA. Et puis surtout, on partageait cette passion pour les Beatles, donc on se connaissait plutôt bien. Comme vous le savez, j'étais membre du fan-club *Quatre garçons dans le vent*. Lui aurait bien voulu l'être, mais n'en avait pas les moyens. Sa mère l'a élevé seule, il était boursier et n'avait jamais un sou en poche. Moi, je venais d'une famille plus aisée, alors je lui passais les fanzines du club, je l'invitais à des projections spéciales de documents rares sur les Beatles. À l'époque, il n'y avait pas Internet. Pour les grands fans comme nous, il était difficile d'assouvir sa passion, c'était le désert. Quand sortait le moindre article dans la presse, on se jetait dessus.

— Je sais, confirma JP. Comment vous êtes-vous brouillés ?

— Curieusement, ça a vaguement à voir avec les Beatles. C'était un an avant la fin de nos études, je crois. Un week-end, après une soirée étudiante un peu arrosée, on s'était retrouvés à discuter dans ma chambre. Ce soir-là, il était bizarre, comme excité sous l'effet de l'alcool, alors que d'habitude il était plutôt introverti. C'était la première fois que je le voyais comme ça, j'étais intrigué. Je sentais qu'il voulait me confier quelque chose d'important. Il a commencé à parler de sa mère qui avait grandi en Allemagne dans les années d'après-guerre. Je précise que le grand-père maternel de Marc était officier et stationné dans une base militaire française près de Stuttgart. Sa mère, donc, prétendait avoir rencontré les Beatles en 1961, alors qu'ils n'étaient pas encore connus. C'était à une soirée déjantée à Hambourg où elle avait été invitée par une amie. L'alcool coulait à flots et la drogue circulait, des amphétamines, je crois. Vous me suivez jusque-là ?

— Parfaitement, répondit JP qui ne perdait pas une miette du récit, car il sentait qu'ils étaient sur la bonne voie.

Jojo se grattait nerveusement la tête. Farid avait terminé de pianoter sur son ordinateur et était maintenant tout ouïe, pressentant lui aussi que Péricard allait faire une révélation. L'industriel reprit le fil de son histoire.

— C'est là que ça devient délirant. Sa mère lui aurait raconté s'être réveillée le lendemain matin de la fête, au milieu d'un grand lit, encadrée par Lennon et McCartney, tous deux endormis. Elle n'avait aucun souvenir de ce qui s'était passé et pensait avoir été droguée. Neuf mois plus tard naissait Marc.

— Sa mère prétendait que l'un des deux Beatles était le père de Marc ? demanda JP.

— Exact ! Et le pire est que lui semblait le croire. Quand il m'a dit ça, je n'ai pas pu m'empêcher d'éclater de rire et il l'a très mal pris. Après ça, il ne m'a plus jamais adressé la parole. Il était très susceptible.

— C'est notre homme, c'est Beatlemaniac ! exulta JP en se levant.

— Possible, tempéra Mantovani. Faut voir.

— C'est lui, j'en suis sûr. Farid, tu te rappelles ce que nous a dit Badoux : « Il pense que les Beatles sont liés à son histoire personnelle ». Il croit, ou prétend croire, qu'il est le fils de Lennon ou McCartney. C'est fou, ça ! Au fait, t'as trouvé quoi sur lui ?

— Le gars n'a pas d'antécédents judiciaires. Apparemment, il habite toujours à la même adresse, à Gif, et il n'est pas marié. Détail intéressant : aucun père déclaré, ça aussi ça colle avec le profil psychologique. D'ailleurs, il porte le nom de famille de sa mère, Julie Aynil, née le 9 janvier 1944 à Alger, décédée le 15 mars 2013 à Orsay. À part ça, il a fait son service militaire chez les paras, donc il a pu apprendre quelques trucs sur les techniques de combat.

— Attends, mars 2013, un mois avant le début des meurtres, c'est ça l'événement déclencheur dont parlait Badoux ! Ça se confirme.

— L'événement déclencheur ? demanda Mantovani, qui ne comprenait pas tout à ce que JP débitait.

— Oui, la mort de sa mère, qui était pour lui le lien entre sa vie et les Beatles, est l'événement qui l'a fait basculer dans la folie meurtrière, qui l'a poussé à passer à l'acte.

— Mouais, fit le Morse, pas totalement convaincu.

Il en profita pour interroger une dernière fois le témoin.

— Vous rappelez-vous d'autre chose concernant Aynil qui pourrait nous aider ?

— Je ne sais pas.... Il était plutôt sportif, il faisait des exercices tous les matins dans la cage d'escalier de la résidence avec son tapis de sol. Il pratiquait le kendo aussi et avait un sabre japonais caché sous son matelas.

— Le meurtre de David Doran ! interrompit JP.

— Quoi d'autre ? fit Mantovani.

— Globalement, c'était un mec bizarre. Il était réservé et solitaire. Il avait peur des filles aussi. À part moi, il n'avait pas d'amis dans l'école. Et puis, ses idées politiques à l'époque ne l'aidaient pas.

— Qu'est-ce qu'il avait comme idées ? demanda Mantovani, intéressé.

— Il ne cachait pas sa sympathie pour le Front national. Dans les années quatre-vingt, ce n'était pas très bien vu dans une école d'ingénieurs comme l'INSA.

— Au fait, est-ce qu'il ressemble à ça ? dit le Morse en lui tendant le portrait-robot de Beatlemaniac.

Péricard le regarda attentivement.

— Le nez et les yeux, ça lui ressemble. Pour le reste, je ne sais pas. Il avait toujours les cheveux courts à l'époque. Et puis, ça fait presque trente ans maintenant.

— OK, ça ira, fit JP en reprenant le portrait.

Le téléphone portable du témoin sonna.

— Vous permettez que je réponde ? C'est ma femme, elle doit s'inquiéter.

— Allez-y, je vous en prie, fit Mantovani.

— Il est 14 h 40, il est possible qu'il soit au boulot. Tueur en série, ce n'est pas une activité professionnelle. Farid, il bosse où Beatlemaniac ? demanda JP.

— Je ne sais pas, ce n'est pas dans le fichier INSA.

— Je peux peut-être vous aider, intervint Péricard qui venait de raccrocher. Je peux consulter l'annuaire en ligne des anciens élèves de l'INSA.

— Allez-y, dit Farid en lui laissant la place devant l'ordinateur.

En moins d'une minute, Péricard avait la réponse.

— Apparemment, il est salarié chez Ferratis S.A. à Palaiseau, 9 rue Victor Hugo.

— Michelle, tu peux sonner le rassemblement ? ordonna le commissaire.

Cette fois, Mantovani devait admettre que JP était sur la bonne piste. Il ne pouvait s'empêcher de ressentir l'exactitude des prédictions du profileur comme une petite défaite personnelle, mais il était hors de question de faire la fine bouche. Il congédia le témoin avec amabilité.

— Merci beaucoup pour votre aide, monsieur Péricard, on passera vous faire signer votre déposition. Désolé si on vous a fait peur, à vous et à votre épouse.

— Mon témoignage ne risque pas de nous mettre en danger, ma famille et moi ?

— On va vous envoyer une protection policière au cas où, répondit le Morse. Joseph, fais raccompagner monsieur, s'il te plaît.

Avant de partir, Mantovani avait prévenu Dekker et appelé le juge pour l'informer des dernières avancées et surtout de la tentative d'interpellation en préparation. Les trois groupes du Morse se dirigeaient en direction du lieu de travail de Marc Aynil, alias Beatlemaniac. Farid conduisait le véhicule de tête avec à son bord

Mantovani, JP et Michelle. Des renforts supplémentaires avaient été envoyés directement à Gif-sur-Yvette, sous la supervision de Dekker en personne, pour prendre position près du domicile du suspect.

Quatre voitures banalisées pénétrèrent dans la cour qui séparait les deux bâtiments de la société Ferratis. D'un côté, une vieille bâtisse grise allongée avec des fenêtres voûtées et grillagées abritait les ateliers. En face, un édifice carré, de construction plus récente, regroupait les bureaux. Mantovani fit disposer deux officiers devant chacune des issues, avant de passer la porte automatique et de se diriger vers l'accueil situé face à l'entrée principale, flanqué de JP. Farid et Michelle restèrent à l'extérieur, il valait mieux ne pas trop attirer l'attention. La standardiste étant occupée à orienter un client au téléphone, JP en profita pour consulter une brochure de l'entreprise posée sur un présentoir. Ce qu'il découvrit en ouvrant la double page le fit sursauter et il donna un coup de coude à un Mantovani en train de sonder la profondeur du décolleté de la jeune femme. Le document décrivait Ferratis S.A. comme « Un leader mondial dans la fabrication de serrures et systèmes de verrouillage haute sécurité » et montrait un échantillon de ses produits phares. Le mystère des talents de passe-muraille de Beatlemaniac semblait résolu. Dès que la standardiste eut raccroché, le commissaire, qui avait recouvré toute sa concentration, alla droit au but en exhibant son badge.

— Commissaire Mantovani, police judiciaire, nous souhaiterions parler au directeur.

— Un instant, s'il vous plaît, répondit-elle en écarquillant ses beaux yeux verts. Monsieur Vernoux ? Deux messieurs de la police souhaiteraient vous parler. Non, je ne sais pas. Très bien, monsieur.

La jeune femme se leva, sortit de derrière son comptoir, et invita les deux officiers à la suivre jusqu'au bureau du directeur. Ce dernier les reçut avec une poignée de main vigoureuse et les invita à s'asseoir dans les deux fauteuils qui lui faisaient face. C'était un homme de taille moyenne au visage carré, approchant la soixantaine avec des cheveux courts et de petites lunettes stylées. Il dévisagea alternativement les deux policiers, semblant tenter de deviner leurs intentions.

— En quoi puis-je vous aider, messieurs ?

— Nous souhaiterions interroger l'un de vos employés, Marc Aynil.

— Marc ? Vous ne le trouverez pas ici, il est en arrêt maladie depuis mars.

Les deux enquêteurs se regardèrent.

— Comment ça ? demanda JP.

— Il a fait une grosse dépression après le décès de sa mère au mois de mars et il n'est toujours pas rétabli. Pourtant, entre nous, c'était plutôt une délivrance, la pauvre femme avait passé pratiquement les vingt dernières années en établissement psychiatrique. Mais Marc est une personne sensible et sa mère était sa seule famille...

Flairant l'incontinent verbal, le Morse le stoppa net.

— M. Aynil travaille chez vous depuis longtemps ?

— Vingt-cinq ans au moins. Depuis qu'il est sorti de l'école, en fait. Marc fait partie des meubles ici, et il nous manque. On peut toujours compter sur lui...

— Quel est son poste ? interrompit JP.

— C'est notre responsable du bureau d'études depuis une dizaine d'années environ. Une personne très compétente, un peu introvertie, mais très professionnelle, qui va toujours au bout de ses projets. Mais, qu'est-ce que vous lui voulez au juste ?

— C'est dans le cadre d'une enquête criminelle, répondit le commissaire.

— Une enquête criminelle ? Ne me dites pas que vous le soupçonnez tout de même ? Marc est quelqu'un de très gentil...

— Nous allons devoir vous laisser, monsieur...

— Vernoux.

— Au revoir, monsieur Vernoux, nous repasserons plus tard, conclut le Morse.

Au moment de prendre congé, JP remarqua une photo accrochée au mur. Le personnel de Ferratis posait devant l'entrée des bureaux avec son PDG au premier rang. JP retint Mantovani par le bras et pointa l'index vers le cliché.

— Marc Aynil se trouve sur cette photo ? demanda JP.

— Oui, c'est lui ici, à ma droite, répondit Vernoux en montrant du doigt un quinquagénaire costaud au crâne dégarni.

JP et le Morse s'approchèrent. Les petits yeux enfoncés et le nez fort collaient assez bien avec le portrait-robot, mais pas le système pileux.

— Évidemment, il a utilisé des postiches, on aurait dû s'en douter, fit JP.

— On vous l'emprunte, ajouta Mantovani en décrochant le cadre du mur.

— Mais, vous ne pouvez pas me dire de quoi il s'agit ? tenta Vernoux.

Les deux officiers ressortirent rapidement du bureau et Mantovani eut à peine le temps de jeter un dernier regard furtif vers le décolleté de la jolie standardiste avant de quitter le bâtiment. Ils rassemblèrent leurs troupes et repartirent aussitôt vers Gif-sur-Yvette. Le Morse passa un coup de fil à Dekker pour le prévenir qu'ils arrivaient.

Quand l'équipe de Mantovani se gara sur le parking du supermarché, Dekker était en train d'expliquer le bouclage de la zone, faisant des moulinets de ses grands bras. Une fois le dispositif en place, Dekker, Mantovani, JP et son groupe enfilèrent leur gilet pare-balles, puis s'approchèrent du domicile de Beatlemaniac situé à une trentaine de mètres à peine, au 3 route de l'Abbaye. La propriété était entourée d'un mur d'environ deux mètres cinquante et on y accédait par un vieux portail en fer forgé à la peinture noire écaillée. Un petit pavillon de deux étages, couvert d'un crépi gris sale, se tenait au milieu d'un grand terrain mal entretenu. L'entrée principale de la maison, orientée plein nord, faisait face à la rue. Dekker décida d'envoyer Joseph et Farid en éclaireurs. Ils escaladèrent le mur par une échelle placée de façon à ce que le gros cerisier planté près de l'angle du jardin masque leur intrusion. Ils longèrent discrètement la haie bordant le terrain voisin afin de contourner la maison. Au bout de deux longues minutes, Jojo appela sur le talkie-walkie. La Coccinelle blanche était garée au fond du jardin, sous une bâche. Toutes les fenêtres étaient fermées avec les volets clos. Il y avait une petite porte verrouillée à l'arrière qui semblait donner sur une cave. En collant l'oreille, Joseph avait pu entendre de la musique à l'intérieur. Le Morse écarquilla les yeux et JP caressa machinalement la crosse de son arme de service. Tendu comme un arc, Dekker lâcha : « On y va ! ».

Le divisionnaire avertit Jojo et Farid, ainsi que le groupe de soutien. Dekker, le reste de l'équipe de JP et Mantovani franchirent le mur. Le Morse retomba lourdement et s'étala de tout son long dans les mauvaises herbes, puis se releva rapidement en grommelant. Mohan et Ostermann eurent pour instruction de rejoindre Farid et Joseph pour surveiller les façades est, sud et ouest. Dekker et Michelle se positionnèrent du côté droit de l'entrée, à laquelle on accédait par un double escalier de quelques marches. JP et Mantovani se plaquèrent contre le mur, du côté opposé. En tendant l'oreille, on pouvait percevoir une musique cacophonique. JP sentait son cœur battre la chamade. Il pensa à Lucia et se dit que s'il devait mourir, il était content de l'avoir connue. Un chien se mit à gratter la porte de l'intérieur et à japper. Dekker fit un signe de la tête et JP baissa la poignée. La porte n'était pas verrouillée. Il la poussa d'un coup pour l'ouvrir en grand et elle heurta au passage le museau d'un bulldog noir et blanc qui recula dans le couloir. L'animal prit son élan et sortit en aboyant. Il s'arrêta une seconde sur le perron, puis se dirigea droit vers Dekker pour saisir sa cheville gauche dans sa mâchoire dégoulinante de bave. Le divisionnaire lâcha un juron et Michelle dut venir à la rescousse. Attrapant un vieux balai qui traînait dans l'escalier, elle commença à frapper la bête sur le flanc pour lui faire lâcher prise en criant : « Hé bulldog ! Viens par ici ! »

JP se dit qu'il ne pouvait plus attendre et s'engouffra dans le couloir, suivi du Morse qui appuya sur l'interrupteur, tous deux pistolet au poing. Il faisait sombre et une voix répétait en boucle : « *Number nine, number nine, number nine…* », sur fond de bruits d'émeute. « *Revolution No 9* », pensa JP, le long morceau expérimental de Lennon sur le double album blanc. Il arriva à hauteur d'une première porte sur la gauche, la cuisine. Dans la semi-pénombre, on distinguait une assiette et les restes d'un repas sur la table. Mantovani pénétra dans la pièce d'en face et alluma. C'était la salle à manger, prolongée par le salon. Les vieux meubles et le papier peint défraîchi donnaient l'impression de replonger trente ans en arrière. Une rapide inspection permit de vérifier qu'il n'y avait personne. JP poussa la porte de la pièce attenante à la cuisine. C'était de là que venait la musique, les diodes de la chaîne hi-fi brillaient dans le noir. Deux ordinateurs trônaient sur un immense bureau.

Dekker et Michelle rejoignirent JP et Mantovani au bout du couloir. Le grand chef boitait un peu, mais tentait de ne rien laisser paraître. Il ouvrit une petite porte, appuya sur l'interrupteur et descendit vers la cave, suivi de Michelle. JP et Mantovani empruntèrent l'escalier vers l'étage. Ils vérifièrent la salle de bains et une pièce qui servait de débarras, personne. Ils entrèrent dans une chambre au mobilier vieillot qui sentait le renfermé, vide aussi. La voix de Dekker annonça sur le talkie-walkie qu'il n'y avait rien à signaler en bas. Il ne restait plus qu'une pièce. JP ouvrit brusquement la porte et la première chose qu'il vit sur le mur d'en face fut un poster des Beatles. John et Ringo assis, Paul et George debout derrière eux. Les quatre portaient un costume sombre à col Mao et arboraient un sourire surfait sous leur coupe au bol. La photo devait dater de 1964-1965, à une époque où Brian Epstein contrôlait toujours l'image du groupe. JP s'avança, le cœur battant, prêt à faire usage de son arme, et pivota d'un coup vers la gauche. Rien. La chambre, qui ressemblait à celle d'un étudiant des années quatre-vingt, était vide. Le Morse prévint le reste de l'équipe qu'il n'y avait personne non plus à l'étage. Les étagères étaient encombrées de modèles réduits d'avions et de véhicules militaires. D'autres photos des Beatles ornaient les murs, notamment le poster et les portraits individuels du double album blanc, épinglés au-dessus du lit, comme dans la chambre de JP. Sur le petit bureau trônaient une lampe Anglepoise et de vieux dictionnaires d'anglais et d'allemand. JP remarqua un morceau de papier posé sur le couvre-lit aux motifs et couleurs psychédéliques passablement délavés. C'était un message à son intention.

« Hello Commandant Estable, ou plutôt Goodbye !

Beatlemaniac. »

JP fut tenté de le déchirer. En plus, il se foutait de sa gueule, ce con. Il le montra au Morse qui fit une grimace proche de celle qui annonçait un vent imminent. Les deux officiers descendirent au rez-de-chaussée et expliquèrent ce qu'ils avaient trouvé à un Dekker furibond et au reste du groupe rassemblé dans le couloir. Farid avait enfin coupé la musique et JP lui en était reconnaissant. Sa voix retentit.

— Venez voir !

Il était occupé à inspecter les deux ordinateurs. Sur le premier écran, on distinguait quatre images de vidéosurveillance des alentours de la maison : le parking où les policiers avaient garé leurs véhicules, le portail, et deux tronçons de rues avoisinantes.

— Il a dû placer des caméras sur le toit de la maison, expliqua Farid. Mais regardez, le plus intéressant est sur l'autre ordi.

Les images parurent familières à JP, mais il ne les reconnut pas au premier abord. Il s'approcha pour déchiffrer le nom écrit en dessous des vidéos : Ferratis S.A.

— Merde alors ! s'exclama-t-il, il nous a vus débarquer chez Ferratis.

— Comment il a pu faire ça ? demanda le Morse en caressant ses moustaches.

— En piratant la vidéosurveillance de son employeur, répondit Farid.

— Il s'est rendu compte qu'il avait perdu la tirette de sa banane et il s'est douté qu'on ne tarderait pas à le retrouver, ajouta JP.

— De toute façon, on va bientôt le coincer, ce salopard. C'est moi qui vous le dis, pesta Dekker les dents serrées.

L'interpellation ratée de Beatlemaniac, peut-être imputable à une certaine précipitation de la part de Dekker lui-même, avait dans un premier temps laissé des traces profondes dans le moral des troupes. À son retour de Londres, le lendemain, Rita avait retrouvé une équipe abattue. Ses collègues du 36 quai des Orfèvres lui paraissaient excessivement émotionnels, conformes au cliché dominant outre-Manche sur les Français, en somme. À Scotland Yard, on faisait généralement preuve de plus d'équanimité. Rita se préparait déjà mentalement à rentrer en Angleterre, car elle savait désormais que sa collaboration avec la brigade criminelle ne durerait pas au-delà de fin juin. Le plus touché par l'échec fut probablement JP, frustré qu'il était d'être passé si près de l'épilogue d'une affaire qui le rongeait à petit feu. Heureusement, la quantité d'informations obtenues chez Aynil et à travers l'enquête de voisinage maintint toute l'équipe fort occupée pendant les jours suivants, et la surcharge de travail aida à surmonter la déception initiale. Objectivement, dès lors que Beatlemaniac avait perdu l'avantage de l'anonymat et l'accès à son domicile, on pouvait penser qu'il lui serait dorénavant difficile d'échapper à ses poursuivants. Ce n'était sans doute plus qu'une question de temps. Les voisins l'avaient aperçu conduisant un utilitaire blanc, de type Renault Trafic ou Ford Transit, quelques jours plus tôt et les enquêteurs le soupçonnaient d'avoir loué le véhicule sous une fausse identité. La photo de Marc Aynil avait été diffusée par la presse, tant nationale qu'internationale, et la police avait été submergée par un flot d'appels le signalant aux quatre coins de la France et de l'Europe. On pensait qu'il pourrait chercher à fuir à l'étranger. Les employés de Ferratis dépeignaient Aynil comme un passionné de technologie, un *geek* introverti, cordial, mais peu sociable. Surtout, ils confirmaient sa difficulté à communiquer avec les femmes, ses collègues féminines le décrivant comme un homme complexé, incapable de les regarder en face.

JP était en train de faire un point avec son groupe, quand on frappa à la porte de la salle de réunion. La secrétaire apportait un courrier urgent qui lui était destiné. JP déplia la lettre et son visage se figea pendant de longues secondes.

— Quel jour sommes-nous ? demanda-t-il.

— Le 18 ! répondit Michelle.

Il regarda sa montre, puis sentit la pression monter dans ses veines.

— Il nous reste à peine une heure, dit-il d'une voix blanche.

— Mais qu'est-ce qu'il se passe, nom d'un chien ? s'énerva le Morse.

— C'est un message de Beatlemaniac.

JP scanna la lettre, puis projeta son contenu sur le grand écran.

« Sans l'aide de ses amis de la police, le frère du fils de Day Tripper, qui est un porc, ne jouera bientôt plus ni dans la boue ni du clavecin, saigné qu'il sera pour l'anniversaire de Paul à midi.

Beatlemaniac. »

Tous les regards convergèrent vers ces quatre lignes dans un silence total. Aynil, qui était en fuite et ne s'était pas manifesté depuis plus d'une semaine, annonçait un nouveau crime tout en mettant la police au défi de l'en empêcher. JP savait depuis l'enfance que McCartney était né le 18 juin 1942, deux ans jour pour jour après l'appel du général de Gaulle, c'était facile à retenir. Il était 11 h 3, il restait donc moins d'une heure pour identifier la victime choisie et tenter de la sauver. Rita, assise à côté de Joseph, fronça les sourcils et plissa le front en lisant le message, au maximum de sa concentration. Au bout de quelques secondes, elle ne put s'empêcher de murmurer « *Shit !* » Mantovani fut le premier à réagir.

— On est sûrs que c'est aujourd'hui ?

— Oui ! fit JP.

— Je confirme, je viens de vérifier sur Internet, ajouta Farid.

— C'est quoi un... clavecin ? demanda Rita.

— Une sorte de vieux piano, répondit Jojo.

— *Ah, harpischord, of course.* C'est sûrement une référence à *Piggies*.

— Oui, l'histoire du porc, de la boue et du clavecin, tout ça fait penser à *Piggies*. C'est encore une chanson liée à Charles Manson, peut-être qu'il veut continuer sur la lancée de *Helter Skelter*.

— De quoi ça parle ? interrogea Ostermann.

— Bon, en gros, c'est une satire sociale où les riches sont traités de porcs, expliqua JP. Comme pour *Helter Skelter*, Charles Manson y a vu une invitation à tuer, les « porcs » faisant, selon lui, référence aux riches blancs qu'il fallait éliminer.

— Et qui joue du clavecin sur ce morceau ? interrogea Mohan.

— Chris Thomas, répondit sans hésiter Rita.

— Le producteur ? demanda JP qui ignorait ce détail.

— Oui, il était assistant de George Martin à cette époque. Il l'a remplacé pour l'enregistrement de certains titres du double album blanc. C'est même lui qui a proposé d'utiliser un clavecin à George Harrison.

— Bon, le temps file là, intervint Mantovani en regardant sa montre. C'est quoi cette histoire de « frère du fils de *Day Tripper* » ?

— Pour l'instant, je ne vois pas, admit JP. *Day Tripper* est une chanson de 1965, très rock.

— Moi non plus, ajouta Rita, dépitée.

— Et si on écoutait *Piggies* en attendant ? suggéra Mohan. Ça pourrait aider.

« Il fallait qu'elle ouvre son groin, la truie », pensa Versini en serrant les dents.

— OK, donne-moi deux secondes et c'est parti ! fit Farid.

Cette combinaison d'arrangements néo-baroques, avec clavecin et quatuor à cordes, de grognements de porc et de voix nasillarde ne surprit pas tant que ça l'auditoire qui, à ce stade de l'affaire, en avait entendu d'autres. Si Beatlemaniac leur avait enseigné quelque chose, c'était que la musique des Beatles ne se résumait pas à *Help* et *Let it be*. Tout le monde écoutait la chanson dans un silence religieux tout en réfléchissant au contenu du message, quand le visage de Rita s'illumina.

— I got it!

Tous se tournèrent vers elle. Ses yeux lançaient des éclairs bleus. Elle venait de taper « *son of Day Tripper* » sur son moteur de recherche et avait trouvé la réponse en cinq secondes.

— *Paperback Writer* ! Lennon a déclaré dans une interview que *Paperback Writer* était le fils de *Day Tripper*, parce que ce sont deux chansons du même type. Du rock avec un gros riff de guitare.

— On cherche donc maintenant le frère de *Paperback Writer*, résuma Joseph qui sentit à cet instant précis qu'il n'était pas loin de tomber raide d'amour pour sa voisine.

— C'est Jacques ! cria JP, presque immédiatement. Frère Jacques !

Tous les autres se regardèrent sans comprendre.

— Mais oui, Lennon et Harrison chantent *Frère Jacques* dans les chœurs de *Paperback Writer*.

— Tu es sûr ? demanda Rita.

— Absolument. Farid, envoie-nous la chanson !

— Tout de suite !

Première chanson issue des sessions d'enregistrement de *Revolver*, et premier single ne parlant pas d'amour, *Paperback Writer* marqua un tournant dans la discographie des Beatles, associé au très psychédélique *Rain*. En plus des harmonies vocales élaborées, cette fois avec beaucoup d'écho et une touche Beach Boysienne, le morceau se caractérise par de grosses guitares et surtout un son de basse fortement amplifié permettant de faire justice au jeu novateur de McCartney.

Au bout d'une minute d'écoute, JP fit signe de tendre l'oreille. Tous connaissaient plus ou moins la chanson, mais personne n'avait jamais remarqué un « Frère Jacques » languissant et à l'accent *british*, noyé dans les chœurs.

— Bon OK, interrompit le Morse. La future victime s'appelle Jacques, et Beatlemaniac considère que c'est un porc. Quoi d'autre ?

— Une seconde, je crois que j'ai trouvé ! s'exclama Farid, qui était en train de pianoter sur son ordinateur. Bingo ! C'est Jacques Lamy !

— Le président du fan-club ? dit Mantovani.

— Son nom complet est Jacques Thomas Christian Lamy.

— T'as raison Farid ! Ça colle avec Chris Thomas et le clavecin, exulta JP.

— « *Sans l'aide de ses amis de la police* » est peut-être un jeu de mots sur Lamy, proposa Michelle.

— Ça rappelle aussi « *With a Little Help from my Friends* », ajouta Rita.

— Exact ! Et ça doit être la signature du crime, car elle est chantée par Ringo Starr. Il continue avec sa séquence : John, George, Paul et Ringo. Il faut joindre ce Lamy tout de suite. Farid, tu as son numéro ?

JP composa le numéro de portable de Jacques Lamy deux fois de suite, sans succès. L'appareil devait être éteint ou injoignable. Michelle appela son domicile, la ligne était occupée. La pendule indiquait 11 h 30 et la tension était palpable. Nouvelles tentatives, toujours pas de réponse. Mantovani appela le commissariat de police du seizième arrondissement pour qu'ils envoient une équipe d'urgence à l'appartement des Lamy. 11 h 40, aucun des téléphones ne répondait. Les minutes s'égrainaient et le groupe était condamné à l'immobilisme dans cette salle de réunion. L'horloge marquait 11 h 45 quand l'appel chez les Lamy passa enfin.

— Ça sonne ! fit Michelle.

JP prit l'appareil. La voix fatiguée de Mme Lamy répondit.

— Allô !

— Brigade criminelle, Jacques Lamy, s'il vous plaît.

— Il n'est pas là.

— Nous devons entrer en contact avec lui immédiatement.

— Mon Dieu ! Il est en danger ?

— Vous savez où il est ?

— Il est parti à son programme de radio hebdomadaire, en métro.

— Quelle adresse ?

— Je ne connais pas l'adresse exacte. C'est chez Skyrock, dans le deuxième.

— Il descend à quelle station ?

— Étienne Marcel.

— À quelle heure débute l'émission ?

— 12 h 15. Dites-moi ce qu'il se passe…

— S'il vous appelle, dites-lui de se mettre à l'abri et de nous appeler. On vous tient au courant.

JP raccrocha brutalement, Farid avait déjà obtenu l'adresse de Skyrock.

— 37 bis rue Greneta, c'est à un peu plus d'un kilomètre d'ici, tout près du métro Étienne Marcel.

— OK, on forme deux groupes, puis on fonce simultanément au métro et à la radio. Ensuite, on sécurise la zone entre les deux, proposa JP.

— Et si on utilisait Lamy comme appât pour coincer Beatlemaniac ? lança Joseph. On le repère dans le métro et on le suit de près jusqu'à la radio, prêts à intervenir.

— Trop risqué ! coupa le Morse. On le réceptionne au métro et on le protège. En attendant, on continue à appeler son portable, au cas où. Farid, passe-moi le téléphone de la radio, on va demander au chef de la sécurité d'évacuer les locaux.

Cinq minutes plus tard, Farid stoppait la voiture rue Pierre Lescot, à quelques mètres de l'entrée du métro Étienne Marcel. JP, Michelle, Ostermann et Farid descendirent les marches quatre à quatre, sautèrent par-dessus les tourniquets comme des resquilleurs et coururent jusqu'au quai de la ligne 4, direction Porte de Clignancourt. Une rame s'éloignait et le flot des passagers se dirigeait vers la sortie. JP et ses collègues scannèrent la foule du regard à la recherche de la silhouette massive de la victime désignée, sans succès. Le téléphone de JP indiquait 11 h 57 et il composa une nouvelle fois le numéro de Lamy.

— Jacques Lamy.

— Commandant Estable. Vous êtes en danger, où êtes-vous ?

— Dans le métro.

— Quelle station ?

— On vient de quitter Les Halles.

— OK, on vous attend sur le quai à Étienne Marcel. Vous êtes à quelle hauteur de la rame ?

— Euh… à peu près au milieu.

— Ça marche, on vous réceptionne dans deux minutes. Ne raccrochez pas et regardez autour de vous. Vous ne voyez rien de suspect ?

— Euh… non.

— Restez sur vos gardes.

— Vous m'inquiétez, là.

— On vous expliquera.

Au bout d'une minute qui leur sembla interminable, le métro entra à quai. JP repéra Lamy, debout et téléphone collé à l'oreille, avant l'arrêt complet de la rame. Lui et ses collègues se positionnèrent à hauteur de la porte. Dès sa descente, les quatre policiers encadrèrent le pauvre Lamy qui fut à deux doigts de se jeter dans leurs bras tant les dernières secondes du trajet avaient été éprouvantes. JP sentit alors un choc à l'épaule droite qui le fit sursauter. Un aveugle qui venait de le bousculer s'excusa avec un sourire. La sonnerie de fermeture des portes retentit. JP appela Mantovani pour l'informer que la cible de Beatlemaniac était sous leur protection. Il commençait à expliquer à Lamy l'histoire du message tout en remontant vers la sortie quand il s'arrêta net. Il redescendit les escaliers en courant jusqu'au quai qui était pratiquement désert.

— Merde ! cria-t-il.

Farid vint à sa rencontre alors qu'il s'apprêtait à faire demi-tour

— Quelle mouche t'a piqué ?

— C'était lui !

— Qui ça ?

— Beatlemaniac, pardi !

— Mais de qui tu parles ?

— L'aveugle qui m'a bousculé en montant dans le métro, c'était Beatlemaniac, j'en suis sûr maintenant. Cette odeur, un mélange de cigarette et de menthol, c'est exactement ce qu'a décrit Evans. Quel con je suis ! J'ai pas réagi sur le moment.

— T'hallucines pas un peu avec Beatlemaniac, toi ?

— Le coup de l'aveugle, c'est classique, mais c'était bien vu. Les lunettes noires cachaient ce qu'il y a de plus caractéristique dans son visage, ses petits yeux enfoncés dans leurs orbites. Et un peu le nez aussi.

— Pourquoi il aurait pris un risque pareil en te bousculant volontairement ?

— Par jeu. Il nous cherche, putain ! Et il va me trouver !

Beatlemaniac sentit la chance avec lui quand il put stationner tout près de l'immeuble. Son rétroviseur lui permettait de surveiller les entrées et sorties sans effort. Débuta alors une longue attente dont il profita pour répéter mentalement le mode opératoire. Son attention était en train de faiblir lorsqu'elle apparut enfin. Elle portait des lunettes de soleil, mais il la reconnut tout de suite. Il descendit immédiatement de son utilitaire et se dirigea vers elle sans la regarder. Il n'y avait personne alentour, un sentiment vertigineux de puissance s'empara de lui. Arrivé à sa hauteur, il sortit brusquement un revolver de son blouson et le plaqua contre ses côtes. Elle laissa échapper un petit cri, « ¡Dios mío! », et leva les bras. Il la poussa vers la porte arrière de son véhicule et l'obligea à monter. Une fois à l'intérieur, il n'eut aucun mal à l'endormir avec le tampon de chloroforme qu'il avait préparé.

XV

« *Help!* ». Comme hypnotisé, JP ne pouvait détacher son regard du SMS de Lucia qui s'était affiché à l'instant sur son portable avec ce seul mot : « *Help!* ». Il y avait également un appel en absence reçu une heure plus tôt, alors qu'il était occupé dans les locaux de Skyrock. Fébrile, il composa le numéro de la jeune femme. Après la deuxième sonnerie, il eut un mauvais pressentiment qui se confirma lorsqu'une voix masculine répondit.

— Allô !

— Passez-moi Lucia, s'il vous plaît, intima JP avec une impatience mêlée de crainte mal dissimulée.

— Ah, le fameux commandant Estable, enfin ! Nous commencions à trouver le temps long, Lucia et moi.

JP blêmit, mais parvint à articuler d'une voix blanche :

— Où est-elle ? Passez-la moi !

— Je crains qu'elle ne puisse vous parler à cet instant.

Il entendit un gémissement étouffé dans l'appareil qu'il tenait collé contre son oreille. Puis, il reconnut les premières notes de *Lucy in the Sky with Diamonds*. Son cauchemar et les orbites sanguinolentes de Lucia lui revinrent à l'esprit et l'idée qu'il s'était peut-être agi d'un rêve prémonitoire le percuta en pleine poitrine. Pouvant à peine respirer, il sentit qu'il allait vomir. Au prix d'un énorme effort, le policier parvint à prendre le dessus sur l'homme.

— Qu'est-ce que vous voulez, Aynil ? demanda-t-il d'une voix qui feignait l'assurance.

— D'abord, vous féliciter. Vous m'avez brillamment empêché de saigner ce gros porc de Lamy. Vous ne m'avez pas déçu. Nous nous sommes même brièvement croisés sur le quai du métro. C'est là que je me suis dit qu'il serait intéressant de rendre visite à cette charmante personne qui vous accompagnait l'autre soir.

— Elle n'a rien à voir avec tout ça. Vous devez...

— Ne vous fatiguez pas commandant ! interrompit sèchement Beatlemaniac. Je vous rappellerai.

La conversation avait duré moins d'une minute. JP était assis à son bureau, le portable à la main, sonné comme un boxeur passé à deux doigts du KO. Rita, qui s'était rendu compte que quelque chose ne tournait pas rond, s'était approchée.

— Qu'est-ce qu'il y a ?

— Beatlemaniac… il a enlevé Lucia,... une amie à moi.

Beatlemaniac, le fou aux sept homicides, le tueur en série le plus recherché d'Europe, avait Lucia en son pouvoir. Une partie de lui refusait d'y croire.

— Tu sais où il l'a kidnappée ? demanda Rita.

— Non, aucune idée, répondit JP dans un état second. Près de chez elle, je suppose.

— On va essayer de retracer l'appel. Je préviens Mantovani.

Beatlemaniac tournait en rond comme un fauve en cage dans le local qu'il avait loué un mois plus tôt sous une fausse identité. Assise sur une chaise dans un coin, ligotée et bâillonnée, Lucia le fixait avec les yeux d'un petit animal aux abois. Il ne supportait plus ce regard et se demandait ce qu'il allait faire d'elle. Il commençait presque à regretter de l'avoir enlevée sous le coup d'une impulsion. Finalement, il n'aimait pas improviser et tolérait mal de ne pas avoir entièrement le contrôle de la situation. Il avait besoin de tout planifier calmement, mais ce n'était plus possible depuis que son identité et son domicile avaient été découverts. Il était temps que tout cela s'achève.

Lorsque les policiers avaient débarqué en trombe sur le quai du métro à la station Étienne Marcel, Aynil avait eu un moment de flottement. Ils avaient été à la hauteur du défi qu'il leur avait lancé en résolvant l'énigme rapidement, et lui n'avait pas prévu de plan B. C'est en reconnaissant le Commandant Estable dans les escaliers que l'idée lui était venue. Deux semaines auparavant, alors qu'il rôdait en fin d'après-midi près des locaux de la brigade criminelle, Beatlemaniac avait vu sortir l'enquêteur chargé de mettre fin à ses agissements. Son nom avait été révélé dans un des nombreux articles de presse consacrés à cette affaire qui défrayait la chronique depuis un mois et demi, et l'obtention d'une photo du policier sur Internet avait été un jeu d'enfant pour un *geek* comme lui. Il n'avait donc eu aucun mal à le reconnaître ce jour-là, et l'idée folle de le prendre en filature avait immédiatement surgi, provoquant un gros shoot d'adrénaline dans sa tête d'homme malade. Ivre d'audace, marchant à quelques mètres seulement derrière JP tel le lièvre collant aux basques du chasseur, il s'était senti le roi du monde. Sur le pont Saint-Michel, le policier avait extrait son portable de son imper et parlé quelques secondes avant de remonter l'avenue vers le Luxembourg.

Beatlemaniac avait suivi JP jusqu'au pied d'un immeuble élégant de la rue Stanislas où il avait pénétré. Après quelques minutes de guet, il l'avait vu ressortir main dans la main avec une jolie jeune femme typée. La complicité affichée par les deux amoureux l'avait mis en colère. Il était rentré chez lui en ruminant un sentiment d'humiliation. Que le commandant Estable puisse délaisser la traque de l'ennemi public numéro un qu'il était devenu pour se distraire en charmante compagnie lui avait paru comme un affront.

Et donc, en ce mardi 18 juin, en revoyant JP vêtu du même imperméable que le jour de la filature, il avait eu comme un flash. Il s'était rendu à l'adresse de Lucia et l'avait attendue près de l'immeuble, sans savoir si elle s'y trouvait. La chance lui avait souri et deux heures plus tard, il se retrouvait là, dans ce local de vingt mètres carrés, coincé avec cette fille dont la féminité l'incommodait au plus haut point. Il n'aimait pas les femmes. Ou plus exactement, il détestait comment il se sentait auprès d'elles. Elles l'intimidaient et provoquaient chez lui un malaise qu'il n'avait jamais pu s'expliquer, alors il les évitait au maximum. Dans l'entreprise où il avait fait toute sa carrière, à l'ancienne, ses collègues féminines avaient rapidement remarqué qu'il ne pouvait soutenir leur regard, et c'était devenu un sujet de plaisanterie entre elles. Aynil sentait que la standardiste prenait un plaisir presque sadique à exacerber son déhanchement lorsqu'elle s'approchait de son bureau pour lui remettre un colis. Elle le torturait un peu plus en se penchant lentement en avant, lui collant sa poitrine siliconée sous le nez. « Tenez, Marc ! », disait-elle. Il la haïssait et l'aurait volontiers étranglée comme la vieille concierge. Il était temps que tout cela finisse. En attendant, il fallait décider du sort de la Mexicaine. Le plus aisé aurait été de l'éliminer et d'abandonner son corps quelque part, équipé d'un baladeur avec *Lucy in the Sky with Diamonds*. Oui, mais voilà, c'était justement trop facile. Sans qu'il ne sache réellement pourquoi, il répugnait à le faire. Cela restait une option, mais par défaut. Son regard faisait le tour de la pièce, évitant soigneusement le coin où était assise Lucia, quand il tomba sur l'iPod blanc qu'il avait posé sur un carton barré de la mention *Handle with care*. « Que les Beatles tranchent ! » pensa-t-il.

Aynil prit l'appareil, positionna les écouteurs, sélectionna la liste de ses chansons préférées, puis activa le mode aléatoire. La réponse ne se fit pas attendre : *Let It Be*. Ainsi soit-il. Comment interpréter ce résultat du hasard ? Incontestablement l'un des plus gros tubes des Fab Four, la chanson s'inspirait d'un rêve dans lequel la mère de Paul McCartney, morte d'un cancer quand il avait quatorze ans, venait le réconforter et lui dire de lâcher prise. Insensible à son message humaniste, Lennon la jugeait horriblement bien-pensante et la détestait. De fait, certains critiques considèrent que c'est leur opus le plus surcoté. Pour Aynil, *Let It Be* évoquait immanquablement sa défunte mère, la seule personne qui avait réellement compté pour lui, tout en faisant affleurer une sentimentalité et des souvenirs inconfortables. C'était leur chanson préférée à tous les deux, mais lui tâchait de l'écouter quand elle n'était pas là ou en cachette. Si elle le surprenait, elle lui demandait de monter le son, puis de la repasser trois ou quatre fois de suite sur leur vieille platine tourne-disque. Le jeune Marc redoutait ces moments-là, car il savait que généralement ça finissait mal. Elle commençait à sangloter durant la première écoute, puis sortait immanquablement une bouteille de mauvais whiskey du buffet à la deuxième. Au bout de deux ou trois verres, elle terminait affalée sur le canapé du salon, assommée par l'effet combiné de l'alcool et des tranquillisants. Marc devait alors la soulever et l'accompagner jusqu'à son lit d'où elle n'émergeait que le lendemain.

Assis sur une caisse en plastique, dos au mur, Aynil ferma les yeux et se laissa porter par la musique de *Let It Be*. À la fin des trois minutes cinquante que durait le morceau, il devrait avoir pris une décision. Lorsque résonna le dernier accord de piano, son choix était fait. C'était osé, mais de toute façon il avait passé le point de non-retour depuis longtemps déjà et voulait finir en beauté.

Il était presque 23 heures lorsque JP regagna son domicile. Le Morse l'avait sommé de rentrer chez lui. Une bonne partie des enquêteurs de la brigade criminelle travaillait désormais sur l'affaire Beatlemaniac et on le préviendrait immédiatement en cas de nouvelles. Il était de toute façon peu probable que le tueur en série se manifeste avant le lendemain.

Effondré par l'enlèvement de Lucia, tenaillé par l'angoisse, JP se sentait terriblement coupable. Jamais il n'aurait imaginé que Beatlemaniac puisse s'en prendre à quelqu'un d'aussi proche. La situation était devenue complètement surréaliste et il la maîtrisait moins que jamais. Il regrettait amèrement de ne pas avoir quitté la police plus tôt. Si quelque chose devait arriver à Lucia, il ne se le pardonnerait jamais. Quand il tourna la clé dans la serrure, JP pensa qu'il allait devoir prendre un somnifère pour dormir. L'idée de s'endormir pour toujours effleura son esprit, mais dans l'immédiat tout devait être fait pour sauver Lucia.

En refermant la porte, JP commença à regretter de s'être laissé convaincre par Mantovani. Comment pouvait-il venir dormir chez lui alors que Lucia allait passer la nuit entre les griffes de ce fou ? Il alluma et accrocha son imper dans le couloir. Bizarrement, il sentait que le parfum de Lucia flottait toujours dans l'air. Elle avait dormi dans son appartement deux jours plus tôt, mais c'était comme si elle venait de le quitter. Lucia. Pauvre Lucia ! La reverrait-il vivante ? Sentirait-il à nouveau la douceur de sa peau ? La photo de Daniel Olivares lui revint à l'esprit. Allait-elle le retrouver bientôt dans l'au-delà ? Peut-être étaient-ils déjà ensemble.

Dans la cuisine, il se servit un verre d'eau du robinet qu'il engloutit d'un trait. Il avait besoin de quelque de plus fort. Il ouvrit le placard où était rangée la bouteille de mezcal, se versa un fond et avala une première gorgée qui lui brûla l'œsophage. Assis en bout de table, face à la porte, il posa le verre devant lui et se prit la tête dans les mains. Tout cela n'était pas véritablement en train de lui arriver. Il éclata en sanglots, pleurant et hoquetant comme il ne l'avait jamais fait depuis la mort de sa mère. Deux grosses minutes passèrent ainsi avant qu'il ne se calme progressivement. En quoi son infortune était-elle plus injuste que celle qui avait frappé les proches des autres victimes de Beatlemaniac ? En rien, assurément. Lui pouvait encore espérer revoir la jeune femme vivante, et même faire quelque chose pour la retrouver. Il avala une autre gorgée de mezcal. Éprouvant soudainement le besoin d'examiner l'échographie de son bébé, il se redressa d'un bond et se dirigea vers la chambre.

Lorsqu'il appuya sur l'interrupteur, il eut un choc. Lucia était allongée sur son lit, bâillonnée, pieds et mains liés par du ruban adhésif argenté. En une fraction de seconde, JP perçut le danger et amorça une rotation sur lui-même, levant en même temps les deux bras en guise de bouclier. Il n'esquiva que partiellement le coup qui ne manqua pas de s'abattre et ricocha sur le côté gauche de son crâne, puis perdit connaissance.

Lorsque Mantovani referma la porte de son appartement derrière lui, la voix de sa femme lui parvint aussitôt depuis la chambre à coucher.

— Paul, c'est toi ?

Qui d'autre cela pouvait-il bien être ? Il respira un grand coup et essaya de cacher son agacement.

— Oui, chérie, c'est moi !

— Je commençais à être inquiète.

Le Morse ne répondit pas. Il aurait aimé qu'elle fût déjà endormie, mais s'attendait à ce qu'elle ne le soit pas. Après quarante ans de mariage, on n'est que très rarement surpris par son conjoint. Il n'avait aucune envie d'expliquer pourquoi il rentrait si tard ni de résumer sa journée. L'enlèvement de la petite amie de JP l'avait laissé sous le choc. Pauvre JP. Lui qui était toujours aussi réservé. On ne savait jamais ce que cachait son équanimité de façade. Mantovani ne s'était rendu compte de rien et ignorait qu'il entretenait une relation amoureuse, qui plus est avec cette jeune femme connue lors d'une enquête précédente, cette fameuse affaire Valdés. Il ne pouvait chasser le souvenir du désarroi de JP après l'annonce de l'enlèvement de Lucia par Beatlemaniac. Il était livide, décomposé. Lui revint en mémoire le jour où, au bord des larmes, ce dernier l'avait informé de son divorce d'avec Jeanne. Par deux fois déjà, il avait eu l'impression de ne pas être vraiment à la hauteur pour le réconforter. Le Morse ne s'était jamais senti très à l'aise avec les états d'âme de ses collaborateurs.

— Paul, viens te coucher !

L'appel de sa femme le sortit de sa torpeur.

— J'arrive ! lâcha-t-il, résigné.

S'il y avait quelqu'un à la Criminelle qu'il allait regretter après son départ à la retraite, c'était bien lui.

JP était à genoux devant sa mère, assise sur une chaise de la cuisine près de la fenêtre, et elle lui coupait les ongles. L'instant d'après, Maria était dans la cour et montait dans sa voiture. Elle lui fit un petit signe de la main et il sut qu'il ne la reverrait plus. Il baissa la tête et vit ses deux bras arrachés traînant sur le carrelage dans une mare de sang. Puis ses jambes tombèrent aussi. Il n'était plus qu'un tronc sur le sol. Un rire lugubre retentit derrière lui. Daniel Olivares le regardait en souriant. Blottie contre lui, Lucia l'embrassa sur la joue.

JP se réveilla en sursaut. Ses premières sensations furent le bâillon dans la bouche et une douleur diffuse à la tête. Puis, il perçut le parfum de Lucia. Ils étaient allongés côte à côte sur son lit. Le souffle de la jeune femme, qui dormait sur le flanc, caressait son visage, elle était vivante. Cette nouvelle le remplit de soulagement et d'espoir. La situation n'en était pas moins préoccupante. Des liens unissaient ses mains derrière le dos et ses deux pieds aussi, le même ruban adhésif argenté utilisé sur Lucia. La petite lampe posée sur la tablette de la cheminée était allumée. Il releva la tête et le torse en s'appuyant sur les mains pour voir par-dessus le corps de Lucia. Aynil, alias Beatlemaniac, était endormi sur le fauteuil en velours dans le coin de la pièce, là où lui avait l'habitude de laisser ses vêtements avant de se coucher. Tête en arrière et bouche ouverte, il tenait un revolver dans la main droite, posé sur ses genoux. Pour la première fois, JP pouvait contempler l'ennemi public numéro un en chair et en os. Il était surpris de voir à quel point son visage ressemblait au portrait-robot établi en mai, système pileux mis à part. L'absence de perruque révélait des cheveux courts et le haut du crâne dégarni. Il ne portait pas de moustache non plus.

JP essaya d'analyser froidement une situation qui avait atteint le comble du surréalisme. Lucia et lui étaient prisonniers de Beatlemaniac à son propre domicile. Au vu de la lumière qui commençait à pointer derrière les rideaux, JP estima qu'il devait être vers les 5 h 30 du matin. Aynil ne tarderait pas à se réveiller et il leur avait vraisemblablement prévu une mise en scène macabre. Il fallait agir vite et profiter de son sommeil. Tâtant les poches à l'arrière de son pantalon, il constata que son smartphone de service n'y était pas. Il se souvint qu'il l'avait laissé dans son imperméable. Il pensa alors à son téléphone portable personnel, qu'il n'utilisait pratiquement plus que comme réveil. Un coup d'œil vers la table de nuit permit de vérifier qu'il ne s'y trouvait pas. Beatlemaniac l'avait-il pris ? L'oreiller ! Il se rappela subitement avoir éteint la veille au matin la sonnerie avant de l'enfouir sous l'oreiller. Après plusieurs tentatives, il parvint à soulever ce dernier avec la tête. Le téléphone était toujours là. Le bâillon empêchait cependant de le saisir avec la bouche. Restait le nez, dont la longueur largement supérieure à la moyenne allait s'avérer utile pour la première fois, après avoir été, des années durant, une source de complexes. JP réussit à extirper le portable de sa cache à coups d'appendice nasal. L'appareil posé désormais près de son visage était toujours allumé. Il se releva pour vérifier que Beatlemaniac demeurait endormi. Passer un appel le réveillerait sûrement, le plus prudent était d'envoyer un SMS. Le seul numéro de ses collègues qu'il avait enregistré était celui du Morse. Malheureusement, ses liens l'empêchaient de manipuler le téléphone tout en voyant l'écran. Il allait donc devoir travailler en aveugle. Mémorisant la configuration du clavier, il tenta de se souvenir de l'organisation des menus. Il se concentra au maximum pour écrire « *SOS BM chez moi JP et Lucia* », lâcha le portable sur le lit, puis se retourna pour vérifier. Tout était OK. Il reprit le téléphone en main pour choisir le destinataire. Un craquement du parquet le figea net. Beatlemaniac venait de bouger sur le fauteuil. JP resta quelques secondes immobile, puis leva lentement la tête. Aynil avait changé de position, mais dormait toujours. Il sélectionna à tâtons le numéro de

Mantovani dans le répertoire, posa l'appareil et se retourna une nouvelle fois pour regarder l'écran. La manœuvre avait été correcte, il n'y avait plus qu'à envoyer le message. Un problème demeurait : comment s'assurer que le Morse le lise immédiatement ? JP composa son numéro, attendit quelques secondes et raccrocha. Puis, il eut un accès de panique. Et si Mantovani le rappelait avant de lire le message ? Il se dépêcha de mettre l'appareil en mode silencieux, au cas où.

Mantovani était en train de rêver quand son portable sonna. Un de ses cauchemars stupides où l'on se retrouve à moitié nu en pleine rue, essayant désespérément d'atteindre une destination qui se dérobe sans cesse. Il finit par ouvrir les yeux et chercha à tâtons l'interrupteur de la lampe de chevet. Sa femme dormait à ses côtés. Le téléphone était silencieux et il pensa que la sonnerie avait été une illusion. Le Morse éteignit la lumière et s'apprêtait à se rendormir quand il entendit un bip. Il ralluma et étira le bras pour attraper le portable. Il y avait un appel manqué de JP. Il était 5 h 40, qu'est-ce qu'il pouvait bien vouloir à cette heure ? Mantovani allait le rappeler quand il remarqua une petite icône d'enveloppe dans le coin supérieur droit de l'écran. Il ouvrit le message : « *SOS BM chez moi JP et Lucia* ». Le Morse se redressa d'un bond sur son lit lorsqu'il comprit que BM signifiait Beatlemaniac.

JP estima qu'il faudrait au moins dix minutes à ses collègues pour intervenir après lecture du message, en admettant que Mantovani en ait déjà pris connaissance. De toute façon, l'opération serait délicate. Il ne pouvait pas rester les bras croisés et devait profiter du sommeil d'Aynil qui risquait de s'interrompre d'une minute à l'autre. Il regarda autour de lui dans la chambre à la recherche d'une idée, tout en remarquant qu'il faisait de plus en plus clair. Ses yeux se posèrent sur le tiroir de la table de nuit, là où il conservait l'échographie de son bébé, juste à quelques centimètres. Il repensa au rêve qu'il venait de faire, avec Maria dans la cuisine. Le coupe-ongles ! JP leva la tête une nouvelle fois pour vérifier que Beatlemaniac dormait toujours, puis se contorsionna lentement jusqu'à ce que ses jambes pendent dans le vide en oblique. Lorsque ses pieds se touchèrent le sol, il redressa le torse. C'est alors qu'il faillit basculer et tomber sur le côté gauche, se rattrapant du bout des doigts au couvre-lit. La secousse réveilla Lucia qui jeta vers lui un regard paniqué. Il tenta de la rassurer avec un sourire par-dessus l'épaule, mais son bâillon l'en empêcha. Il se contenta de lui dire « je t'aime » avec les yeux. JP se sentait encore un peu groggy, sans doute à cause du coup de la veille. Assis bien droit sur le bord du lit, il entreprit de se lever tout en veillant à conserver l'équilibre. Une fois debout, il initia de petits mouvements latéraux de ses pieds entravés en pivotant alternativement sur les talons et les métatarses pour se rapprocher petit à petit du meuble, tout en gardant un œil sur Beatlemaniac. Il s'accroupit en s'appuyant contre le mur pour ne pas tomber, puis ouvrit délicatement le tiroir. Il glissa ses deux mains liées et repoussa l'enveloppe de l'échographie pour pouvoir tâter le fond. L'objet convoité devait être dans le coin gauche. Là, il le sentait sous ses doigts. Il le souleva tout en commençant à redresser ses jambes. C'est alors qu'il partit en arrière et que son postérieur referma le tiroir sur ses mains qui lâchèrent le coupe-ongles. Il étouffa un cri de douleur, bien aidé en cela par le bâillon, et retint aussi son souffle, car la chute de l'objet avait résulté en un léger bruit sec. Le regard de Lucia reflétait l'angoisse. Beatlemaniac émit un petit grognement et bougea la tête, mais sans ouvrir les yeux. JP se repositionna et reprit la manœuvre, parvenant cette fois à extraire le coupe-ongles et à se relever. Il effectua un quart de tour, s'éloigna de la table de nuit, s'assit sur le lit et se recoucha. Il était en sueur.

Il intima de la tête à Lucia de se retourner afin qu'elle tende ses poignets dans sa direction. Lui tournant le dos à son tour, il fit pivoter le levier du coupe-ongles entre ses doigts. Il était prêt. Cherchant à tâtons le bord du ruban adhésif qui entravait les mains de Lucia, il perçut au passage qu'elles étaient froides. Il n'eut pas le temps d'aller plus loin. Beatlemaniac toussa une fois, puis deux. JP et Lucia, qui avaient fermé les yeux et faisaient semblant de dormir, entendirent le grincement du fauteuil sur le plancher, puis un bruit de pas. JP sentit Aynil s'approcher de lui et une haleine de fumeur mentholée parvint à ses narines. Il se concentra sur sa respiration, s'efforçant de la ralentir le plus possible. Au bout de cinq secondes interminables, Beatlemaniac s'éloigna. Ses pas résonnèrent dans le couloir, puis la porte des toilettes claqua en se refermant, de l'autre côté de la cloison.

JP reprit le coupe-ongles entre les doigts de sa main droite. Entailler le ruban qui emprisonnait les bras de Lucia fut plus facile que prévu, et elle put le déchirer en écartant ses poignets. La chasse d'eau se déchargea et leurs deux corps se raidirent. « Merde, petite commission », se dit JP. Lucia s'immobilisa sur le dos en cachant ses mains libres sous elle. Les pas du tueur retentirent à nouveau dans le couloir, mais finalement s'éloignèrent. « Il va dans le salon », pensa JP. Il reconnut le bruit de boîtes de CD cognant entre elles sur les étagères. « Il cherche un disque ! », se dit-il. C'était le moment d'agir. Il toucha le flanc de Lucia et lui tendit le coupe-ongles. Elle ne bougea pas. JP se retourna et la regarda dans les yeux, elle était terrorisée. Il fit des gestes avec la tête pour l'inciter à réagir. D'un seul coup, elle se redressa, saisit l'instrument et incisa les liens de JP. Il venait à peine de séparer ses deux mains quand retentirent les premières notes d'orgue Hammond de *Lucy in the Sky with Diamonds*. Instinctivement, les deux prisonniers reprirent leur position allongée.

Quand Beatlemaniac entra dans la chambre, JP avait les yeux entrouverts, comme s'il avait été réveillé par la musique. Aynil s'arrêta près de la porte et le fixa d'un regard de furet, son revolver fiché à la ceinture.

— Ah, commandant Estable, vous voilà réveillé. J'ai craint un moment d'avoir eu la main trop lourde. Je vois que votre amie Lucia aussi a ouvert les yeux. C'est pour son nom que vous l'avez choisie ? Lucia Sanchez Dominguez, LSD. Ça ne s'invente pas. Moi, en tout cas, ça m'a drôlement facilité le choix de la chanson.

Beatlemaniac ramassa un sac à dos noir à côté de la cheminée et en sortit deux baladeurs blancs. Lucia lança un regard affolé en direction de JP. Aynil laissa l'un des iPod sur le lit et se rendit au chevet de Lucia. Il déroula les câbles, plaça les écouteurs dans les oreilles de la jeune femme, manipula l'appareil, puis le posa sur sa poitrine en prenant soin de ne pas la toucher. JP pouvait lire la panique dans les yeux de Lucia. Beatlemaniac contourna le lit, ramassa l'autre baladeur au passage et s'approcha de JP.

— À votre tour, commandant.

Au moment où Aynil s'apprêtait à positionner les écouteurs sur JP, ce dernier dégagea ses bras de derrière le dos et sa main droite plongea vers le revolver. Mais Beatlemaniac réagit promptement. Il frappa le bras de JP à l'instant où celui-ci s'emparait de l'arme qui voltigea sur le parquet. JP entreprit de se redresser, mais ses pieds entravés glissèrent et il perdit l'équilibre. Immédiatement après que son dos eut heurté le sol, il sentit le corps de son opposant tomber sur lui comme une masse, lui coupant le souffle. Deux mains de fer le saisirent au cou. JP tenta de desserrer l'étreinte semblable à celle d'un anaconda, mais en vain. L'air lui manquait. Il essaya de repousser le visage de Beatlemaniac, de planter ses doigts dans ses orbites, mais ses forces défaillaient et sa vue se troublait. Il chercha à tâtons un objet pouvant lui servir à se défendre, mais le revolver était hors d'atteinte. Tout ce qu'il put saisir fut une vieille chaussure marron qui traînait sous le lit. « Je vais mourir assassiné chez moi », pensa-t-il. Sa mère lui apparut comme dans un rêve. Elle donnait la main à un petit garçon qui lui ressemblait. Tous deux arboraient un sourire apaisant. Une lumière blanche surgit derrière eux et commença à augmenter en intensité, enveloppant tout dans son halo. Soudain, l'étau autour de sa gorge se relâcha et JP sentit l'air emplir ses poumons dans un sifflement rauque. Il ouvrit les yeux et vit Beatlemaniac vaciller. Le coup qu'il venait de recevoir en pleine tête l'avait fait tomber sur le côté. Un deuxième impact s'abattit sur lui avant qu'il ne puisse se redresser. Lucia était debout derrière lui, tenant dans ses mains le tisonnier qu'elle avait utilisé comme une batte de baseball. Luttant pour recouvrer tous ses esprits, JP se traîna en arrière jusqu'au revolver qui avait atterri près de la table de nuit. Sentant le danger, Beatlemaniac se releva en titubant, le visage en sang, puis quitta la pièce. JP se redressa avec difficulté en s'appuyant sur le lit, le cou douloureux. Il revenait de loin. Il ôta son bâillon, reprit le coupe-ongles pour inciser les liens qui entravaient ses chevilles, puis se lança sur la piste de Beatlemaniac, revolver à la main. Il caressa au passage le bras de Lucia en lui disant « Merci ! C'est fini ! » Elle n'avait pas bougé et tenait toujours le tisonnier ensanglanté, dans un état second. Les accords stridents et saccadés de *Getting Better* résonnaient déjà dans le salon.

Dans le couloir, JP se mit à courir vers le palier. Par la porte de l'appartement restée ouverte, il vit passer Beatlemaniac qui remontait l'escalier vers l'étage supérieur. Mantovani et ses collègues étaient en bas de l'immeuble, obstruant la fuite d'Aynil. « On va le coincer ce salopard », pensa JP en se ruant sur ses pas. En arrivant au dernier étage, JP vit les pieds de Beatlemaniac qui disparaissaient par la trappe du toit. Sans hésiter, il grimpa à l'échelle métallique fixée au mur. Il y avait du sang sur les barreaux. Lorsqu'il sortit la tête, l'air frais du petit matin le surprit et lui rappela qu'il était à plusieurs dizaines de mètres au-dessus de la rue. Beatlemaniac avait déjà atteint le faîte du toit et s'éloignait vers la gauche, s'accrochant à une antenne. JP glissa le revolver dans la poche de son jean, respira un grand coup et s'extirpa. « Ne pas regarder en bas », se dit-il. En posant les pieds sur le bord de la trappe et en s'allongeant sur le zinc, on pouvait facilement s'agripper au replat qui servait de base aux cheminées, puis grimper jusqu'au sommet. Le toit à deux pans de l'immeuble de JP était borné de chaque côté par un mur trop haut pour être escaladé. Il se demandait ce que Beatlemaniac, qui le devançait d'environ cinq mètres, allait faire. Il eut rapidement la réponse. Arrivé au pied du mur, Aynil s'assit sur le pan de toit qui donnait sur la rue Léonidas et se laissa glisser sur les fesses, s'arrêtant avec les pieds contre le chéneau. Il se redressa, agrippa le mur, puis le contourna pour passer sur le toit de l'immeuble voisin. JP sentit ses jambes flageoler et la nausée le saisit à la gorge. Dans la précipitation, il avait oublié de prendre son téléphone et ne pouvait pas joindre ses collègues. Il fallait absolument qu'il suive Aynil, mais en même temps il redoutait que son corps le lâche. Arrivé en bout de toit, il s'assit sans réfléchir et partit en glissade tout en se ralentissant à l'aide du mur. Il s'arrêta sans encombre en bas de la pente, puis répéta les gestes de Beatlemaniac pour rejoindre le toit mansardé de l'immeuble mitoyen. La lucarne la plus proche, située à deux mètres de distance, était ouverte. Il se plaqua de face contre les ardoises du toit qui étaient presque à la verticale et commença à progresser vers la droite, lentement. Il avait le souffle court et, en dépit de la fraîcheur de l'air, la sueur lui piquait les yeux. Au bout de quelques secondes, il put saisir le cadre de la fenêtre et pénétrer dans le petit appartement d'un bond. Deux étudiants nus sous la couette le regardaient d'un air terrifié. « Police ! » dit-il pour les rassurer, pas mécontent qu'il était lui-même de quitter les hauteurs. Il se rua vers la porte grande ouverte et se lança dans l'escalier à la poursuite de Beatlemaniac qui se trouvait un étage en dessous. Tous deux dévalèrent les marches quatre à quatre, sans croiser personne. Parvenu au rez-de-chaussée, JP déboucha sur une grande cour rectangulaire entourée d'immeubles, vide. D'instinct, il se dirigea vers l'issue opposée en diagonale. Un petit couloir menait à une porte cochère qui donnait sur la rue Bénard. Coup d'œil à droite, puis à gauche. Beatlemaniac s'éloignait en courant sur le trottoir d'en face. JP traversa et le reprit en chasse avant de le voir virer à droite dans la rue Hippolyte Maindron. Après avoir tourné au coin de la rue, JP repéra Beatlemaniac à une vingtaine de mètres en train d'ouvrir la portière d'un fourgon blanc garé juste avant l'intersection avec la rue de la Sablière. « Cette fois, je le tiens », se dit-il en sortant le revolver de sa poche, alors qu'Aynil s'asseyait au volant. JP n'était plus qu'à dix mètres quand il entendit un grand coup de frein sur sa droite. Il eut à peine le temps de tourner la tête vers la voiture électrique qui arrivait sur lui. Bien que relativement peu violent, l'impact l'envoya en roulé-boulé sur l'asphalte et lui fit lâcher l'arme. Alors qu'il se relevait, JP vit le Renault Trafic qui lui fonçait dessus et bondit sur le côté.

Allongé sur son lit d'hôpital, zappant d'une chaîne à l'autre à la recherche d'un programme potable, JP rongeait son frein. Il ne souffrait que de blessures superficielles, mais avait été interné pour vingt-quatre heures d'observation, par précaution. Il se retrouvait à l'Hôtel-Dieu, à l'endroit même où il avait passé deux nuits de veille infructueuse avec Farid. Moins de deux mois s'étaient écoulés depuis lors, mais ça lui paraissait une éternité. Le temps avait commencé à tourner au ralenti dès le début de cette affaire. Elle s'était vite convertie en cauchemar et jamais une enquête n'avait éprouvé sa patience à ce point. Le tueur venait une nouvelle fois de lui échapper, d'un cheveu certes, mais il courait toujours. Le fourgon s'était volatilisé dans Paris malgré un signalement rapide. C'était rageant. JP devait cependant admettre qu'ils s'en étaient bien sortis, Lucia et lui. Il avait réussi à donner l'alerte et à se libérer de ses liens, elle l'avait sauvé in extremis des griffes de Beatlemaniac-Aynil. Le fait qu'ils soient encore vivants, tous les deux, était finalement le plus important.

C'était la santé de Lucia qui préoccupait le plus JP. D'après les médecins, elle n'avait pas trop souffert physiquement, mais il était difficile d'évaluer l'étendue du traumatisme psychologique. Les policiers l'avaient retrouvée prostrée sur le lit, le tisonnier toujours dans les mains. Son regard perdu dans le vide indiquait un état de choc. Elle n'avait pas pris la peine d'enlever son bâillon. Michelle s'était occupée d'elle avant de l'accompagner à l'hôpital. En fait, les deux femmes se connaissaient déjà. C'était Michelle qui lui avait annoncé la mort de Daniel Olivares, seize mois plus tôt.

Lucia n'avait pas pu apporter beaucoup d'éléments aux enquêteurs. Aynil l'avait endormie tout de suite après l'avoir fait monter dans son véhicule et elle s'était réveillée ligotée dans une sorte de garage. Quelques minutes plus tard, ils avaient repris le fourgon pour se rendre au domicile de JP dont elle avait les clés sur elle. Elle n'avait rien vu pendant le trajet, qu'elle estimait avoir duré « entre vingt et trente minutes », et ne pouvait donc pas situer la cache de Beatlemaniac.

Lucia occupait la chambre d'à côté, mais JP n'avait pu la voir que cinq minutes à son arrivée à l'hôpital. En posant ses yeux sur elle alors qu'elle était assise dans son lit, tête baissée et regard fuyant, JP avait eu une impression désagréable de déjà-vu, accompagnée de quelques accords de piano. Après sa fausse couche à la clinique, Jeanne avait affiché cet air accablé et absent. Ce jour-là, quelque chose s'était définitivement rompu entre eux. La chanson qui lui revenait en tête était *Golden Slumbers*, sa préférée du *medley* d'*Abbey Road*. Maintes fois il l'avait écoutée, ému, en pensant à cet enfant à naître. Il s'était imaginé l'écoutant encore et encore, penché au-dessus de ce bébé qui ne verrait finalement jamais le jour. La genèse de *Golden Slumbers* était singulière. La légende disait que McCartney était tombé un jour sur la partition d'une berceuse du dix-septième siècle, intitulée *Cradle Song*, chez son père, à Liverpool. Ne sachant pas lire la musique, il aurait décidé sur-le-champ de composer sa propre mélodie au piano, en reprenant une partie des paroles originales. Le résultat fut sublime et poignant, rehaussé sur disque par l'arrangement orchestral majestueux de George

Martin. La voix de Paul, toute en émotion contenue, débutait sur un ton tendrement mélancolique avant de se teinter une inflexion plus sombre, presque menaçante, lors du refrain. Cette menace, JP la reconnaissait désormais. C'était l'ombre qui plane au-dessus de tous les bonheurs humains, celle qui fait qu'un tout petit cœur cesse soudain de battre sans qu'aucune berceuse n'y puisse quoi que ce soit. Après *Golden Slumbers*, le *medley* d'*Abbey Road* enchaînait avec *Carry That Weight*, la dernière chanson réunissant les voix des quatre Beatles. Le fardeau qu'elle évoquait faisait allusion aux conflits qui divisaient le groupe. À JP, assis sur le bord du lit occupé par Lucia, elle lui avait rappelé que lui-même demeurait lesté du poids de la perte de son enfant et que c'était peut-être pour toujours. Secoué, il avait pris les mains de Lucia dans les siennes. Elle avait alors posé sur lui un regard d'une infinie tristesse pour demander : « Pourquoi tu m'as laissée seule ? » JP n'avait d'abord pas très bien compris à quoi elle voulait en venir. Si elle lui reprochait d'avoir tardé à la rejoindre après son enlèvement ou de l'avoir laissée seule dans l'appartement pour pourchasser Aynil. Il s'agissait de la deuxième option. JP avait bien essayé de lui expliquer qu'elle était alors hors de danger et que la capture de Beatlemaniac était une priorité, y compris pour leur propre sécurité, mais elle avait semblé rester hermétique à ses arguments. Lucia avait fini par s'endormir profondément sous l'effet des tranquillisants qu'on lui avait administrés. « Le repos lui fera du bien », avait dit l'infirmière.

JP appelait Mantovani de temps en temps, pour avoir des nouvelles de l'enquête. Sans grande surprise, l'immatriculation du fourgon de Beatlemaniac qu'il avait relevée s'était révélée fausse. En plus du modèle, un Renault Trafic de couleur blanche, JP avait remarqué au passage les traces d'un léger choc qui pouvaient éventuellement permettre d'identifier le véhicule. Il manquait un petit morceau du feu arrière gauche et la carrosserie était rayée sur une vingtaine de centimètres. Les services de police judiciaire étaient mobilisés pour interroger tous les loueurs d'utilitaires en Ile-de-France.

En milieu de matinée, JP reçut la visite de Badoux qui avait été mis au courant de son hospitalisation par Farid. Les deux hommes conversèrent avec plaisir en mangeant des chocolats, heureux de tuer le temps ensemble. JP en profita pour le remercier de son aide et le féliciter de la justesse de son analyse. Le profil psychologique d'Aynil correspondait grosso modo à celui qu'avait dressé le vieux professeur au début de l'affaire. Badoux prit congé en faisant promettre à JP qu'il passerait le voir quand tout serait fini.

Après le déjeuner, Mantovani débarqua à l'hôpital pour prendre un café avec lui. Il n'y avait rien de neuf concernant Beatlemaniac. Pourtant, JP trouva le Morse étonnamment calme, comme résigné à l'idée de partir à la retraite sans avoir réglé cette affaire. On était le 19 juin et il allait terminer sa carrière au soir du 21. En fait, lui aussi était conscient qu'ils avaient frôlé la catastrophe avec JP et Lucia. Il avait failli perdre celui qu'il considérait un peu comme son fils spirituel et le soulagement l'emportait largement sur le reste. De toute façon, ses collègues finiraient bien par attraper ce fada de Beatlemaniac. À ce stade, Aynil devait être au bout du rouleau, ou pas loin.

En fin d'après-midi, une infirmière passa la tête par la porte pour informer JP que Lucia était réveillée. Il entra dans sa chambre avec une certaine appréhension. Le sourire fatigué avec lequel elle le reçut le rassura dans un premier temps. Assise sur le lit, appuyée contre un gros oreiller, elle avait meilleure mine que le matin. La première chose qu'elle demanda fut si Beatlemaniac avait été arrêté. JP lui répondit que non, mais qu'elle n'avait plus rien à craindre, que l'étage était surveillé en permanence, qu'on ne tarderait pas à mettre la main sur lui. Il tenta de la faire parler sur ce qu'elle avait vécu pendant sa captivité, mais sentit qu'elle n'était pas prête. Il essaya alors d'orienter la conversation sur un sujet plus neutre, mais se trouva rapidement à court d'idées. C'était comme si l'expérience traumatisante de l'enlèvement avait érodé leur connivence et creusé un fossé entre eux. L'inconfort était tel que JP fut soulagé quand on apporta le plateau-repas de Lucia. Pendant qu'elle mangeait consciencieusement son plat de spaghettis, on avertit JP qu'il avait de la visite.

Farid, Joseph et Rita étaient dans le couloir, plantés devant la porte de sa chambre.

— Ah, te voilà vieux renard ! fit Jojo.

— C'est pas une tenue pour visiter des jeunes filles ça, renchérit Farid en tirant sur un coin de sa blouse de patient.

— Au contraire, reprit Jojo, c'est très pratique, tu relèves un peu le devant et hop !

Rita esquissa un sourire gêné et JP eut honte de se présenter devant elle dans cet accoutrement. Pour donner le change, il ouvrit la porte de sa chambre et invita ses collègues à entrer. Ils l'informèrent que l'enquête auprès des loueurs d'utilitaires n'avait pas abouti. JP en fut déçu, mais pas franchement surpris. Il dut leur raconter en détail la confrontation avec Beatlemaniac, depuis le moment où celui-ci l'avait assommé jusqu'à la poursuite sur les toits et dans la rue. Tous le félicitèrent pour son sang-froid et son courage, d'autant qu'ils connaissaient sa peur viscérale du vide.

Jeudi matin, avant de quitter l'hôpital, JP voulut dire au revoir à Lucia qui devait rester vingt-quatre heures de plus en observation. Au moment de frapper, il jeta un œil par la vitre pour voir si elle ne dormait pas. Elle était en train d'examiner des documents, les sourcils froncés. Quand JP entra, elle posa les feuilles de papier sur le bord du lit.

— Ça va ? demanda-t-il. Tu as bien dormi ?

— Bien, dit-elle d'un air distrait. Tu t'en vas déjà ?

— Oui, le médecin m'a signé le bon de sortie.

— Tu vas rentrer chez toi ?

— Non, je vais bosser. Le chef s'en va demain, je veux l'accompagner jusqu'au bout.

— Fais attention à toi… ton métier me fait peur. Maintenant, plus que jamais.

— Ne t'inquiète pas, ça va aller. Tout sera bientôt fini.

JP s'approcha de Lucia pour lui dire au revoir. Jetant un œil au passage sur les documents, il eut l'impression qu'il s'agissait de résultats d'analyses. Lucia les plia en deux précipitamment, puis les rangea sur la table de nuit. JP déposa un baiser rapide sur son front avant de tourner les talons.

— Repose-toi bien ! Je t'appellerai, dit-il en partant.

Quand JP sortit dans la rue, le ciel était couvert. «Dire qu'on est à deux jours de l'été», pensa-t-il. Conscient d'être un miraculé, il respira l'air vicié de Paris à pleins poumons, comme s'il s'était trouvé au beau milieu de la forêt de Bélesta. Après quelques minutes de marche, il franchit le porche du 36, quai des Orfèvres, étreint par l'émotion. Tous ceux qu'il croisa dans les couloirs le saluèrent avec respect, certains le félicitèrent. Il faisait presque figure de héros et ça le gênait. Tant d'honneur lui paraissait largement exagéré. Après tout, il avait fini par laisser filer Beatlemaniac et il ne devait d'être encore en vie qu'à l'intervention de Lucia. C'est Dekker qui résuma le mieux son propre sentiment en le recevant : «Bravo pour avoir retourné la situation à votre avantage, Estable. Dommage qu'il vous ait finalement échappé». Au moment de prendre congé, le divisionnaire lui avait écrasé la main en martelant : «Il faut achever le boulot, Estable. Il faut achever le boulot. »

Quand il pénétra dans son bureau, JP se surprit à ressentir une certaine satisfaction, comme une réminiscence du soulagement que l'on éprouve en retrouvant son domicile au retour d'un long voyage. Il était incapable de dire si cette sensation était liée au fait qu'il avait failli perdre la vie et ne jamais revenir en ces lieux, ou plus simplement à la présence rassurante de tous ces objets familiers qui faisaient, bon gré mal gré, partie de son existence. Peut-être se devait-il de reconnaître que ses sentiments envers son univers professionnel n'étaient pas dénués d'attachement, qu'ils s'avéraient finalement plus ambivalents qu'il ne l'avait soupçonné jusque-là.

Au sommet de sa pile de documents, JP trouva le rapport balistique du revolver qu'il avait récupéré à l'issue de la lutte avec Beatlemaniac. Comme il s'y attendait, il s'agissait de l'arme qui avait servi à assassiner Timothée Lévy en avril, le premier meurtre de la série. « La boucle est-elle sur le point d'être bouclée ? » se demanda-t-il.

Comme à chaque fois que la police lançait un avis de recherche public, les appels téléphoniques étaient nombreux. Aynil et son Trafic blanc étaient signalés aux quatre coins de l'Hexagone, voire au-delà, mobilisant les services de police judiciaire dans tout le pays pour la vérification de pistes qui ne débouchaient sur rien. C'est seulement en début d'après-midi qu'apparut une éclaircie. Un petit homme chauve se présenta à la brigade criminelle en demandant à parler au responsable de l'enquête sur l'affaire Beatlemaniac. Il disait avoir des informations pouvant permettre de localiser l'ennemi public numéro un. Intrigué, JP le reçut dans son bureau en compagnie de Michelle qui prenait généralement les dépositions. Habitué aux témoignages plus ou moins fantaisistes de paumés en manque d'attention qu'attiraient inévitablement les appels à témoins, JP restait méfiant.

— Asseyez-vous, monsieur…

— Cheval. Henri Cheval.

— Je vous écoute.

— Voilà, je suis cogérant d'une société de location de véhicules à Aubervilliers. Hier, des policiers sont passés et ont parlé avec mon associé.

L'homme marqua une pause et sembla hésiter.

— Et alors ? demanda JP.

— Le Renault Trafic que vous cherchez, c'est moi qui l'ai loué, dit-il en baissant les yeux. J'ai dit à mon associé qu'il était en réparation, mais en fait je l'ai loué sans l'en informer. Le type m'a proposé de payer un mois d'avance, en liquide, je n'ai pas pu résister.

— Ça s'est passé quand ?

— Il y a deux semaines. Je ne savais pas à qui j'avais affaire bien sûr, mais quand j'ai vu la photo et le portrait-robot dans la presse aujourd'hui, je l'ai tout de suite reconnu. C'est bien celui qu'on appelle Beatlemaniac.

— Vous êtes sûr ?

— Certain. En plus, ça correspond à la description du véhicule donnée par vos collègues, les traces de choc du côté arrière gauche, le petit morceau de feu qui manque.

— Sous quel nom l'a-t-il loué ?

— Un nom bizarre, Pablo Flanque ou Fanque, un truc dans le genre.

— C'est lui ! s'exclama JP. Pablo Fanque est un personnage de l'album *Sgt. Pepper*.

Henri Cheval venait de le convaincre et avait du même coup retrouvé de sa superbe en voyant l'effet de sa révélation. Son sourire jusqu'aux oreilles et son air mystérieux indiquaient qu'il n'avait pas encore tout dit.

— Je sais comment localiser le véhicule, lâcha-t-il d'un ton solennel.

— Dites-moi tout.

— Il est équipé d'un GPS de repérage.

JP bondit de son siège.

— Beatlemaniac est au courant ?

— Non, je ne le dis jamais aux clients, c'est juste une sécurité pour nous. Au cas où.

— Vous savez où il est en ce moment ?

— Non, je ne sais pas. C'est une société de surveillance dans le treizième arrondissement qui gère ça. On les contacte seulement en cas de vol.

— Ils peuvent vous communiquer la localisation par téléphone ?

— Oui, je leur donne mon code et ils me disent où se trouve le véhicule.

— Michelle, appelle-les et passe-leur monsieur. Je préviens les autres.

Mantovani sauta presque au plafond en apprenant la nouvelle. Il n'y croyait plus, occupé qu'il était à mettre de l'ordre dans son bureau et à ranger soigneusement ses effets personnels dans des cartons. Le Morse passa immédiatement en mode d'alerte en se disant que c'était sans doute la der des ders. Quelques secondes plus tard, sa grosse silhouette sortit dans le couloir en braillant des ordres à tout va, et en lâchant quelques pets bien sentis aussi.

Quand JP retourna à son bureau, Michelle était déjà en train de vérifier la localisation du Renault Trafic sur un plan, sous l'œil attentif de Cheval, trop heureux de participer à la traque du célèbre Beatlemaniac.

— Tiens, viens voir JP, il est garé rue Laffitte dans le neuvième arrondissement, à quelques mètres du boulevard Haussmann. Il y a un bureau de poste juste à l'angle.

— Il ne bouge pas ?

— Non.

— Super ! En plus, c'est pas loin. Tu nous préviens par radio s'il se déplace.

— Ça marche.

Au moment où JP quittait la pièce, Michelle le rappela.

— JP !

— Quoi ?

— Fais attention à toi !

— T'inquiète pas, ça va aller.

Dès qu'il fut informé, Dekker rappliqua pour superviser l'opération. Le divisionnaire espérait un dénouement proche de cette affaire qui commençait à faire tache sur son CV. Surtout, il voulait être aux premières loges en cas d'issue positive, afin d'en tirer le meilleur parti. Il monta à côté de son chauffeur, accompagné de Mantovani. JP et Mohan rejoignirent Farid, tandis que Jojo et Rita, qui ne se quittaient plus, se hissèrent à l'arrière d'une camionnette de surveillance conduite par Ostermann. L'expédition, complétée par les deux autres groupes de Mantovani, se mit en branle aussitôt.

XVI

Quand l'averse éclata subitement, les passants se mirent à courir vers un abri, protégeant leur tête comme ils pouvaient. JP se dit que la pluie risquait de gêner leur intervention, mais on ne pouvait rien y faire. Il avait été décidé de s'approcher discrètement du Renault Trafic garé rue Laffitte, puis de le surveiller à distance en attendant l'arrivée de Beatlemaniac. Ils n'en étaient plus très loin. La voiture de JP allait passer devant le métro Bonne Nouvelle quand la voix de Michelle retentit :

— Alerte à toutes les unités ! Le fourgon vient de démarrer. Il tourne à gauche dans le boulevard Haussmann.

— Merde ! lâcha JP.

— On fonce et on le rattrape ! hurla Dekker.

— Il descend la rue du Helder, poursuivit Michelle.

— On va prendre le boulevard des Italiens, dit Mantovani, sans même regarder le GPS.

JP se dit que ce n'était pas de veine, qu'à cinq minutes près ils auraient pu le cueillir dans la rue. Là, il fallait se frayer un chemin dans la circulation à l'heure de pointe pour revenir à sa hauteur. Après, il resterait encore à choisir le bon moment pour intervenir. Dekker avait demandé qu'on poste des renforts à tous les accès au périphérique, pour pouvoir lui couper la route s'il tentait de sortir de Paris.

— Il a tourné à droite dans le boulevard des Capucines, direction Opéra.

— Très bien, fit JP. On est à environ cinq cents mètres.

Lorsqu'il passa devant le numéro 28 du boulevard des Capucines, Aynil jeta un coup d'œil vers la façade de l'Olympia, là où les Beatles avaient donné leurs premiers concerts parisiens en janvier 1964. Lire ou entendre dire qu'ils avaient fait la première partie de Sylvie Vartan le mettait systématiquement en rogne. C'était vraiment n'importe quoi. La pauvre fille ne méritait même pas de faire leur première partie à eux. Les Français n'y connaissaient décidément rien. Tiens, il aurait dû lui réserver un iPod à la blondasse, ça aurait eu de la gueule. Dommage qu'il n'y ait pas pensé plus tôt.

— Il a emprunté la rue de Sèze vers la Madeleine, avertit Michelle.

— Bien reçu, répondit Dekker, on y est presque.

— Il contourne l'église de la Madeleine... et prend la rue Royale vers la Concorde.

— Ça y est, je le vois ! Il n'est plus qu'à trente mètres, exulta le divisionnaire.

— Il arrive Place de la Concorde... il va remonter les Champs-Élysées.

— OK, on se rapproche et on ne le lâche pas. On attend de passer la place de l'Étoile et on le pince dès qu'il sort du rond-point, brailla Dekker, surexcité.

Mantovani ne l'était pas moins, même s'il rongeait son frein en position de sous-chef. À la veille de son départ à la retraite, la perspective de coincer enfin Beatlemaniac lui donnait la chair de poule et il en oubliait presque ses ballonnements. Dekker demanda des renforts positionnés autour de la place de l'Étoile dans la foulée.

Sur la longue avenue, les policiers avaient réussi à gagner encore du terrain et la voiture de grand chef n'était plus qu'à quelques mètres du Renault Trafic. Au Rond-point des Champs-Élysées, tous s'arrêtèrent au feu. JP sentit qu'il bouillait intérieurement. Être si proche de Beatlemaniac et ne pas pouvoir intervenir était une torture. Après quelques secondes qui leur parurent une éternité, tout le monde se remit en route. Dekker informa par radio :

— On vient de passer le rond-point des Champs, on fonce tout droit vers la place de l'Étoile.

Jamais les Champs-Élysées n'avaient semblé aussi longs à JP et Farid, qui se trouvaient maintenant à dix mètres derrière Beatlemaniac. Le fourgon remontait si tranquillement, qu'il était difficile d'imaginer qu'il s'agissait d'un tueur en série filé par plusieurs voitures de police. Tout à coup, le téléphone portable de JP sonna. C'était un numéro inconnu. Il hésita à répondre.

— Allô !

À l'autre bout, on n'entendait que la chanson *Sgt. Pepper's Lonely Hearts Club Band*, ou plus précisément la reprise qui figure en avant-dernière position sur l'album éponyme.

— Commandant Estable, comme on se retrouve !

— Aynil ! dit simplement JP, interloqué.

— Bravo encore ! Vous n'avez pas mis longtemps à revenir sur ma trace. Là, vous m'épatez.

JP ne sut pas quoi dire. Beatlemaniac s'étant rendu compte de la filature, l'effet de surprise tombait à l'eau. JP réfléchissait à toute allure, mais aucune idée n'émergeait. Aynil mit fin au supplice.

— Nos chemins pour arriver à ce moment ont été longs et tortueux, commandant, mais il est déjà temps qu'ils se séparent. Bonne chance ! dit Beatlemaniac en raccrochant.

Abasourdi, JP se ressaisit pour informer ses collègues par radio.

— Aynil vient de m'appeler sur mon portable. Il sait qu'il est filé. Je répète. Il sait qu'il est filé.

— Merde ! fit Dekker.

Après dix secondes de réflexion, le divisionnaire ajouta :

— Ça ne change rien, on le coince comme convenu. Préparez-vous !

Le fourgon blanc s'apprêtait à pénétrer sur le rond-point. La voiture de Dekker était presque à sa hauteur, Farid et JP suivaient de près. Beatlemaniac s'incorpora au trafic du sens giratoire tout en se rapprochant du centre, décrivant une sorte de spirale qui semblait indiquer qu'il ne souhaitait pas prendre l'une des premières sorties.

— On tourne en rond, lança JP.

Soudain, lorsqu'ils eurent presque accompli un tour complet, le Renault Trafic fit une embardée vers la gauche, obligeant deux voitures à freiner brusquement. Il passa de justesse entre deux plots situés exactement en face de l'avenue des Champs-Élysées, et poursuivit sa course à toute vitesse vers l'Arc de Triomphe.

— Qu'est-ce qu'il fait ce con ? hurla Dekker.

Pris de cours, son chauffeur ne parvint pas à suivre la trajectoire de Beatlemaniac et continua autour de la place. Farid sortit la sirène et réussit à esquiver plusieurs véhicules pour se faufiler lui aussi entre les plots. JP et lui virent le Renault Trafic s'écraser contre le pilier droit de l'Arc de Triomphe dans un grand bang, à la stupéfaction des touristes présents sur les lieux.

— Bon sang, qu'est-ce qu'il se passe ? brailla Dekker qui se trouvait de l'autre côté du monument.

— Beatlemaniac vient de scratcher son fourgon contre l'Arc de Triomphe. On va s'approcher à pied, répondit JP.

JP, Farid et Mohan descendirent de leur voiture stoppée à quelques mètres. Des touristes avaient commencé à s'attrouper autour du lieu de l'accident. La pluie avait cessé.

— Police ! Éloignez-vous du véhicule ! ordonna JP.

En voyant que les officiers avaient sorti leur arme de service, les badauds refluèrent. Le Trafic blanc avait heurté l'arête du pilier de plein fouet et s'était encastré jusqu'au pare-brise. Le corps cassé de

Beatlemaniac était affalé sur le capot, la tête ensanglantée, les yeux ouverts. L'autoradio fonctionnait encore et les premières notes de *A Day In The Life* semblèrent monter d'outre-tombe : « *He blew his mind out in a car...* ».

Là, debout devant le cadavre d'Aynil, alors qu'il devait afficher plusieurs centaines d'écoutes de la chanson au compteur, JP remarqua pour la première fois de sa vie comment la batterie de Ringo dialoguait avec la voix de John, remplissant admirablement les intervalles entre les strophes de ses arabesques rythmiques.

— Mince, il s'est explosé la tête ! s'exclama Farid, encore peu habitué qu'il était à voir des morts.

Mantovani et Dekker débarquèrent, essoufflés. La nouvelle du décès de Beatlemaniac les rendit euphoriques. Le premier allait profiter d'une retraite bien méritée avec la satisfaction du devoir accompli et la trajectoire du second pourrait reprendre sa courbe ascendante, peut-être même avec une vigueur renouvelée. JP avait lui aussi de bonnes raisons d'être satisfait du dénouement et, pourtant, il ne l'était pas. Pas complètement, en tout cas. Il ressentait un goût d'inachevé, avec le sentiment que Beatlemaniac avait tout contrôlé, jusqu'au bout. Acculé et déterminé à ne pas se rendre, Aynil avait ainsi décidé de mettre fin à ses jours dès qu'il s'était rendu compte qu'il était suivi et ne pourrait s'échapper une nouvelle fois. Si Mark Chapman avait bien envisagé de se suicider en sautant de la statue de la Liberté après l'assassinat de John Lennon, il était finalement resté sur le lieu du crime à attendre la police. Bêtement, pourrait-on dire. Beatlemaniac, lui, n'avait pas tremblé. Il avait soigné sa sortie en se faisant exploser la cervelle sur la place de l'Étoile, au son de ce qui était assurément le chef-d'œuvre des Beatles, le duo Lennon-McCartney au sommet de son art. Il s'était réservé le fin du fin pour mettre en scène sa propre mort. Musicalement, Beatlemaniac avait produit un sans-faute. Il était également assuré de faire les gros titres des journaux, à l'instar de Tara Browne, le milliardaire dont le décès accidentel avait inspiré le premier couplet de *A Day In The Life*. La dernière chanson de l'album *Sgt. Pepper's Lonely Hearts Club Band* clôturait donc aussi son cycle d'homicides et mettait un point final à l'affaire Beatlemaniac.

JP était hébété, les bras ballants dans son imper, comme lorsque, plus jeune, il terminait l'écoute de *A Day In The Life*. Quand le second glissando le soulevait très haut, puis qu'il retombait brutalement sur terre avec l'accord final de piano en mi majeur qui résonnait encore dans ses oreilles. Alors que tout le monde commençait à s'activer autour de lui, il restait planté là, près du fourgon accidenté, les yeux rivés sur le cadavre de Beatlemaniac, comme pour s'assurer qu'il était bien mort. Il voulait appeler Lucia à l'hôpital pour lui dire que tout était réglé, mais il était incapable d'extraire son portable de sa poche. C'est dans un état second qu'il reçut les félicitations de Rita, puis celles de tous ses collègues. Il finit par composer le numéro de Lucia, mais la réaction de la jeune femme le laissa pantois. Alors qu'il s'attendait à ce qu'elle exprime un certain soulagement en apprenant la mort de Beatlemaniac, elle garda le silence un instant, puis se mit à sangloter sans pouvoir s'arrêter. Il dut raccrocher avant d'avoir réussi à la calmer, et après avoir promis de passer la voir dans la soirée.

Le vendredi matin, JP se réveilla tard et de bonne humeur. Il releva le store et ouvrit la fenêtre. Il faisait beau. C'était un jour de repos amplement mérité et il avait bien dormi. Sans doute son organisme avait-il cherché à se remettre de la fatigue physique et nerveuse accumulée au cours des derniers mois. JP semblait enfin se rendre compte qu'il était débarrassé de Beatlemaniac pour de bon. Lui qui avait pratiqué le cyclisme dans ses Pyrénées natales à l'adolescence, pouvait désormais jeter un regard en arrière sur les méandres de l'affaire Beatlemaniac avec la satisfaction du grimpeur qui contemple les lacets en contrebas depuis le sommet du col. Il avait vaincu le signe indien et allait pouvoir passer à autre chose. À quoi, il ne le savait pas encore, mais l'horizon s'était soudainement éclairci et il avait de bonnes raisons de se sentir optimiste. Certes, Lucia n'était pas complètement remise de son enlèvement sur le plan psychologique, mais ce n'était probablement qu'une question de temps. Lorsqu'il lui avait rendu visite à l'hôpital la veille au soir, elle lui avait paru plus sereine. Elle allait sortir en début d'après-midi. Suite à ce qu'ils avaient surmonté ensemble, le cauchemar touchait à sa fin et une nouvelle vie se profilait.

Après un déjeuner à la maison rapidement expédié, JP se rendit à l'Hôtel-Dieu avec une certaine impatience. Il trouva Lucia habillée et assise sur son lit, en train de regarder la télévision. Au moment de le saluer, elle tourna légèrement la tête pour que son baiser se pose sur sa joue plutôt que sur ses lèvres. Ce geste paraissait en phase avec la froideur que dégageait désormais son attitude envers lui. L'abattement qui avait caractérisé le comportement de Lucia les jours précédents semblait avoir fait place à une colère sourde. Physiquement, elle allait bien, le médecin venait de le confirmer à JP dans le couloir. Tout au plus devrait-elle garder un repos relatif pendant quelques jours. « Pourquoi est-elle de si mauvaise humeur ? », se demandait JP pendant qu'elle rassemblait ses quelques affaires. Le considérait-elle comme responsable de ce qu'elle avait vécu avec Beatlemaniac ? Peut-être. Après tout, lui-même se sentait coupable de l'avoir involontairement mêlée à cette affaire. Devait-il lui poser directement la question pour tenter de crever l'abcès ? Il hésitait, redoutant de faire empirer la situation. Quand elle fut enfin prête, JP proposa à Lucia de l'emmener chez lui. Il pensait qu'elle serait plus confortablement installée que dans sa chambre de bonne pour récupérer du traumatisme subi, et qu'il serait ainsi plus à même de veiller sur elle. Elle refusa tout net, arguant qu'elle préférait se reposer chez elle, dans l'intimité de ce qu'elle avait l'habitude d'appeler sa « grotte » et qu'elle ne voulait pas être un fardeau pour lui. Elle ajouta que son appartement lui remémorait encore trop la séquestration, qu'elle avait besoin de temps pour pouvoir y retourner. JP eut beau insister et tenter de la convaincre de changer d'avis, rien n'y fit. Il était déçu.

Une fois dans la voiture, il lui demanda si elle souhaitait rencontrer un psychologue pour l'aider à surmonter le trauma de l'enlèvement. Après tout, c'était une pratique courante, voire recommandée, pour les victimes de kidnapping et il pouvait très facilement la mettre en contact avec un spécialiste reconnu. Mais, là aussi, il n'obtint qu'un refus catégorique. Elle avait déjà parlé avec une psychothérapeute de l'hôpital et ne pensait pas avoir besoin de se confier davantage. Tout ce qu'elle voulait, c'était « rentrer chez elle et dormir ». « Elle est comme moi, se dit-il, têtue comme une mule. » L'ambiance était pesante. Ne parvenant pas à établir une véritable conversation avec elle, JP se résigna à mettre la *Sonate au clair de lune* de Beethoven sur l'autoradio, histoire de masquer la gêne derrière un voile de musique. Quelques secondes plus tard, les premières gouttes tombèrent sur le pare-brise.

En arrivant rue Stanislas, JP proposa de faire quelques courses à la supérette du coin et elle accepta à contrecœur. Il l'accompagna ensuite jusqu'à sa chambre portant son sac et les vivres. Lorsqu'ils se retrouvèrent seuls dans la pièce minuscule, le malaise de Lucia parut augmenter, comme si la proximité avec JP dans cet espace réduit l'empêchait de respirer. Elle sortit aux toilettes. Dépité, JP s'assit sur ce lit étroit où il avait passé plusieurs nuits serré contre elle. Son regard se posa sur la petite bibliothèque que Lucia avait aménagée. Là, au milieu des ouvrages de science politique qui occupaient l'essentiel des rayonnages, il remarqua une édition de poche de *La montagne magique*, le meilleur souvenir de lecture de ses années de lycée. Il prit le livre dans ses mains. Quand il l'ouvrit, plusieurs photos tombèrent sur la couette. Toutes étaient des *selfies* de Lucia, lovée contre Daniel, avec un monument célèbre de Paris en arrière-plan : la tour Eiffel, Notre-

Dame, l'Arc de Triomphe, la pyramide du Louvre. Il ne put s'empêcher de lire la date imprimée au dos : février 2012. Un accès de nausée prit JP à la gorge. Il les rassembla prestement, tout en réalisant combien Lucia paraissait heureuse alors. Le contraste avec son humeur maussade du moment était cruel pour lui. C'était comme si le pauvre Daniel, dont le corps avait été haché menu, lui adressait un reproche d'outre-tombe avec ces clichés. Un reproche qui le remplissait de honte, et de colère aussi. Le fantôme d'un ex-amant lui faisait la leçon et il s'en sentait terriblement humilié. Le bruit étouffé de la chasse d'eau le tira de sa funeste rêverie et il replaça rapidement le livre avec les photos à l'intérieur.

Lucia rentra dans la chambre avec le même air sombre que quand elle l'avait quittée et JP pensa qu'il valait sans doute mieux qu'il s'en aille. Il était déjà en train de se lever lorsque la jeune femme se baissa pour ramasser quelque chose qui s'était logé sous la table de nuit. Elle se redressa difficilement, blême, avec une photo entre les mains. C'était celle prise avec Daniel devant le Sacré-Cœur, sa préférée.

— Tu as fouillé dans mes affaires, articula-t-elle, tremblante d'une indignation qui amplifiait son accent.

— Non, j'ai juste pris le livre sur l'étagère et les photos sont tombées quand je l'ai ouvert. Je te jure.

— Va-t'en, laisse-moi ! dit-elle en se retournant.

JP baissa la tête et enfonça les mains dans les poches de son imper.

— J'ai toujours su que ce n'était pas ton cousin, dit-il à voix basse.

— Et alors ? demanda-t-elle, pleine de défi.

— Tu l'aimais ? lâcha JP, regrettant aussitôt sa question.

— Qu'est-ce que ça peut te faire ? C'est ma vie ! cria-t-elle avant d'éclater en sanglots.

« C'est aussi la mienne », pensa JP, mais il ne dit rien. Elle pleurait bruyamment, face au mur, et lui tournait le dos. Il ne savait si tenter un geste d'affection et d'apaisement, pour la consoler. Elle mit fin sèchement à ses hésitations.

— Laisse-moi ! J'ai besoin d'être seule.

JP jeta un dernier regard vers la nuque de Lucia secouée de hoquets, puis quitta la chambre en refermant la porte doucement derrière lui. Il se demanda alors s'il y remettrait les pieds un jour et son cœur se serra comme jamais. Sonné, il descendit les escaliers d'un pas de somnambule, sans lâcher la rampe. Une fois dehors, le brouhaha de la rue le soulagea un peu, comme s'il eût été capable d'atténuer le bruit de la tempête qui grondait sous son crâne.

Les riffs lancinants de *Yer blues* n'avaient laissé aucun répit à JP pendant le trajet vers son domicile. Voulait-il mourir comme Lennon à Rishikesh ? Sans doute pas, mais il se sentait plus seul que jamais. Ce même sentiment d'abandon qui revenait périodiquement dans sa vie, d'aussi loin qu'il se souvienne.

Il se prépara une tasse de thé et alla s'asseoir sur le sofa du salon. Il pensa à la première fois que Lucia était venue chez lui et eut envie de pleurer. Il commençait à se sentir coupable de la façon dont il lui avait jeté au visage, comme un reproche, son sentiment quant à la nature de la relation qu'elle avait entretenue avec Daniel. Il avait agi sous le coup de l'émotion provoquée par les photos des deux amoureux, se montrant jaloux et immature. Il n'y avait rien qu'il détestait plus que d'être déçu par sa propre attitude. Son déficit d'estime de soi l'obligeait à la perfection, faute de quoi, la culpabilisation s'abattait implacablement sur lui. Il se devait présenter des excuses, même si cela impliquait de ravaler son orgueil. Après réflexion, il décida de lui envoyer un SMS.

« Chère Lucia. Je suis désolé de t'avoir blessée, je ne voulais pas te faire de peine. La jalousie m'a fait perdre les pédales. Pardonne-moi. JP. »

Pendant l'écriture du message, *We Can Work It Out* trotta dans sa tête. Subtil assemblage de l'énergie positive de McCartney et du questionnement mélancolique de Lennon, c'était l'une des chansons de la première période des Beatles que JP préférait. Il adorait en particulier l'harmonium et le tempo de valse du pont qui lui donnaient cette teinte musicale particulière et préfiguraient la propension du groupe à élargir sans cesse son univers sonore à partir de 1966. Pourtant, il se disait que ce n'était probablement pas de bon augure. La chanson avait été inspirée à McCartney par l'une de ses disputes avec Jane Asher et ils avaient rompu irrévocablement en 1968. N'étant pas entièrement satisfait de son texte, JP hésita longuement avant d'envoyer le SMS. Puis il pensa, sans en être totalement convaincu, que si Lucia était intéressée par la poursuite de leur relation, elle finirait par lui pardonner, que tout dépendait d'elle désormais. Après tout, ce sont toujours les femmes qui décident.

Mais il y avait encore autre chose qui perturbait JP concernant les liens entre Lucia et Daniel. Ce que *She Came In Through the Bathroom Window* lui avait permis de révéler un an et demi plus tôt, c'était que Marthe Valdés avait assassiné Daniel avant d'essayer de faire porter le chapeau à son mari. Comme Lucia avait disparu de la circulation après l'identification de la victime — peut-être en rentrant un temps au

Mexique — et n'avait pas assisté au procès où JP avait dû témoigner, celui-ci se demandait si elle connaissait tous les détails de l'affaire. Durant son interrogatoire, Marthe avait expliqué que Daniel et elle étaient devenus amants quelques mois auparavant. Lorsque celui-ci lui avait annoncé sa décision de rompre, elle l'avait poignardé dans un accès de rage. Puis, dans un état second, elle avait dépecé son corps dans la baignoire.

Lucia était-elle au courant de la liaison que Daniel avait entretenue secrètement avec Marthe et, surtout, du mobile du crime auquel elle n'était pas étrangère ? Car c'était sans doute cela qui chiffonnait le plus JP, finalement. En tombant accidentellement sur les photos dans la chambre de Lucia, il n'avait pas seulement eu confirmation de ce qu'il soupçonnait depuis le début, mais avait aussi compris subitement que la volonté de Daniel de rompre avec Marthe avait été motivée par sa relation amoureuse naissante avec la jeune Mexicaine. Cette dernière était donc, indirectement, à l'origine du meurtre de Daniel. Le savait-elle ? S'en sentait-elle responsable ? Ces questions turlupinaient JP. Lucia et lui n'avaient jamais évoqué les circonstances de leur première rencontre depuis qu'ils s'étaient retrouvés par hasard devant une librairie du Quartier latin, comme s'il s'était agi d'un accord tacite entre eux. Hanté par le fantôme de Daniel, JP pensait désormais que cela avait été une profonde erreur. Cette sordide histoire était devenue une bombe à retardement.

JP arriva un peu avant l'heure du pot, car il avait promis au Morse de lui donner un coup de main. Il voulait aussi en profiter pour partir tôt, son humeur n'étant pas à la fête. La salle de conférences avait été réservée pour l'occasion et Mantovani était déjà en train de répartir les petits fours préparés par sa femme sur plusieurs tables, aidé par Michelle et Rita. JP et Jojo se chargèrent d'organiser un bar bien fourni, digne de la réputation de gros buveurs des officiers de la Criminelle. En quinze minutes, tout fut prêt pour accueillir les premiers invités.

À l'heure prévue, Dekker se fendit d'un bref discours, convenu et hypocrite, avant de s'éclipser. De nombreux collègues des différents services de la police judiciaire de Paris se mirent à défiler pour féliciter le commissaire Mantovani, toutes ces marques d'attention laissant le Morse avec la larme à l'œil. JP voulut se remonter le moral à coups de whisky et atteignit rapidement ce degré d'ébriété qui permet de tout relativiser. Malheureusement, et il ne l'ignorait pas, il s'agissait d'un état instable. Soit il baissait le pied et rechutait immanquablement dans la dépression, soit il continuait sur sa lancée en risquant l'intoxication. Il choisit la seconde option et mal lui en prit. Joseph ayant achevé la dernière bouteille de scotch, JP se rabattit sur la vodka.

Alors que la salle commençait à se clairsemer et l'ambiance à tomber, JP dut mettre fin de manière un peu abrupte à une conversation décousue avec son collègue Lambert sur l'affaire Beatlemaniac. Il tituba jusqu'aux toilettes les plus proches et faillit percuter Mantovani qui en sortait avec une pastille blanche dans la bouche. JP tarda une bonne dizaine de minutes à vider son estomac, puis s'aspergea le visage d'eau froide. L'image d'homme défait que lui renvoyait le miroir lui dit qu'il était temps qu'il aille se coucher. Il descendit les trois étages en se retenant à la rampe. En passant devant une cage d'escalier à mi-couloir, il surprit Joseph et Rita en train de s'embrasser dans un recoin. Les deux amoureux reprirent haleine et Joseph le regarda d'un air ahuri par-dessus l'épaule de Rita. Ses cheveux hirsutes et le rouge à lèvres barbouillé autour de sa bouche lui faisaient une tête de clown ridicule. Il tendit son pouce levé en direction de JP pour signifier que l'affaire était dans la poche.

Ce dernier fonça vers la sortie, salua à peine le policier en faction et monta dans le premier taxi qui passait par là. Il dut rassembler tout ce qui lui restait de lucidité pour articuler sa propre adresse. En chemin, JP aperçut plusieurs concerts de rue improvisés dans le cadre de la Fête de la musique. De temps en temps, quelques notes parvenaient jusqu'à son cerveau engourdi. En longeant la place de la Sorbonne, il eut même l'impression fugitive d'entendre une reprise de *You've Got To Hide Your Love Away*.

Allongé tout habillé sur son lit à la fin de cette journée cauchemardesque, JP ne pouvait pas trouver le sommeil en dépit de l'alcool ingurgité. Il ne savait plus. L'euphorie du matin, la confiance en l'avenir, tout cela s'était envolé après sa dispute avec Lucia et avait fait place à une grande indécision. Même la disparition de Beatlemaniac avait repris un goût amer. La mort du tueur avait été reçue avec soulagement par l'opinion publique, et la presse en avait attribué tout le crédit à la brigade criminelle. Pourtant, JP restait insatisfait. Lui, savait que cette victoire n'avait été obtenue que par abandon de l'adversaire et il en gardait une impression d'inachevé, une frustration. Il aurait préféré une arrestation en bonne et due forme, avec un procès à la clé. Mantovani venait de partir à la retraite et JP n'avait toujours pas pris de décision quant à la suite de sa carrière.

Il voulait plus que jamais changer de vie, mais s'en sentait incapable. Car que dire du pan personnel de son existence ? Il avait l'impression de contempler un champ de ruines. Lucia refusait de le voir, le fil entre eux était rompu, peut-être à jamais. Et comme si cela n'était pas suffisant, Rita était finalement tombée dans les bras de Jojo Versini. Le Don Juan corse était probablement en train de lui faire l'amour comme une bête, alors que lui se morfondait seul sur son lit. Il avait encore une fois tout loupé. La coupe était pleine et il avait envie de jeter l'éponge. Il en venait presque à regretter que Beatlemaniac ait échoué à le faire passer de vie à trépas quelques jours plus tôt, dans cette même chambre. Les yeux rivés au plafond dans la pénombre, il distinguait la forme biscornue de ce lustre qu'avait choisi Jeanne et qu'il n'avait jamais aimé. Il étendit son bras droit vers la table de nuit et sentit le métal froid de son arme de service sous ses doigts.

Soudain, une parcelle de souvenir affleura à la surface, comme une bouée lâchée depuis les profondeurs de sa conscience. Des violons. La voix de Lennon. L'album *Imagine*, la chanson *How?*. Il ne l'avait pas écoutée depuis longtemps et tenta de se remémorer les paroles. Le refrain lui revint à l'esprit d'abord, puis une partie des couplets. C'était exactement ça. Le texte résumait parfaitement le sentiment du moment. La confusion, ce doute qui paralyse, l'indécision qui en découle. Le ras-le-bol, aussi, face aux difficultés de la vie. Il réalisa alors, comme par magie, que si McCartney avait toujours été son Beatle préféré, c'était finalement de Lennon, et surtout de sa nature tourmentée, qu'il était le plus proche. Lesté de l'hypersensibilité de John, il enviait sans doute inconsciemment la confiance enjouée et insouciante de Paul.

JP avait seulement sept ans au moment de l'assassinat de John Lennon et se le rappelait à peine. Le souvenir qu'il en gardait était surtout celui de la tristesse de sa mère, Maria, qui avait allumé une bougie dans le salon. Elle avait même versé une larme en écoutant *Imagine* à la radio ce jour-là. Contrairement à des millions d'autres fans, JP n'avait donc pas grandi avec l'espoir de voir un jour ses idoles réunies à nouveau. Près de trente-trois ans plus tard, en ce 21 juin 2013, il se demanda pour la première fois de sa vie ce qu'il aurait pu advenir si ce taré de Mark Chapman n'avait pas appuyé sur la gâchette de son revolver ce soir fatidique de décembre 1980. Qu'aurait à dire un John Lennon vieillissant sur notre époque déboussolée ? JP ne tarda pas à s'endormir, enveloppé, bercé, consolé peut-être, par les violons « spectorisés » de *How?*.

Face à son ordinateur, la mine défaite, JP était en train de mettre le point final à la paperasse administrative de l'affaire *Beatlemaniac* tout en ruminant ses sombres pensées. L'air de *Let It Be*, la chanson préférée de sa mère, trottait dans sa tête depuis plusieurs minutes et il s'interrogeait sur la signification de cette fixation. Confronté à une double incertitude, amoureuse et professionnelle, quant à l'évolution prochaine de sa vie, JP avait une nouvelle fois besoin d'un coup de main des Beatles, sans doute plus que jamais. Le titre de leur dernier opus s'imposait pour l'inviter à lâcher prise à ce moment charnière de son existence.

Sentant quelqu'un approcher, JP leva la tête. Michelle s'arrêta à quelques centimètres de son bureau, tout sourire. Ses beaux yeux verts le fixaient avec une bienveillance quasi maternelle, comme si elle avait cherché à le consoler de sa misère sentimentale. Sans relâcher l'emprise de son regard, elle lui tendit une petite boîte en carton.

— Tiens, c'est une surprise pour toi. C'est arrivé ce matin par la poste.

Les doigts de JP frôlèrent ceux de Michelle.

— Ne t'inquiète pas, le colis a été inspecté, ajouta-t-elle en tournant les talons.

— Merci, répondit-il d'un ton las.

Regardant par-dessus son écran, JP vit le lieutenant Mabel s'éloigner d'un pas plus lourd qu'à l'accoutumée. Il constata que son déhanchement le laissait de marbre et ne sut d'abord pas s'il y avait lieu de s'en sentir affligé ou au contraire soulagé. « Tout passe, tout lasse », se dit-il finalement, persistant dans l'humeur désabusée qui l'accompagnait depuis le réveil. Il se mit à fredonner *All Things Must Pass* de George Harrison, dont le magnifique album éponyme sorti en 1970 restait le meilleur réalisé par un ex-Beatle. Cette chanson sur la nature transitoire de tous les phénomènes, et de l'amour en particulier, aurait pu être la plus profonde jamais produite par les Beatles si elle n'avait été rejetée par Lennon et McCartney, peu disposés qu'ils étaient à laisser Harrison occuper la place qu'il méritait alors au sein du groupe. Curieusement, c'était Paul qui avait chanté la reprise de *All Things Must Pass* durant le *Concert for George* en 2003, et il était tentant d'y voir là un acte de contrition de sa part. Comme beaucoup, JP sentait qu'il avait longtemps sous-estimé George, mais le respect qu'il éprouvait désormais pour son œuvre et sa personne avait grandi au cours des dernières années. Il en était venu à admirer sa détermination à donner un sens à sa vie au travers d'une quête spirituelle obstinée, alors que lui-même peinait à s'engager sur cette voie.

JP jeta un œil à l'horloge, se redressa sur sa chaise et entreprit d'inspecter le petit paquet qu'il avait posé devant lui sur le bureau. C'était une boîte blanche en carton, d'environ huit centimètres par douze et cinq centimètres d'épaisseur. Son nom et l'adresse du commissariat avaient été apposés au stylo noir d'une écriture nerveuse et irrégulière qui lui rappelait vaguement quelque chose. Il ouvrit le colis sur le côté et en sortit une enveloppe à bulles. Il vida lentement le contenu sur son bureau et eut un choc. Un iPod blanc !

Tendu, JP fit les comptes mentalement. Ceux de Lévy, Bruyère, Risi, Gilbert, Doran, Evans et Louise François, ça faisait sept, plus les deux qu'il avait réservés à Lucia et à lui-même, neuf. Brian Pésinet avait déclaré avoir vendu dix baladeurs à Aynil. Le dernier iPod de Beatlemaniac était là, devant lui, dans sa boîte en plastique d'origine. Il sentit d'abord souffler un vent de panique, comme si le cauchemar était sur le point de recommencer. La sueur perla sur son front et un début de nausée l'envahit. Il resta ainsi quelques instants, immobile, le souffle court, sans jamais quitter le baladeur des yeux. Pendant ce temps, son cerveau tentait de reprendre le dessus. Après tout, Beatlemaniac était bien mort, lui-même avait vu son cadavre affalé sur le capot du fourgon, la tête explosée. Michelle l'avait dit, le paquet avait été inspecté, il n'y avait donc rien à craindre. Beatlemaniac avait sans doute envoyé le colis avant de se suicider, c'était tout. JP se rappela que son Renault Trafic était garé près d'une poste avant qu'ils ne le prennent en chasse. Peut-être avait-il enregistré quelque chose, un message d'outre-tombe. JP se sentait mieux, mais pas tout à fait soulagé. Il ne pouvait se défaire totalement d'une sourde appréhension. Qu'avait bien pu préparer le tueur fou ? Par réflexe, il ouvrit son tiroir pour en extraire une paire de gants en latex qu'il enfila avec le soin d'un chirurgien. Il ôta le couvercle de la boîte et souleva le petit appareil avant de le connecter à son ordinateur.

Comme il l'avait imaginé, un seul titre figurait sur l'appareil. Sur le moment, le nom du fichier, « TE », ne lui dit rien. Après quelques secondes d'hésitation, il le lança. JP reconnut tout de suite la courte intro instrumentale de *The End*, la chanson qui clôturait le *medley* de l'album *Abbey Road*, le dernier enregistré par les Beatles. Il aurait dû s'en douter. Venait ensuite le solo de batterie de Ringo, le seul de toute la discographie des Fab Four, et il s'était d'ailleurs drôlement fait prier pour le jouer. Suivaient les trois séries de trois solos de guitare de deux mesures chacun, interprétés par Paul, George et John, dans cet ordre, en guise de baroud d'honneur. Exceptionnellement, John avait demandé à Yoko d'attendre à l'extérieur du studio pour qu'ils jouent entre hommes, comme au bon vieux temps. Ce morceau d'adieu s'achevait sur un couplet de McCartney que Lennon qualifierait postérieurement de « cosmique » :

« *And in the end, the love you take*
is equal to the love you make ».

Il était pour le moins étrange qu'après avoir semé la terreur et les cadavres durant de longues semaines, Beatlemaniac ait tenu à transmettre à titre posthume ce qui ressemblait fort à un message d'amour universel. Avait-il éprouvé des remords ? Pouvait-on mettre cela sur le compte d'une prise de conscience tardive qui aurait également motivé son suicide ? Aynil était décidément aussi complexe que mystérieux. JP se rappela cet enseignement fondamental de Siddhartha Gautama : « tout être sensible possède en lui la nature de bouddha ». Puis, il ajouta mentalement : « même Beatlemaniac ». Il jeta un dernier coup d'œil au baladeur et poussa un long soupir avant de lâcher :

— Merci Beatlemaniac !

JP se leva d'un bond, puis commença à rassembler les quelques objets personnels qui traînaient dans ses tiroirs. Pendant qu'il les fourrait dans un sac en plastique, il repensa à un article qu'il avait lu plusieurs années auparavant et qui affirmait que l'on pouvait globalement séparer les gens en deux catégories : ceux qui sont guidés par la peur et ceux qui sont guidés par l'amour. Il lui avait semblé alors qu'il était condamné à demeurer dans le premier groupe, celui de ceux qui ne s'aiment pas assez pour s'accorder le moindre droit à l'erreur. En ce matin du 22 juin 2013, il se sentait enfin prêt à changer de camp, quel qu'en soit le prix à payer. Le temps était venu pour lui de lâcher prise, de ne plus penser au travail, à la retraite, à toutes ces choses qui empêchent de réaliser ses rêves d'enfant. La petite sonnerie de son portable l'interrompit soudainement dans ses réflexions. C'était un SMS de Lucia. Il l'ouvrit fébrilement : « *Pardonne-moi ! Te amo. J'ai quelque chose à t'annoncer.* »

C'était comme si sa nouvelle résolution avait eu un effet immédiat, le résultat d'un karma instantané. Soulagé, il se dirigea vers le portemanteau, mais finalement se ravisa. Son vieil imperméable resterait là, telle une peau morte après la mue.

À 11 h 10 précises, JP glissa sa lettre de démission sous la porte du bureau de Dekker. Au fond du couloir qui le conduisait vers la sortie, une ombre se découpa dans l'embrasure inondée de soleil du porche. Il ne tarda pas à reconnaître la silhouette bien roulée de Rita, qui venait récupérer ses affaires avant son retour en Angleterre. Ils se dirent au revoir en se souhaitant bonne chance pour la suite. Avant de disparaître à jamais, Rita se retourna et lança, dans un sourire accompagné d'un clin d'œil, un « *I didn't sleep with Joseph last night* » qui le laissa hilare.

Une fois dans la rue, JP s'arrêta un instant sur le trottoir et sentit la chaleur du soleil sur son visage, comme au sortir d'un long hiver. Un merle se posa sur un parcmètre à deux pas de lui. Il sembla l'épier de son œil rond pendant quelques secondes, émit un gazouillis, puis s'envola tout droit vers le bleu du ciel avant de s'éclipser derrière la crête de l'immeuble d'en face. JP ferma les paupières et prit une profonde inspiration. Un piano montant crescendo, un roulement de batterie, puis la voix de Paul retentirent dans sa tête : « *Good day sunshine … Good day sunshine … Good day sunshine.* »

JP rouvrit les yeux et traversa la rue. Tout en fredonnant « *… I'm in love and it's a sunny day…* », il composa le numéro de Lucia sur son portable.

— Allô ?

— Bonjour ma chérie ! Fais ta valise, on part en vacances.

— Où ça ?

— On va voir les papillons Monarques, en passant par la forêt de Bélesta, tous les deux.

Elle le reprit tendrement.

— Tous les deux, non. Tous les trois, JP ! Tous les trois !

Une fois de plus, les Beatles avaient eu le dernier mot. Au final, l'amour que l'on reçoit est égal à celui que l'on donne.

Du même auteur

Le schéma narratif et le schéma actantiel : Outils pour analyser ou construire une histoire (Autoédité, 2018)

Contact

J'espère que ce roman vous a plu. N'hésitez pas à laisser un commentaire concernant le livre sur la page d'Amazon.fr, je vous en serai très reconnaissant.

Si vous détectez une coquille ou une erreur, merci d'avance de la signaler par courrier électronique à **fredbuffa@yahoo.fr**.

Vous pouvez également me retrouver sur mon site personnel (www.fredericbuffa.com) et sur mon blog consacré aux débouchés de l'écriture (www.vivredecriture.com).

Printed in Great Britain
by Amazon

20981918R00140